당시평선 3
唐詩評選

A Selection of Criticism on Tang Poems

지은이

왕부지 王夫之, Wang Fuzhi
청대초기(1619~1692)에 활동한 뛰어난 사상가이자 역사학자, 시인, 평론가이다. 주요 저서로는 『주역외전(周易外傳)』, 『장자정몽주(張子正蒙注)』, 『상서인의(尙書引義)』, 『독사서대전설(讀四書大全說)』, 『노자연(老子衍)』, 『장자통(莊子通)』 등이 있고, 문학과 관련된 저서로는 『당시평선(唐詩評選)』 이외에 『시광전(詩廣傳)』, 『초사통석(楚辭通釋)』, 『고시평선(古詩評選)』, 『명시평선(明詩評選)』, 『강재시화(薑齋詩話)』 등이 있다.

옮긴이

서성 徐盛, Seo Sung
북경대학교에서 중국고대문학 박사학위를 받았다. 전공은 위진남북조수당 문학이다. 한국열린사이버대 및 배재대 교수 역임. 주요 관심 분야는 중국고전시, 『삼국지연의』, 명청삽화 등이며, 중국고전시와 관련된 주요 저서로는 『양한시집(兩漢詩集)』, 『당시별재집(唐詩別裁集)』, 『가헌사(稼軒詞)』 등이 있다.

당시평선 3

초판발행 2026년 4월 15일
지은이 왕부지 **옮긴이** 서성 **펴낸이** 박성모 **펴낸곳** 소명출판 **출판등록** 제1998-000017호
주소 서울시 서초구 사임당로14길 15 서광빌딩 2층
전화 02-585-7840 **팩스** 02-585-7848
전자우편 somyungbooks@daum.net **홈페이지** www.somyong.co.kr

값 35,000원 ⓒ 서성, 2026
ISBN 979-11-7549-054-3 94820
979-11-7549-056-7 (전4권)

이 저서는 2019년 대한민국 교육부와 한국연구재단의 지원을 받아 수행된 연구임(NFT-2019S1A5A7069273).

한국연구재단
학술명저번역총서

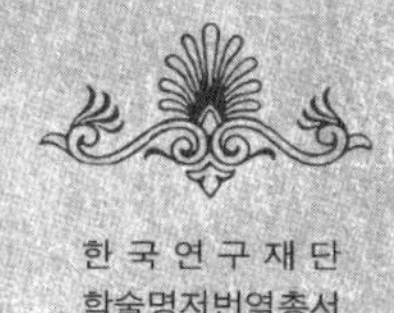

당시평선 3

唐詩評選

오언율시

왕부지

서성 역

일러두기

1. 이 책은 1997년 북경 문화예술출판사(文化藝術出版社)에서 출판한 『당시평선(唐詩評選)』을 저본으로 번역하였다.

2. 모든 시 작품은 시, 왕평, 해설로 이루어져 있다. 시는 먼저 원문을 제시하고 번역문을 싣는 방식으로 축구(逐句) 번역하였으며, 작품에 대한 주석은 각주로 처리하였다. 왕평은 왕부지의 평문으로 번역문과 원문을 달았다. 해설은 먼저 시에 대해 간단히 소개하고, 문단을 바꾸어 왕부지의 평문에 대해 해설하였다.

3. 한자가 필요한 경우는 우리말 독음 뒤 한자를 붙였으며, 이름과 지명 등 고유명사의 독음은 대부분 한국 한자음으로 달았다.

4. 책의 앞머리에 왕부지의 시학에 대한 역자의 해설을 실어 전반적인 이해를 도왔다.

당시평선

권3 오언율시

당시평선

부록 오언배율

태종황제 太宗皇帝 4수

賦得浮橋[1]	'부교'를 제목으로 하여
岸曲非千里,	강물의 굽이는 천 리나 이어지지 않지만
橋斜異七星.[2]	다리가 비스듬하여 이빙李氷의 일곱 다리와 다르구나.
暫低逢輦度,	잠시 낮아지면 가마를 타고 지나가고
還高値浪驚.	다시 올라갈 때는 파도를 만나 놀란다.
水搖文鷁動,[3]	물결이 흔들리자 익조 그려진 배가 움직이고
纜轉錦花縈.[4]	닻줄을 감으니 비단 무늬가 감겨든다.
遠近隨輪影,	멀든 가깝든 달그림자를 따라가고
輕重應人行.	경중에 관계없이 사람의 통행에 응한다.

---

1 賦得(부득) : 제목이 지정되었거나 한정되었을 때 그 제목 앞에 쓰는 말이다. "～를 제목으로 하여 시를 짓다"는 뜻이다.
2 七星(칠성) : 북두칠성. 진(秦)나라 때 이빙(李氷)은 촉강(蜀江)에 북두칠성에 상응하여 일곱 개의 다리(七橋)를 축조했다. 『화양국지(華陽國志)』 「촉지(蜀志)」 참조.
3 鷁(익) : 익조. 해오라기 비슷한 물새. 뱃사람들이 그 모습을 그려 뱃머리에 장식하여 배의 운항이 잘 되기를 기원하였기에, 익수(鷁首) 또는 익(鷁)이라는 말로 배를 가리켰다.
4 錦花(금화) : 수놓인 꽃. 여기서는 돛폭에 그려진 꽃을 가리킨다. 남조 장정견(張正見)의 「배를 띄워 대강을 가로지르다(泛舟橫大江)」에 "파도 속에서 그래진 익조가 솟아나오고, 돛폭에 비단 꽃이 날린다(波中畵鷁涌, 帆上錦花飛)"는 구절이 있다.

【왕평】

　‘양대梁代 이래 오언 근체시’에 종종 전편이 법도에 맞는 작품이 나왔는데, 이는 고시의 말류이나 근체시로서는 사실 원성元聲이다. 당대 시인의 오언 근체시를 모아 읽어보면 질박한 곳에는 「아雅」가 남아있고, 온후한 곳에는 「풍風」이 남아있고, 엄숙한 곳에는 「송頌」이 남아있어, 원성元聲을 얻지 못했다고 할 수 없다! 근체시를 배우는 사람들이 ‘양진 신체시’를 버렸으니 경박하고 조급하며, 방종하고 잡다한 기운이 가슴에 스며들어 고칠 수가 없다. 시는 본래 ‘아雅’와 ‘정鄭’의 구별이 있는데, 질박[質]하다 해서 꼭 ‘아’가 아니며, 화려[奻]하다 해서 꼭 ‘정’이 아니다. ‘이’理 또한 ‘정’이 될 수 있고, ‘정情’ 또한 ‘아’가 될 수 있다. 이러한 도리를 천년 동안 피상적으로 아는 사람들이 모호하게 해 버렸다. 예컨대 「표유매摽有梅」와 「야유사균野有死麕」은 완곡하고 유장하기에 「이남二南」의 ‘정시지음正始之音’에 속하고, 「상서相鼠」와 「계명雞鳴」을 ‘정위지음鄭衛之音’에 귀속시키지만, 이들 또한 가락의 머무름과 그침, 고요함과 빠름의 절도에 따라 판단해야 한다. 그러므로 「치의緇衣」는 현명한 사람을 좋아하지 않는 것은 아니지만, 결국 ‘여색을 좋아하되 음란하지 않는[好色不淫]’ 작품과 다른 부류에 속한다. ‘뜻[志]’과 ‘말[言]’과 ‘소리[聲]’와 ‘노래[永]’는 서로 어우러져 이루어지는 것이다. 그런데 억지스러운 ‘말’과 편협한 ‘뜻’, 흐트러진 ‘소리’와 경박한 ‘노래’가 있다면, 마침내 ‘윗사람을 속이고 사욕을 채워도 그칠 수 없는’ 현상으로 이끌게 된다.

오언 근체시가 당시를 비조로 삼을 수밖에 없다면, 마땅히 그 근원을 찾아 소리를 살피며 그 남용을 경계해야 한다. 한, 위, 진, 유송은 너무 멀어 그 모습이 닮지 않았지만, 그 흐름의 시작과 끝을 논한다면, 어찌 서릉徐陵, 유신庾信, 유운柳惲, 오균吳均을 제쳐두고, 그들을 단지 진, 수의 유향遺響이라 치부하며 최고의 지위를 부여하지 않고 근원을 막을 것인가? 이를 살피지 않으면, "푸른 산은 북쪽 성곽에 가로 놓여있고, 하얀 강물은 동쪽 성벽을 휘도는데靑山橫北郭, 白水繞東城"를 '이雅'라 여기지만 실은 정성鄭聲의 억센 기운을 얻었으며, "하얀 뱅어 떼 저마다 생명을 부여받았으니, 천연 그대로 두 치 길이 물고기로다白小群分命, 天然二寸魚"를 '아'라 여기지만 실은 정성의 각박한 기운을 얻었으며, "우 임금 치수도 이곳엔 미치지 못해, 강물 소리가 서쪽으로 흘러간다禹力不到處, 河聲流向西"를 '아'라 여기지만 실은 정성의 황탄함을 얻었다!

사물은 반드시 근원이 있고, 그 근원을 알면 변화의 법칙도 알 수 있게 된다. 변화 속에서 본래의 모습을 잃으면 이雅가 정鄭이 된다. 양진梁陳의 시풍이 고시에 있어서는 본래 모습을 잃고 정鄭에 가까웠으나, 근체시에 있어서는 창조적으로 변화하여 이雅가 되었다. 맹호연은 그 변화를 이어 작은 변모를 이루었고, 대력십재자는 그 변화를 펼쳐 큰 변모를 이루었다. 고병高棅이 이를 알지 못하고, 바르지 않은 소리를 바른 소리로 삼았으니, 공자가 "비슷하나 같지 않은 것을 미워한다"고 한 것처럼, 고병을 미워하지 않고 누구를 미워하겠는가?

경운庚韻과 청운靑韻이 통운으로 함께 사용되었다.

自梁以降, 五言近體往往有全首合作者, 于古詩爲末流, 于近體實爲元聲. 以唐人合讀之, 樸處留雅, 蘊藉處留風, 鄭重處留頌, 不謂之元聲不得矣! 學近體者, 舍此則輕狷卞迫, 淫泛委沓之氣入其心脾, 不可瘳矣. 詩自有雅鄭之別, 質不必雅, 文不必鄭; 理亦爲鄭, 情亦爲雅. 此道爲千古皮相人朦朧掩盡, 如「摽梅」「死麕」宛折留連, 乃爲二南正始之音; 「相鼠」「雞鳴」要歸鄭衛, 亦視其留止靜躁之節耳. 故「緇衣」非不好賢, 而終與好色不淫者殊科. 志言聲永, 相須而成, 强詞褊志, 蕩聲浮永, 誣上行私而不可止者, 此物也. 五言近體既不得不以唐爲鼻祖, 要當溯源尋聲, 以戒其濫. 漢魏晉宋苦于邈不相親, 則其流止初終, 安能舍徐庾柳吳, 被以陳隋遺響之名, 而棄冠毀冕, 拔本塞源也哉? 此之不察則將以"靑山橫北郭, 白水繞東城"[5]爲雅, 而適得鄭之强悍; 抑將以"白小群分命, 天然二寸魚"[6]爲雅, 而適得鄭之卞刻, 乃至以"禹力不到處, 河聲流向西"[7]爲雅, 而適得鄭之狷誕矣! 物必有所始, 知始則知化, 化而失其故, 雅之所以鄭也. 梁陳于古詩則失故而鄭, 于近體則始化而雅. 孟浩然化之小變, 大曆十子化之大變也. 高廷禮不此之知, 以不正之聲爲正聲,[8] 惡似是而非者,

---

5 이백, 「친구를 보내며(送友人)」의 첫 두 구이다.
6 두보, 「뱅어(白小)」의 첫 두 구이다.
7 주박(周朴), 「동령수(董嶺水)」의 제3, 4구이다.
8 고병은 『당시정성(唐詩正聲)』에서 초당 오언율시를 '정시(正始)'에 넣으면서, 초당사걸은 "진수(陳隋)의 기운을 아직 벗어나지 못했고(未脫陳隋之氣習)", 심전기와 송지문 등은 "흥상이 고원한 작품이 적다(得興象高遠者亦寡矣)"고 평했다. 또 이백, 맹호연, 왕유, 잠삼, 고적을 '정종(正宗)'에 넣으면서, 양진(梁陳) 시풍을 가진 작품을 낮추고, 양진 시풍을 떨어낸 당시의 면목이 있는 작품을 높였다. 왕부지의 관점은 고병과 완전히 상반되기에 "고병은 이를 알지 못해 바르지 않은 소리를 '정성(正聲)'이라 하였다. '비슷하나 같지 않은 것은 미워한다'고 했으니, 고병을 미워하지 누구를 미워하랴?(高廷禮不此之知, 以不正之聲爲正聲, 惡

非高之惡而奚惡哉?

　庚靑韻互用.

【해설】

　'부교'를 제목으로 하여 지은 영물시이다. 제1, 2구는 원경에서 본 부교의 위치와 모습을 서술하고, 제3, 4구는 부교 위에서의 통행을 말하고, 제5, 6구는 부교에 접근한 배의 모습을 그리고, 제7, 8구는 부교의 효능을 서술했다. 정연한 구조 속에 부교를 그리면서 제왕의 도량까지 은연중에 암시하였다.

　왕부지는 당대 오언율시의 특징에 대해 기본적인 관점을 나타냈다. 왕부지는 '양진 근체'와 '당대 근체시'를 구분하고 있는데, '양진 근체'는 '양진 시기의 신체시'를 가리킨다. 이는 말할 것도 없이 당대의 오언율시의 특징을 말하기 위해서 역사적 맥락을 끌어온 것이다. 즉 오언고시에서 경미교려輕靡巧麗한 '양진梁陳 신체시'가 나왔고, 이로부터 다시 오언율시가 나왔다고 보는 것이다. 때문에 '양진 신체시'는『시경』의 질박[樸質], 온후[蘊藉], 엄숙[鄭重]한 시교詩敎의 전통을 오언율시에 옮겨주는 역할을 하였다. 그래서 '양대梁代 이래의 오언 근체시' 즉 '양진 신체시'는 고시의 말류이지만 당대 근체시로서는 원성元聲이 되는 것이다. '양진 신체시'는 고시의 전통에서 보면 '정鄭'이지만, 당대 근체시의 전통에서 보면 '아雅'인 것이다. 왕부지는 '아雅'와 '정鄭'의 구

　似是而非者, 非高之惡而奚惡哉?)"고 하였다.

별을 중시하였는데, 질박[質]과 화려함[文]의 미학적 형태나 '정情'과 '이'理의 내용적 측면으로는 '아雅'와 '정鄭'을 구별할 수 없다고 보았다. 오히려 『시경』 중의 '아雅'와 '정鄭'의 구별은 '가락이 얼마큼 느리고 빠른지留止靜躁之節'에 달려 있다. 즉 '온화하고 느리며 완곡한和緩曲折' 리듬이 '아'의 특징이고, 이것이 고시의 정신인 것이다.

왕부지는 '양진 신체시'에 대해 이처럼 이중의 기준을 부여하였다. 역대 비평가들은 근체시는 당대에 창조된 것으로 인식했지만 왕부지는 육조의 고시 속에서 그 특징이 조금씩 자라났다고 보았다. 『고시평선』을 보면 '권6 오언근체五言近體' 항목을 두고 서진의 장화張華 이래 진수陳隋 시기까지 근체시의 특징을 가진 작품을 수록하고 있는 점이 이를 잘 말해준다. 이러한 이유로 당대 근체시는 양진 신체시를 배워야 하고, 당대 근체시의 우열은 고시의 전통을 얼마나 잘 계승하고 있느냐에 따라 결정된다. 왕부지가 초당 오언율시를 높이 평가한 이유도 양진 신체시의 전통을 계승했기 때문이다. 그가 인정하는 오언율시의 대표 시인은 서릉徐陵, 유신庾信, 유운柳惲, 오균吳均이며, 이에 비해 당대의 이백李白, 두보杜甫, 주박周朴은 이들보다 못하다고 시구를 인용하여 비판하였다. 당대 세 시인의 오언율시는 각각 억셈[强悍], 각박[苛刻], 황탄[狷誕]이라 정의하면서 모두 비정통의 정성鄭聲이자 변성變聲으로 정통의 정성正聲에서 벗어났다고 비판하였다. 특히 두보에 대해서는 그의 「뱅어小白」를 예시하며 이백과 주박보다 더 폄하하여 각박[苛刻]이라 평하였다. 이는 역대 비평가들이 두보를 오언율시에 뛰어난 시인으로 치는 점과 비교하면 상당히 대비되는 시각이라 할 수 있다.

月晦[9]	회일
晦魄移中律,[10]	그믐달이 절기를 따라 움직이니
凝暄起麗城.[11]	온화한 기운이 아름다운 성에서 일어난다.
罩雲朝蓋上,	아침에 구름이 화개華蓋처럼 펼쳐 있고
穿露曉珠呈.	새벽엔 이슬이 구슬로 변하였네.
笑樹花分色,	나무의 꽃들이 색깔이 나뉜 것이 웃는 듯하고
啼枝鳥合聲.	가지의 새들이 소리를 합치는 것이 우는 듯하다.
披襟歡眺望,	옷깃을 열고 기쁜 마음으로 멀리 조망하니
極目暢春情.	눈 닿는 곳마다 봄 정취가 펼쳐진다.

【왕평】

오직 이것이 시의 격이요, 이것이 시의 운이니, 오언 근체시는 반드

9 　月晦(월회) : 음력 정월 말일. 당대에는 정월 말일을 회절(晦節)이라 하여 명절로 삼고 풍년을 기원하였다.

10 　魄(백) : 달을 가리킨다. 원래 백(魄)은 달의 어두운 부분으로, 음력 초하루의 달을 사백(死魄)이라 하고 보름날의 달을 생백(生魄)이라 한다.
　移中律(이중률) : 절령(節令)이 바뀌다. 고대에 절기의 변화를 관측하는 방법으로, 갈대의 박막을 태운 재(葭莩灰)를 길이가 각기 다른 12개의 율관에 넣고서는 밀실의 책상 위에 놓아두면, 율기(律氣)가 상응하는 데 따라 재가 움직인다. 『후한서』「율력지」 참조.

11 　凝暄(응훤) : 온화한 기운.

시 이런 종류에서 시작해야 나쁜 길에 빠지지 않는다.

只此是格, 只此是韻, 五言近體, 必從此種入, 乃得不淪惡道.

【해설】

회일의 풍광과 감회를 썼다. 정월 마지막 날은 회절晦節이라 하여 명절로 삼고 풍년을 기원하였는데, 종종 군주가 쓴 시에 신하들이 응제한 시들이 남아있다. 이때는 마침 봄이 시작하는 때로 계절 감각을 나타낸 경우가 많다. 이 시 역시 새로운 달이 시작되어 온화한 기운이 일어나는 것을 시작으로, 어두운 밤의 특징을 잡아내고, 이어서 꽃과 봄의 도래를 기뻐하였다.

詠雨	비를 읊다
和風吹綠野,	온화한 바람이 푸른 들에 불어오고
梅雨灑芳田.[12]	매우梅雨가 향기로운 밭에 뿌려진다.
新流添舊澗,	새 물줄기가 옛 계곡에 흘러가고
宿霧足朝煙.[13]	어젯밤 안개에 아침 연기가 더해진다.
雁濕行無次,	기러기가 젖어 행렬이 흐트러지고
花霑色更鮮.	꽃이 젖어 색이 더욱 선연하다.

---

12 梅雨(매우) : 매실이 익을 때 내리는 비. 남조 양 원제(梁元帝)의 『찬요(纂要)』에 "매실이 익을 때 내리는 비를 매우라 한다(梅熟而雨曰梅雨)"고 하였다.
13 宿霧(숙무) : 어젯밤부터 낀 안개.

| 對此欣登歲,[14] | 이를 마주하고 풍년이 들까 기뻐하며 |
| 披襟弄五弦.[15] | 가슴을 열고 오현금을 뜯노라. |

【왕평】

깨끗하다.淨.

【해설】

비를 노래한 영물시이다. 비가 내리는 상황, 비로 인해 생겨난 물줄기와 안개가 나타난 모습, 비에 젖은 기러기와 꽃의 모습, 비를 기뻐하는 장면을 차례로 서술하였다. 말미에서 군왕의 마음을 담았다.

詠桃	복사꽃을 읊다
禁苑春暉麗,	금원禁苑에 봄 햇살이 고운데
花蹊綺樹妝.	꽃 핀 오솔길에 나무가 화장하고 섰구나.
綴條深淺色,	엮어진 가지에는 진하고 옅은 색이요
點露參差光.	점점이 찍힌 이슬은 여기저기 빛난다.
向日分千笑,	해를 향해 천 개의 웃음이 양쪽으로 펼쳐지고

---

14 登歲(등세) : 풍년이 들다.
15 五弦(오현) : 오현금. 순 임금이 오현금을 만들어 「남풍의 노래(南風歌)」를 불렀다고 한다. "훈훈한 남풍이여, 우리 백성의 원망을 풀어줄 수 있구나. 때 맞춰 부는 남풍이여, 우리 백성의 재산을 쌓아줄 수 있구나(南風之薰兮, 可以解吾民之慍兮. 南風之時兮, 可以阜吾民之財兮.)" 『공자가어』「변악해(辨樂解)」참조.

迎風共一香.　　　　바람을 맞이하며 한 가지 향기로다.

如何仙嶺側,　　　　어찌하여 선계의 동산에 피어

獨秀隱遙芳.　　　　홀로 빼어나면서도 그윽한 향기를 숨기고

　　　　　　　　　　있는가?

【왕평】

세상에 다시 없는 절창이다.

마무리가 깊고 세련되며, 시 전체에 절묘하게 조화를 이루었다.

絶代高唱.

結語深煉, 妙于浹合.

【해설】

　복사꽃을 노래한 영물시이다. 궁중의 정원에 핀 복사꽃을 장소, 색과 빛, 웃음과 향기로 차례로 묘사하다가 말미에서 왜 이처럼 아름답고 빼어난 복사꽃이 숨어 있는지 물으며, 재능있는 사람이 은거하지 말고 세상에 나와 쓰이기를 바라는 뜻도 암시하였다.

　왕부지는 협합浹合이란 평어로 말미가 전편에 잘 통합되었다고 하였다. 구성의 통합성을 중시한 왕부지는 평어에서 종종 협흡浹洽, 융협融浹, 균협勻浹 등의 말은 물론, 혼연渾然, 천성天成, 원윤圓潤 등의 평어를 사용하여 전체성을 강조하였다.

왕적王績 1수

野望　　　　　　　　　들을 조망하며

東皐薄暮望,[16]　　　　해 질 무렵 동쪽 언덕에 올라 바라보나니

徒倚欲何依![17]　　　　배회하며 장차 어디로 갈 것인가.

樹樹皆秋色,　　　　　나무란 나무는 모두 가을빛

山山唯落暉.　　　　　산이란 산은 오로지 떨어지는 석양빛.

牧人驅犢返,　　　　　목동은 송아지를 몰아 돌아오고

獵馬帶禽歸.　　　　　사냥 간 말은 새 잡아 돌아오네.

相顧無相識,[18]　　　　주위를 돌아보아도 알아주는 이 없어

長歌懷采薇.[19]　　　　길게 노래 부르며 고사리 뜯던 사람 그리워
　　　　　　　　　　　하네.

16　東皐(동고) : 왕적이 은거했던 고향의 동편 언덕. 동고란 말에는 문학적 의미도
　　있다. 완적(阮籍)의 「태위 장제에 보내는 주기(奏記詣太尉蔣濟)」에 "장차 동고의
　　남향에서 밭을 갈고(方將耕於東皐之陽)"란 말이 있고, 도연명의 「귀거래사」에도
　　"동고에 올라 휘파람을 불고(登東皐以舒嘯)"란 말이 있어, 이들에 대한 정신적
　　계승도 함께 보이고 있다.
17　徒倚(사의) : 서성거리다. 배회하다.
18　相顧(상고) : 돌아보다. 相은 '서로'라는 뜻이 아니라 동작의 대상을 이끄는 역할
　　을 한다. '四顧'라 된 판본도 있다.
19　采薇(채미) : 상나라가 망하자 백이(伯夷)와 숙제(叔齊)가 두 임금은 섬기지 않
　　겠노라고 수양산(首陽山)으로 들어가 고비(薇)만 뜯어먹고 지내다 굶어죽은 일
　　을 가리킨다.

시구는 직설적이지만 글자의 기운은 절로 멀리 뻗는다. 천성적으로 이루어진 풍격은 천박한 자들이 함부로 흉내 낼 수 없는 경지이다.

'경어景語'를 써야 할 자리엔 오로지 '경어'를 썼기 때문에 격이 높다. 그러므로 "나무란 나무는 모두 가을빛樹樹皆秋色"은 '비比'가 있다 말할 수 있다. 그러나 '목동[牧人]'과 '사냥 간 말[獵馬]'도 '비比'가 있다 말할 수 있겠는가? 오직 초당시만이 사방득謝枋得과 우집虞集과 같은 사람들이 문장과 율격을 함부로 다루는 것을 허락하지 않는다. 두보는 그렇지 않았으니, 음탕을 가르치고 도둑을 부른다.

言句直文身自遠. 天成風韻, 不容淺人竊之.

當其爲景語, 但爲景語, 故高. "樹樹皆秋色"可云有比, '牧人''獵馬'亦可云有比乎? 唯初唐詩必不許謝疊山虞道園一流舞文弄律. 少陵不然, 誨淫誨盜.

왕적의 시에서 가장 잘 알려진 작품 가운데 하나이다. 눈앞에 전개되는 가을 풍경 속에 자신의 정치적 처지를 돌아보고 멀리 역사 속에서 처세의 지인을 찾아내었다. 수나라의 멸망과 당나라의 건국 속에 의지할 곳 없는 은자의 마음이 깃들어 있다. 완정한 율시이나 왕적 특유의 고졸한 맛이 남아있다.

왕부지는 이 시에 선천적인 풍운風韻이 있다고 평하면서 경어景語의 가치를 논하였다. 예컨대 제3, 4구의 '수수樹樹'와 '산산山山'은 석양의 산과 나무를 묘사한 경어이지만, 적절히 경어가 올 자리에 왔기에 '비유'적인 의미를 가질 수 있다고 하였다. 그것은 수나라의 멸망에서 모든 사람들이 당나라에 의탁하는 걸 비유할 수도 있고, 석양 속에 홀로 남는 자신을 반친反襯하는 것일 수도 있다. 이에 비해 '목인牧人'과 '엽미獵馬'는 경어가 아니기에 '비유'적인 의미를 갖지 않는다. 두보가 "음탕을 가르치고 도둑을 부른다."는 것은 두보를 비롯한 당대 시인들이 오언고시를 율화律化시키면서 고시가 지닌 미감과 특징을 파괴했다는 비판으로 볼 수 있다.

곽리정郭利正 1수

元夕[20]	원석
九陌連燈影,[21]	아홉 거리에 등롱이 연이어졌고
千門度月華.	천 개의 문에 보름달이 지나간다.
傾城出寶騎,	아리따운 여인이 화려한 말을 타고 나오고
匝路轉香車.[22]	도로 가득 향거香車가 구른다.

20 　元夕(원석) : 음력 정월 15일 밤. 다른 판본에는 제목이 「상원(上元)」이라 되어 있다.

21 　九陌(구맥) : 도성의 도로를 가리킨다. 한대 장안성에는 팔가(八街), 구맥(九陌)이 있었다.

22 　匝路(잡로) : 거리 가득.
　香車(향거) : 향목으로 만든 수레.

爛熳惟愁曉,[23]	마음껏 노닐다 오직 새벽이 올까 근심하고
周游不問家.	두루 돌아다니며 어디 사는지 묻지 않네.
更逢淸管發,	더구나 맑은 피리 소리가 울려퍼지면
處處落梅花.[24]	도처에서 매화꽃이 떨어진다네.

【왕평】

마치 꾀꼬리가 처음 울고, 꽃이 막 피어나는 것과 같으니, "일년에 봄이 좋으니一年春好處"가 바로 이때이다.

如鶯初啼, 如花未放, 所謂"一年春好處"正在此.

【해설】

정월 보름날인 상원절上元節에 장안의 번화하고 화사한 광경을 그렸다. 거리마다 등불이 이어지고 문마다 달덩이 같은 등롱이 걸리는 밤, 미인과 귀인까지 거리에 가득찬다. 제5, 6구는 사람들이 구속 없이 즐거워하는 모습을 그렸고, 말미의 두 구에서 피리 소리가 매화꽃처럼 떨어진다고 묘사하였다.

---

23 爛熳(난만) : 爛漫 또는 爛縵이라 쓰기도 한다. 여러 가지 뜻이 있으나 여기서는 구속 없이 호방하다.

24 落梅花(낙매화) : 악곡 「매화락(梅花落)」을 가리킨다. 악곡의 이름. 한대 횡취곡 (橫吹曲)에 속하며 피리곡이다. 동시에 매화가 떨어지는 정경을 가리키기도 한다.

왕발王勃 6수

銅雀妓[25]	동작기
金鳳鄰銅雀,[26]	금봉대가 동작대와 이웃하고
漳河望鄴城.[27]	장하 강가에서 업성을 바라본다.
君王無處所,[28]	군왕은 어디 있는지 모르는데
臺榭若平生.	누대와 정자는 예처럼 있구나.
舞席紛何就?	분분히 춤추던 자리는 어디로 갔나?
歌梁儼未傾.	노랫소리 감기던 들보는 무너지지 않았구나.
西陵松檟冷,[29]	서릉에 소나무와 개오동나무 차가운데

---

25 銅雀妓(동작기) : 삼국시대 조조가 세운 동작대의 가기와 무희. 동작대는 조조 (曹操)가 원소(袁紹)의 세력을 소탕하고 210년 업(鄴)에 세운 궁전이다. 『업도 이야기(鄴都故事)』에 의하면 조조는 자신이 죽으면 업의 서쪽 언덕(西陵)에 묻 되 금은보석은 묻지 말고, 다만 매월 15일에 첩여(婕妤)와 가기들에게 누대에 올라 자신의 무덤을 바라보며 음악을 연주하라고 하였다. 「동작기」는 악부제로 상화가사(相和歌辭)에 속하며, 「동작대(銅雀臺)」 또는 「동작비(銅雀悲)」라는 제목을 쓰기도 한다.

26 金鳳(금봉) : 금봉대. 조조가 업에 세운 세 궁전으로, 금호대(金虎臺), 동작대, 빙 정대(氷井臺)가 있으므로, 금봉(金鳳)은 금호(金虎)가 와전된 것으로 보인다.

27 漳河(장하) : 위하(衛河)의 지류로 산서성 동남부에서 발원하여 임장현을 거쳐 동으로 흘러간다. 『수경주(水經注)』에 의하면, 조조가 장하를 업성으로 끌어들 여 동작대 아래를 지나가도록 했다고 한다.
   鄴(업) : 조조의 근거지. 조조가 위왕(魏王)으로 봉해지면서 이곳을 도성으로 정 했다. 당대에는 상주(相州) 업현(鄴縣). 지금의 하북성 임장현 서남.

28 君王(군왕) : 조조를 가리킨다. 조조는 216년 위왕(魏王)이 되었다.
   無處所(무처소) : 정해진 처소가 없다. 조조가 72개의 의총(疑塚)을 만든 일을 가리킨다.

29 西陵(서릉) : 조조의 능침이 있는 곳. 고평릉(高平陵).

誰見綺羅情!　　　　어느 누가 미인을 향한 정을 찾을 수 있으리?

【왕평】

정중하고 분명하다.

제3, 4구는 결합에 흔적이 없고, 결말은 주제에 맞추어 순조롭게 마무리했으니, 결국 번잡하지 않다.

珍重分明.

三四翕合無限, 一結就意順收, 終不煩亂.

【해설】

조조가 죽은 후 쓸쓸한 신세가 된 동작대의 가기와 무희를 그렸다. 역사의 성쇠에 대한 감개 속에 이들에 대한 깊은 동정을 나타냈다. 조조가 72개의 의총疑塚을 만들어 그의 무덤이 어디 있는지 모르게 했는데 누대와 정자는 평소처럼 있다고 하여, 풍자 속에 무상감을 섞여놓았다. 마무리는 다소 평범한 면이 있다.

松檟(송가) : 소나무와 개오동나무.

別薛華[30]　　　　　　　설화와 헤어지며

送送多窮路,[31]　　　또 다시 헤어지니 갈 길이 험한데

遑遑獨問津.[32]　　　안절부절못하며 홀로 길을 찾았지.

悲凉千里道,　　　　슬프기 그지없는 천리 먼 길

凄斷百年身.　　　　처연하기 그지없는 백년의 몸.

心事同漂泊,　　　　마음은 물 위에 뜬 배처럼 흔들리며

生涯共苦辛.[33]　　　생활은 자네나 나나 모두 신산스러워

無論去與住,[34]　　　떠나는 사람이나 머무는 사람이나

俱是夢中人.[35]　　　모두 다 꿈속에서만 만날 수 있으리.

30　薛華(설화) : 왕발의 친구로 두 사람의 우정이 깊다. 이 시의 제목이 『문원영화 (文苑英華)』에서는 「가을날 설승화와 헤어지며(秋日別薛昇華)」라 되어 있다. 설 승화는 이름이 설요(薛曜)이고, 승화(昇華)는 자(字)이다. 포주(蒲州) 분음(汾 陰, 지금의 산서성 萬榮縣) 사람. 생몰년은 미상. 시인 설원초(薛元超)의 아들로 성양공주(城陽公主)와 결혼했다. 왕발과 절친한 친구이다.

31　送送(송송) : 보내고 보내다. 반복되는 이별을 가리킨다.
　　窮路(궁로) : 막힌 길. 사람의 삶이 어려움을 비유한다.

32　遑遑(황황) : '惶惶'과 같다. 불안한 모습.
　　問津(문진) : 나루터가 어디인지 묻다. 나아가 길이나 진리를 묻는다는 뜻으로 쓰인다. 『논어』「미자(微子)」에 장저(長沮)와 걸익(桀溺)이 밭을 갈고 있을 때 공 자가 지나가다 자로(子路)를 시켜 나루터가 어디인지 묻는 대목이 있다. 여기서 는 공자가 여러 나라를 주유하면서 힘들었던 일을 비유하면서 동시에 벼슬길의 신산스러움을 환기한다.

33　生涯(생애) : 생활. 본래 『장자』「양생주(養生主)」에 "나의 생은 끝이 있어도(吾 生也有涯)"에서 유래한 말로, 사람의 삶이 유한하다는 뜻이었다.

34　去與住(거여주) : 떠나는 사람과 머무는 사람. 설승화와 왕발 자신.

35　夢中人(몽중인) : 꿈속의 사람. 상대방이 꿈속에서만 만날 수 있는 사람이 되었 다는 뜻.

【왕평】

곡절이 있으나 드러나지 않았다.

曲折不顯.

【해설】

설화와 헤어지며 석별의 정을 나타냈다. 설화가 설승화와 동일인이
라면 왕발이 21세 때인 670년 사천의 면주綿州에서 헤어지며 지은 시
이다. 그 한 해 전에 재능이 출중했던 왕발은 장안에서 '닭 토격문 사
건'으로 축출된 후 촉 일대를 떠돌아다니기 시작하였고 이때 사천의
덕양과 면주에서도 설승화에게 여러 편의 시문을 지어주었다. 이 시는
자신의 처지를 통해 상대방을 위로하는 송별시 중의 가작으로, 첩자疊
字를 잘 사용하였고 대구對句도 정연하다.

郊興	교외의 흥취
空園歌獨酌,[36]	빈 정원에서 「독작요獨酌謠」를 노래하고
春日賦閑居.[37]	봄날 「한거부閑居賦」를 짓는다.
澤蘭侵小徑,[38]	투구꽃이 오솔길을 차지하고

---

36 獨酌(독작) : 홀로 술을 마시다. 여기서는 노래 이름으로 보인다. 악부시에 「독작
   요(獨酌謠)」가 있다.
37 閑居(한거) : 한가히 살아가다. 여기서는 시문의 제목으로 보인다. 반악이 지은
   「한거부(閑居賦)」가 있다.
38 澤蘭(택란) : 투구꽃. 국화과의 풀로 줄기에서 향이 나며 가을에 꽃이 핀다.

河柳覆長渠.[39]　　　　能수버들이 긴 시내를 덮는다.

雨去花光濕,　　　　비가 개자 꽃의 빛깔이 젖고

風歸葉影疏.　　　　바람이 멈추자 나뭇잎 그림자가 성기다.

山人不惜醉,　　　　산속의 사람은 취하는 것 두려워 않나니

唯畏綠尊虛.[40]　　　　오로지 술잔이 빌까 두려워한다.

【왕평】

전체적으로 맑고 안정되며, 자연을 그려낸 필치가 깊고 윤택하여, 절로 초당의 절묘한 기예가 드러났다. 후인들은 다만 고적과 잠삼에게서 배우기 시작하느라 왕발의 이러한 경지는 알지도 못하면서, 어찌 그를 따라 잡기 바라는가?

함련은 요체이다.

大體淸安, 寫生深潤, 自初唐絕技. 後人但從高岑起, 且不知此, 況望企及?

頷聯拗.

【해설】

봄날 비가 내린 후 교외의 풍광을 묘사하고 한적한 정취를 나타냈다. 오솔길과 시내를 원경으로 잡고, 꽃잎과 나뭇잎을 근경으로 그린 가운데 노래하고 시를 짓고 술을 마신다.

39　河柳(하류) : 능수버들.
40　綠尊(녹존) : 술잔.

왕부지가 왕발의 이 시를 높이 평가한 것은 표현 방식과 시적 경지가 초당의 순수하고 자연스러운 시풍을 보여주었기 때문이다. 곧 자연의 고요함과 내면의 평화를 잘 결합했기 때문이며, 이런 면에서 고적과 잠삼의 격정과 뚜렷이 대비된다. '자연 묘사가 깊고 윤택하다'고 하였는데, 예컨대 '침侵'자를 사용하여 투구꽃의 생명력을 보이고, '복覆'자를 사용하여 능수버들의 공간적 확장을 나타내는 데서 볼 수 있다. 또 비 갠 뒤의 풍경과 취하는 것을 두려워하지 않는 마음이 어우러져 정情과 경景이 합일된 경지를 보여주었다. 왕부지는 이러한 맑고 안정된 '청안淸安'의 풍격을 최고의 미학으로 생각하였다.

春日還郊	봄날 교외에 돌아와
閑情兼黙語,	한가한 마음에 말없이 지내니
携杖赴巖泉.	지팡이 짚고 바위와 샘물을 찾아 나선다.
草綠縈新帶,	초록은 새로이 띠를 두르듯 퍼져 있고
楡靑綴古錢.[41]	느릅나무 파란 잎도 동전처럼 이어졌구나.
魚床侵岸水,[42]	어상魚床은 강물 속으로 들어가고
鳥路入山煙.	좁은 산길은 안개 속으로 이어지네.

41　楡(유) : 느릅나무.
　　綴(철) : 이어지다.
　　古錢(고전) : 고대의 동전. 느릅나무가 새싹이 날 때 작은 동전 모양을 하는 걸 가리킨다.
42　魚床(어상) : 대나무로 짠 평상에 먹이까지 설치하여 물속에 넣어둔 물고기 서식 장치.

還題平子賦,[43]　　　　돌아와 장형처럼 「귀전부」를 지으니

花樹滿春田.　　　　　꽃과 나무가 봄 밭에 가득해라.

【왕평】

부자연스러운 부분이 전혀 없이 손 가는 대로 뽑아내니, 평선平善하고 정밀하지 않은 곳이 없다.

결말은 요체이다.

全無扭捏, 順手逼出, 無不平善精絶.

結拗.

【해설】

봄날 교외의 아름다운 풍광을 노래하고 벼슬에 뜻을 잃은 고민을 은거의 심사로 자위하였다. 한적한 가운데 깊은 번민이 있고, 봄의 도래 속에 시름이 있어 함축적이고 완곡하다.

평선平善이란 평어는 인위적인 수식 없이 자연스러운 통합성이 이루어진 데서 오는 미감을 의미한다. 이는 '손 가는 대로 뽑아내니'라는 말에서도 알 수 있다.

43　平子(평자) : 동한의 장형(張衡), 자가 평자이다. 일찌이 하남상(河南相)을 지냈는데 벼슬에 뜻을 얻지 못하자 「귀전부(歸田賦)」를 지었다.

對酒春園作　　　　　술을 마주하고 봄날 정원에서 지음

投簪下山閣,[44]　　　벼슬을 버리고 산의 누각으로 내려와

携酒對河梁.[45]　　　술을 들고 시냇가 다리를 마주한다.

狹水牽長鏡,　　　　좁은 수면은 긴 거울처럼 이어지고

高花送斷香.[46]　　　높은 가지의 꽃은 향기를 내뿜는다.

繁鶯歌似曲,　　　　수많은 꾀꼬리는 노래를 곡조처럼 부르고

疏蝶舞成行.　　　　성긴 나비들은 열 지어 춤을 춘다.

自然催一醉,　　　　자연스레 술에 취하기를 재촉하니

非但閱年光.[47]　　　비단 봄빛만 감상하는 게 아니다.

【왕평】

'운韻'이 가득하고 '뜻'이 깨끗하다. 성당 시인들은 크게 부르짖음으로써 풍미를 크게 손상시켰다.

韻足意淨, 盛唐人加以叱咤, 大損風味.

44　投簪(투잠) : 비녀를 던지다. 관(冠)을 고정하는 비녀를 뽑아 던져 버린다는 말로, 벼슬을 버리고 물러남을 비유한다.
　　山閣(산각) : 산에 지은 누각.
45　河梁(하량) : 강 위의 다리.
46　高花(고화) : 높은 가지 위의 꽃.
　　斷香(단향) : 단속적으로 이어지며 풍기는 향기.
47　閱(열) : 감상하다.
　　年光(연광) : 봄빛.

【해설】

　봄날 정원의 풍광을 묘사하고 한가한 가운데 시름을 나타냈다. 이 시 역시 봄날의 화창한 풍광 속에 벼슬에 뜻을 잃은 모습이 은연중에 끼어들어 여운이 깊다.

　성당 이후 시가 크게 변하였다. 근체시는 물론 고체시까지 압운과 평측의 격률이 적용되어 경쾌해졌거니와, 구법도 에둘러 표현하지 않아 명쾌해졌고, 이미지도 사람의 폐부를 자극하고 현란해졌다. 그러나 왕부지는 온유돈후한 전통에서 이들 요소들을 모두 부정하였다. 역대 비평가들은 ‘크게 부르짖는[加以叱咤]’ 것도 호방한 미학으로 받아들이고 현실 비판도 시의 영역을 확장한 것으로 보았지만, 왕부지는 낮추어 보았다. 때문에 “성당 시인들은 크게 부르짖음으로써 풍미를 크게 손상시켰다”고 하였다.

聖泉宴⁴⁸　　　　　성천의 연회

　披襟乘石磴,　　　　옷깃을 풀어 헤치고 돌계단을 올라

　列席俯春泉.　　　　자리를 깔고 앉아 봄 샘물을 굽어본다.

　蘭氣熏山酌,⁴⁹　　난초꽃은 술향기에 스며들고

　松聲韻野弦.⁵⁰　　솔바람 소리는 현의 소리와 섞인다.

48　聖泉(성천) : 지금의 사천성 덕양시 중강(中江)현 동남의 현무산(玄武山)에 소재한 샘.
49　山酌(산작) : 야산의 집에서 담근 술.
50　韻(운) : 소리가 어울리다. 화음이 이루어지다.

影飄垂葉外,　　　　그림자는 드리워진 잎 밖에서 나부끼고

香度落花前.　　　　향기는 떨어진 꽃 앞에서 흘러간다.

興洽林塘晚,[51]　　　저무는 숲속 연못가에 흥취가 높은데

重巖起夕煙.[52]　　　험준한 벼랑에 저녁 안개가 일어난다.

【왕평】

이러한 시야말로 오언시의 성증聖證이다.

제5, 6구는 깊은 데서 나와 작품 전체에 통합되었다.

如爾者乃爲五言聖證.

五六出幽合漠.

【해설】

성천과 그 주위의 아름다운 산수를 노래하였다. 이 시에 붙은 서문을 보면, 왕발이 촉 지방에 갔을 때 현무산玄武山에 유람 가서 지었다고 한다. 흥취가 깊고 의상이 빼어나 청신하고 상쾌하다.

왕부지는 이 시를 오언시의 '성증'이라 하였다. 성증은 진실한 증득, 곧 진실한 깨달음을 뜻하는 불교 용어인데, 왕부지는 종종 이 말을 가져와 입신의 경지에 든 빼어난 시문이나 시인을 가리키는데 사용하였다. 예컨대 시구에 대해 쓰는 경우, "제5, 6구는 포조의 장점을 얻어,

---

51　興洽(흥흡) : 흥취가 조화롭다.
52　重巖(중암) : 높고 험준한 벼랑.

절로 성중에 들어갔다五六得明遠佳處, 壹束不起法意, 自入聖證" 심전기,「'입춘일 정원에
서 놀며 봄을 맞아'에 삼가 화답하여 응제하다」에서 볼 수 있다. 또 작품에 대해 사용
하는 경우도 있는데, "「고시십구수」와 「산에 올라 궁궁이를 뜯고」 등
은 다만 한번 붓을 대어 '성증'에 들었다十九首及上山采蘼蕪等篇, 止以一筆入聖證.
"『강재시화』고 했고, 유우석의 칠언절구에 대해서도 "진실로 소시의 성증
이다誠小詩之聖證矣"고 하였다. 또 시인에 대해 사용하는 경우도 있는데,
"성당의 저광희와 중당의 위응물은 오언고시에 있어 이미 성증에 들었
다盛唐之儲太祝, 中唐之韋蘇州, 于五言已入聖證" 저광희, 「마름 따기」가 그러하다.

양형楊炯 1수

從軍行[53]	종군의 노래
烽火照西京,[54]	봉홧불이 장안을 비추니
心中自不平.	마음이 절로 격분에 차올라라.
牙璋辭鳳闕,[55]	옥패를 붙들고 황성을 떠나

---

53   從軍行(종군행) : 악부 '상화가(相和歌)'에 속한 악부제의 하나. 일반적으로 전
     쟁의 고통이나 병사들의 생활을 소재로 한다.
54   西京(서경) : 장안. 한대에 낙양을 동경(東京)이라 하고 장안을 서경(西京)이라
     하였다.
55   牙璋(아장) : 고대 군대를 출정 시키는데 쓰였던 출군 명령서. 두 조각으로 나누
     어 조정과 사령관이 각각 나누어 갖게 되는데 마주 붙이는 곳이 들쭉날쭉하므로
     이런 이름이 붙여졌다. 여기서는 군대를 가리킨다.

鐵騎繞龍城.[56]　　　철기병이 용성龍城을 포위한다.

雪暗凋旗畫,[57]　　　어두운 눈발에 깃발의 그림이 흐려지고

風多雜鼓聲.　　　강한 바람 소리에 북소리 뒤섞인다.

寧爲百夫長,[58]　　　차라리 백부장百夫長이 될지언정

勝作一書生.　　　일개 서생은 되지 않으리.

【왕평】

악부 형식을 취하되 율시로 만들었다. 자신의 '뜻'으로 시작하고 마무리 지어, 절묘한 경지에 들었다.

裁樂府作律, 以自意起止, 泯合入化.

【해설】

변방을 보위하며 공을 세우겠다는 굳센 마음을 표현했다. 더불어 서생인 자신의 처지에 대한 일말의 울분도 깃들어 있다. 격앙된 정조와 화려한 언어로 남조 말기부터 발전하기 시작한 변새시를 한 단계 높이 정련시킨 명작이다.

왕부지는 이 시에서 악부시가 율화律化된 결과를 볼 수 있다고 하였

鳳闕(봉궐) : 한대(漢代) 건장궁(建章宮) 동쪽에 있던 궐로 지붕에 청동 봉황이 장식되었으므로 이름 붙여졌다. 일반적으로 궁성을 가리킨다.

56　龍城(용성) : 흉노가 천지(天地)와 조상에게 제사지내던 곳. 현재 몽골인민공화국의 타밀강 강가에 소재했다. 서한 때 위청(衛青)이 이곳을 점령한 적이 있다.

57　凋旗畫(조기화) : 군기에 그려진 그림이 어둡고 흐릿함.

58　百夫長(백부장) : 사졸 백 명의 장(長). 초급 장교를 일컬음.

다. 또 전통적인 악부시는 제삼인칭의 시각으로 묘사하는데, 이 시는
일인칭으로 묘사하였기에 절묘한 경지를 만들었다고 하였다.

낙빈왕駱賓王 3수

秋螢	가을 반디
玉蚪分靜夜,[59]	옥 규룡이 조용한 밤을 나누면
金螢照晩涼.	금빛 반디가 서늘한 저녁을 비춘다.
含輝疑泛月,	광채를 품은 것이 떠오른 달과 같고
帶火怯凌霜.	불을 달고 있어 서리 맞을까 두렵구나.
散彩縈虛牖,	흩어진 빛은 빈 창호에서 선회하고
飄花繞洞房.	날아든 꽃은 깊은 방을 맴돈다.
下帷如不倦,[60]	휘장을 내리고 쉬지 않고 책을 읽으려면
當解借餘光.[61]	응당 차윤처럼 반딧불을 빌릴 줄 알아야 하리.

---

59 玉蚪(옥규) : 옥규룡. 청동으로 만든 혼천의(渾天儀)에 있는 옥 규룡이 밤낮을 관
리하는 걸 가리킨다. 『초학기(初學記)』에서 인용한 장형(張衡)의 「누수전혼천
의제(漏水轉渾天儀制)」에 "청동으로 그릇을 만들고, (…중략…) 옥 규룡이 토한
물을 두 항아리로 들어가게 하니, 오른쪽은 밤을 나타내고 왼쪽은 낮을 나타낸
다.(以銅爲器, (…중략…) 以玉蚪吐漏水入兩壺, 右爲夜, 左爲晝.)"
60 下帷(하유) : 실내에 휘장을 내려뜨리다. 책을 가르치다. 후세에 문을 닫고 힘들
여 공부하는 걸 가리킨다.
61 借餘光(차여광) : 빛을 빌리다. 동진의 차윤(車胤)이 어려서 집안이 가난하자 여
름밤에 반디를 모아 책을 읽은 '형설지공'의 고사를 가리킨다.

생동적이며 어지럽지 않다. 낙빈왕의 시는 대부분 색이 부족하고 갈래 없이 이어지는데, 이 시는 다른 시들과 다른 듯하다.

첫 2구는 요체이다.

生色不亂. 駱丞詩多削色者, 唯沓至無緒, 似此卽不同其他.

起句拗.

【해설】

가을 반디를 노래한 영물시이다. 저녁이 도래한 상황을 시작으로 반디의 특징을 함휘含輝와 대화帶火로 잡고, 그 활동을 산채散彩와 표화飄花로 정련하였다. 말미에서 차윤車胤이 반딧불을 빌려 책을 읽은 이야기로 마무리지었다. 「추구영秋九詠」 아홉 수 가운데 한 수이다.

樂大夫輓詞 二首[62]	악 대부 만사 2수
제1수	
一旦先朝菌,[63]	하루아침에 조균朝菌보다 먼저 떠나시니
千秋掩夜臺.[64]	천년 동안 야대夜臺에 잠드시네.

---

62 樂大夫(악대부) : 악언위(樂彦瑋). 장안 사람. 현경 연간에 급사중이 되었고, 664년 대사헌이 되었다. 676년 졸. 『구당서』 권81과 『신당서』 권 99에 전기가 있다. 輓詞(만사) : 상여를 들고 나갈 때 망자를 애도하며 부르는 노래의 가사.

63 朝菌(조균) : 균류 식물. 벌레라는 설도 있다. 아침에 생겼다가 저녁에 죽는다. 『장자』「소요유(逍遙遊)」에 "아침 버섯(조균)은 그믐과 초하루를 모르고, 쓰르라미는 봄과 가을을 모른다(朝菌不知晦朔, 蟪蛄不知春秋)"는 말이 있다.

靑烏新兆去,[65]	청오자靑烏子가 새로이 무덤 터를 구획하고
白馬故人來.[66]	친구가 백마 타고 조문하러 왔어라.
草露當春泣,	풀잎의 이슬은 봄날에 우는 듯하고
松風向暮哀.	솔바람 소리는 저녁이 되면서 애처롭게 부네.
寧知荒壟外,[67]	어찌 알랴, 황량한 무덤 밖
弔鶴自裴徊.[68]	조문 온 학이 절로 배회하는 것을.

【왕평】

'성聲'과 '정情'이 절로 이루어졌으니, 만시輓詩가 생동적이다. 압운과 대우는 원숙하지 않은 곳이 없으니, 원숙함은 여기서 그치는 것이 좋지, 지나치면 허혼(許渾)의 작품과 같이 될 것이다.

---

64 夜臺(야대) : 무덤. 또는 저승. 무덤 속은 빛이 없는 밤과 같으므로 야대라 하였다.
65 靑烏(청오) : 청오자(靑烏子). 한대의 방사 청오자는 풍수에 정통하였고 『상총서 (相塚書)』를 지었다고 한다. 풍수가를 가리킨다.
　　兆(조) : 무덤의 경계.
66 白馬(백마) 구 : 하관 때 친구가 백마와 흰 수레를 끌고 온 일을 가리킨다. 동한 시기 범식(范式)과 장소(張劭)의 이야기에서 나왔다. 두 사람은 친구였는데, 장소가 먼저 죽게 되자 범식의 꿈에 나타났다. 이에 범식이 멀리서 말을 달려갔으나 이미 발인한 뒤였다. 장례 때 장소의 관을 하관하려 해도 영구가 움직이지 않을 때 범식이 흰 수레와 백마를 끌고 나타나 곡을 하고 하관을 주도하였다. 그때서야 비로소 관이 움직여 무덤에 들어가게 되었다. 『수신기』 권11 「범식과 장소」 참조.
67 壟(롱) : 무덤.
68 弔鶴(조학) : 학이 조문 오다. 서진 사람 도간(陶侃)이 어머니 장례를 치를 때 묘 아래 홀연 손님 두 사람이 와서 조문하였다. 곡을 하지 않고 물러났는데 예법과 복식이 보통과 달라 일반인이 아닌 듯하였다. 사람을 보내 살피게 하였더니 다만 학 두 마리가 하늘로 솟아 날아가는 것만 보였다. 『세설신어』 참조.

聲情自邃, 于輓詩爲生色, 其落韻設對, 無不穩熟. 爲穩熟者, 止此可矣, 過是則爲許渾.

【해설】

악 대부의 장례에서 그의 죽음을 슬퍼하였다. 인생의 짧음을 아쉬워하면서 장례의 경과를 서술하고, 이슬과 바람으로 슬픔을 나타내었다. 말미에서는 도간陶侃의 고사를 빌려 떠난 악 대부가 선계에 들었다는 뜻을 환기하고 조문하는 사람들의 마음도 함께 나타냈다.

제2수

蒿里誰家地,[69]	호리蒿里는 누구의 집터이고
松門何代丘?[70]	소나무 문은 어느 시대의 무덤인가?
百年三萬日,	백년은 삼만 일에 불과한데
一別幾千秋.	한번 떠나면 몇천 년인가.
返照寒無影,[71]	석양은 차가워 그림자조차 없고
窮泉凍不流.	막힌 샘물은 얼어 흐르지 않는다.
居然同物化,[72]	생각지도 않는 사이 사물에 동화되었으니

---

69 蒿里(호리) : 사람이 죽으면 혼백이 간다는 곳. 한대 악부 중에 「해로(薤露)」와 「호리(蒿里)」 등의 만가가 있다.
70 松門(송문) : 여기서는 무덤 앞에 문 삼아 심은 소나무를 가리킨다.
    丘(구) : 무덤.
71 返照(반조) : 저녁에 낮게 비쳐드는 햇빛.
72 物化(물화) : 다른 사물이 되다. 죽다.

何處欲藏舟![73]   어느 곳에 배를 감추어둘 수 있으랴!

【왕평】

마무리 말에 새로운 해석을 가했다. 그 논리를 세우는데 신묘하게도
모가 나지 않는다.

앞의 작품과 함께 '천추千秋'란 글자를 두 번 썼다.

結語翻案, 起論妙無圭角.

與前作兩用'千秋'字.

【해설】

악 대부의 죽음을 슬퍼하였다. 악 대부에게만 해당하지 않고 모든
사람의 보편적인 죽음에 대한 감회를 서술했다. 죽음이 일상에 있음을
자연의 이미지를 가져와 말하고, 말미에서 사람의 욕망과 의지가 죽음
앞에 무력함을 설파하였다.

왕부지는 말미 두 구가 장자莊子의 해석과 다름을 언급하면서, 이러
한 해석이 전혀 거슬리지 않는다며 그 뛰어남을 지적하였다.

73　藏舟(장주) :『장자』「대종사」에 나오는 구절을 이용하였다. "배(舟)를 골짜기에
　　감추고, 산(山)을 못 속에 감춰두고는 그것이 안전하다고 여긴다. 그러나 밤중에
　　힘센 자(조물주)가 그것을 짊어지고 가져갈 수 있다는 것을 어리석은 자는 모른
　　다.(藏舟於壑, 藏山於澤, 謂之固矣. 而夜半有力者負之而走, 昧者不知也.)" 배를 감
　　추어두려 해도 감출 수 없는 것처럼, 인생을 영원히 가지려 해도 가질 수 없음을
　　비유한다.

마주馬周 1수

凌朝浮江旅思[74]	이른 아침 강 위에서의 나그네 생각
天晴上初日,	갠 하늘에 아침 해 떠오르고
春水送孤舟.	봄 강물에 쪽배 한 척 흘러간다.
山遠疑無樹,	산이 멀어 나무는 없는 듯하고
潮平似不流.	물결은 평평하여 흐르지 않는 듯해라.
岸花開且落,	강가의 꽃들이 피었다 지고
江鳥沒還浮.	물새들이 가라앉았다 떠올라
羈望傷千里,[75]	고향 생각에 천리 길이 시름겨운데
長歌遣四愁.[76]	긴 노래로 「네 가지 근심의 시」를 읊노라.

【왕평】

옛 사람들은 사령운의 시가 '아침해에 연꽃初日芙蓉'과 같다고 했는데, 나 역시 이 시에 대해 같은 말을 하리라. 신비로운 광채와 천상의 향기는 고금에 걸쳐 견줄 시가 드물다!

昔人目謝康樂詩如'初日芙蓉', 予于此亦云. 神采天香, 古今鮮匹矣!

---

74 凌朝(능조) : 이른 아침.

75 羈望(기망) : 나그네로 떠돌 때 일어나는 고향 생각.

76 四愁(사수) : 동한 장형(張衡, 78~139)의 「네 가지 근심의 시(四愁詩)」를 가리킨다. 장형이 하간상(河間相)으로 있을 때 세상이 점점 혼란스러워지는데도 자신의 뜻을 펴지 못함이 답답하여 「네 가지 근심의 시」를 지었다. 여기서는 이를 빌려 나그네의 시름을 표현하는 것으로 사용하였다.

【해설】

장강에서 배를 타고 가다가 고향을 생각하며 지은 시이다. 제3구와 제4구는 특히 역대로 많은 시평가詩評家들의 칭찬을 받았다. 공정空靜하고 소활疏闊한 의경은 초당 시기에 보기 드문 것이어서 후대의 시풍을 열었다는 평가를 받는다.

왕인王諲 1수

除夜[77]　　　　　　제야

今歲今宵盡,　　　　올해는 오늘 밤 끝나고

明年明日催.　　　　내일부터 내년을 재촉하리라.

寒隨一夜去,　　　　추위는 이 밤을 따라 떠나고

春逐五更來.　　　　봄은 오경을 이어서 오리라.

氣色空中改,　　　　기운은 공중에서 바뀌고

容顔暗裏回.　　　　얼굴은 어둠 속에서 돌아온다.

風光人不覺,　　　　바람과 빛은 사람들이 모르는 사이

已著後園梅.　　　　이미 후원의 매화에 맺혔더라.

77　除夜(제야) : 한 해의 마지막 날 밤.

이 시와 마주馬周의 「이른 아침 강 위에서의 나그네 생각」은 모두 「고시십구수」에서 환골탈태하여 나왔다. 그 뜻을 헤아려보면, 이미 건안 시풍조차 초월했는데, 하물며 반악과 육기 같은 이들과 비교할 수 있겠는가? 이러한 경지를 '풍격'이라 한다면 '풍격을 넘어선 풍격'이다. 마치 주공周公의 "붉은 신이 의젓한데赤舃几几"와 같으니, 어찌 병길丙吉이 소의 콧속를 보고 더위와 추위를 묻듯, 관료적 수사를 흉내 내려 하겠는가?

此與馬周「浮江旅思」俱從「十九首」胎骨暗換, 揆其意中, 不復知有建安, 何況潘, 陸? 卽此爲風格, 更無風格, 如周公"赤舃几几"[78], 豈屑效丙吉向牛鼻中問冷熱,[79] 裝砌官腔邪?

제야의 감개를 썼다. 시간의 추이와 기운이 변하고 절후節候가 바뀌는 상황을 나열하고, 그 결과로 후원의 매화가 피었음을 말함으로써 새봄에 대한 기대감도 나타내었다.

---

78 赤舃几几(적석궤궤): 붉은 신발이 의젓하다. 『시경』「낭발(狼跋)」 참조. 서주 초기 성왕을 도와 정치를 한 주공을 찬미한 말이다.

79 丙吉(병길) 구: 서한 선제 때 재상 병길(丙吉)이 순시하는 중 사람이 싸우다 죽는 일에는 관심을 두지 않고, 소가 혀를 내밀고 헐떡이는 모습에 관심을 둔 일을 가리킨다. 여름이 아닌데도 소가 헐떡이는 것은 음양이 불순하기 때문이고 이는 농사 등에 영향을 주기 때문에 병길 자신이 사람의 사활보다 더 관심을 가져야 한다고 했다. 『한서』「병길전」 참조.

왕부지는 이 시와 바로 앞의 마주의 시가 모두 「고시십구수」를 계승했다고 하였다. 때문에 건안칠자나 반악과 육기를 멀리 뛰어넘는다고 하였다. 이를 비유하여 말하면, 두 편의 시는 주공이 대의를 가지고 성왕을 보좌하며 적석붉은신발을 신고 의젓하게 걷는 것과 같고, 위진 시인의 시들은 서한 초기 재상 병길丙吉이 소의 헐떡거림에서 흉년을 걱정하는 관료다운 포즈와 같아, 위 두 예의 사이가 천양지차라는 것이다.

진자앙陳子昻 2수

度荊門望楚[80]	형문을 지나 초 땅을 바라보며
遙遙去巫峽,[81]	아득히 무협을 벗어나와
望望下章臺.[82]	멀리 바라보며 장화대章華臺로 내려간다.
巴國山川盡,[83]	파국巴國의 산천을 모두 지내오니

---

80 荊門(형문) : 형문산. 장강 중류의 남안에 있는 산으로, 지금의 호북성 의도현(宜都縣) 서북에 소재. 북안에 있는 호아산(虎牙山)과 함께 거대한 문처럼 생겼으므로 이름 붙여졌다.

81 巫峽(무협) : 삼협 가운데 하나. 중경시 무산현(巫山縣) 동쪽에 소재.

82 望望(망망) : 여러 번 바라보는 모양.
章臺(장대) : 장화대(章華臺). 춘추시대 초나라 영왕(靈王)이 세웠다. 지금의 호북성 감리현(監利縣) 서북에 소재했다는 설과 호북성 잠강현(潛江縣) 서남에 소재했다는 설이 있다.

83 巴國(파국) : 파(巴)는 전국시대의 국가로 진(秦)나라에 망하였다. 그 할거 지역은 중경(重慶)을 중심으로 한 가릉강(嘉陵江)의 동쪽 지역이다. 여기서는 중경시 일대를 가리킨다.

荊門煙霧開.　　　　　형문荊門이 안개 속에 열리는구나.

城分蒼野外,　　　　　성읍은 푸른 들밖에 흩어져있고

樹斷白雲限.[84]　　　　숲은 흰 구름에 끊어져 있어

今日狂歌客,[85]　　　　오늘에야 내 호방하게 노래하는 나그네로

誰知入楚來!　　　　　마침내 초 지방에 왔음을 누가 알랴!

【왕평】

평대平大하고 창직蒼直하다. 진자앙이 고시를 변화시켰지만, 온후하
고 자유로운 대신, 촉급하고 직설적이지 않다.

결말은 교묘한 구로 전아하게 완성되었다.

平大蒼直, 正字之以變古者, 然蘊藉自在, 未入促露.

一結巧句雅成.

【해설】

이 시는 기행시紀行詩로 21세 때 처음 삼협을 지나 초 지방에 이른 감
회를 서술하였다. 험난한 협곡과 드넓은 초 지방의 대비 속에 청년의
기개가 드러난다.

평대平大는 전편이 자연스러운 구성으로 이루어져 있다는 의미의 평

84　限(외) : 굽이도는 곳.
85　狂歌客(광가객) : 춘추시대 초나라 광인 접여(接輿). 공자를 만났을 때 공자를 비
　　판하는 노래를 불렀다. 여기서는 시인 자신을 가리킨다.

卒에 시상이 크다는 대大를 더하여 만들어진 평어이다.

春夜別友人

　銀燭吐靑煙,

　金樽對綺筵.[86]

　離堂思琴瑟,[87]

　別路繞山川.

　明月隱高樹,

　長河沒曉天.[88]

　悠悠洛陽道,

　此會在何年?

봄밤에 친구와 헤어지며

은빛 촛불이 푸른 연기를 토하고

황금 술잔이 화려한 술자리를 마주한다.

헤어지는 집에서 금슬과 같은 우정을 생각
하니

떠나가는 길은 산과 강을 굽이돌리라.

밝은 달이 높은 나무에 가려있고

은하수는 새벽하늘 속으로 잠겨드네.

아득히 먼 낙양 가는 길

이런 만남이 어느 해에 다시 있을까?

【왕평】

웅대한 가운데 충분히 유현하고 세밀하다. 이런 게 없으면 우둔할
것이다.

결말은 약할지언정 지나치지 않으니, 풍도가 오히려 보존되었다.

86　金樽(금준) : 금 술잔. 또는 금으로 도금한 술잔.
　　綺筵(기연) : 화려한 술자리.
87　琴瑟(금슬) : 거문고. 거문고의 소리는 조화롭기에 친구 사이의 절친한 마음을
　　비유한다.
88　長河(장하) : 긴 강. 여기서는 은하수.

雄大中饒有幽細, 無此則一笨伯.

結寧弱而不濫, 風範固存.

【해설】

진자앙이 21세와 24세 때 낙양으로 과거에 응시하러 갔는데 그때 고향에서 친구들과 헤어지며 지은 듯하다. 같은 제목에 2수가 있는데 이 시는 제1수이다. 전편에 걸쳐 친구와의 석별의 정이 절절하다. 제5, 6구는 시안詩眼으로, 뛰어난 풍경 묘사로 깊은 감정을 표현하였다.

두심언杜審言 7수

和晉陵陸丞早春遊望[89]	진릉 육승의 '이른 봄의 조망'에 화답하며
獨有宦遊人,[90]	객지에서 벼슬하는 사람이기에
偏驚物候新.[91]	계절이 바뀌면 특히나 놀라라.
雲霞出海曙,	노을이 바다에서 떠오르며 새벽이 되고
梅柳渡江春.	매화와 버들이 강을 건너며 봄이 오는구나.

---

89 晉陵(진릉) : 진릉현(晉陵縣). 당대에는 강남도(江南道) 비릉군(毘陵郡)에 속하였다. 지금의 강소성 상주시(常州市).
    陸丞(육승) : 육씨 성을 가진 진릉현의 현승(縣丞). 미상. 시인의 친구이다.
90 宦遊(환유) : 객지에서 벼슬을 함.
91 物候(물후) : 계절의 추이에 따라 나타나는 자연의 변화.

淑氣催黃鳥,[92]	온화한 봄기운은 꾀꼬리를 울게 재촉하고
晴光轉綠蘋.[93]	맑은 햇빛은 네가래를 녹색으로 물들인다.
忽聞歌古調,[94]	홀연히 옛 가락을 들으니
歸思欲霑巾.	돌아가고픈 생각에 수건을 적실 듯해라.

【왕평】

뜻이 일어나면 붓이 일어나고, 뜻이 멈추면 붓도 멈춘다. 참으로 소무와 이릉의 경지에서 온 것이니, 더 이상 건안 문인에 길을 물을 필요가 없다! 그 마지막 구절을 보니 오히려 무한한 감개가 있다. 「과진론」에서 "진나라는 인의를 베풀지 않았기에 공격과 방어의 형세가 달라졌다"는 구성이 이와 같다. 속된 필치라면 이 한 구절을 표현하기 위해 수천 자의 말을 늘어놓아야 하리라.

意起筆起, 意止筆止, 眞自蘇李得來, 不更問津建安! 看他一結, 却有無限. 「過秦論」仁義不施, 而攻守之勢異也. 結構如此, 俗筆于此, 必數千百言.

【해설】

장강 강변에 온 이른 봄의 풍경을 묘사하면서 고향에 대한 그리움을

---

92 淑氣(숙기) : 온화한 봄기운.
93 蘋(빈) : 네가래. 이 구는 강엄(江淹)의 「미인의 봄놀이를 읊다(詠美人春遊)」에 나오는 "강남에 음력 이월 봄이 되면, 동풍이 불어 부평초를 맴돌게 하네(江南二月春, 東風轉綠萍)"라는 말을 이용하였다.
94 古調(고조) : 육승의 시 「이른 봄의 조망(早春遊望)」을 가리킨다. 그의 시에 고인(古人)의 풍격이 있다고 칭송하는 뜻을 넣었다.

나타냈다. 계절의 변화에 따라 일어나는 신선한 감성을 잘 포착한 명시이다. 전체적으로 율시의 구성이 긴밀하며, 동사의 운용이 지극히 뛰어나다. 특히 제3, 4구는 천고의 명구로 회자된다. 두심언은 689년경부터 강음현江陰縣에서 임직하였는데 이 기간에 이웃 진릉현의 현승인 육씨와 사귀며 창화하였다.

왕부지는 '뜻[意]'을 여러 의미로 사용했지만, 의식적인 뜻이 아니라 무의식적인 뜻에 가깝다. 그것은 시인의 감흥에서 절로 자연스럽게 나오는 것이어서 자발적이고 자주적이다. 이는 『시경』의 전통은 물론 소무와 이릉에서 잘 보이는 반면, 건안 이후에는 이 전통이 사라졌다고 하였다. 구성에 있어서는 가의賈誼가 통일 진나라의 패망의 이유를 분석하면서 '인의를 베풀지 않았다仁義不施'는 말로 그 모든 패인을 요약하는 것과 같다고 하였다. 가의는 이를 다음과 같이 풀어 말하였다. "진나라 왕은 탐욕과 비루한 마음을 품고, 자신의 재능을 믿고, 공신을 믿지 않고, 선비와 백성을 가까이하지 않고, 왕도를 폐하고, 개인의 권위를 세우고, 문서를 금하고, 가혹한 형법을 만들고, 거짓과 힘을 앞세우고 인의를 뒤로 해, 폭력과 잔인으로 천하를 다스리는 시작으로 삼았다.秦王懷貪鄙之心, 行自奮之智, 不信功臣, 不親士民, 廢王道, 立私權, 禁文書而酷刑法, 先詐力而後仁義, 以暴虐爲天下始." 만약 열국의 형세와 진나라의 대응을 논한다면 수많은 문장이 필요할 것이다. 그러나 진나라 왕의 교만과 음란을 초점으로 패인을 분석하였기에 전체 구성이 일목요연해졌다. 시의 구성도 이와 마찬가지이다.

七夕　　　　　　　　칠석

白露含明月,　　　　하얀 이슬 속에 명월이 비치고

靑霞斷絳河.[95]　　　푸른 구름이 은하수를 끊는다.

天街七襄轉,[96]　　　천가天街에서 직녀성이 일곱 번 자리를 옮기
　　　　　　　　　　더니

閣道二神過.[97]　　　각도閣道에 견우와 직녀가 지나간다.

袨服鏘環珮,[98]　　　차려입은 옷차림에 짤랑이는 패옥 소리

香筵拂綺羅.　　　　향기로운 자리에 비단이 스치고 지나간다.

年年今夜盡,　　　　해마다 오늘 밤이 다하면

機杼別情多.[99]　　　베틀 앞에 이별의 정 많으리.

【왕평】

치밀하게 조직된 언어 속에 주제 이외의 말은 제외시켰다.

密組言中, 閑防旨外.

95　絳河(강하) : 은하수. 은하수는 북극성의 남쪽에 있고 남쪽은 오행 중 화(火)에
　　속하며 그 색은 붉은색이므로 강(絳)자를 섰다.
96　天街(천가) : 별 이름. 앙수(昻宿)와 필수(畢宿) 사이가 천가이다.
　　七襄(칠양) : 직녀성이 아침부터 저녁까지 7시진 동안 일곱 차례 자리를 옮기는
　　것을 말한다. 『시경』「대동(大東)」에 "세모꼴 모양의 저 직녀성, 하루에 일곱 번
　　자리를 바꾸네. 비록 일곱 번이나 옮겨 다니지만, 무늬 있는 비단을 만들지 못하
　　는구나(跂彼織女, 終日七襄. 雖則七襄, 不成報章)"라는 구절이 있다.
97　閣道(각도) : 별 이름. 규수(奎宿)에 속한다.
　　二神(이신) : 견우와 직녀.
98　袨服(현복) : 성복(盛服). 넘복(艶服).
99　機杼(기저) : 베틀과 북.

칠석날 견우와 직녀의 만남과 이별을 형상화하였다. 천상의 묘사와 별의 이동을 서술한 뒤, 후반 네 구에서 의인화시켜 표현하였다. 천가天街와 각도閣道는 별 이름이자 황궁 앞길과 전각의 통로라는 의미를 중의적으로 사용하였다. 두 신의 만남은 제5, 6구에서 지극히 근접적으로 묘사되었지만, 분위기의 선염만으로 이루어졌다. 제7, 8구에서 두 신의 이별을 표시함으로써 주제가 명확해졌다.

登襄陽城[100]	양양성에 올라
旅客三秋至,[101]	나그네로 음력 구월에 이곳에 오니
層城四望開.[102]	높은 성의 사방이 탁 트였구나.
楚山橫地出,[103]	망초산望楚山은 평지에서 툭 튀어 올랐고
漢水接天回.[104]	한수漢水는 하늘에 잇닿아 굽이돌아가는구나.
冠蓋非新里,[105]	관개리冠蓋里는 새로운 마을이 아니고

---

100 襄陽(양양) : 양양군(襄陽郡). 당대에는 산남동도(山南東道)에 속했다. 지금의 호북성 양번시(襄樊市).
101 三秋(삼추) : 음력 9월을 가리킨다. 가을 석 달 가운데 세 번째 달이라는 뜻이다.
102 層城(층성) : 높은 성.
103 楚山(초산) : 양번시 서남에 있는 마안산(馬鞍山). 일명 망초산(望楚山)이라고도 한다.
104 漢水(한수) : 장강의 최대 지류. 섬서성 영강현(寧強縣)에서 발원하여 동남으로 흘러 양양에서 백하(白河)와 만나고 무한(武漢)에서 장강에 흘러든다. 양양성은 바로 한수가 굽이도는 곳 남안에 있다.
105 冠蓋(관개) : 관개리(冠蓋里). 한대 선제(宣帝) 때 양양에 경사(卿士)나 자사(刺史) 등 이천석(二千石) 이상의 관리들 수십 명이 살았는데, 당시 그들이 거주하

章華卽舊臺.[106]　　　　장화대章華臺는 바로 옛날 그 누대이다.

習池風景異,[107]　　　　습가지習家池의 풍경도 달라졌으니

歸路滿塵埃.　　　　돌아가는 길에 보니 먼지만 가득하여라.

【왕평】

　수련제1, 2구은 자연스러운데, 양양성을 오른다는 말이다. '경'이 아닌 '경'이요, '정'이 아닌 '정'이니 이를 아는 자가 드물다! 제5, 6구에서 구성을 키우는 방식은 입신의 경지에 들었다. 오늘날 시를 논하는 자들은 '원기元氣'를 말하기 좋아하는데, 무엇이 '기氣'이고 무엇이 '원元'인지 모른다. 부득불 이를 알려면 이러한 시에서 참득해야 할 것이다.

　起聯卽自然, 是登襄陽城語. 不景之景, 非情之情, 知者希矣! 五六養局入化. 近日談詩者好言元氣, 乃不識何者爲氣, 何者爲元; 必不得已, 且從此等證入.

　던 곳의 지명이다. 관(冠)과 차개(車蓋)는 모두 고관을 나타낸다.

106　章華(장화) : 장화대(章華臺). 춘추시대 초나라 영왕(靈王)이 세웠다는 누대로 지금의 호북성 감리현(監利縣) 서북에 소재했다는 설과 호북성 잠강현(潛江縣) 서남에 소재했다는 설이 있다.

107　習池(습지) : 양양성 남쪽에 있는 명승지. 동한 초기 시중(侍中)이었던 습욱(習郁)이 현산(峴山) 아래 만든 양어지(養魚池). 못 안에는 연꽃을 심고 낚시터를 만들었으며 못 주위에는 대와 나무를 심었다. 습가지(習家池), 습가당(習家塘)이라고도 한다. 나중에 서진(西晉) 때 정남장군 산간(山簡)이 양양에 있을 때 여기서 자주 연회를 열고 스스로 '고양주도(高陽酒徒)'라고 하였으며 이로 해서 이름도 고양지관(高陽池館)이라 바꾸었다.

【해설】

양양성에 올라 주위를 바라보고 지은 감회시이다. 초산과 한수로 지세를 묘사했고, 예전의 번화했던 모습이 사라진 데 대한 회고懷古 의식을 토로했다. 제3, 4구는 대구가 완정하면서도 기상이 크고 아름다워 명구로 회자된다.

夏日過鄭七山齋[108]	여름날 정칠의 산중 거처에 들러
共有樽中好,[109]	모두가 술을 좋아하는 기호가 있는지라
言尋谷口來.[110]	정박鄭璞 같은 은사를 찾아 곡구谷口에 왔노라.
薜蘿山徑入,[111]	승검초와 새삼 덮인 산길로 들어서니
荷芰水亭開.[112]	연꽃과 마름 핀 정자가 눈 앞에 펼쳐지네.

108 鄭七(정칠) : 미상. 칠(七)은 항제(行第).
   山齋(산재) : 산중의 별장.
109 樽中(준중) : 술잔 안. 곧 술을 가리킨다. 동한 말기 공융(孔融)은 "자리에 항상 손님이 많고 술잔에 술이 비지 않는다면 난 근심이 없겠네(坐上客恒滿, 尊中酒不空, 吾無憂矣)"라고 하였다.
110 言(언) : 조사로 어조를 고를 뿐 뜻이 없다.
   谷口(곡구) : 한대(漢代) 곡구현(谷口縣)으로 지금의 섬서성 경양현(涇陽縣) 서북에 소재. 여기서는 서한 말기 곡구현에 살았던 정박(鄭璞)을 연상시켜 정칠(鄭七)을 그와 비유하고 있다. 정박(鄭璞)은 은사(隱士)로 성제(成帝)의 삼촌인 대장군 왕봉(王鳳)이 예를 갖추어 초빙했으나 응하지 않았다. 양웅(揚雄)은 『법언(法言)』「문신(問神)」에서 "곡구(谷口)의 정자진(鄭子眞, 정박)은 자신의 뜻을 굽히지 않고 바위 아래에서 밭을 갈았으나, 그 명성은 장안을 뒤흔들었다(谷口鄭子眞, 不屈其志而耕乎巖石之下, 名震于京師)"고 칭송하였다.
111 薜蘿(설라) : 승검초와 새삼 덩굴. 모두 덩굴식물이다. 『초사』「산귀(山鬼)」에 "승검초를 옷처럼 입고 새삼 덩굴로 허리띠를 둘렀네(被薜荔兮帶女羅)"란 말이 있다.

日氣含殘雨,[113]	해의 열기는 가랑비를 품고
雲陰送晚雷.	구름의 그늘은 저녁 천둥소리를 보내오네.
洛陽鐘鼓至,	낙양에서 종과 북소리 들려오지만
車馬繫遲回.[114]	말과 수레가 묶여 있어 돌아가길 주저하누나.

【왕평】

만당 때는 지극히 조탁을 하였지만, 초당 때의 사물 묘사에 이르지 못한다. 예컨대 "해의 열기는 가랑비를 품고日氣含殘雨"는 가도賈島가 퇴고를 다한다고 해도 어찌 얻을 수 있으랴? 제3, 4구는 공교하고 뛰어난데, 더구나 "해의 열기는 가랑비를 품고"보다 더 위에 있다.

晚唐卽極雕琢, 必不能及初唐之體物. 如"日氣含殘雨", 盡賈島推敲, 何曾道得? 三四工妙, 尤在"日氣含殘雨"之上.

【해설】

여름비가 그친 후의 산속 정자에서의 모임을 청신하게 묘사하였다. 제 5, 6구는 뛰어난 명구로 인구에 회자된다. 제7, 8구를 보면 작자가 낙양승洛陽丞으로 재직할 때 지은 것으로 보인다.

왕부지는 감흥으로 이루어진 시의 중요성을 인위적인 조탁과 비교

---

112 菱(기) : 마름. 수중 식물.
113 日氣(일기) : 햇빛 속에 흩어져 나오는 열기.
114 繫(계) : 묶다.
　　遲回(지회) : 머뭇거리다. 떠나기 아쉬워 일어서려 하지 않는 모습.

하여 말하였다. 만당에 조탁이 보편적으로 이루어지고 가도와 같이 "두 구를 삼년만에 얻어, 한 번 읊으니 두 줄기 눈물이 흐른다."兩句三年得, 一吟雙淚流.고 할 정도로 조탁에 공을 들였으나, 두심언의 "해의 열기는 가랑비를 품고日氣含殘雨"와 같은 정경을 표현해내지 못하였다고 하였다. 제다가 제3, 4구인 "승검초와 새삼 덮인 산길로 들어서니, 연꽃과 마름 핀 정자가 눈 앞에 펼쳐지네薜蘿山徑入, 荷芰水亭開"는 이보다 더 뛰어나다고 하였다.

秋夜宴臨津鄭明府宅[115]	가을밤 임진현 정 명부 집 연회에서
行止皆無地,[116]	가고 멈추는데 일정한 의지처가 없어
招尋獨有君.	불러주는 이라곤 오로지 그대뿐일세.
酒中堪累月,[117]	술 가운데서 겨우 세월을 견딜 수 있나니
身外卽浮雲.[118]	몸 밖의 일은 곧 뜬구름에 다름 아니어라.
露白宵鐘徹,[119]	이슬이 희어 밤 종소리가 뚜렷하고
風淸曉漏聞.	바람이 맑아 새벽 물시계 소리 들려오네.
坐携餘興往,[120]	여흥餘興을 가지고 떠나기 때문에

115 臨津(임진) : 임진현(臨津縣). 지금의 강소성 의흥(宜興) 서북에 소재했다.
    鄭明府(정명부) : 미상. 명부(明府)는 한대 군수(郡守)에 대한 존칭. 당대에는 일반적으로 현령을 가리켰다.
116 行止(행지) : 걷고 멈춤. 나고 듦. 행동거지.
    無地(무지) : 의지할 곳이 없음.
117 累月(누월) : 여러 달.
118 浮雲(부운) : 뜬 구름. 값어치 없거나 관심 밖의 사물을 가리킨다.
119 徹(철) : 소리가 뚜렷하여 멀리까지 들리다.

| 還似未離群. | 아직도 그대들과 헤어지지 않은 듯해라. |

【왕평】

하나의 기운으로 시종일관했으니 절로 경물과 활동이 생생히 살아
있다.

一氣始終, 自是活底物事.

【해설】

강음江陰, 지금의 常州에 재직하고 있을 때 같은 군의 현령 정씨의 집에
서 술자리를 가진 일을 소재로 삼았다. 정교한 대구 속에 자연의 모습
을 담았다.

왕부지는 전편이 일관된 기운으로 이루어졌다고 하여 통합성을 지
적하였다. 왕부지가 자주 말하는 '하나의 기운―氣'은 곧 작품의 유기적
인 통합을 말하는 것으로 이 역시 인위적으로 조작되지 않는 자연스러
운 유로流露를 기본으로 한다.

---

120 坐(좌) : 인하다. 때문에.

和韋承慶過義陽公主山池 五首選二[121]

위승경이 지은 '의양공주 산지에 들러'에 화답하며 – 5수에서 2수 뽑음

제1수

徑轉危峰逼,	길을 돌아드니 높은 봉우리가 닥쳐오고
橋回缺岸妨.	다리를 도니 파인 언덕이 가로막는다.
玉泉移酒味,	옥같은 샘물은 술맛을 더 내게 만들고
石髓換粳香.[122]	종유석은 쌀밥을 더 향기롭게 한다.
綰霧青絲弱,[123]	안개가 파란 버들가지에 부드러이 엉기고
牽風紫蔓長.	바람이 자줏빛 넝쿨을 길게 끌어당긴다.
猶言宴樂少,	여전히 연회의 즐거움이 부족하다 말하며
別向後池塘.	다시 뒤뜰 연못가로 자리를 옮긴다.

【왕평】

앞 여섯 구는 현장을 직설적으로 묘사하며, 자연스럽게 말미를 이끌

---

121 韋承慶(위승경) : 초당 시기 정치가이자 문학가. 자가 연휴(延休)로, 경조(京兆) 두릉(杜陵) 사람. 비서소감, 황문시랑 등을 역임했다.
義陽公主(의양공주) : 당 고종의 딸. 권의(權毅)에게 시집갔다. 산지(山池)는 장안성 창화방(昌化坊)에 소재했다.
122 石髓(석수) : 종유석(鐘乳石). 고대인들은 종유석을 갈아 먹으면 장생할 수 있다고 믿었다. 유향(劉向)의 『신선전(神仙傳)』에 주나라 공소(邛疏)는 행기(行氣)와 연형(煉形)을 할 수 있는데, '석종유(石鐘乳)'라고 하는 석수를 물에 삶아 복용했다는 말이 있다.
粳(갱) : 메벼. 주로 강남 지역에서 생산된다.
123 綰(관) : 얽다.
青絲(청사) : 버들가지를 가리킨다.

어내었다.

前六句就地直寫, 帶出一結.

【해설】

산지山池의 유람을 즐거워하였다. 정결한 언어와 공정한 대우로 산지의 환경을 사실적으로 묘사하였다.

오늘날에 와서는 이러한 창화시나 응제시는 진정이 결핍된 의례적이고 형식적인 작품으로 보고 그다지 주의하지 않는 편이다. 그러나 전통 시기에는 실용적이면서 상당히 중요한 제재로 짓고 읽었으며, 왕부지도 뛰어난 작품이면 주저않고 골랐다. 이 시는 구성에 있어 자연스러운 전개가 이루어진 점을 높이 샀다.

제2수

賞玩期他日,	완상하는 건 다른 날을 기약하여도
高深愛此時.	산수의 높고 깊음은 지금 만끽해야 하리.
池分八水背,[124]	연못은 팔수八水의 뒤쪽에 있는 듯하고
峰作九山疑.[125]	봉우리는 구의산인가 의심스러워라.
地靜魚偏逸,	땅이 조용하니 물고기가 즐겁기만 하고

---

124 八水(팔수) : 관중의 여덟 줄기 강. 즉 경수, 위수, 파수(灞水), 산수(滻水), 노수(澇水), 휼수(潏水), 풍수(灃水), 호수(滈水).
125 峰作(봉작) 구 : 봉우리가 구의산(九疑山)과 비슷하다.

人閑鳥欲欺.　　　　　　사람이 한가하니 새가 장난치려 한다.

靑溪留別興,[126]　　　　‘청계’에는 각별한 흥취가 남아 있다고 하니

更與白雲期.[127]　　　　다시금 함께 은거하기를 기약하네.

【왕평】

작시의 조예가 뛰어나다. 사나움을 드러내지 않아 확실히 풍교의 시
작이다.

‘팔수八水’와 ‘구의九疑’는 알아차리지 못하게 전고를 썼다.

撰制已詣奇, 以不涉凌厲, 故居然風始.

“八水”“九疑”用事不覺.

【해설】

공주의 산지山池에서 유람하는 즐거움을 서술하고 말미에서 은거의
뜻을 나타냈다. 앞의 시와 마찬가지로 정원식 산수를 비교적 전아한

126　靑溪(청계) : 청계산. 호북성 남장현(南漳縣) 남쪽에 소재. 산 동쪽에 청계(靑溪)
　　라는 계곡이 있고 귀곡동(鬼谷洞)이 있다. 진(晉) 곽박(郭璞)의 「유선시(遊仙
　　詩)」 제2수에 “천길 높은 청계산에, 도사 한 사람 살고 있으니. 구름이 들보 사이
　　에 흘러 다니고, 바람이 창문 안에서 불어오네. 묻노니 이 사람은 누구인가, 대답
　　하노니 바로 귀곡자라네(靑溪千餘仞, 中有一道士. 雲生梁棟間, 風出窗戶裏. 借問
　　此何誰? 云是鬼谷子)”라는 구절이 있다.
127　白雲期(백운기) : 흰 구름이 있는 산속에 은거한다는 기약. 백운은 도홍경(陶弘
　　景)의 「산에 무엇이 있느냐는 황제의 물음에 시를 지어 답하다(詔問山中何所有,
　　賦詩以答)」에 나오는 백운의 의미를 환기한다. “산에 무엇이 있는가? 고개 위에
　　흰 구름만 많소이다. 스스로 즐길 수 있을 뿐, 잡아서 보낼 수 없나이다(山中何所
　　有? 嶺上多白雲. 只可自怡悅, 不堪持寄君.)”

언어들로 형상화하였다.

심전기沈佺期 3수

遊少林寺[128]　　　　　　소림사에서 놀며

長歌遊寶地,[129]　　　　길게 노래하며 절에서 노니나니

徙倚對珠林.[130]　　　　아름다운 숲에서 차마 떠날 줄 몰라라.

雁塔風霜古,[131]　　　　사리탑들은 바람과 서리 속에 낡았고

龍池歲月深.[132]　　　　연못은 세월 속에 깊어졌어라.

紺園澄夕霽,[133]　　　　감원紺園의 저녁 하늘은 맑게 개어

碧殿下秋陰.　　　　　　비췻빛 전각에 가을 기운이 스며든다.

歸路煙霞晚,　　　　　　돌아가는 길에 노을이 저무는데

128　少林寺(소림사) : 지금의 하남성 등봉시(登封市) 소실산(少室山) 아래 소재. 북위(北魏)시대에 창건되었으며 양대(梁代)에 인도의 달마대사가 구 년간 면벽한 일이 유명하다.

129　寶地(보지) : 절을 가리킨다. 불지(佛地)와 같은 뜻이다.

130　徙倚(사의) : 떠나지 못하고 머뭇거리다.
　　　珠林(주림) : 아름다운 숲.

131　雁塔(안탑) : 승려의 사리를 보존한 탑. 『석씨육첩(釋氏六帖)』에서 인용한 『자은전(慈恩傳)』에 다음과 같은 이야기가 있다. "부처는 처음에 세 종류의 고기를 허락했는데, 어느 날 고기가 부족하였다. 기러기가 날아가는 것을 보고 탄식하며 말하니 앞에 가는 기러기가 스스로 떨어졌다. 승려들이 감히 먹지 못하고 탑을 세워 안장하였다."

132　龍池(용지) : 절의 연못.

133　紺園(감원) : 감우(紺宇)라고도 한다. 절을 가리킨다.

山蟬處處吟.　　　　곳곳에서 우는 산 매미 소리.

"비췻빛 전각에 가을 기운이 스며든다碧殿下秋陰"는 경물 포착이 섬세하며, 출구出句인 "감원의 저녁 하늘은 맑게 개어"는 초탈한 경지를 보여준다.

화려함은 쉽게 얻어지지만, 고귀함은 얻기 어렵다. 이것이 서곤체가 속되게 흐른 이유이다. 이 40자 속에 '먹을 피처럼 아낀다'는 뜻이 있다.

"碧殿下秋陰"得景細, 出句脫.

麗者不易貴, 西崑之所以侵俗也. 此四十字中有惜墨如身血之意.

【해설】

소림사에서의 유람을 시화하였다. 안정된 대구와 격률 속에 여운을 남기는 모습이 초당의 궁정풍과 다른 시풍이다.

왕부지는 이 시에 대해 세밀한 경물 묘사와 초탈한 시의 경지를 지적하며, 화려함을 절제한 고귀함을 높이 평가했다. 더불어 서곤체의 과장된 미를 비판하고, 절제, 밀도, 선적 관조를 통해 물상이 심상으로 승화되는 과정을 칭찬했다.

巫山高¹³⁴　　　　　　무산은 높아

巫山高不極,　　　　　무산은 높아 한이 없는데

合沓狀奇新.¹³⁵　　　겹겹이 쌓인 산세 기이하고 신비로워

暗谷疑風雨,　　　　　어두운 계곡에선 풍우가 뒤채는 듯

陰崖若鬼神.　　　　　그늘진 벼랑은 마치 귀신이 있는 듯

月明三峽曙,　　　　　달이 밝으면 삼협은 환해지고

潮滿九江春.　　　　　조수가 밀려오면 구강九江이 봄이 되리.

爲問陽臺客,¹³⁶　　　양대陽臺의 객에게 묻노니

應知入夢人.　　　　　꿈속에 들어간 그 사람을 아는가?

【왕평】

후반 두 연은 고요한 빛이 정묘하고 눈부시다.

後二聯靜光驚發.

【해설】

무산의 풍광과 초 회왕과 조운의 이야기를 시화詩化하였다. 「무산은
높아」는 많은 시인들이 지었다. 범터范攄는 이 시를 심전기의 작품이라

134　巫山高(무산고) : 한대 악부제 가운데 하나. 원래 한대 '요가 십팔곡' 가운데 제7
　　곡이다. 무산은 중경시(重慶市) 무산현(巫山縣) 동쪽과 호북성 파동현(巴東縣)
　　서쪽 사이에 위치한 산이다. 장강 중류에 걸쳐 있으며, 중경시와 호남성의 경계
　　를 이룬다. 산 모양이 '巫'자와 같아서 이름 붙여졌다.
135　合沓(합답) : 중첩되거나 모여 있는 모양.
136　陽臺客(양대객) : 양대의 객. 초 회왕을 가리킨다.

하였지만, 『문원영화』에서는 작자를 장순지張循之로 기록했다.

雜詩[137]   잡시

  聞道黃龍戍,[138]   듣자 하니 황룡의 수자리는

  頻年不解兵.   여러 해가 지나도록 병력을 풀지 않는다네.

  可憐閨裏月,   가련하여라, 규중에서 바라보는 달은

  偏照漢家營.[139]   한나라의 병영만 비추고 있으리.

  少婦今春意,   봄을 만난 아낙의 마음은

  良人昨夜情.[140]   바로 어젯밤 남편의 마음.

  誰能將旗鼓,[141]   그 누가 군대를 이끌고

  一爲取龍城![142]   단번에 용성龍城을 함락시킬까!

---

137 雜詩(잡시) : 잡시는 주로 이별과 그리움을 표현한 내용으로 자체의 유래와 범주
　　가 있다. 『문선(文選)』에는 '잡시(雜詩)'라는 소목(小目) 아래 「고시십구수(古
　　詩十九首)」, '이릉 소무 시(蘇李詩)', 「네 가지 근심의 시(四愁詩)」 외에 '잡시(雜
　　詩)'라는 제목의 시들이 포함되어 있다. 이들은 대부분 정감이 풍부한 시로 타향
　　을 떠도는 나그네가 집안을 그리워하거나 집안의 부인이 집을 떠난 남편을 그리
　　워하는 내용이다. 본 시는 변새의 수자리꾼과 규중의 여인이 서로를 그리워하는
　　내용으로 전쟁이 끝나기를 염원하고 있다.
138 黃龍戍(황룡수) : 황룡강(黃龍岡)으로 지금의 요녕성 개원현(開原縣) 북쪽에 소
　　재. 당대에는 동북 지방의 요새였다. 산세가 굽이도는 것이 용과 같다 하여 이름
　　붙여졌다.
139 漢家營(한가영) : 한나라의 병영. 한(漢)은 곧 당(唐)을 지칭하는 것으로 당대 시
　　인들은 직설을 피하기 위해 곧잘 이렇게 당 대신 한이란 말을 대용하였다.
140 良人(양인) : 아내가 남편을 지칭하는 말.
141 將(장) : 이끌다.
142 龍城(용성) : 흉노가 천지와 조상에게 제사지내던 곳. 『사기』「흉노전」에 "오월
　　에 용성에서 큰 모임을 갖는다(五月大會龍城)"는 기록이 있다. 한대 위청(衛靑)

【왕평】

제5, 6구는 각각 제3, 4구를 받아 내려갔으니, 사령운의 기법을 받았는데, 여기에 어찌 '기-승-전-결'이 있겠는가? 마무리가 평범한데, 혹자는 여기서 해이해졌다고 말하지만, 차라리 해이할지언정 지나치지 않아야 한다. 초당 시인들의 가법家法이 어지럽지 않기에 수백 년 동안 이어져온 것이다.

五六分承三四順下, 得之康樂, 何開闔承轉之有? 結語平甚, 故或謂之懈, 然寧懈勿淫, 初唐人家法不紊, 乃以持數百年之窮.

【해설】

아낙과 남편이 멀리서 보름달을 바라보며 서로를 그리워하였다. 변새시와 규원시가 결합된 모습이다. 아낙의 규중과 남편의 전장은 달을 매개로 연결된다. 시의 결말은 이백의 「자야오가子夜吳歌」 가운데 「추가秋歌」의 "어느 날 오랑캐를 평정하고서, 양인은 원정을 마치고 돌아올까何日平胡虜, 良人罷遠征"와 유사하다.

왕부지는 '기-승-전-결'과 같은 구성의 틀을 크게 비판하였다. 시는 자연스러운 감흥에서 촉발되고, 함축적인 언어로 정감이 자연스럽게 표현되어야 한다고 보았다. 그런데 구성의 틀은 이러한 정감을 인위적으로 나누게 되어 시를 지리멸렬하게 만들어 버린다는 것이다. 왕부지가 사령운謝靈運을 크게 치는 것도 굳어진 장법이 없이 자연스럽게

이 흉노를 물리친 일을 상기시킨다.

써내려갔기 때문이다. 초당 시인들은 고시의 자연스러운 작법을 유지한 사령운으로부터 멀지 않기에 크게 인위적인 조작으로 나아가지 않았다. 그래서 왕부지는 『당시평선』에 초당시를 높이 평가하고 많이 수록하였다.

송지문宋之問 4수

奉和梁王宴龍泓應敎得微字[143]

양왕의 '용담의 연회'에 삼가 화답하여 응교하며 미운(微韻)으로 쓰다

水府淪幽壑,[144]	깊은 계곡 속의 용궁에
星軺下紫微.[145]	사신의 수레가 황궁에서 내려왔다.
鳥驚司僕馭,[146]	새들은 태복이 몰고 온 말에 놀라고

---

143 奉和(봉화) : 귀인의 시에 화답하여 지음. 봉(奉)은 두 손으로 받든다는 뜻.
   梁王(양왕) : 무삼사(武三思). 무측천의 동부이모(同父異母)가 낳은 오빠 무원경(武元慶)의 아들.
   龍泓(용홍) : 용담(龍潭). 여기서는 숭산의 구룡담(九龍潭)을 가리킨다.
   應敎(응교) : 왕의 명령에 따라 화답한 시문. 위진 이래 신하가 제왕의 시문에 화답한 것을 '응조(應詔)'라 하고, 태자의 시문에 화답한 것을 '응령(應令)'이라 하고 왕의 시문에 화답한 것을 '응교(應敎)'라 했다.
144 水府(수부) : 전설에서 물의 신 또는 용왕이 거주하는 곳.
145 星軺(성초) : 사신이 타는 수레. 또는 사신을 가리킨다.
   紫微(자미) : 자미궁. 북두칠성 근처에 있는 별자리로, 지상의 황궁을 비유한다.
146 司僕(사복) : 태복(太僕). 태복시(太僕寺)에서 근무하는 관직 이름. 황제의 어마를 관리하고 말과 관련된 정책을 관장한다.

花落侍臣衣.	꽃은 시종하는 신하의 옷에 떨어진다.
芳樹搖春晩,	향기로운 나무가 봄날 저녁에 흔들리고
晴雲繞座飛.	개인 하늘의 구름이 자리 위를 감돌며 날아 간다.
淮王正留客,[147]	회남왕이 마침 손님들을 머물게 하시니
不醉莫言歸.[148]	취하지 않으면 돌아간다 말하지 마오.

【왕평】

평호平好하다.

平好.

【해설】

양왕 무삼사가 마련한 용담의 연회를 그렸다. 용담의 위치와 연회에 참가하는 장면에서 시작하여 꽃과 새, 구름과 나무로 주위 환경을 그리고, 정작 연회의 장면은 말미의 두 구로 요약하였다.

왕부지는 평어에서 '평平'은 긍정적인 뜻으로 쓰인다. 앞의 평어에서 보이는 '평평平平', '평직平直', '평아平雅', '평선平善', '평대平大'에 더하여 여기의 '평호平好'도 마찬가지로 시가 온후하고 함축적인 고시의 전통

---

147 淮王(회왕) : 회남왕 유안(劉安). 여기서는 무삼사를 비유한다.
148 不醉(불취) 구 : 『시경』「담로(湛露)」에 나오는 "즐거운 저녁 술자리여, 취하지 않으면 돌아가지 못하리(厭厭夜飲, 不醉無歸)"란 뜻을 사용하였다.

을 가지고 있다는 뜻이다. 마침 이 시는 정연한 구성에 각 연의 연결도
잘 이어져 있다.

陸渾山莊[149]	육혼 산장
歸來物外情,[150]	돌아오니 세속을 초월한 마음
負杖閱巖耕.[151]	지팡이 짚고 바위와 밭을 살펴보네.
源水看花入,	물길을 거슬러 꽃을 보며 들어가고
幽林採藥行.	깊은 숲에서 약초 캐며 다니네.
野人相問姓,[152]	농부가 이름이 무어냐고 물어도
山鳥自呼名.	산새는 자기 이름을 부를 뿐
去去獨吾樂,	떠나고 떠나와 오직 내 즐거움 속에서
無能愧此生.	이 삶에 부끄러움 없어라.

【왕평】

맑은 빛과 새벽 색이 진실로 절로 담박하고 심원하니, 어찌 옷깃 잡
고 눈살 찌푸릴 필요 있으랴?

---

149 陸渾(육혼) : 육혼산(陸渾山). 방산(方山)이라고도 한다. 낙양의 서남 육혼현 이
　　수(伊水)의 강가에 소재한다.
150 物外(물외) : 세속을 초탈한 세계.
151 巖耕(암경) : 산속에서 농사짓다. 은거(隱居)를 가리킨다. 이 말은 양웅(揚雄)의
　　『법언(法言)』「문신(問神)」에 나오는 "곡구(谷口)의 정자진(鄭子眞, 정박)은 자
　　신의 뜻을 굽히지 않고 바위 아래에서 밭 갈고 살았지만 수도에 이름을 떨쳤다
　　(谷口鄭子眞, 不屈其志而耕乎巖石之下, 名震于京師.)"에서 유래하였다.
152 野人(야인) : 농부를 가리킨다.

晴光曉色, 良自澹遠, 何用捉襟攢眉爲?

【해설】

육혼 산장에서 은거하며 지내는 즐거움을 그렸다. 산장은 숭산嵩山에 있으며 이를 소재로 한 시가 많다. 응제시에 능했던 송지문의 또 다른 면모를 볼 수 있다.

漢江宴別	한강에서 전별하며
漢廣不分天,[153]	한수가 넓어 하늘과 구별되지 않는데
舟移杳若仙.[154]	배를 타고 가면 멀리서 신선처럼 보인다네.
秋虹映晚日,	가을 무지개가 저녁 해를 배경으로 나타나고
江鶴弄晴煙.	강가의 학이 맑은 안개 위를 노닌다.
積水浮冠蓋,[155]	물이 차면 관모와 거개車蓋가 뜨고
遙風逐管弦.	바람이 불면 음악이 끌려 나온다.

---

153 漢廣(한광) : 한수(漢水) 강이 넓다. 『시경』「한광(漢廣)」에 "한수가 넓고 넓어, 헤엄쳐 건널 수 없네(漢之廣矣, 不可泳思)"란 말이 있다.

154 舟移(주이) 구 : 이응(李膺)의 일을 가리킨다. 동한 때 곽태(郭泰)가 낙양에 놀러 갔을 때 하남윤 이응(李膺)이 그를 높이 평가하며 친하게 되었다. 곽태가 고향으로 돌아가려 하자 명사들과 선비들이 황하 강가로 전송을 나갔는데 수레가 수천 량이나 되었다. 곽태와 이응이 배를 타고 강을 건넜는데, 사람들이 멀리서 바라보니 신선과 같았다. 『후한서』「곽태전」 참조.

155 冠蓋(관개) : 관모와 차개. 관리를 가리킨다. 또 양양에 관개리(冠蓋里)가 있다. 한 선제(漢宣帝) 때 양양에 이천석(二千石) 이상의 관리들 수십 명이 살았던 곳이 있었다. 이 구는 높은 벼슬하는 사람이 많음을 과장하여 묘사하였다.

嬉遊不可極,　　　　즐거운 유람이 끝이 없으니

留恨此山川.　　　　이 산천에 아쉬움이 남는구나.

【왕평】

울림이 무거우나 거칠지 않으니, 붓끝 아래 때로 머물고 때로 돌아가며 승경을 드러낸다.

송지문의 시 가운데 직설적이고 무거운 표현들은, 장열과 더불어 노련한 필치를 보이지만, 시의 예술적 경지에는 오르지 못한다.

重響不犯粗豪, 筆峰之下一留一回, 乃以居勝.

宋詩大有直重而盡者, 几與張燕公同爲老筆, 不登藝圃.

【해설】

한강에서 헤어지며 쓴 송별시이다. 송별시라 하더라도 주로 한수 강가에 있는 양양襄陽에서의 즐거움을 쓴 것으로, 양양을 떠나는 아쉬움을 썼다. 송별시 가운데 독특한 형식이라 할 수 있다.

泛鏡湖南溪[156]　　　　　경호의 남계에서 배를 띄우고

　乘興入幽棲,　　　　　흥이 일어나면 그윽한 곳에 들어가

　舟行日向低.　　　　　배를 타고 날마다 낮은 곳으로 가노라.

　巖花候冬發,　　　　　바위 위의 꽃은 겨울을 기다려 피고

　谷鳥作春啼.　　　　　계곡의 새는 봄이 되어 운다.

　沓嶂開天小,[157]　　　첩첩의 봉우리가 열어주는 하늘은 작고

　叢篁夾路迷.　　　　　우거진 대숲은 오솔길을 헤매게 한다.

　猶聞可憐處,[158]　　　더구나 가장 사랑스러운 곳은

　更在若邪溪.[159]　　　다시 약야계가 있다고 하더구나.

【왕평】

깊고 평온하다.

　결말은 "밝은 달이 사라진다 해도 근심하지 않으니, 물고기가 가져다준 야광주가 있기 때문이네不愁明月盡, 自有夜珠來"와 일치한다. 이 작품은 전편이 원만하고 절실하므로 '저 작품夜珠來'을 버리고 이 작품을 남긴다.

　말미의 두 구를 헤아려보면, 역시 온후하다.

　深穩.

156　鏡湖(경호) : 감호(鑒湖)라고도 한다. 지금의 절강성 소흥시에 있는 호수.
157　沓嶂(답장) : 중첩된 높은 산.
158　可憐(가련) : 사랑스럽다. 그밖에 가련하다는 뜻도 있다.
159　若邪溪(약야계) : 지금의 절강성 소흥시에 있는 강.

結語與“不愁明月盡, 自有夜珠來”[160]一致. 此作通首圓切, 故去彼留此.
卽以二結語絜之, 亦此蘊藉.

【해설】

경호를 유람하는 즐거움을 노래했다. 배를 타고 나가는 마음을 시작으로, 꽃과 새를 그리고, 봉우리 사이의 하늘과 대숲 속의 오솔길로 끌어들인다. 말미에서 더 구경해야할 곳이 있다고 말함으로써 유람의 흥취를 한껏 표현하였다.

종초객宗楚客 1수

奉和人日淸暉閣宴群臣遇雪應制[161]
'인일 청휘각 연회에서 군신들이 눈을 맞으며'에 삼가 화답하여 응제하다

| 窈窕神仙閣,[162] | 깊고 우아한 신선의 누각 |
| 參差雲漢間. | 은하수 사이에 삐죽빼죽 솟았네. |

---

160 송지문, 「회일 곤명지 행차'에 삼가 화답하여 응제하다(奉和晦日幸昆明池應制)」의 말 2구이다.

161 人日(인일) : 음력 정월 7일. 인승절(人勝節) 또는 인경절(人慶節) 등으로도 불린다. 전설에 의하면 여와가 초하루부터 날마다 닭, 개, 돼지, 양, 소, 말을 창조하고 칠일 째 되는 날 사람을 창조하였다고 한다. 한대부터 있었으며 위진 이래 중시하기 시작하여 당대에는 더욱 중시하였다.

162 窈窕(요조) : 그윽하고 아름답다.

九重中禁啓,[163]	구중궁궐 속에 황제의 거처가 열리고
七日早春還.[164]	인일人日에 봄이 일찍 왔어라.
太液天爲水,[165]	태액지에는 하늘이 물이 되어 흐르고
蓬萊雪作山.[166]	봉래전은 눈 덮인 신선 산이라.
今朝上林樹,	오늘 아침 상림원의 나무는
無處不堪攀.	어느 곳 하나 꽃을 따지 못할 게 없어라.

【왕평】

생생한 모습을 담담히 묘사하였다. 중만당 시인더러 이러한 광경을 묘사하라고 하면, 지극히 경직될 것이다!

澹寫生姿, 中晩人如此命筆, 則枯硬無狀矣!

【해설】

709년 정월 인일人日에 중종이 청휘각淸暉閣에 놀 때 시연하며 지은 시이다. 이때 종초객 이외에 이교李嶠, 유헌劉憲, 소정蘇頲, 이예李乂, 조언소趙彦昭 등이 모두 응제하였다.

---

163 中禁(중금) : 황제의 거처.
164 七日(칠일) : 음력 1월 7일을 가리킨다. 고대에는 일곱째 날을 사람의 날이라 하여 명절로 쳤다.
165 太液(태액) : 태액지(太液池). 당대 대명궁(大明宮) 안의 함량전(含涼殿) 뒤에 있던 호수. 가운데에 태액정(太液亭)이 있었다.
166 蓬萊(봉래) : 봉래전. 장안성 대명궁(大明宮) 안에 있는 인덕전(麟德殿).

곽진郭震 1수

<table>
<tr><td>塞上[167]</td><td>새상곡</td></tr>
</table>

塞上[167]　　　　　　새상곡

塞外虜塵飛,[168]　　변새 밖에서 오랑캐 군마가 먼지를 일으키니

頻年出武威.[169]　　올해에도 무위武威로 출정나가네.

死生隨玉劍,[170]　　생사를 옥구검에 맡기고

辛苦向金微.[171]　　어려움을 무릅쓰고 금미산金微山으로 향한다.

久戍人將老,　　　　사람은 수자리에서 늙어가고

長征馬不肥.　　　　말은 싸움터를 전전하느라 살찔 겨를 없어.

仍聞酒泉郡,[172]　　다시 들려오는 건, 주천군酒泉郡이

已合數重圍.　　　　이미 여러 겹으로 포위되었다는 소식.

167　塞上(새상) : 새상곡(塞上曲). 새하곡(塞下曲)과 함께 가곡 이름으로, 당대에 새
　　　로운 악부제로 유행하였다. 새상은 '변방 너머'라는 뜻이다.

168　虜塵(노진) : 서북 민족들의 군대가 침입하면서 일으키는 먼지.

169　武威(무위) : 양주(涼州, 치소는 지금의 감숙성 武威市)를 가리킨다. 수대(隋代)
　　　에 무위군(武威郡)을 설치하였다. 당대에는 양주도독부(涼州都督部)가 양주(涼
　　　州), 감주(甘州), 숙주(肅州), 이주(伊州), 과주(瓜州), 사주(沙州), 웅주(雄州)
　　　등 일곱 주를 통솔하였다.

170　玉劍(옥검) : 옥구검(玉鉤劍). 동한 광무제가 풍이(馮異)에게 옥구검을 하사하
　　　며 병사를 데리고 출정하라고 명하였다.

171　金微(금미) : 금미산(金微山). 지금의 알타이산. 동한 91년(永元 3년) 경기(耿
　　　夔)가 흉노의 선우(單于, 왕)를 금미산에서 포위하여 크게 깨뜨렸다.

172　酒泉郡(주천군) : 숙주(肅州)를 가리킨다. 치소(治所)는 지금의 감숙성 주천(酒泉).

【왕평】

"생사를 옥구검에 맡기고死生隨玉劍" 한 구만 허황되어 어울리지 않을 뿐, 그밖의 구는 모두 맑고 안정되고 순조롭고 적절하다. 세상 사람들은 그렇게 생각하지 않는다.

除"死生隨玉劍"一語誕而不浹, 其餘皆淸安順適, 俗論不謂然.

【해설】

전운이 감도는 변방의 상황과 전공을 이루려는 포부를 표현한 변새시이다. 변새시에 보이기 쉬운 과장된 호언장담이 없이 깊은 감정을 표현하였다.

장구령張九齡 1수

湖口望廬山瀑布泉[173]	호수 어귀에서 여산 폭포를 바라보며
萬丈洪泉落,	만 길 거대한 물줄기가 떨어지니
迢迢半紫氛.[174]	멀리 자줏빛 숲을 반으로 가르네.

---

173 湖口(호구) : 호수 어귀. 호수는 강서성에 있는 팽려호(彭蠡湖, 지금의 鄱陽湖)를 가리킨다.
廬山(여산) : 지금의 강서성 구강시(九江市) 남부에 소재. 북으로 장강과 닿아있고 동쪽으로 파양호(鄱陽湖)와 면해있다. 일명 광산(匡山), 광려산(匡廬山), 남장산(南障山)이라고도 한다.
174 迢迢(초초) : 아득히. 멀리. 먼 모양.

奔飛下雜樹,	잡목들 끝에서 내달리듯 쏟아내려
灑落出重雲.	층층의 구름을 뚫고 흩뿌려지네.
日照虹霓似,	해가 비치면 무지개가 걸친 듯하고
天淸風雨聞.	하늘이 맑은데도 비바람 소리 들려라.
靈山多秀色,	신령스런 산에 빼어난 모습도 많아
空水共氤氳.[175]	하늘과 호수가 자욱이 한 기운 속이로다.

【왕평】

장구령은 원래 고시의 명수이나, 근체시에는 신 매실을 먹고 모시옷을 입는 듯한 고초가 있다. 오직 이 시가 비교적 장중할 뿐, 다른 작품은 기록할 가치가 없다. "하늘과 호수가 자욱이 한 기운 속이다"는 형상으로 폭포를 묘사하지 않았는데도 절로 폭포가 표현되었다.

曲江自古詩好手, 近體大有食梅衣葛之苦, 唯此較鄭重, 他不足紀也. "空水"句不以色取瀑布, 自然瀑布.

【해설】

여산 폭포의 웅장한 모습을 그렸다. 이백의 「여산 폭포를 바라보며望廬山瀑布水」가 클로즈업하였다면 이 시는 원경을 잡았다. 장열이 홍주자사洪州刺史를 지낼 때 지은 것으로 보인다.

紫氛(자분) : 자줏빛 기운. 여산의 짙푸른 숲을 가리킨다.
175 氤氳(인온) : 구름이나 안개가 자욱한 모양.

장열張說 3수

還至端州驛前與高六別處[176]

단주 역전에서 고전과 헤어진 곳에 돌아와

舊館分江口,[177] 예전에 헤어졌던 강가의 역관에서

凄然望落暉. 처연히 떨어지는 석양을 바라보네.

相逢傳旅食,[178] 서로 만나 음식을 주고

臨別換征衣. 헤어지면서 옷을 바꾸어 입었지.

昔記山川是, 그때 기억하는 산과 강은 그대로인데3

今傷人代非.[179] 지금은 인간 세상이 달라졌음을 슬퍼하노라.

往來皆此路, 오가던 길은 예나 지금이나 이 길이건만

生死不同歸. 생사가 달라 함께 돌아갈 수 없구나.

【왕평】

슬픈 감정은 이 정도에서 그쳐야 적절하다.

---

176 端州(단주) : 지금의 광동성 조경시(肇慶市).
　　高六(고륙) : 고전(高戩). 배항이 6번째였다. 무후 때 사례승(司禮丞)이 되었으며, 태평공주의 비호를 받았다. 703년 위원충(魏元忠)과 함께 장역지 형제의 참언을 받아 영남으로 유배되어 갔다가 그곳에서 죽었다.
177 舊館(구관) : 예전에 묵었던 역관(驛館).
　　分江口(분강구) : 강가에서 헤어지다. 여기서 강은 주강(珠江)의 하나인 서강(西江)으로 광동성 서부를 지나간다.
178 傳旅食(전려식) : 여행 중 서로 음식을 전해 줌.
179 人代(인대) : 人世(인세). 인간 세상. 당 태종 이세민(李世民)의 이름을 피휘하기 위해 '세(世)'를 쓰지 않고 '대(代)'를 썼다.

'인대人代'는 본래 '인세人世'인데, 당대에 피휘하는 글자이다.

悲情止宜如此.

'人代'本'人世', 唐人避諱語.

【해설】

703년 9월 장역지張易之, 장창종張昌宗 형제가 어사대부 위원충魏元忠과 사례승 고전高戩이 역모를 하였다고 무고하였다. 장열이 이를 변호하자 무측천이 크게 화를 내어, 위원충은 고요현高要縣,광동성 현위로, 고전은 영남嶺南으로, 장열은 흠주欽州,광동성 欽縣 북쪽로 유배가게 되었다. 장열은 704년 봄 흠주에 도착하기 전 단주에서 고전과 만나 시를 주고받았다. 이 시는 705년 봄 장열이 사면되어 병부원외랑이 되어 장안에 돌아가는 길에 단주에서 썼다. 이때는 고전이 이미 죽은 다음이어서 시가 절로 참담해질 수밖에 없었다.

왕부지는 슬픔의 표현을 이 작품 정도 이상으로 해선 안 된다고 하였다. 이는 『논어』「팔일」에서 말한 "슬퍼하되 마음을 다칠 정도로 하지 않는다哀而不傷"는 미감의 전통이라 할 수 있다. 희노애락의 모든 감정도 마찬가지여서, 감정을 적절히 절제하는 것을 미덕으로 치고 예술에서의 표현도 함축적이고 완곡한 것을 이상적으로 여겼다.

幽州夜飮[180]　　　유주에서 밤에 술을 마시며

涼風吹夜雨,　　　서늘한 바람이 밤비를 몰고 와

蕭瑟動寒林.　　　우수수 찬 숲을 흔들고 간다.

正有高堂宴,　　　마침 높은 대청에 술자리를 벌였으니

能忘遲暮心.[181]　　어찌 노년이라고 장대한 마음이 없겠는가.

軍中宜劍舞,　　　병영이라 검무가 어울리고

塞上重笳音.[182]　　변방이라 호가 소리 무거워.

不作邊城將,　　　변방에서 장수가 되어보지 못한다면

誰知恩遇深?[183]　어찌 천자의 깊은 은혜를 알 수 있으랴?

【왕평】

하나의 기운으로 순하고 깨끗하다.

一氣順淨.

【해설】

장열은 718년부터 720년까지 유주도독幽州都督을 지냈다. 이 시기에 지은 위 작품은 군중의 생활에서 오는 소회를 돈후敦厚한 풍격으로 읊었다.

180　幽州(유주) : 지금의 북경시와 하북성 북부 일대. 치소는 지금의 북경시.
181　遲暮(지모) : 늦은 저녁. 사람의 노년을 비유한 말. 굴원(屈原)의 「이소(離騷)」에 "초목이 시들어 떨어짐을 생각하면, 미인(美人)이 늙을까 두려워지네(惟草木之零落兮, 恐美人之遲暮)"라는 말에서 나왔다.
182　笳(가) : 호각. 북방의 비한족에서 유래한 악기.
183　恩遇(은우) : 천자가 은혜로 대우함.

和尹懋秋夜遊灉湖[184]

윤무가 지은 '가을 밤 옹호에서 유람하며'에 화답하다

灉湖佳可遊,	옹호는 아름다워 유람하기 좋으니
旣近復能幽.	가까우면서도 또한 깊숙하고 그윽하다.
林裏棲精舍,	숲속엔 공부하는 서재가 있고
山間轉去舟.	산간에는 돌아가는 배가 있다.
雁飛江月冷,	기러기가 날아가는 강 달빛이 차갑고
猿嘯野風秋.	원숭이 울음에 들바람이 가을이라.
不是迷鄉客,	고향을 그리워하는 나그네가 아니라면
尋奇處處留.	승경을 찾아 곳곳에 머무르리라.

【왕평】

제5, 6구는 절로 아름답다. 그러나 바로 말미의 기복 있는 전개가 예술적 경지에 들어가게 했으니, 그렇지 않았다면 흩어진 걸 짜맞춘 것이 되었을 것이다. 장열에게 부족한 것은 풍운風韻으로, 대체로 곧음과 용맹을 자처했기에, 시의 이치와는 거의 배치된다. 다행히 이처럼 아끼고 공들인 부류의 작품들이 아직 남아있어, 이교李嶠처럼 공허하고 거창한 작품으로만 빠져버리지 않았다. 그러나 이런 좋은 작품이라 해

---

184 尹懋(윤무) : 하간(河間) 사람으로 장열이 악주 자사로 있을 때 종사(從事)로 일했고, 조정에서는 보궐(補闕)에 임직했다.
灉湖(옹호) : 악주(岳州) 성 남쪽에 소재한 호수. 겨울에는 물이 고갈되므로 '건호(乾湖)'라고도 한다.

도 열 편 이상 되지 않는다. 그밖에 "동쪽의 벽수壁宿 별은 궁중의 도서
관이요東壁圖書府"와 "손을 잡고 그대와 헤어지니握手與君別"와 같은 시들
은 바로 『시경』 전통 속의 상앙商鞅과도 같으니, 엄격하고 규율은 있으
나 정은 적다.

五六自佳, 然正賴一結, 騰頓詣入, 不爾且泆濫湊泊矣. 燕公[185] 所乏者風韻,
率以直勇自任, 于詩理幾成背道, 幸猶存此許珍重之作, 不與李巨山[186] 同爲巨
靈掌[187], 要不能過十首以上. 他如"東壁圖書府",[188] "握手與群別"[189] 一輩詩,
直風雅[190] 之商君.[191]

185　燕公(연공): 장열(張說)을 가리킨다. 무측천과 현종 시기에 활동한 시인. 713년
(개원 1) 연국공(燕國公)에 봉해졌다.

186　李巨山(이거산): 이교(李嶠). 고종과 무측천 시기에 활동한 시인. 전고의 인용에
능하고, 정교한 대구와 화려한 수사를 중시하였다. 대표작「잡영시(雜詠詩)」
120수는 마치 유서(類書)에 분류된 표제어를 제목으로 하여 시를 짓는 방식이어
서 시의 백과사전과 같은 형식이었다. 장열은 그의 시문에 대해 "좋은 금과 아름
다움 옥(良金美玉)"이라 평했지만, 왕부지는 생기가 없는 장인의 붓놀림이라고
비판했다.

187　巨靈掌(거령장): 거대한 신선의 손바닥. 화산(華山)의 동쪽 봉우리 석벽에 남아
있는 거대한 손바닥 자국의 형상. 전설에 화산과 수양산이 붙어있었는데, 황하의
신인 거령신이 손으로 화산을 밀고 발로 수양산을 차 황하가 바다로 흘러가게
했다고 한다. '화산선장(華山仙掌)'은 관중팔경(關中八景) 가운데 하나였다. 여
기서는 실감이 없는 거창한 형식만 남은 시를 비유하였다.

188　장열, 「여정전 서원에서 잔치를 베풀어주심에 응제하며 —'임'운(林韻)으로 쓰
다」(恩敕麗正殿書院宴應制, 得林字)를 가리킨다.

189　장열, 「남중에서 왕릉, 성숭과 헤어지며」(南中別王陵成崇)를 가리킨다.

190　風雅(풍아): 『시경』 중의 『국풍(國風)』, 『대아(大雅)』, 『소아(小雅)』. 여기서는
예술 창작의 정신을 가리킨다.

191　商君(상군): 전국시대 법가 사상가인 상앙(商鞅). 진 효공을 도와 엄격한 법률의
기초 위에서 내규모 개혁을 단행하였다. 진 효공이 상(商)의 15개 읍을 하사하면
서 상군(商君)이라 불렀다.

가을밤 윤무와 함께 옹호를 유람하며 쓴 작품이다. 자연의 고요한 정취와 함께 나그네의 정한이 어우러져 있다. 716년 가을에 지었다.

왕부지는 말미의 두 구가 시 전체를 완성시켰다고 평하였다. 또 장열의 시풍을 논하며 평소 '곧음과 용맹直勇'에 의존하였기에 풍운의 세심함을 놓쳤다고 지적하면서 이 작품은 예외라고 하였다. '곧음과 용맹'은 개인의 인품과 정치적 태도로서는 분명 높은 평가이겠으나, 시적 영역에서는 직설적이고 강건한 기세를 표현하기에 함축과 정경교융을 중시하는 시의 특질과는 거리가 있다. 같은 맥락에서 '『시경』 전통 속의 상앙'이라는 비유를 사용하여, 정서를 억제하고 규범만 중시하는 법가적 시풍을 비판하였다.

요숭姚崇 1수

秋夜望月	가을밤에 달을 보며
明月有餘鑒,[192]	밝은 달이 환한 빛을 쏟아낼 때
羈人殊未安.[193]	떠도는 사람은 특히나 마음이 편치 않아라.
桂含秋樹晚,	계화는 가을 나무에 안겨 저물고

---

192 餘鑒(여감) : 여광(餘光)과 같다.
193 羈人(기인) : 기려지인(羈旅之人). 객지를 떠도는 사람.

波入夜池寒.　　　　달빛은 밤 연못에 스며들어 차갑다.

灼灼雲枝淨,[194]　　　불타는 듯 구름 위를 찌른 가지는 깨끗하고

光光草露團.　　　　반짝이는 듯 풀 위의 이슬은 둥글어라.

所思迷所在,[195]　　　그리운 사람이 어디 있는지 몰라

長望獨長歎.　　　　오래도록 멀리 바라보며 홀로 길게 탄식하

　　　　　　　　　여라.

【왕평】

조탁했으나 흔적이 없고, 자연스럽되 자취를 남기지 않고, 고아하지만 거만하지 않고, 청아하지만 인위적으로 다듬지 않았으니, 참으로 오언시의 거장이라 할 만하다. 이처럼 민감한 마음과 뛰어난 손을 가졌으니, 어찌 장열 같은 이들과 견줄 수 있으리오?

"달빛은 밤 연못에 스며들어 차갑다波入夜池寒"는 달을 노래한 신묘한 말이다.

琢不留痕, 率不露迹, 高亦不亢, 淸亦不洗, 洵五言宗匠. 如此敏心妙手, 何止算生張說邪?

"波入夜池寒"詠月神語.

---

194 灼灼(작작) : 꽃이 선명하고 번성한 모습. 『시경』 「도요(桃夭)」에 "복숭아나무 무성하니, 그 꽃이 선연하여라(桃之夭夭, 灼灼其華)"는 표현이 있다.
195 所思(소사) : 그리운 사람. 임.

【해설】

가을밤에 밝을 달을 보며 멀리 있는 사람을 그리워하였다. 밝은 달을 바라보며 지은 많은 '망월시望月詩'가 있지만, 여기서는 특히 떠도는 시인이 그리는 사람이 어디 있는지 모른다는 데서 더욱 애절하다.

왕부지는 구성의 통합성과 혼융의 미학을 강조하면서, 비록 조탁을 하여도 흔적이 없는 경지를 높이 쳤다. 여기서도 "조탁했으나 흔적이 없고, 자연스럽되 자취를 남기지 않다琢不留痕, 率不露迹"고 긍정적인 평가를 내렸다.

손적孫逖 2수

宿雲門寺閣[196]   운문사 전각에서 묵으며

　香閣東山下,[197]   동산東山 아래에 있는 운문사雲門寺

　煙花象外幽.[198]   안개 속 풍경이 물상을 초월하여 그윽하여라.

196　雲門寺(운문사) : 지금의 절강서 소흥시(紹興市) 운문산에 소재한 절.『여지기승
　　　(輿地紀勝)』에는 동진의 왕헌지가 이곳에 거처할 때 오색구름이 감돌아 절을 세
　　　우면서 운문사라 하였다고 한다. 이후 양대(梁代)에는 하윤(何胤), 당대(唐代)에
　　　는 지영(智永) 등 명승이 거처하였다.
197　香閣(향각) : 절의 전각.
　　　東山(동산) : 운문산(雲門山)을 가리킨다.
198　煙花(연화) : 꽃무리 진 풍경. 일반적으로 봄날의 맑고 아름다운 풍경을 가리킨다.
　　　象外(상외) : 물상의 외형 이외의 내재된 의미. 형상에 머무르지 않고 그 정취를
　　　파악한다는 뜻.

懸燈千嶂夕,　　　　등불을 내거니 보이는 천 개 봉우리의 저녁

卷幔五湖秋.[199]　　　휘장을 걷어 올리니 다섯 호수의 가을

畵壁餘鴻雁,　　　　그림 그려진 벽에는 기러기들이 가득 날고

紗窓宿斗牛.[200]　　창문에는 두성斗星과 우성牛星이 머물어

更疑天路近,[201]　　더구나 하늘로 통하는 길이 가까운 듯하니

夢與白雲遊.　　　　꿈속에서 흰 구름을 타고 놀아보리라.

【왕평】

공들여 다듬어 뜻이 깊고 기이하며, 마무리가 잘 되었다. 비록 사람들의 입에 회자되지만 그 맛을 아는 자는 백에 하나도 없다.

제3, 4구는 높은 전각에서 바라본 저녁 풍경이다. 곡진한 묘사에 신명이 감돈다. "그림 그려진 벽에는 기러기들이 가득 날고畵壁餘鴻雁"는 풍경을 잡은 솜씨가 입신의 경지에 들었다.

마지막 연에서 말한 "하늘로 통하는 길이 가까운 듯" 여기는 경지는, 실제로 꿈을 꾼 것이 아니거니와 꼭 꿈을 꿀 필요도 없는 것으로, 꿈이 생겨나는 듯한 느낌을 표현한 것이다. 말이 아무리 현묘하고 신비로워도, 그 안에는 자체의 논리적 맥락이 있다. 만약 논리적 맥락 없이 억

199　五湖(오호) : 오월(吳越) 지방의 호수들. 5군데 호수에 대해서는 역대로 여러 설이 있다. 춘추 말기 월(越)의 범려(范蠡)도 월왕 구천을 도와 월나라를 부흥시킨 후 배를 타고 오호(五湖)에 은거하였다. 『국어』「월어(越語)」참조.

200　斗牛(두우) : 두성(斗星)과 우성(牛星). 이 구는 운문사가 지극히 높은 곳에 있음을 형용하였다.

201　天路(천로) : 하늘에 통하는 길.

지로 현묘하고 신비롭게 꾸며낸다면, 그것은 다만 광기일 뿐이다.

刻煉深奇, 束結守好, 雖于人爲膾炙, 而知味者不百一也.

三四爲高閣夕景. 曲寫三毛.[202] "畫壁餘鴻雁"拾景入神.

疑者未夢, 不必夢也, 而因以生夢. 語雖玄寥自有來去, 無來去而玄寥者爲狂而已.

【해설】

운문사에 들러 하룻밤을 묵은 감회를 쓴 시이다. 전편이 시간과 공간의 순서에 따라 운문사 가는 길, 절에서 본 밤의 원경, 전각 안의 모습, 꿈에 드는 장면을 그렸다. 시점도 원경에서 근경으로, 밖에서 안으로 이어지면서 운문사의 높고 오래된 모습이 절로 시원스레 드러났다.

送越州裴參軍充使入京[203]

사신으로 상경하는 월주 배 참군을 보내며

日落川徑寒,	해가 떨어지니 강과 길이 추운데
離心苦未安.	헤어지는 마음은 무척이나 편하지 않아라.
客愁西向盡,	나그네 시름은 서쪽 끝까지 가고

---

202 三毛(삼모) : 수염 세 가닥. 동진의 화가 고개지가 배해(裴楷)의 초상을 그리면서 뺨 위에 수염 세 가닥을 더 그린 일을 가리킨다. 고개지는 배해의 식견을 나타냈다고 하였으며, 사람들은 신명이 더해진 것으로 보았다.
203 越州(월주) : 지금의 절강성 소흥시.
參軍(참군) : 자사(刺史)의 속관.

鄕夢北歸難.	고향 꿈에 북으로 돌아가기 어렵구나.
霜果林中變,	서리 묻은 과일은 숲속에서 익어가고
秋花水上殘.	가을꽃은 물가에서 시든다.
明朝渡江後,	내일 아침 강을 건넌 후에는
雲物向南看.[204]	남쪽을 향해 풍경을 보게 되리라.

【왕평】

묘사가 이 정도에 이르면 극치라 할 만하다. 여기서 더 나아가면 화장의 분가루가 한순간에 먼지가 될 것이다.

'경徑'자는 요체다.

刻畫至此極矣, 過此則粉黛一爲塵土.

'徑'字拗.

【해설】

도성으로 떠나는 배 참군을 보내며 지은 송별시이다. 손적은 이때 산음위山陰尉로 있었기에, 서쪽은 장안의 방향이고, 북쪽은 고향의 방향이기에 두 곳으로 향한 자신의 마음을 토로하였다. 말미 2구는 배 참군이 이곳을 그리워하게 될 것임을 말하였다.

왕부지는 이 시의 묘사가 적절하여, 이 이상 수식을 하면 오히려 시를 망칠 것이라고 하였다. 분을 바르고 눈썹먹을 칠하는 '화장[粉黛]'은

204　雲物(운물) : 경물.

수식이자 조탁을 의미한다. 시는 수식과 조탁으로 인해 본바탕의 아름다움을 더할 수 있지만 지나치면 오히려 망치게 된다. 일반적으로 시재詩才가 없는 자가 화장을 덕지덕지 바르기 쉽다. 제3, 4구의 장안과 고향에 대한 그리움과 제5, 6구의 가는 길에서 보게 되는 가을 풍경이 모두 정감의 수위가 높지 않다. 때문에 왕부지가 기준으로 삼고 있는 '묘사'와 수식의 최대한이 어떠한 정도인지 알 수 있다.

위제韋濟 1수

奉和聖制次瓊嶽應制[205]

임금이 지으신 '경악궁에 머물며'를 삼가 화답하며 응제하다

陸海披晴雪,[206]　　　　물산이 풍부한 관중 땅에 눈이 걷히자

千旗獵早陽.[207]　　　　천 개의 깃발이 아침 햇살에 펄럭인다.

嶽臨秦路險,[208]　　　　화산은 진나라 길옆에 험하게 솟았고

河遶漢垣長.[209]　　　　황하는 한나라 성벽을 휘돌며 길게 뻗어있다.

205　瓊嶽(경악) : 경악궁(瓊嶽宮). 수나라 때의 화음궁(華陰宮)을 658년 개명하여 경악궁이라 했다. 화음(華陰)의 서쪽 팔십 리에 소재했다. 『신당서』「지리지」 참조.
　　　應制(응제) : 신하가 황제의 작품에 화답한 시로 그 내용은 대부분 가공송덕이다.
206　陸海(육해) : 물산이 풍부한 땅. 관중 고원을 가리킨다. 『한서』「지리지」 참조.
207　獵(렵) : 펄럭펄럭. 바람에 깃발이 나부끼는 소리를 형용한 의성어.
208　嶽(악) : 서악(西嶽) 화산.
209　垣(원) : 성벽.

行漏通鳷鵲,[210]　　　행루여行漏輿는 지작관을 지나가고

離宮接建章.[211]　　　이궁인 경악궁은 건장궁과 접해있다.

都門信宿近,[212]　　　도성의 성문까지는 이틀 걸리는 가까운 거리

歌舞從周王.[213]　　　노래와 춤으로 주나라 천자를 따른다.

【왕평】

이 시 또한 전편이 안정되어 있다.

亦平.

【해설】

이 시는 현종을 호종하고 돌아오는 길에 화음에 머물 때 지었다. 현종이 여러 차례 장안에서 출발하여 동도 낙양을 순행했는데, 돌아올 때는 으레 화음을 지났다. 현종이 지은 「경악궁에 머물며」는 현재 남아 있지 않으나, 장구령과 이림보가 화답한 시는 남아있다.

210　行漏(행루) : 행루여(行漏輿). 수대에 발명된 일종의 이동형 각루(刻漏) 형식의 시계.『송사』「여복지」 참조.
　　　鳷鵲(지작) : 지작관(鳷鵲觀). 한대 궁전으로, 한 문제 때 감천궁 밖에 지었다. 여기서는 당대 도성의 궁궐을 가리킨다.
211　離宮(이궁) : 경악궁을 가리킨다.
　　　建章(건장) : 건장궁. 한대 궁전 이름. 여기서는 당대 도성의 궁궐을 가리킨다.
212　都門(도문) : 장안성문.
　　　信宿(신숙) : 연이틀 밤을 묵다. 화음에서 장안으로 돌아오는데 이틀의 노정이란 뜻.
213　周王(주왕) : 주나라 천자. 현종을 가리킨다.

현종황제玄宗皇帝 2수

幸蜀西至劍門[214]　　촉 땅에 행차할 때 검문에 이르러

劍閣橫雲峻,　　　　검각산이 구름 사이 솟았는데

鑾輿出狩回.[215]　　　난여를 타고 사냥 나왔다 돌아가네.

翠屏千仞合,　　　　천 길 높은 푸른 병풍들이 모였는데

丹嶂五丁開.[216]　　　붉은 절벽은 다섯 장정이 열었다네.

灌木縈旗轉,　　　　나무들이 깃발 사이에서 돌아가고

仙雲拂馬來.　　　　구름이 말머리를 스치며 다가오네.

乘時方在德,[217]　　　때를 타는 것은 바로 덕에 있으니

嗟爾勒銘才![218]　　　아아! '검각명'을 지은 장재張載의 재능에 감

214　幸蜀(행촉) : 촉 지방에 가다. 행(幸)은 임금의 이동을 의미한다.
　　劍門(검문) : 검문현(劍門縣). 지금의 사천성 검각현(劍閣縣) 동북에 소재. 주위에 검문산(劍門山)이 있어 이름 붙여졌다.
215　鑾輿(난여) : 천자가 타는 가마.
　　出狩(출수) : 밖에 나가 사냥함. 현종의 위의 시가 있고 난 후부터 임금이 난리를 피해 달아난다는 뜻도 덧붙여졌다.
216　五丁開(오정개) : 다섯 장정이 촉도(蜀道)를 열었던 전설을 가리킨다. "진 혜왕(秦惠王)이 촉을 정벌하려 했지만 길을 몰랐다. 다섯 마리의 돌 소를 만들어 꼬리에 금을 달아놓고 소가 금을 배설한다고 말하였다. 촉왕이 자신의 힘을 믿고 다섯 장정을 시켜 길을 닦게 하였다." 역도원(酈道元)『수경주』참조.
217　乘時(승시) : 시기를 타다. 좋은 때를 이용하다.
218　勒銘才(늑명재) : 바위에 명문을 새긴 인재. 서진의 장재(張載, 약250~약310)를 가리킨다. 그가 285년 촉에 가면서 쓴 「검각명(劍閣銘)」에 "나라가 흥하는 것은 진실로 덕에 달려 있으니, 험한 지세는 믿을 것이 못된다(興實在德, 險亦難恃)"란 말이 있다. 이는 시에서 말한 "때를 잡는 것은 바로 덕에 있으니"와 같은 맥락이다.

탄하노라.

벽옥璧玉의 테두리[肉]와 구멍[好]이 바르고 조화로우니, 왕세정이 칭찬하듯 골기만 뛰어난 것이 아니다.

말미에 '이어'理語가 들어갔어도 어색하지 않으니, 그 신묘함을 '재才'자에 있다.

肉好正勻, 非但以骨氣見拔厲, 如王元美之所褒者.

結入理語不酸, 妙在一'才'字.

당 현종이 안사의 난 때 촉 지방으로 피난 가면서 지은 시이다. 755년 11월 9일 안록산이 15만의 군사를 이끌고 범양范陽, 지금의북경에서 반란을 일으킨 후, 다음해인 756년 6월에 동관潼關을 쳐서 장안에 이르렀다. 6월 12일 70세가 된 현종은 양귀비와 종친들을 이끌고 장안을 탈출하였다. 반군은 수일 후 장안에 입성하였다. 위 시는 현종이 피난 도중 험난하기로 유명한 검각산에 이르러 지은 것으로 난리에 대한 일말의 감상이 들어가 있다.

왕세정은 『예원치언藝苑卮言』 권4에서 현종의 시에 대해 "골기가 태종보다 더 높다"고 하였다. 왕부지는 왕세정이 말한 골기가 시의 중요한 가치임을 인정하면서도, 그 기준이 충분하지 못하다고 보고 '육호肉</p>

'好'개념을 내세워 원융하고 완정한 시학을 지향하였다. 여기서 '육肉'
은 벽옥의 실체가 있는 테두리로 시의 성률과 어휘 등 형식을 비유하
고, '호好'는 가운데 뚫린 구멍으로 시의 신운과 의경 등 내재적 정신을
비유한다고 볼 수 있다. 테두리와 구멍은 실實과 허虛에 해당하며, 결국
'육호정균肉好正勻'은 실체와 공백이 균형 잡혀야 완벽한 벽옥이 될 수
있듯, 시의 형식과 내용, 기예와 신운이 조화롭게 통일된 상태를 가리
킨다. 요컨대 왕부지는 뛰어난 시는 골기뿐만 아니라 혈육과 정신도
가져야 한다고 강조한 셈이다.

同劉晃喜雨[219]	유황이 지은 '비를 기뻐하다'에 화답하며
節變寒初盡,	절기가 변하여 추위가 막 물러가고
時和氣已春.	때는 온화한 기운에 이미 봄이로다.
繁雲先合寸,[220]	짙은 구름이 먼저 작게 모이더니
膏雨自依旬.[221]	단비가 절로 열흘 내내 내리는구나.
颯颯飛平野,	쏴아쏴아 넓은 들에 날아들고
霏霏靜暗塵.	싸락싸락 어둠 속의 먼지를 가라앉힌다.
懸知花葉意,[222]	꽃잎과 나뭇잎이 환호하는 마음 알겠나니

---

219 劉晃(유황) : 변주(汴州) 위씨(尉氏) 사람으로, 유인궤(劉仁軌)의 손자이다. 현
    종 때 사훈랑중, 비서소감, 태상소경, 급사중 등을 역임하였다.
220 合寸(합촌) : 1촌 두께를 더하다.
221 依旬(의순) : 열흘마다 한 번.
222 懸知(현지) : 추측하다. 예상하다.

朝夕望中新.　　　　　　아침저녁으로 바라보는 중에 새로워라.

【왕평】

다투지도 않고 어지럽지도 않다.

'합촌合寸'과 '의순依旬'의 대우가 좋다.

不競不亂.

"合寸""依旬"對好.

【해설】

봄비가 내려 기뻐한 시이다. 주로 계절의 추이 속에 기상의 변화에 집중했으며, 말미에서 꽃과 잎이 내리는 비를 기뻐하는 것으로 전이시켜 마무리지었다.

왕만王灣 1수

江南意.[223]　　　　　　강남의 정취

南國多新意,　　　　　　남국에는 새로운 정취가 많아

東行伺早天.　　　　　　동으로 가면서 아침 하늘을 살펴보네.

---

223 『하악영령집』에서는 제목이 「강남의 뜻(江南意)」이라 되어 있지만, 통상 많이 알려진 제목은 「북고산 아래에 머물며(次北固山下)」이다. 제1, 2구와 제7, 8구가

潮平兩岸闊,[224]	조수가 불어나니 강 양안이 넓어지고
風正一帆懸.[225]	바람이 순조로워 돛폭 가득 부풀려졌네.
海日生殘夜,[226]	바다의 해는 남은 어둠 속에서 솟아오르고
江春入舊年.	강가의 봄은 묵은 해 속에서 나오네.
從來觀氣象,	예부터 천지의 기상을 관찰하려면
唯向此中偏.	오직 이곳에서만 참된 모습 볼 수 있다네.

【왕평】

이 시는 확실히 강남 풍경으로, 외형적 묘사에 그치지 않고, 정취와 신운도 포착하였다.

이 시는 『전당시화』에 보이며 전래된 지 오래되었다. 『당시품휘』는 다른 판본에 의거하였는데 다음과 같다.

"나그네 가는 길은 청산 밖에 있고, 가는 배는 푸른 강물 앞에 있다. 조수가 불어나니 강 양안이 넓어지고, 바람이 순조로워 돛폭 가득 부풀려졌네. 바다의 해는 남은 어둠 속에서 솟아오르고, 강가의 봄은 묵은 해 속에서 나오네. 고향의 편지는 어디에 가고 있는가? 돌아가는 기러기가 낙양 근처에 갔으리."

客路青山外, 行舟綠水前. 潮平兩岸闊, 風正一帆懸. 海日生殘夜, 江春入舊年. 鄉

---

224 潮平(조평) : 강물이 불다. 조수가 밀물져 수량이 증가하는 현상을 말하며, 더불어 봄이 되어 강물이 불어나는 것도 조(潮)라고 한다. 여기서는 후자를 가리킨다.
225 風正(풍정) : 바람이 바르게 불다. 순풍이 불다.
226 殘夜(잔야) : 남은 밤. 곧 밤이 다하는 새벽 무렵.

이는 졸렬하여 작자의 풍격과 취지를 잃었을 뿐만 아니라, 길이 청산에서 나오고 배가 푸른 물가로 나아가니, 이는 배와 수레가 두 갈래로 갈라져 서로 반대 방향으로 달리는 것이다. 북고산은 강 사이의 한 덩어리 바위일 뿐인데 어찌 청산 밖에 길이 있겠는가? 함련제3, 4구과 경련제5, 6구은 '경물 선택'[取景]이 조화롭고 아름다우나, 나그네길의 느낌이 전혀 없다. '향서鄕書'와 '귀안歸雁'은 근거 없이 나타났으며, '낙양변洛陽邊' 세 글자는 운을 맞추기 위해 억지로 그러모았다. 이는 분명 속필이 제멋대로 고친 것으로, 두보의 '융마관산戎馬關山'과 최호의 '일모고주日暮孤舟'의 뜻을 잘라다가 이어 붙여 만들었다. 그러나 두보의 시에 '오초건곤吳楚乾坤'의 구가 일찍이 비장함을 담아냈고, 최호가 '역력歷歷'과 '처처萋萋'의 말로 깊은 감회를 기탁한 걸 모르리라. 앞에 쇠가 있으면 뒤에 옥이 있고, 앞에 술이 있으면 뒤에 밥이 있으니, 그러므로 "팔풍이 율을 따르면서도 어긋나지 않는다"고 한 것이다. 오늘날 「하주河洲」와 「황조黃鳥」로 내쳐진 여인의 원망을 일으키고, 「중곡유퇴中谷有蓷」와 「하천下泉」으로 사랑을 찾는 기쁨을 표현한다면, 이는 사람의 목에 새의 가슴을 붙인 것과 같아, 이미 놀라움을 쌓아둔 창고일 뿐이다! 마땅히 원래의 뛰어난 작품은 그대로 보존하고, 불필요한 부분은 제거해야 하며, 조화로운 운율에 따라, 각 부분을 분류하고 배열하는 것이 옳다.

此詩見『全唐詩話』, 其傳舊矣, 『品匯』據別本, 作“客路靑山外, 行舟綠水前. 潮平兩岸闊, 風正一帆懸. 海日生殘夜, 江春入舊年. 鄕書何處達? 歸雁洛陽邊.” 不但蹇拙失作者風旨, 且路由靑山, 舟行綠水, 是舟車兩發, 背道交馳矣. 北固, 江間一卷石耳, 安所得靑山外之有路邪? 頷腹二聯取景和美, 了無客路之感. ‘鄕書’‘歸雁’, 其來無端, ‘洛陽邊’三字湊泊趁韻, 此必俗筆妄爲改竄, 竊取少陵“戎馬關山”, 崔顥“日暮孤舟”之意割裂補綴而成. 乃不知杜詩“吳楚乾坤”之句早成悲響; 崔作“歷歷”“萋萋”之語已寓遠懷, 其上有金者, 其下有玉; 其上有酒者, 其下有食, 故曰八風從律而不姦. 今使以“河洲”“黃鳥”起棄婦之怨, “谷摧”“下泉”興好述之樂, 人項鳥膺, 亦積驚之府矣! 自當仍存原璧. 捐其稂莠, 庶使依永和聲, 群分類聚爾.

【해설】

봄이 오는 장강에 돛대를 높이 걸고 지나가는 기상을 그렸다. 특히 제 5, 6구는 새것과 헌것이 교체되는 철리를 형상화한 명구이다. 좋은 시는 높은 개괄성을 가지고 있으며, 이는 곧 성당시의 특징이기도 하다.

왕부지는 이 시의 두 판본을 놓고 여러 각도에서 비교하며 오래된 판본이 뛰어나다고 보았다. 오래된 판본은 『문원영화』에 처음 나오며, 왕부지가 본문으로 제시하였다. 평어에서 인용한 문자는 『당시품휘』 등에 보인다. 두보의 ‘융마관산戎馬關山’이란 “관산의 북쪽에는 아직도 군마가 있다 하니戎馬關山北”가 있는 「악양루에 올라登岳陽樓」를 가리키고, 최호의 ‘일모고주日暮孤舟’는 “해 저무는 노을 속 고향은 어디인가日暮鄕關

何處是?"가 있는 「황학루」를 가리킨다. 그러나 왕부지가 보기에 「악양루에 올라」는 제3, 4구인 "호수는 오 땅과 초 땅을 동남으로 가르고, 하늘과 땅이 밤낮으로 떠 있다吳楚東南坼, 乾坤日夜浮"에서 먼저 타향의 슬픔을 부르고, 「황학루」는 "한양의 나무들은 맑은 강에 비치고, 앵무주엔 무성히 봄풀이 우거졌네晴川歷歷漢陽樹, 芳草萋萋鸚鵡洲"에서 먼저 깊은 감회를 기탁하였기에 시적 효과가 깊어졌다고 하였다. 왕부지는 결국 『당시품휘』본의 시가 얼마나 평범한지 보이기 위해 이러한 분석을 가하였다.

장자용張子容 1수

泛永嘉江日暮回舟[227]	영가강에서 저물녘 돌아가는 배를 띄우고
無雲天欲暮,	구름 없는 하늘은 저물어가는데
輕鷁大江淸.[228]	가벼운 배가 떠 있는 큰 강이 맑다.
歸路煙中遠,	돌아가는 길은 안개 속에 먼데
迴舟月上行.	선회하는 배는 달 위를 지나간다.
傍潭窺竹暗,	못 옆에서는 어둑한 대숲을 엿보고
出嶼見沙明.	섬이 다가오면 환한 모래가 드러난다.

---

227 永嘉江(영가강) : 지금의 구강(甌江). 지금의 절강성 남부에 소재했다.

228 鷁(익) : 익조. 고대에 순항의 의미로 익조의 머리를 뱃머리에 그렸기에 배를 '익(鷁)'이라 불렀다.

更値微風起,　　　　　　더구나 불어오는 미풍을 만나면

乘流絲管聲.　　　　　　물결 따라가며 악기의 소리를 듣는다.

【왕평】

오직 마음과 눈으로 접촉한 곳에서 '경景'을 얻고 '구句'를 얻어야 비로소 '활발한 기운朝氣'이 되고 신필神筆이 된다. '경'이 다하면 '뜻意'이 멈추고, '뜻'이 다하면 '말言'이 쉰다. 반드시 억지로 긁어모아서는 안 되며, '유有'를 버리고 '무無'를 찾아선 안 된다. 장章에서 장이 되고 구句에서 구가 되니, 문장의 도와 음악의 이치는 모두 여기에 있다.

"가벼운 배가 떠 있는 큰 강이 맑다輕鷁大江淸"는 배가 맑은 것인가 아니면 강이 맑은 것인가? 중당 시인이 이렇게 모호한 말을 쓰면 곧 뜻이 통하지 않는다. 압운의 어려움을 그들의 재주로는 감당하기 어려웠던 것이다.

곧장 결말에 이르렀으니 결국 「고시십구수」요 결국 「이남二南」이다!

只于心目相取處, 得景得句, 乃以朝氣, 乃爲神筆, 景盡意止, 意盡言息, 必不强括狂搜, 舍有而尋無, 在章成章, 在句成句, 文章之道, 音樂之理, 盡于斯矣.

"輕鷁大江淸", 舟淸邪? 江淸邪? 中唐人作此含糊語便得不通, 落韻之難, 非其才孰望哉?

一直結竟是「十九首」, 竟是「二南」!

【해설】

배를 타고 가는 즐거움을 서술했다. 제3, 4구는 배가 떠가는 감각을 잘 포착해냈으며, 제5, 6구는 도중에 만나는 새로운 경치를 신선한 감각으로 묘사했다.

왕부지는 시의 의상意象은 반드시 직접적인 경험에서 가져와야 한다고 했다. 그는 『강재시화』에서도 "몸으로 겪은 바와 눈으로 본 것이 '철칙[鐵門限]'이다. "계곡마다 맑고 흐린 날씨가 다르다陰晴衆壑殊"와 "호수는 오 땅과 초 땅을 동남으로 가르고乾坤日夜浮"와 같이 거대한 경관을 그릴 때도 반드시 이 문턱을 넘어서는 안 된다身之所歷, 目之所見, 是鐵門限. 卽極寫大景, 如'陰晴衆壑殊', '乾坤日夜浮', 亦必不逾此限"고 하였다. 감각의 직접성이야말로 시의 중심이며, '억지로 긁어모으지 않고' '유有'가 아닌 '무無'를 찾아선 안 된다는 것이다. 왕부지는 정감이 드러나는 자연스러운 방식으로 음악을 예로 드는 경우가 많은데, 문장의 도와 음악의 이치는 같다고 보았기 때문이다. 이 작품이 바로 시인이 만난 '경'을 직접적으로 잘 표현한 예라고 했다.

저광희儲光羲 2수

漢陽卽事[229]	한양에서 눈에 보이는 대로
楚國千里遠,	초 지방은 천리나 되는 넓은 곳인데
孰知方寸違.[230]	누가 내 마음의 불편함을 알아줄까.
春遊歡有客,[231]	봄이 와 놀러 나가니 '친구가 있어' 즐겁고
夕寢賦無衣.[232]	저녁에 잠들며 '옷이 없다'고 노래하네.
江水帶冰綠,	강물은 얼음장이 떠가며 푸르러 가고
桃花隨雨飛.	복사꽃은 가랑비 따라 휘날린다.
九歌有深意,[233]	「구가九歌」는 깊은 뜻이 있으니
捐佩乃言歸.[234]	패옥을 던지고 돌아가리라.

---

229 漢陽(한양) : 한양현(漢陽縣). 지금의 호북성 무한시 서부. 장강으로 흘러드는 한수(漢水)의 남안 지역이다.

230 方寸(방촌) : 심장 또는 마음.

231 有客(유객) : 『시경』「주송(周頌)」의 편명. "손님이 오셨네, 손님이 오셨네, 그 타고 온 말도 하얗구나. 모습이 성대하고 공손하니, 그 따르는 무리도 다듬은 듯 훌륭해라. 손님이 하룻밤 묵으시고, 이틀 밤을 더 묵으시네.(有客有客, 亦白其馬. 有萋有且, 敦琢其旅. 有客宿宿, 有客信信.)"

232 無衣(무의) : 『시경』「진풍(秦風)」의 편명. "어찌 옷이 없다고 하는가, 그대와 핫옷을 같이 입으려네. 왕께서 군대를 일으키시니, 나의 창을 손질하여, 그대와 함께 적과 싸우려네!(豈曰無衣? 與子同袍. 王於興師, 修我戈矛, 與子同仇!)"

233 九歌(구가) : 『초사』의 편명. 굴원이 민간의 무가(巫歌)를 가공하여 만들었다.

234 捐佩(연패) : 패옥을 버리다. 『구가』「상군(湘君)」에 "내 지닌 가락지를 강물에 던지고, 내 두른 패옥을 이수(澧水)에 버린다. 향기로운 모래섬에서 두약을 캐어, (오지 않는 상군 대신) 시녀에게 전해주려 하네(捐余玦兮江中, 遺余佩兮澧浦. 采芳洲兮杜若, 將以遺兮下女)"라는 구절이 있다.

밝고 아리따우며, 깊고 고우나, 지나치지 않다.

'유객有客'과 '무의舞衣'는 고대의 작품을 빌려 정을 전했지만, 억지스럽지 않다. '이里'자와 '심深'자는 요체이다. '유有'자는 중복 사용했는데, 이러한 시에서 요체에다가 중복도 했으니 어찌 정련하지 않았다고 비판하겠는가.

明媚深妍, 不入于淫.

'有客''無衣'借古傳情, 非强入事. '里'字'深'字拗, '有'字重用且如此詩, 詎可以拗與重用, 譏其不煉.

【해설】

초봄의 한적한 심사를 노래하였다. 제2구의 '내 마음의 불편함方寸違'이 무엇인지 뚜렷하지 않지만, 찾아온 친구와 봄날의 정경에 이내 마음의 불편함은 해소되는 듯하다. '패옥을 던지다'는 말은 자신의 재능을 숨긴다는 비유로 본다면 결국 은거에 대한 지향을 나타낸 것으로 보인다.

寒夜江口泊舟[235]　　　　추운 밤 강어귀에 배를 대며
　寒潮信未起,[236]　　　　차가운 밀물이 아직 들지 않은 때

235　江口(강구) : 나루터.
236　寒潮(한조) : 겨울의 조수.

出浦纜孤舟.	포구를 나가며 쪽배의 닻줄을 감는다.
一夜苦風浪,	밤 내내 바람과 물결에 힘들었기에
自然增旅愁.[237]	당연히 나그네의 시름이 더했지.
吳山遲海月,[238]	오 땅의 산이 가려 바다의 달이 늦게 뜨고
楚火照江流.	초 땅의 불이 강물을 비춘다.
欲有知音者,	내 마음을 알아줄 벗을 구하나
異鄉誰可求?	타향에서 누구를 찾아야 하나?

【왕평】

이처럼 함련을 유수구流水句로 만들면 결어의 함의가 싫증나지 않는다! 차분하게 나갔으니 절로 풍도가 있다.

저광희의 시는 시작 부분이 완곡하지만 마무리 부분은 상쾌하여, 근체시에 한 격을 만드는데 처음으로 깊이 단련하였다. 그러나 두보가 이미 심원하고 정미하므로 그는 사령운과 사조 사이에서 길을 찾았다. 당대 이후의 시인은 더 짝할 사람이 없다. 그밖에 자잘하게 조탁하는 자는 봉황울음을 마주한 귀뚜라미 울음과 같아 모두 미세한 소리이다. 정말 천양지차가 나므로, 가치가 있어 보존될 만한 작품은 단지 이 정도에 그치니, 절실한 가락을 만드는 일이 얼마나 어려운지 알겠다.

信(신) : 조수가 드나드는 시각.
237 自然(자연) : 당연하다.
238 吳山(오산) : 오 지방의 산들.

如此頷聯作流水句, 卽不厭結語用意矣! 以淸平出之, 自有風局.

儲詩入處曲折, 出路佳爽, 亦始開深煉一格于近體, 而甫已淵微, 卽爾振脫消息于康樂玄暉之間, 唐以下人, 更無倫匹. 其他琢刻幽細者, 相視如鸞笙之與蛩吟, 均爲希聲. 正相千萬, 然其可存者, 亦止于此, 故知切調之難工也.

【해설】

배를 타고 다니는 나그네의 시름을 그렸다. 말미가 갑작스럽지만, 나그네의 심정이 은연중에 드러난 것으로 볼 수 있다.

왕부지는 저광희 시의 특징을 서술하였다. 왕부지는 저광희를 위응물과 함께 당대 오언고시의 최고 성취를 이룬 시인으로 보았는데, 이는 심전기와 송지문과 마찬가지로 평가절상된 면이 있다. 그의 오언율시는 당대의 미학에 전염이 되어 오언고시보다는 못하지만 그래도 고풍이 남아있어 높이 평가하였다. 왕부지가 높이 평가하는 "사령운과 사조 사이에서 길을 찾았다"는 서술이 이를 잘 말해준다.

왕유王維 12수

終南山[239]　　　　　　종남산

太乙近天都,[240]　　　　태을봉은 하늘에 가깝고

連山到海隅.　　　　　　연이은 산들은 바다로 이어진다.

白雲廻望合,　　　　　　하얀 구름은 돌아보면 모여있고

靑靄入看無.[241]　　　　파란 안개는 가까이 다가가면 보이지 않아라.

分野中峰變,[242]　　　　중봉에서 지상의 분야分野가 갈라지고

陰晴衆壑殊.　　　　　　계곡마다 맑고 흐린 날씨가 다르다.

欲投人處宿,　　　　　　인가에 묵으려고

隔水問樵夫.　　　　　　계곡 건너 나무꾼에게 말을 건넨다.

239　終南山(종남산) : 장안성 남쪽에 있는 산. 본권의 두심언(杜審言)의 시 「봉래전 연회에 참석하여, 황제의 명을 받들어 '종남산'을 짓다(蓬萊三殿侍宴, 奉敕詠終南山)」 참조.

240　太乙(태을) : 태일(太一)과 같다. 원뜻은 도가(道家)에서 말하는 우주 만물의 근원으로서의 '도(道)'. 여기서는 종남산의 주봉인 태을봉으로, 때로 종남산을 가리킨다.
　　天都(천도) : 천제의 도성. 장안성 또는 하늘을 가리킨다.

241　靑靄(청애) : 푸른색의 구름 기운.

242　分野(분야) : 천상의 별자리를 각각 지상에 대응시킨 지역. 고대에 12 별자리(나중에는 28개)의 위치를 지상의 주(州)나 국(國)에 대응시켰는데, 이때 천상의 별자리를 분성(分星)이라 하고, 이에 대응된 지상의 지역을 분야(分野)라 하였다. 이 구는 종남산이 거대하여 중봉에서 분야가 나누어진다고 과장하였다.

【왕평】

구성과 배치가 정밀하고 완벽하다. 사람의 힘이 하늘과 함께 하여, 사람의 힘과 하늘이 하나가 되었다.

"연이은 산들은 바다로 이어진다連山到海隅"는 그저 과장만이 아님을 『상서』「우공」을 읽으면 알게 된다. 결말 또한 종남산의 광대함을 형상화하였으니, 절묘함은 '흔적 없애기[脫卸]'에 있다. 이 시를 다만 '시 속의 그림'으로 보아서는 안 된다. 이것이 바로 '그림 속에 시가 있다'는 경지이다.

工苦安排備盡矣! 人力參天, 與天爲一矣!

"連山到海隅"非徒爲窮大語, 讀「禹貢」自知之. 結語亦以形其闊大, 妙在脫卸, 勿但作詩中畵觀也. 此正是"畵中有詩".

【해설】

종남산의 높고 큰 모습과 웅혼한 기상을 생동감 있게 묘사하였다. 필력이 강건하고 기세가 울창하다. 시종 시점을 바꾸어 대자연의 모습을 재현하려 하였다. 제1, 2구에서 산의 위치와 전모를 드러내고, 제3, 4구에서 산의 정면을 조망하다가 산속에 들어가면서 본 모습을 그렸고, 제5, 6구는 고공에서 부감하는 시점에서 그렸고, 말미에서 산의 계곡이 휘도는 곳으로 내려가 그렸다. 이러한 산점 투시의 묘사는 곧 중국화의 구성 방법으로 거대한 산의 전모를 드러내려는 의도가 보인다. 특히 말 2구는 저도 모르게 산의 매력에 빠져 들어간 시인이 묵을 곳을 찾는 장면으로, 거대한 산에 대비하여 사람이 작게 그려진 산수화의 운미가 느껴진다. 『문원영화文苑英華』에는 제목이 「종남산 가는 길終南行」이라 되어있다.

왕부지는 이 시를 극찬하여 여러 곳에서 인용하였다. 특히 말미의 두 구는 계곡을 사이에 두고 건너편에 있는 나무꾼에게 말을 건네는 장면으로 '그림'을 연상시키며, 이를 통해 거대한 산중의 공간을 감각적으로 드러내었다. 여기에서 나아가, 왕부지는 '시 속의 그림'과 '그림 속의 시'를 구별하여, '그림 속의 시'가 한 단계 더 높은 경지라고 보았다. 즉 '시 속의 그림'은 시가 풍경을 그려낸 데서 그치지만, '그림 속의 시'는 시가 그려낸 그림 속에서 시적 감흥과 시적 세계를 나타내는 것이라 보았다.

觀獵	사냥 구경
風勁角弓鳴,[243]	바람 드세지자 각궁이 저 홀로 울어
將軍獵渭城.[244]	장군이 위성渭城으로 사냥을 나가네.
草枯鷹眼急,	초목이 시든 후라 매의 눈알 날래고
雪盡馬蹄輕.	쌓인 눈 녹은 뒤라 말발굽 경쾌해
忽過新豐市,[245]	삽시간에 신풍新豐을 지나고

---

243 角弓(각궁) : 짐승의 뿔로 장식한 활.
244 渭城(위성) : 지금의 섬서성 서안의 북쪽에 있는 함양(咸陽)의 옛성. 진(秦)의 도읍지.
245 新豐(신풍) : 장안의 동쪽에 있던 위성 도시. 지금의 섬서성 서안시 임동구(臨潼

還歸細柳營.[246]　　　　다시 세류영細柳營에 돌아오네.

回看射雕處,[247]　　　　수리 쏘아 맞힌 곳 되돌아보니

千里暮雲平.　　　　천리에 가로 걸린 저녁 구름뿐.

【왕평】

후반 네 구는 기이한 붓으로 그렸으니, 붓끝에 비바람 소리가 난다.

왕유는 오언 근체시에 있어 저광희와 일치하는 점도 있고 맹호연과

일치하는 점도 있지만, 심원하고 아름다운 점에서 저광희와 맹호연보

다 뛰어나 자신의 체제를 만들었다. 이것이 곧 왕유만이 홀로 연 시각

으로 천보 연간의 두보 시와 백중을 이룬다. 안연지, 사령운, 포조, 유

신 이후 다시 한번 풍격이 변화한 것이다. 두보의 공력은 대상을 깊이

관찰하여 세밀하게 드러내는 데 있고, 왕유의 묘미는 사방을 널리 포

區) 동쪽에 소재.

246 細柳營(세류영) : 장안 주위에 세류(細柳)라는 지명은 2곳으로, 하나는 함양시
　　서남 위수(渭水)의 북안으로 한대의 명장 주아부(周亞夫)가 둔병하던 곳이다.
　　다른 하나는 장안의 서남 곤명지(昆明池) 남쪽에 위치한 세류원(細柳原)이다. 여
　　기서는 전자를 가리킨다.

247 射雕(사조) : 수리를 쏘다. 수리는 날쌔기 때문에 웬만한 명궁이 아니면 쏘아 맞
　　히지 못한다. 수리 맞추기와 관련된 전고는 일반적으로 2가지가 있다. 하나는 이
　　광(李廣)과 관련된 전고이다. 한나라의 중귀인(中貴人)이 기병 수십을 데리고
　　흉노 3명과 싸우는데, 흉노가 말 위에서 몸을 돌려 활을 쏘아 중귀인을 상처 입히
　　자 중귀인이 도망쳐 이광에게 달려갔다. 이에 이광이 '이는 필시 수리를 쏜 사람
　　일 것이다(是必射雕者也)'고 했다. 다른 하나는 북제(北齊)의 곡률광(斛律光)이
　　큰 수리의 목을 쏘아 잡자 승상부에 있던 형자고(邢子高)가 '수리를 쏜 명수'라는
　　뜻의 '사조수(射雕手)'라 칭송한 일이다.

착하여 '환중圜中'을 자연스럽게 드러내는 데 있다. 예컨대 종남산의 거대함은 "인가에 묵으려고, 계곡 건너편 나무꾼에게 말을 건넨다欲投人處宿, 隔水問樵夫"로 드러내고, 사냥하는 말의 빠름은 '삽시간에 지났다가[忽過]', '다시 돌아오고[還歸]', '되돌아보니回看', '저녁 구름暮雲'이 보이는 것으로 드러내니, 이들이 이른바 "낚싯바늘을 겨우 세 치 띄웠을 뿐인데, 금빛 비늘이 번쩍이며 튀어 오른다"는 수준의 필력으로, 두보가 일찍이 찾지도 않았고 이르지도 못한 경지이다. 오언시의 변화는 여기에 이르러 이미 극에 달했으니, 왕유의 뛰어난 솜씨는 먼 것을 가까이 가져오고, 허虛를 잡아 실實을 만들기도 하는데, 마음이 절로 자유로우니 형상이 절로 자리를 잡는다. 만약 이런 경지에 오르지 못한 사람이 황당하고 허탄한 말을 지어낸다면, 마치 "마디마디 학 울음이 하늘로 날아오른다——鶴聲飛上天"로 스스로 신통하다고 자랑하는 자와 같아, 풍아의 정신은 땅에 떨어지고 말 것이다. 이 때문에 성당盛唐의 시에서 길을 찾는 사람은 절제와 표현의 법도를 반드시 알아야 할 것이다.

後四語奇筆寫生, 毫端有風雨聲.

右丞于五言近體, 有與儲合者, 有與孟合者, 有深遠鴻麗軼儲孟而自爲體者, 乃右丞獨開手眼處, 則與工部天寶中詩相爲伯仲. 顔謝鮑庾之風又一變矣. 工部之工, 在卽物深致, 無細不章. 右丞之妙, 在廣攝四旁, 圜中自顯. 如終南之闊大, 則以"欲投人處宿, 隔水問樵夫"顯之, 獵騎之輕速, 則以'忽過''還歸''回看''暮雲'顯之, 皆所謂離鉤三寸, 鱍鱍金鱗, 少陵未嘗問津及此也. 然五言之變至此已極, 右丞妙手能使在遠者近, 搏虛作實, 則心自旁靈, 形自當位. 苟非其人, 荒遠幻誕, 將有如"一一鶴聲飛上天",[248] 而自詫爲靈通者, 風雅掃地矣. 是取徑盛唐者, 節宣之度, 不可不知也.

【해설】

장군의 사냥을 묘사하였다. 첫 구의 "바람 드세지자 각궁이 저 홀로 울어"는 발상이 뛰어난 명구이며, 제3, 4구는 매의 눈알과 말발굽만으로 사냥의 민첩함을 표현하였다. 제5, 6구는 사냥 장소의 이동을 통해 신출귀몰함을 표현하였으며, 말 2구에서는 장대한 경관으로 장군의 기개를 이미지화하였다. 장군의 충만한 무예와 함께 구경하는 사람의 격정도 함께 표현되었다.

왕부지는 이 시를 높이 평가하면서 오언 근체시에서의 왕유의 지위와 특징을 서술하였다. 왕유의 특징을 드러내기 위해 두보와 비교한 점이 흥미롭다. "두보의 공교로움은 사물에 대한 깊은 흥취로, 드러내지 않은 미세함이 없을 정도이다. 왕유의 절묘함은 널리 사방과 연관지어 '환중圜中'이 절로 드러나게 한다工部之工, 在卽物深致, 無細不章. 右丞之妙, 在廣攝四旁, 圜中自顯." 즉 두보는 묘사에 뛰어나 지극히 미세한 사물이나 정감을 모두 완곡하게 표현해 수염 하나 꽃술 하나까지 독자에게 보여주

248 　一一(일일) 구 : 천보 연간 양형(楊衡)이 처음에 여산에서 은거했는데, 어떤 자가 양형의 문장을 훔쳐 과거에 급제하였다. 나중에 양형도 급제하여 그 사람을 만나 물었다. "'일일학성비상천(一一鶴聲飛上天)'은 잘 있소?" 그 사람이 답하기를 "이 구는 노형께서 가장 아끼는 거라 감히 훔치지 못했습니다"고 했다. 양형이 "그렇다면 용서할 만하오."라 말하였다. 『전당시화』 참조.

어 마치 북종화의 공필화를 그리는 듯하다. 그러나 왕유는 붓으로 칠해가면서 반친反襯의 효과를 나타낸다. 왕유는 「종남산」에서 종남산이 얼마나 광대한지 직접 묘사하는 것이 아니라, 한나절을 걸어도 인가가 없고 날이 저물려 해서 계곡 건너 나무꾼에게 물어보는 것으로 나타냈다. 만약 계곡을 건너 가까이 가서 물어보려면 얼마나 멀리 돌아가야 하겠는가! 「사냥 구경」에서도 사냥하는 사람의 말이 얼마나 빠른지 나타내기 위해 '삽시간에 지났다가[忽過]', '다시 돌아오고[還歸]'라는 몇 개의 말로 장면의 빠른 변화를 집어냈으니 마치 영화 장면이 빠르게 전환하는 것과 같다. 왕유는 사물을 객관적으로 묘사하는 것이 아니라 허실虛實을 이용해 나타낸데 비해 두보는 사물의 각 부분을 상세하고 구체적으로 묘사하여 대조를 이룬다. 왕유는 두보와 함께 오언 근체시의 두 대가이지만, 두보와 다른 길을 걸어갔다고 파악하였다.

從岐王過楊氏別業應教[249]

기왕을 따라 양씨 별장을 방문하여 응교하다

揚子談經處,[250]　　　양웅이 경전을 담론하던 곳에

淮王載酒過.[251]　　　회남왕이 술을 들고 방문하였네.

興闌啼鳥換,[252]　　　우는 새가 바뀐 걸 보니 흥이 높음을 알겠고

坐久落花多.　　　꽃이 쌓인 걸 보니 오래 앉았음을 알겠노라.

徑轉廻銀燭,　　　오솔길이 굽이도니 은 촛불이 따라 돌아가고

林開散玉珂.[253]　　　숲속으로 길이 펼쳐지니 옥 굴레 소리가 흩

249　岐王(기왕) : 예종(睿宗)의 4째 아들이자 현종의 동생으로 이름은 이범(李範). 예종이 즉위하자 기왕(岐王)으로 봉해졌고, 현종이 즉위한 후 태자소사(太子少師), 강주(絳州)·정주(鄭州)·기주(岐州) 자사(刺史), 태자태부(太子太傅) 등을 역임하였다. 726년 졸.
　　過(과) : 방문하다.
　　楊氏別業(양씨별업) : 양씨의 별장. 양씨는 미상.
　　應敎(응교) : 왕의 명령에 따라 화답한 시문. 위진 이래 신하가 제왕의 시문에 화답한 것을 '응조(應詔)'라 하고, 태자의 시문에 화답한 것을 '응령(應令)'이라 하고 왕의 시문에 화답한 것을 '응교(應敎)'라 했다.
250　揚子(양자) : 서한 말기에 활동한 양웅(揚雄)을 가리킨다. 문학가이자 학자로, 세상의 명예와 이익에 뜻을 두지 않고 연구에 몰두하여 『법언(法言)』, 『태현경(太玄經)』 등을 지었다. 특히 술을 좋아하였기에 호사가들은 술과 안주를 들고 찾아가 배웠다고 한다. 여기서는 양웅으로 제목에 나오는 양씨(楊氏)를 비유하였다.
251　淮王(회왕) : 서한 회남왕(淮南王) 유안(劉安)을 가리킨다. 문학과 방술을 좋아하였으며 자신을 낮추고 널리 문사들을 불러 모았다. 여기서는 회남왕으로 기왕(岐王)을 비유하였다.
252　興闌(흥란) : 흥이 무르익다.
　　啼鳥換(제조환) : 우는 새가 바뀌었다. 밤에 우는 새와 새벽에 우는 새가 다르므로 시간이 한참 지났다는 뜻.
253　開(개) : 펼쳐지다 숲속에 들어서니 넓은 공간이 나오다.
　　玉珂(옥가) : 말굴레에 매다는 패각으로 만든 장식물. 여기서는 말을 가리킨다.

어지네.

嚴城時未啓,[254]　　통금이라 아직 성문이 열리지 않은 시간

前路擁笙歌.[255]　　선두의 악대들이 생황을 불고 가네.

【왕평】

"꽃이 쌓인 걸 보니 오래 앉았음을 알겠노라坐久落花多"는 가구이고,
후반 네 구는 공교한 마음이 눈앞의 '경'을 얻었다.

"坐久落花多"自是佳句, 末四語巧心得現前之景.

【해설】

제목에서 말한 대로 기왕을 따라 양씨 별장에 가서 놀다 온 장면을
쓴 시이다. 비록 응교시應敎詩이나 아부에 떨어지지 않고 고아한 밤의
정취를 잘 표현해내었다. 제3, 4구는 경관의 아름다움 뿐만 아니라 시
간의 길이까지 표현하여 역대로 잘 인용되는 운미韻味가 깊은 명구이
다. 더불어 전편에 움직임과 정지, 소리와 고요가 긴장감 있게 어우러
져 있어 깊은 즐거움을 표현하였다. 초기 대표작으로 720년 장안에서
지은 것으로 보인다.

254　嚴城(엄성) : 사람의 통행을 막은 성. 고대에는 야간에 사람의 통행을 금지하였다.
255　擁(옹) : 무리를 지어 가다.

同崔員外秋宵寓直[256]

최 원외의 '가을밤에 당직을 서며'에 화답하며

建禮高秋夜,[257]	건례문建禮門에 한가을 밤
承明候曉過.[258]	승명려承明廬에서 새벽이 오는지 살피노라.
九門寒漏徹,[259]	궁중의 아홉 문에 물시계 소리도 잦아들고
萬井曙鐘多.	수많은 우물가에 새벽 종소리 울려라.
月迥藏珠斗,[260]	달이 멀어지니 북두성이 숨어들고
雲消出絳河.[261]	구름이 사라지니 은하수 물이 빠져나가네.
更慚衰朽質,[262]	노쇠한 몸이라 더욱 부끄러운데
南陌共鳴珂.[263]	남쪽 길로 함께 말 타고 돌아가누나.

---

256 崔員外(최원외) : 미상.
  寓直(우직) : 원래 다른 관아에 가서 당직을 선다는 뜻이었으나, 나중에는 관청
  에서의 당직을 의미했다.
257 建禮(건례) : 건례문(建禮門). 한대의 궁문으로 그 안에 상서대(尚書臺)가 있었
  다. 여기서는 당 상서성을 가리킨다.
258 承明(승명) : 승명려(承明廬). 서한 석거각(石渠閣) 밖에 있던, 시종들이 당직을
  서던 곳. 위(魏)의 궁문에도 승명문(承明門)이 있어, 명제(明帝)가 조회하러 이
  문을 드나들었다.
259 九門(구문) : 황성의 남북 중축선으로 서 있는 아홉 개의 궁문. 일반적으로 황궁
  의 문을 가리킨다.
  徹(철) : 끝나다.
260 珠斗(주두) : 구슬같이 엮어져 있는 북두성.
261 絳河(강하) : 은하수. 은하가 북극성의 남쪽에 있으므로, 남방의 색인 붉은색의
  뜻으로 '강(絳)'을 붙였다.
262 衰朽(쇠후) : 노쇠하고 무능하다. 작자 자신을 가리킨다.
263 鳴珂(명가) : 울리는 옥 소리. 말의 굴레 따위에 장식한 옥이 울리는 소리.

【왕평】

가볍고 편안하다.

輕安.

【해설】

가을밤에 장안성에 숙직을 선 정황을 묘사한 시이다. 왕유가 상서성 문부랑중文部郞中으로 있을 때인 752~754년 사이에 지은 것으로 보인다.

過香積寺[264]	향적사를 찾아
不知香積寺,	향적사가 어디 있는지 알 수 없어
數里入雲峰.[265]	몇 리를 걸어 구름 낀 봉우리로 들어가네.
古木無人徑,	고목만 서 있을 뿐 오솔길도 없는데
深山何處鐘?	깊은 산 어디선가 울려오는 종소리
泉聲咽危石,	샘물은 높은 바위를 지나며 울어 에이고
日色冷靑松.	햇빛은 푸른 소나무에 걸치어 맑고 차가워
薄暮空潭曲,	해거름이 내리면 빈 연못가에서
安禪制毒龍.[266]	참선에 들어 독룡 같은 망념을 다스리네.

264　香積寺(향적사) : 지금의 섬서성 서안시 장안구에 소재했었지만, 송대에 없어졌다. 현재 가리촌(賈里村)에 있는 향적사는 당대의 향적사와 다르다.
265　數里(수리) : 몇 리. 1리(里)는 오늘날 400미터이지만 당대에는 559.8미터였다.
266　安禪(안선) : 선정(禪定)에 들다.
　　毒龍(독룡) : 흉악한 용. 번뇌와 망념을 비유한다. 『대지도론(大智度論)』권14에 보면, 부처가 일찍이 거대한 독룡이었는데 중생의 피해가 막심하였다. 나중에 제3, 4구는 유수구처럼 보이기도 하고 쌍립으로 보이기도 하는데, 시구를 자연스럽게 놓아 결말도 힘들지 않다.

三四似流水, 一似雙立, 安句自然, 結亦不累.

【해설】

고요한 산사의 풍경을 묘사한 시이다. 향적사를 찾아가고픈 마음에서 길을 나섰지만 심산을 먼저 휘돌며 저도 모르게 샘물과 소나무가 짜놓은 유현한 정취를 가득 느끼게 된다. 마침내 절의 맑은 연못에 이르러 깨달음을 얻게 된다.

왕부지는 제3, 4구가 유수구일 수도 있고 대우일 수도 있다고 말했다. '고목古木'과 '심산深山'은 대우의 요소이지만, '무인경無人徑'과 '하처종何處鐘'은 대우가 되지 않으므로 유수구의 성격도 가지고 있다. 이러한 형식이 중요한 것이 아니라 그 의경이 자연스럽기에 말미의 '이어理語'도 고립되지 않았다고 하였다.

使至塞上   사신으로 변새에 가며

單車欲問邊,[267]   변방을 위문하고자 홀로 수레를 타고

계율을 받고 나서 사냥꾼으로부터 껍질이 벗겨지고 벌레들로부터 몸을 파먹히는 고통을 견뎠으며, 마침내 몸이 말라 죽은 후 부처가 되었다고 한다. 『선비요법경(禪秘要法經)』에서는 몸속에 무수한 독룡과 독사가 있다는 말로 번뇌와 망집을 비유하였다.

屬國過居延.[268]　　　귀속지 거연居延을 방문하노라.

征蓬出漢塞,　　　굴러가는 쑥대는 국경을 넘어가고

歸雁入胡天.　　　날아가는 기러기는 오랑캐 하늘로 들어가네.

大漠孤煙直,[269]　　　광활한 사막에 연기는 직선으로 오르고

長河落日圓.[270]　　　긴 강물에 태양은 원형으로 떨어지네.

蕭關逢候吏,[271]　　　소관에서 척후병을 만났더니

都護在燕然.[272]　　　도호가 이미 연연산을 점령했다네.

267　欲(욕) : 곧(方), 마침(正).
　　　問(문) : 방문하다. 위문하다.

268　屬國(속국) : 한대에 영토는 한(漢)에 귀속되었으나 풍속은 그대로 남긴 지역을
　　　속국(屬國)이라 하였다.
　　　居延(거연) : 서북 지역의 군사 중진. 지금의 감숙성 장액 일대. 한대에는 지금의
　　　내몽골 어지나기(額濟納旗) 북쪽에 거연택(居延澤)이 있었고, 당대에는 이를 거
　　　연해(居延海)라 하였다. 한대의 장액군(張掖郡) 거연현(居延縣)이 근처에 있었
　　　다. 이 구는 "귀속지가 거연 너머까지 이어졌다"고 해석할 수도 있지만, '過居延
　　　屬國'의 도치로 보면서 '과(過)'를 방문하다는 동사로 풀이할 수도 있다. 여기서
　　　는 후자로 한다.

269　大漠(대막) 구 : 지리학자 곽배령(郭培嶺)이 감숙(甘肅)과 신강(新疆) 등지에서
　　　실제 조사를 벌인 후 내놓은 「왕유의 '사신으로 변새에 가며'에 대한 고찰(王維使
　　　至塞上考釋)」에 따르면, 시에서 묘사한 현상은 기상학에서 말하는 진권풍(塵卷
　　　風), 즉 회오리바람으로 모래먼지가 곧추 올라가는 현상이라고 하였다.

270　長河(장하) : 아마도 양주(凉州) 북쪽의 텅거리(騰格里) 사막으로 흘러들어가는
　　　지금의 석양하(石羊河)를 가리키는 듯하다.

271　蕭關(소관) : 지금의 영하회족자치구 고원현(固原縣) 동남에 소재했던 관문.

272　燕然(연연) : 지금의 몽골인민공화국 경내에 있는 항아이산(杭愛山). 동한의 두
　　　헌(竇憲)이 흉노를 격파한 후 이 산의 바위에 공적을 새기고 돌아왔다.

왕유는 매번 후반 네 구가 절묘한데, 앞에서 평범한 말로 준비하기에, 마침내 완전한 작품을 만들어낸다.

결말이 평호平好하니, 온후함이 전혀 다르게 나타났다. 일반적으로 '경'을 사용하여 '뜻'을 나타내면, '경'이 드러나면서 '뜻'이 희미해지는데, 이는 시짓기의 극치이다.

右丞每于後四句入妙, 前以平語養之, 遂成完作.

一結平好, 蘊藉遂已迥異. 蓋用景寫意, 景顯意微, 作者之極致也.

【해설】

간결한 필치로 변경의 풍광을 묘사한 시이다. 왕유가 737년開元 25년 여름 감찰어사로 양주涼州에 처음 갔을 때 지었다. 제3, 4구에서 보이는 황량한 변새 속의 객수감은 제5, 6구의 웅장하고 기려한 풍광 속에 소실되는 듯하며, 제7, 8구의 승전보에서 완정하게 보상받는다. 추상적인 구도로 짜 만든 제5, 6구는 역대로 명구로 칭송되었다.

왕부지는 왕유의 오언율시의 특징을 지적하였다. 일반적으로 전반 네 구는 평범한 말 시작하여 후반을 네 구를 위해 '세勢'를 모은다. 때문에 후반 네 구가 절묘하다. 특히 왕유는 '경'을 사용하면서 '뜻'을 희미하게 처리함으로써 작법의 극치에 이르렀다고 하였다. 예컨대 제3, 4구의 쑥대와 기러기는 변방에 와서 본 풍경이기도 하지만, 왕유 자신을 비유한다고 볼 수도 있다. 간결한 말로 왕유 시의 특징을 짚어냈다.

送平淡然判官²⁷³　　　　평담연 판관을 보내며

不識陽關路,²⁷⁴　　　일찍이 양관陽關으로 가는 길을 몰랐는데

新從定遠侯.²⁷⁵　　　이제 정원후 반초班超를 따라 그곳에 간다네.

黃雲斷春色,　　　　누런 구름 낀 서역이라 봄빛은 오지 않고

畫角起邊愁.²⁷⁶　　　뿔 나팔 소리에 변방의 시름이 일어나리.

瀚海經年到,²⁷⁷　　　한 해를 걸쳐 머나먼 사막에 도착하고

交河出塞流.²⁷⁸　　　변새를 나가면 교하交河의 강물이 흐르리.

須令外國使,　　　　모쪼록 외국의 사신들로 하여금

知飲月支頭.²⁷⁹　　　월지왕의 두개골로 물을 마셨음을 알게 하게.

273　平淡然(평담연) : 미상.

274　陽關(양관) : 한대(漢代)에 세운 관(關) 이름. 지금의 감숙성 돈황시 서남에 소재. 옥문관(玉門關)의 남쪽에 있으므로 양관이라 하였다.

275　定遠侯(정원후) : 동한 반초(班超)를 가리킨다. 역사가 반고(班固)의 동생. 명제(明帝) 때 서역으로 출사하여 삼십일 년간 서역을 경영하면서 50여개 나라를 귀순하게 하였다. 이 공로로 정원후(定遠侯)의 작위를 받았다. 여기서는 절도사를 가리킨다.

276　畫角(화각) : 그림이 새겨진 뿔 나팔. 길이 5척에 모양은 죽통 같다. 군중에서 시간을 알리거나 신호를 보내는데 쓰이는 악기로, 그 소리가 애절하고 높다.

277　瀚海(한해) : 거대한 사막.
　　經年(경년) : 한 해가 지나다.

278　交河(교하) : 서역의 강 이름이자 지명. 강은 지금의 신강(新疆) 투루판시 서쪽 약 10㎞의 야얼후(雅爾湖)향(鄕) 소재. 두 줄기의 강이 둘러싸며 요새와 같은 지형을 만들고 있기에 교하(交河)라 하였다.

279　月支(월지) : 月氏(월지)라고도 쓴다. 진한(秦漢) 시기에 돈황과 하서회랑에서 활동했던 민족. 나중에 흉노족의 공격을 받아 이리하(伊犁河) 상류로 옮겨간 일부는 대월지(大月氏)라 하고, 기련산에 남은 일부는 소월지(小月氏)라 하였다. 이 구는 『사기』「대완열전(大宛列傳)」에 나오는 "흉노의 노상(老上) 선우 시대에 이르러서는 월지왕을 죽이고 그 두개골로 술잔을 만들었다(至匈奴老上單于, 殺月氏王, 以其頭爲飮器)"는 전고를 가리킨다.

【왕평】

고르다.

匀.

【해설】

안서安西 또는 북정北庭으로 가는 판관을 보내며 쓴 시이다. 왕유의
변새시 계열의 대표작 가운데 하나로, 서역의 풍광에 대한 개괄성 높
은 묘사와 함께 공을 이루기 바라는 기원을 담았다.

山居秋暝[280]	산속의 가을 저녁
空山新雨後,	사람 없는 빈산에 비 내린 후
天氣晩來秋.[281]	저녁 되니 하늘은 가을이로다.
明月松間照,	밝은 달은 소나무 사이를 비추고
清泉石上流.	맑은 샘물이 바위 위에 흘러라.
竹喧歸浣女,[282]	대숲이 수런대니 빨래하다 돌아가는 여인이요
蓮動下漁舟.	연잎이 움직이니 내려가는 고깃배가 있었어라.
隨意春芳歇,[283]	봄꽃이 제 하고픈 대로 시들어가니

---

280 暝(명) : 저녁. 밤.
281 晩來(만래) : 저녁. 저녁 무렵.
282 浣女(완녀) : 빨래하는 여인. 비가 온 후라 빨래하기 좋다.
283 隨意(수의) : 마음내토, 제멋대로.
　　春芳(춘방) : 봄꽃.

王孫自可留.[284]　　　　왕손王孫은 절로 산중에 머물만하다네.

【왕평】

모든 것을 새롭게 만드니, 이는 왕유가 저광희와 비슷한 점이다.

함련제3,4구은 마찬가지로 평측과 압운을 맞추기 위해 심혈을 기울였다.

凡使皆新, 此右丞之似儲者.

頷聯同用力求切押.

【해설】

비 갠 가을 저녁의 산촌을 묘사하였다. 왕유는 가을 저녁 비갠 모습
을 즐겨 묘사하였는데, 이 시는 어느 한 구를 뽑을 필요 없이 전편이
산뜻하고 청신하며 또한 완정하다. 자연의 동정動靜이 자연스럽고, 인

284　王孫(왕손) : 은사(隱士)에 대한 존칭. 나아가 귀족 자제를 의미한다. 그러나 후
대에 이 어휘가 많이 쓰이면서 나그네를 의미하기도 한다. 여기서는 작가 자신을
가리킨다. 제7, 8구는 한대(漢代) 회남소산(淮南小山)의 「은사를 부르다(招隱
士)」에서 "왕손(王孫)은 떠돌며 돌아오지 않더니, 봄풀은 자라서 무성하게 우거
졌네 [(…중략…)] 왕손(王孫)이여, 어서 돌아오라! 산속은 오래도록 머물 곳이
아니라네(王孫遊兮不歸, 春草生兮萋萋 [(…중략…)] 王孫兮歸來, 山中兮不可以
久留)"란 구절을 응용하였다. 「은사를 부르다」에서 사용된 왕손(王孫)은 진(秦)
이 전국을 통일하면서 멸망한 여러 나라들의 귀족을 왕손(王孫)이나 공자(公子)
등으로 부른데서 시작되었다. 왕부지(王夫之)는 "진한(秦漢) 이전에 사인(士人)
들은 모두 왕후(王侯)의 후예들이었으므로 왕손이라 하였다"고 했다. 유안(劉
安)은 봄날에 산중에 있는 귀족 자제를 불러내고 있지만, 왕유는 이를 빌어 거꾸
로 자신은 가을이 되어도 산에 있겠다고 말하고 있다.
自(자) : 친히. 몸소.

물의 등장도 측면으로 묘사되어 자연의 일부가 되었다. 왕유의 대표작일 뿐만 아니라 중국고전시의 대표작이다.

輞川閑居贈裴秀才迪[285]	망천에서 한가히 지내며 수재 배적에게
寒山轉蒼翠,	차가운 산은 비췻빛으로 바뀌고
秋水日潺湲.[286]	가을 물은 날이 갈수록 잦아든다.
倚杖柴門外,	사립문 앞에서 지팡이에 기대어
臨風聽暮蟬.	바람 속 저물녘 매미울음 듣는다.
渡頭餘落日,	나루터엔 저무는 석양빛
墟里上孤煙.	마을에는 떠오르는 외줄기 연기
復値接輿醉,[287]	다시금 술에 취한 접여接輿를 만났으니

---

285 輞川(망천) : 지금의 섬서성 서안시 남전현(藍田縣) 동남에 소재한 작은 강. 종남산(終南山)의 망곡(輞谷)에서 발원하여 파수(灞水)로 흘러든다. 산이 험하고 길이 좁아 풍경이 아름다운 곳으로 왕유의 별장이 있었다.
　裴迪(배적) : 성당 때 시인. 왕유와 절친했으며 두보, 이기, 맹호연 등과도 교유하였다. 안사의 난 후에 촉주자사(蜀州刺史)를 지냈다.
　秀才(수재) : 여기서는 선비라는 뜻. 당대 초기 과거에 진사과와 함께 수재과도 있었으나 651년 수재과는 폐지되었다. 이후 과거 시험을 준비하는 사람을 수재 또는 진사라 불렀다.
286 潺湲(잔원) : 물 흐르는 소리. 졸졸.
287 接輿(접여) : 춘추시대 초나라의 은사(隱士). 미친 척 하면서 세상을 피해 살았기에 광인(狂人)이라 하였다. 『논어』「미자(微子)」에 초나라 광인 접여가 노래를 부르며 공자 앞을 지나갔다. "봉황이여, 봉황이여! 어찌 덕이 그토록 쇠하였나? 지난 일은 탓해야 소용없지만, 다가올 일은 오히려 쫓을 수 있다네. 그만두어라, 그만두어라! 지금의 위정자는 모두 위태롭구나!(鳳兮鳳兮! 何德之衰? 往者不可諫, 來者猶可追. 已而已而! 今之從政者殆而!)" 여기서는 배적을 가리킨다.

狂歌五柳前.[288]　　　　　다섯 그루 버들 앞에서 마음껏 노래 부른다.

【왕평】

전편에 걸쳐 증정하는 뜻이 담겨 있으나, 말과 구절의 표면 밖에 은근히 배어 있지, 단지 결말에 두 고인을 썼다고 해서 증정의 뜻으로 볼 수 없다. '접여'와 '도연명'은 모두 우연히 손 가는 대로 끌어온 것이지 일부러 붙인 것이 아니다.

고결함으로 청유淸幽를 그렸기에 뛰어나다. '일日' 자가 중복 사용되었다.

通首都有贈意, 在言句文身之外, 不可徒以結用兩古人爲贈也. '楚狂''陶令'俱湊手偶然, 非著意處.

以高潔寫淸幽, 故勝. '日'字重用.

【해설】

가을날 저녁 산촌의 한가한 풍경과 여유 있는 심정을 묘사하였다. 여기에 지인이 찾아왔으니 그 즐거움이 지극하였다. 계절을 나타내는 말과 빛의 변화를 묘사하는 어휘들로 조용한 산촌이 지극히 생동적인 모습으로 바뀌었다. 제5, 6구는 도연명의 「전원에 돌아와 살며歸園田居」

---

288 五柳(오류) : 도연명은 자신의 집 앞에 다섯 그루 버드나무를 심었으며, 스스로를 '오류선생(五柳先生)'이라고 하였다. 여기서는 작자의 망천산장(輞川山莊)을 가리킨다.

제1수에 나오는 "희미하게 보이는 먼 마을, 하늘하늘 오르는 마을의 연기曖曖遠人村, 依依墟里煙"와 곧잘 비교되는데, 왕유 시의 구도가 더욱 명확하다는 평을 받는다. '일日'자가 중복되는 등 일부러 구성한 흔적이 없는데도 격조 높은 정서가 드러난 명작이다.

왕부지는 시의 전편이 배적에게 기증하는 뜻이 있다고 하였다. 증시贈詩는 일반적으로 상대를 칭송하는데, 여기서는 그러한 의도는 겨우 말미에서 '접여'와 '다섯 그루 버들'도연명로 두 사람의 관계를 비유하는 데 그친다. 그러나 산과 물, 매미울음, 나루터와 마을에 대한 모든 것이 친구에게 은거를 권하거나 은거를 찬미하는 뜻이 있으므로, 전편이 증정의 뜻이 있다고 할 수 있다. 때문에 말과 구절의 표면 밖에 증정贈물의 뜻이 있다고 하였다.

送梓州李使君[289]	재주로 가는 이 사군을 보내며
萬壑樹參天,[290]	골짝이란 골짝은 나무들이 하늘을 찌르고
千山響杜鵑.[291]	산이란 산에는 두견 울음 가득하리.
山中一夜雨,	산속에 온밤 내내 비가 내리면

---

289 梓州(재주) : 지금의 사천성 삼대현(三臺縣).
　　李使君(이사군) : 미상. 사군은 자사(刺史)의 별칭.
290 參天(참천) : 하늘 높이 솟아 있다. 참(參)은 들어가다, 참가하다는 뜻.
291 杜鵑(두견) : 두견새, 소쩍새, 자규(子規), 귀촉도(歸蜀道), 두우(杜宇), 두혼(杜魂), 불여귀(不如歸), 자규(子規) 등 여러 이름이 있다. 전설에 의하면 고대 촉국의 왕 두우(杜宇)의 혼이 변한 것이라고 한다. 그 울음소리가 마치 '차라리 돌아가자'라는 뜻의 '부루궤이취(不如歸去)'라고 하는 듯하여 송별시에 자주 등장한다.

樹杪百重泉.[292]	가지 끝마다 끝없이 샘물이 흐르리.
漢女輸橦布,[293]	사천 지방 여인들은 동포橦布를 조세로 바치고
巴人訟芋田.[294]	파촉 지방 사람들은 토란밭으로 송사를 벌리리라.
文翁翻教授,[295]	문옹文翁이 미개한 풍습을 교화했으니
不敢倚先賢?[296]	그대도 어찌 선현을 따르지 않으리오?

---

292 百重泉(백중천) : 백 겹의 샘물. 가지 끝에서 물방울이 끝없이 떨어지는 모습을 샘에서 물이 쉬지 않고 흘러나오는 것으로 표현하였다.

293 漢女(한녀) : 사천의 여인. 현대 학자 진이흔(陳貽焮)은 고대에 가릉강(嘉陵江)을 서한수(西漢水)라 한데서, 가릉강 주위에 살던 소수민족의 여자라 풀이하였다. 진철민(陳鐵民)은 유비(劉備)가 세운 나라 한(漢)에서 유래했다고 풀이하였다. 輸(수) : 납세하다.
橦布(동포) : 동나무의 면으로 짠 베. 사천 지방에서 나는 동나무는 목면과 비슷한 꽃이 피는데, 꽃이 진 후 열리는 열매 안에 면이 들어 있어 이것으로 베를 짤 수 있다.

294 巴人(파인) : 중경 사람들. 파(巴)는 원래 주(周)의 제후국으로 지금의 중경에 도읍하고 가릉강 동쪽 지역에 할거하였으나, 나중에 진(秦)에 멸망하였다. 그 후 한대에 파군(巴郡)을 설치하였다. 여기서 파인(巴人)은 사천 일대에 사는 사람을 가리킨다.
芋田(우전) : 토란 밭.

295 文翁(문옹) : 서한 사람으로 경제(景帝) 말에 촉군(蜀郡) 태수가 되었다. 촉 지방이 편벽하고 만이(蠻夷)의 풍습이 있어 학교를 세우고 인재를 키워 파촉 지방을 개화시켰다.
翻(번) : 바꾸다. 옛 풍습을 바꾸다. 여기서는 '반대로', '오히려' 등 부사어로 풀이해도 좋다.
教授(교수) : 교화하다. 교육하다.

296 不敢(불감) 구 : 심덕잠은 직역하여 "선현의 업적에 감히 안주해서는 안 되리라"고 풀이하였으며, 교화는 이미 이루어졌으니 변방의 방비에 힘쓰라고 해석하였다. 그러나 변방의 방비에 대해서는 시중에 나오지 않으므로 이 의견에 문제가 있다. 한편 청대 조전성(趙殿成)은 그 뜻을 더욱 명확히 하기 위해 '감불의선

【왕평】

명백히 두 단락으로 나뉜 양절체兩折體이지만, 다행히 분할되어 보이지 않는 것은 제5, 6구가 흡사 경어景語 같기 때문이다.

'뜻[意]'이 깊으면 '일[事]'은 절로 부합된다. 이는 '일'을 구해 제목에 억지로 맞추려는 것과는 아雅와 속俗의 차이가 얼음과 숯 같다. 왕유는 뜻[意]을 세우는데 능할 뿐 아니라, 더욱이 뜻을 표현하는데 더욱 능하다. '경景'도 뜻[意]이요 일[事]도 뜻으로 쓴 시인으로 앞에도 옛사람이 없고 뒤에도 이을 자가 없다. 글로 표현된 것을 넘어선 경지는 홀로 뛰어나, 세상에 견줄 자가 없다.

明明兩截, 幸其不作折合, 五六一似景語故也.

意至則事自恰合, 與求事切題者雅俗冰炭, 右丞工于用意, 尤工于達意. 景亦意, 事亦意, 前無古人, 後無嗣者. 文外獨絶, 不許有兩.

【해설】

촉 지방에 관리로 가는 친구를 보내며 쓴 시이다. 전반부에서는 촉 지방으로 가는 도중의 풍경을 쓰고, 제5, 6구에서는 풍토와 인정을 서술하고, 제7, 8구에서 이 사군에게 정치를 잘 할 것을 격려하였다. 전

현?'(敢不倚先賢?)이 적절하다며 "그대도 어찌 선현을 따르지 않으리오?"라고 보았다. 문맥으로 보아 이 해석이 더 적절하다. 그러나 본인이 보기에 이 구 자체를 의문문으로 본다면 굳이 글자를 바꾸지 않아도 같은 뜻이 될 것이다.
倚(의) : 依傍(의방). 본받다.
先賢(선현) : 문옹(文翁)을 가리킨다. 이전의 관리들을 가리키는 것으로 볼 수도 있다.

반 4구는 이 시의 뛰어난 부분으로, 떠나는 사람에게 신선한 시구를 제시함으로써 정신을 진작시키고 있다. 송별시에 자주 등장하는 이러한 청신한 시구는 곧 일종의 당부이자 '정신의 선물'이다.

왕부지가 보기에 진정한 시는 '시흥'이 촉발되면 그에 따라 언어가 자연스럽게 따라와 이루어진 작품이라고 보았다. '뜻[意]' 개념도 '시흥' 속에 들어있다고 할 수 있다. 그가 "뜻[意]으로써 말을 구한다以意求言"거나 "뜻[意]이 이르면 말이 따라온다意至而言隨"고 한 말이 이러한 뜻이다. 여기에서 "'뜻[意]'이 이르면 '일[事]'은 절로 부합된다意至則事自恰合"고 한 것도 같은 맥락이다. 왕부지는 뜻[意] 개념을 전통적으로 사용해 온 주제나 의미의 뜻으로 사용하는 경우도 있지만, 여기서는 '자신의 정에서 절로 나오는 것[己情之所自發]'으로, 즉 자발성을 특징으로 하며, 이러한 뜻[意] 개념은 이백의 「고풍古風」 제6수에 대한 평어 등에서도 볼 수 있다. 이는 다른 비평가들이 말하는 뜻[意] 개념과 크게 다른 점이다. 이에 반해 세상 사람들은 시격詩格이나 시법詩法 또는 시식詩式이란 이름의 여러 시작법으로 틀을 만들고 여기에 인위적으로 배치하려고 하니 시흥은 온데간데없이 사라지고 만다. 이를 왕부지는 "'일'을 구해 제목에 억지로 맞추려는 것"이라고 하였다. 제5, 6구를 보면 인사人事 서술이지만 사람이 이미 자연 속에 들어가 자연의 일부가 되어 있는 것을 볼 수 있다. 때문에 '일'이면서 '경景'이 되는 것이고, '경景'이면서 '뜻[意]'에 포괄되는 것이다. 게다가 전반과 후반을 나누는 중간에 들어가 전반의 '경景'과 후반의 '일'을 용접해버린다. '경어'가 아니면서 '경어’와 다름없기에 전반 네 구의 자연 묘사와 연결되고, 사람이 나오기에 말미의 두 구의 ‘인사人事’와 연결된다. 그야말로 ‘기-승-전-결’의 ‘전’의 역할을 하긴 했으되 흔적 없이 한 셈이다.

登裴秀才迪小臺	수재 배적의 작은 누대에 올라
端居不出戶,[297]	평소에 문밖을 나가지 않아도
滿目望雲山.	두 눈 가득 구름 덮인 산을 볼 수 있어
落日鳥邊下,	날아가는 새들 아래로 석양이 떨어지고
秋原人外閑.	가을 들녘은 세속의 밖에서 한가로워
遙知遠林際,	멀리서도 알겠나니, 저 먼 숲가에선
不見此檐間.	이곳의 처마 사이가 보이지 않으리.
好客多乘月,[298]	손님을 좋아하는 주인이 달 떠올라야 보내니
應門莫上關.[299]	시동은 내 집 대문 빗장을 걸지 말아야 하리라.

【왕평】

자연스럽고 맑은 운율이 있으니 맹호연의 편협하고 경박한 음조와는 분명히 다르다.

첫 구가 고졸하면서 좋다.

---

297 端居(단거) : 평소. 평생. 한가히 지냄.
298 乘月(승월) : 달빛을 받으며 놀다.
299 應門(응문) : 문을 지키는 사람. 또는 문을 열어주는 사람.
　　 上關(상관) : 빗장을 지르다.

自然淸韻, 較襄陽褊佻之音固別.

起句拙好.

【해설】

가을 저녁 배적의 누대에 올라 바라본 경치를 노래하였다. 배적도 오랫동안 종남산 망천에 은거하였으므로 아마도 왕유가 살던 곳 근처였던 것으로 보인다. 중간에 시각을 전환하여 멀리서 작은 누대를 바라본다는 설정이 참신하며, 전편의 시상 전개가 자연스럽고 한아하다.

山居卽事	산에서 살며 보이는 대로
寂寞掩柴扉,[300]	적막히 사립문을 닫으며
蒼茫對落暉.[301]	창망히 저무는 해를 마주한다.
鶴巢松樹遍,	소나무에 둥지 치는 학은 많은데
人訪蓽門稀.[302]	사립문을 찾아오는 사람은 드물다.
綠竹含新粉,	푸른 대나무는 새로이 분을 머금고
紅蓮落故衣.[303]	붉은 연꽃은 시든 꽃잎을 떨군다.
渡頭煙火起,	나루터에 밥 짓는 연기 일어나면
處處采菱歸.	여기저기 마름을 따서 돌아온다.

---

300 柴扉(시비) : 사립문.
301 蒼茫(창망) : 아득하다. 넓고 멀고 끝이 없는 모양.
302 蓽門(필문) : 가시나무나 대나무를 이어붙여 만든 문. 간소한 거처.
303 落故衣(낙고의) : 연꽃이 시들어 떨어질 때 꽃잎이 탈락되는 걸 비유한다.

【왕평】

여덟 구가 '경어景語'로 자연스레 '정'을 품고 있다. 이 역시 제량 시풍에서 왔으니, 의연히 풍아風雅의 전범이 되었다.

속인은 육조 시대의 '부염한 수식[鉛華]'을 비판하지만, 말이야 얼마나 쉬운가! '낙落'자가 중복 사용되었다.

八句景語, 自然含情, 亦自齊梁來, 居然風雅典則.

俗漢輕詆六代鉛華, 談何容易! '落'字重用.

【해설】

가을날 산촌의 정경을 묘사하였다. 첫 구에서 '적막'이라 썼지만, 형상은 생동적이고 풍경은 그림처럼 아름답다. 첫 두 구와 말미의 두 구를 보면 시간 순으로 썼지만, 중간의 네 구는 저녁 무렵의 정경이 아니다.

맹호연孟浩然 3수

望洞庭湖贈張丞相[304]	동정호를 바라보며 장구령 승상께 드림
八月湖水平,[305]	물이 불어난 팔월의 동정호
涵虛混太淸.[306]	태허를 담고 하늘과 뒤섞이네.

---

304 張丞相(장승상) : 장구령(張九齡). 733~737년까지 재상으로 있었다. 다른 판본에서는 제목이 「악양루(岳陽樓)」 또는 「동정호에서(臨洞庭)」라 되어 있다.
305 湖水平(호수평) : 물이 불어 가을 호수의 물높이가 언덕과 나란해졌다는 뜻.

氣蒸雲夢澤,[307]　　　　비등하는 수증기는 운몽택을 감싸고

波撼岳陽城.[308]　　　　파도 소리는 악양성을 뒤흔드는구나.

欲濟無舟楫,[309]　　　　호수를 건너려 하나 배와 노가 없어

端居耻聖明.[310]　　　　태평 시대에 가난하게 지냄이 부끄러워라.

坐觀垂釣者,[311]　　　　호수에서 낚시하는 사람을 바라보니

空有羨魚情.　　　　고기를 잡으려는 마음이 저도 모르게 일어

나네.

306　虛(허) : 태허(太虛). 원기(元氣). 허공. 하늘.

　　太淸(태청) : 하늘. 도교에서 말하는 하늘로 삼청(三淸), 즉 옥청(玉淸), 상청(上
淸), 태청(太淸)이 있는데 그중 하나이다.

307　雲夢(운몽) : 고대의 거대한 습지로, 호북성의 장강 남북에 걸쳐 분포되어 있었다.
원래 운몽택(雲夢澤)은 강북의 것을 운택(雲澤)이라 하고 강남의 것을 몽택(夢
澤)이라 했지만, 소택지가 점점 육지가 되면서 이를 통칭하여 운몽택(雲夢澤)이
라 하였다. 당대에는 이미 없어졌으므로 여기서는 동정호 등의 호수를 가리킨다.

308　波撼(파감) 구 : 동정호의 파도가 마치 북을 치듯 소란스럽다 하여 악양성을 흔든
다고 말하였다.

　　岳陽(악양) : 동정호의 동북에 면해 있는 성읍.

309　舟楫(주즙) : 배와 노. 관직에 나아가는 방도를 비유하였다. 원래 주즙(舟楫)은
천자를 보필하는 재능을 말한다. 『상서』 「열명(說命)」에 "만일 큰 강을 건너려고
한다면, 너를 배와 노로 쓰리라(若濟巨川, 用汝作舟楫)"는 말이 있다.

310　端居(단거) : 평소, 평생, 한가히 지냄 등의 뜻. 이 어휘는 앞 구의 욕제(欲濟)와 대
응되도록 "살기를 보통으로 한다(평범하게 살다)"라고 풀이해야 할 것이다. 이 구
는 『논어』 「태백(泰伯)」에 "나라에 바른 정치가 행해질 때 가난하고 비천한 것은
수치스러우나, 나라에 바른 정치가 행해지지 않을 때 부유하고 귀인이 되는 것은
수치스럽다(邦有道, 貧且賤焉, 耻也; 邦無道, 富且貴焉, 耻也.)"에서 유래하였다.

　　聖明(성명) : 천자의 뛰어난 덕. 여기에서 나아가 천자 또는 태평 시대를 가리킨다.

311　坐(좌) : 부질없이. 하릴없이. 허사(虛詞)로 空(공)이나 徒(도)의 쓰임과 같다.
말 2구는 남의 발탁을 기다리며 벼슬을 구하는 마음을 표현하였다. 『회남자』 「설
림훈(說林訓)」의 "강가에서 고기를 부러워하기보다는 집에 돌아가 그물을 짜는
게 낫다(臨河而羨魚, 不若歸家織網)"란 말을 이용하였다.

【왕평】

함련제3, 4구은 두보의 "호수는 오 땅과 초 땅을 동남으로 가르고, 하늘과 땅이 밤낮으로 떠 있다吳楚東南坼, 乾坤日夜浮"와 비교하면 더 정리情理에 맞다. 높은 산과 큰 강을 읊을 때는 다만 이렇게 해야 되지, 만약 '한만汗漫'이나 '능증崚嶒'과 같은 말을 줄곧 쓰면 의경에 빼앗겨서 눈이 어지러워진다! 내가 「자은사탑에 올라登慈恩寺塔」와 같은 시를 감상하지 않는 것도 이러한 이유 때문이다.

맹호연의 율시에서 취할 만한 것은 생각이 통일되어있는 작품인데, 그러나 기세와 격국이 구속되어 있으니, 열에 아홉은 산함酸餡, 신만두의 맛에 빠져 있다. 또 종종 '정'과 '경'이 나뉜 곳은, 격법格法에 구속되고, 전개에 생기가 없다. 성당의 여러 시인 가운데 품제가 '중하中下'에 놓인다. 제량 시기의 심약沈約과 마찬가지로 식견이 낮은 사람들에게 영합하니 풍아風雅의 유풍이 아니다.

이 작품은 힘써 떨쳐 일어났기에 그 모습은 높으나, 격이 낮음은 피할 수 없다. 송대 시인이 추앙했던 비조鼻祖는 개원 천보 연간의 하등말이니, 눈이 있는 사람은 응당 알아야 할 것이다.

頷聯較工部"吳楚東南"一聯爲近情理, 凡詠高山大川只可如此, 若一往作汗漫崚嶒語則爲境所凌奪, 目眩生花矣! 予于「登慈恩寺塔」諸詩雅所不賞, 以此.

襄陽律其可取者在一致, 而氣局拘迫, 十九淪于酸餡. 又往往于情景分界處, 爲格法所束, 安排無生趣. 于盛唐諸子, 品居中下, 猶齊梁之有沈約, 取合于淺人, 非風雅之遺意也.

此作力自振拔, 乃貌爲高, 而格亦未免卑下. 宋人之鼻祖, 開天之下馴, 有心目者, 當共知之.

【해설】

드넓은 기상과 높은 격조로 동정호의 풍경을 노래하고 정치에 대한 열정을 표시하였다. 맹호연의 시 가운데 기상이 가장 웅대한 작품이다. 제3, 4구는 두보(杜甫)의 「악양루에 올라登岳陽樓」에 나오는 "오 지방과 초 지방을 동남으로 갈랐고, 하늘과 땅이 밤낮으로 떠 있어라吳楚東南坼, 乾坤日夜浮"와 함께 동정호의 장대함을 묘사한 구로 유명하다. 737년 장구령이 형주자사가 되었을 때 맹호연은 그의 막부에 객으로 들어가 약 이 년 간 함께 유람하거나 공무를 보았다.

왕부지는 맹호연의 오언율시에 대해 전반적인 특징을 개술하였다. '격이 낮아' 성당 시인 가운데 '중하中下'의 등급이며, '개원 천보 연간의 하등말'로 제량 시기의 심약과 같은 수준이라 하여 비교적 낮게 평하였다. 평어에서 "'정'과 '경'이 나뉜 곳은 격법格法에 구속되고, 전개에 생기가 없다情景分界處, 爲格法所束, 安排無生趣"는 것은 시에서 '경'을 묘사한 전반부의 웅혼한 광경에 비해 '정'을 나타낸 후반부는 심리적 위축감을 드러내 서로 어울리지 않는데, 이는 '선경후정先景後情'의 시작법으로 써서 '정'과 '경'이 분리되었다고 보았다. 왕부지는 '정'과 '경'은 독립되어 있는 것이 아니라 상호 연관되어 있다고 보고, '경 속에서 정이 나오고, 정 속에 경을 품고 있다景中生情, 情中含景'고 하였기에 '정'과

'경'의 기계적 분리는 시종 비판하였다. 나아가 "열에 아홉은 산함酸餡, 신만두의 맛에 빠져 있다"고 하여 감정적인 평가까지 보인다. 그러나 역대로 맹호연에 대한 평가는 비교적 높은 편이다. 이백이 "높은 산을 어찌 우러러 볼 수 있는가, 다만 맑은 향기에 읍례를 할 뿐이네高山安可仰, 徒此揖淸芬"라 하여 인품을 높이 평가했고, 소식蘇軾이 "운운韻은 높으나 재학才學은 낮다"고 하여 결코 격이 낮은 시인으로 보지 않았다. 사실 맹호연의 시는 조탁이 없고 청유광원淸幽曠遠한 풍격으로 친다. 시에서도 왕부지의 평과 달리 정경교융이 이루어진 명구가 상당하다. 이렇게 보면 왕부지는 맹호연을 비교적 낮게 평가한 것을 알 수 있다.

題大禹寺義公禪房[312]	대우사 의공 선방에 적다
義公習禪寂,[313]	선정禪定을 닦는 의공義公이
結宇依空林.[314]	빈 숲속에 집을 얽었네.
戶外一峰秀,	창밖으론 빼어난 봉우리 하나
階前衆壑深.	계단 앞에는 깊이 파인 골짜기들
夕陽連雨足,[315]	석양이 빗발을 따라 함께 들어오고

312　大禹寺(대우사) : 지금의 절강성 소흥시 회계산에 소재한 절.
　　義公(의공) : 승려의 이름. 제목이 다른 판본에는 「의공 선방에 적다(題義公禪房)」라 되어 있다.
313　禪寂(선적) : 생각이 끊어짐. 불교에서는 적멸(寂滅)을 중심사상으로 한다. 『유마힐경(維摩詰經)』에서 "한마음으로 생각이 끊어지면 온갖 어지러움과 악함을 다스릴 수 있다(一心禪寂, 攝諸亂惡)"고 하였다.
314　結宇(결우) : 집을 짓다.
315　雨足(우족) : 빗줄기.

空翠落庭陰.[316]　　　비췻빛 산빛이 마당 그늘에 떨어진다.

看取蓮花淨,[317]　　　연잎같이 선명한 눈동자를 바라보니

方知不染心.　　　그대 마음 세속에 물들지 않았음을 알겠네.

【왕평】

제5, 6구는 맹호연의 절창으로, 반드시 이와 같아야 오래도록 읊고 감상할 만하다. 결말은 관용적인 표현이지만, 여전히 산인山人의 '본래 면모[本色]'가 드러나 있다.

五六爲襄陽絶唱, 必如此乃耐吟詠. 一結入套, 依然山人本色.

【해설】

스님 의공을 칭송한 시이다. 중간의 4구는 숲속의 환경이지만 동시에 청정하고 초속적인 의공의 심경心境이기도 하다. 이런 까닭에 경물은 지극히 순화될 수밖에 없다.

316　空翠(공취) : 하늘 아래의 비췻빛 산색.
317　看取(간취) : 보다. 取(취)는 조사.
　　蓮花淨(연화정) : 연잎같이 눈동자가 맑다. 불교에서는 넓고 길쭉한 청색 연잎(靑蓮)으로 곧잘 부처의 눈동자를 비유하였다. 『유마힐경』에 "눈이 맑고 길고 넓어서 마치 연꽃과 같다(目淨修廣如靑蓮)"고 하였다. 이에 대해 승조(僧肇)가 주석을 달기를 "인도에 청련화(靑蓮花)가 있는데, 그 잎이 길고 넓으며, 청색과 백색이 분명하다. 대인(大人)의 목상(目相)인지라 이에 비유하였다(天竺有靑蓮花, 其葉修而廣, 靑白分明, 有大人目相, 故以爲喩也)"라 하였다.

春中喜王九相尋	봄에 왕구의 방문을 기뻐하며
二月湖水淸,	이월이라 호수가 맑고
家家春鳥鳴.	집집마다 봄새가 우는구나.
林花掃更落,	숲속의 꽃은 쓸어도 다시 떨어지고
徑草踏還生.	오솔길의 풀은 밟아도 다시 난다.
酒伴來相命,[318]	술친구가 와서 부르니
開樽共解酲.[319]	술통을 열고 함께 해장주를 마시노라.
當杯已入手,	이제 술잔을 이미 손에 들었으니
歌妓莫停聲.	가기歌妓여! 노래를 멈추지 말지어다.

【왕평】

경염輕艷하여 마치 여인의 손에서 나온 듯한데, 배치와 기세가 비교적 넓어 맹호연의 다른 작품이 협소한 점과 다르다.

輕艷似出婦郞手, 布勢較寬, 不似孟他作之褊.

【해설】

늦봄의 호방한 정취를 노래하였다. 제3, 4구는 봄의 신선한 감각을 잘 살린 명구이다. 해장주를 마시는 것으로 보아 이미 전날에도 술에 취했음을 알 수 있다.

---

318 相命(상명) : 서로 부르다. 서로 약속하다.
319 解酲(해정) : 전날의 숙취를 풀다. 우리말의 '해장'은 이 말에서 유래했다.

고적高適 2수

<table>
<tr><td>送鄭侍御謫閩中³²⁰</td><td>민중으로 폄적가는 정 시어를 보내며</td></tr>
</table>

送鄭侍御謫閩中[320]   민중으로 폄적가는 정 시어를 보내며

謫去君無恨,   폄적되어 떠난다고 그대 한스러워 말게,

閩中我舊過.[321]   민중閩中은 나도 예전에 살았다네.

大都秋雁少,[322]   아마도 가을 기러기 적고

只是夜猿多.   밤에 우는 원숭이 많으리.

東路雲山合,   동쪽으로 가는 길은 구름 낀 산이 둘러싸고

南天瘴癘和.[323]   남쪽의 하늘엔 장려瘴癘가 심하진 않으리.

自當逢雨露,[324]   응당 황제께서 비와 이슬을 내리실 터이니

行矣愼風波!   그대 떠나게나, 풍파를 조심하고!

【왕평】

제5구는 슬픔이 무한하다.

---

320 鄭侍御(정시어) : 미상.
　　閩中(민중) : 지금의 복건성 복주시(福州市). 이름의 유래는 진나라가 민월(閩粵)을 통일하면서 그 군왕을 없애고 민중군(閩中郡)을 설치하여 생겼다.

321 舊過(구과) : 예전에 방문하다. 고적이 20세 이후에 광동 지방에 간 적이 없으므로 아마도 어렸을 때 그의 부친 고종문(高從文)이 소주장사(韶州長史)로 지금의 광동성 소관(韶關)에 근무할 때 갔던 것으로 추정된다.

322 大都(대도) : 대개.

323 瘴癘(장려) : 습기가 많고 더운 중국 남방 지방에서 유행하는 악성 학질과 비슷한 질병.

324 雨露(우로) : 비와 이슬. 만물을 윤택하게 한다는 뜻에서 황제의 은택을 비유한다.

第五句悲思無限.

【해설】

남방으로 좌천되어 떠나는 사람을 보내며 쓴 송별시이다. 남방의 풍토를 묘사하며 아쉬움을 표현하였다. 말미에서는 사면을 받아 일찍 돌아오기를 기원하였다.

自薊北歸[325]

계북에서 돌아와

驅馬薊門北,   말을 몰아 계문의 북으로 나서니

北風邊馬哀.   북풍에 변방의 말 울음소리 구슬퍼라.

蒼茫遠山口,   창망하구나, 먼 산어귀여

豁達胡天開.   드넓구나, 열린 하늘이여.

五將已深入,[326]   다섯 장수가 이미 적진에 깊이 들어갔으나

前軍止半迴.   전군前軍은 중도에서 돌아왔네.

誰憐不得意,   뜻을 얻지 못한 걸 누가 애석해할 텐가

長劍獨歸來.   장검을 지고 홀로 돌아가노라.

---

325 薊北(계북): 계주(薊州)를 가리킨다. 지금의 북경시와 천진시 일대를 가리킨다.

326 五將(오장): 다섯 장수. 흉노를 몰아낸 장수를 가리킨다. 『한서』「흉노전」에 어사대부 전광명(田廣明)을 파견하였고, 모두 다섯 장수가 십여 만 기병으로 국경을 나서자 흉노들이 멀리 달아났다는 기록이 있다.(凡五將, 軍兵十餘萬騎出塞, 匈奴遠遁逃, 是以五將少所得.)

【왕평】

이 작품은 군사적으로 패배한 후 귀환한 내용으로, 비량하면서도 격식을 얻었다.

고적과 잠삼은 본래 오언시의 고수가 아니지만, 그들 스스로 호탕과 기세를 자부했으니 이를 기격氣格이라 한다. 그러나 그것은 다만 뼈대와 살점을 늘어놓은 것에 지나지 않기에, 거침과 호방으로 뒤덮었을 뿐이다. 문장을 쓰는 방법은 각각 적절한 방도가 있다. 전책典冊과 격명檄命은 본래 시원스럽고 날카로움으로 순간적으로 사람을 감동시켜야 하지만, 소리를 다듬어 원만히 하고, 말을 끌어 길게 하는 시는 본래 부드럽고 그윽함에 의지하여 사람의 기쁨과 슬픔의 성정을 감동시켜야 한다. 더구나 오언시는 밀집된 음절로 여러 겹의 사상을 전달해야 하고, 더욱이 근체시는 더욱 간략한 편폭으로 무궁한 정취를 집약해야 하는데, 마치 높은 기와에서 물이 쏟아지고 빠른 벼락이 산을 부수는 것과 같다면, 한번 지나가고 나서 남는 것이 없어 사람의 입과 귀를 조급하게 할 뿐이다. 그런 작품은 남은 물결이 산을 도는 묘미가 없으니 어찌 다시 감상할 만한 것이 있겠는가! 잠시 한두 편을 남겨두는데, 두 가지 격조를 참고하였을 뿐이다. 그러나 실은 내가 좋아하는 바가 아니라서, 세상 사람들이 좋아하는 화려한 음향을 따를 수 없다!

此軍衄空歸之作, 悲涼有體.

高岑自非五言好手, 亢爽自命, 謂之氣格, 止是鋪排骨血, 粗豪籠罩. 文章之道, 自各有宜. 典冊檄命, 固不得不以爽厲動人于俄頃, 若夫絜音使圓, 引聲

爲永者, 自藉和遠幽微, 動人欣戚之性. 況在五言, 尤以密節送數疊之思, 短于
近體, 益以簡篇約無窮之致, 而如建瓴瀉水, 迅雷破山, 則一徑無餘, 迫人于口
耳. 其餘波回嶂, 豈復有可觀者哉! 聊存一二, 以取材于二格, 實非所好, 不能
從時世躐音響也!

【해설】

변방의 계북 지방의 창망한 풍광을 묘사하고 떠도는 심사는 그렸다.
제5, 6구는 자신과 관련된 구체적인 일일 수도 있으나, 전투의 보편적
인 상황으로 변방의 분위기를 환기하는 것으로 본다.

왕부지는 고적과 잠삼의 오언율시의 특징을 개술하면서 오언시 자
체의 특징도 설명하였다. 고적과 잠삼의 호쾌함[亢爽]과 거친 호방[粗豪]
은 결국 왕부지가 지지하는 온유溫柔와 상반되므로 고시의 전통에서 벗
어나므로 높이 평가하지 않았다. 비록 왕부지는 두 사람의 시를 그다
지 좋아하지 않으나 세상 사람들의 기호를 반영하여 한두 수 뽑는다고
하였다.

잠삼岑參 2수

送鄭少府赴滏陽[327]　　부양으로 부임하러 가는 정 소부를 보내며
　子眞河朔尉,[328]　　그대는 하삭 지방의 현위에 임명되었는데
　邑里帶淸漳.[329]　　읍리邑里는 맑은 장하를 두르고 있다지.
　春草迎袍色,[330]　　봄풀은 관복의 색을 맞이하고
　晴花拂綬香.[331]　　꽃은 인끈을 스치며 향기로우리.
　靑山入官舍,　　청산이 관사 안으로 들어오고
　黃鳥度宮牆.[332]　　꾀꼬리가 궁전의 벽담을 넘어가리.
　若到銅臺上,[333]　　만약에 동작대에 오르거든
　應憐魏寢荒.[334]　　응당 황량해진 조조의 능묘를 애석해해야
　　　　　　　　하리.

---

327 滏陽(부양) : 부양현. 지금의 하북성 자현(磁縣).
328 眞(진) : 허직이 아니라 실제로 관직을 제수받다.
　　河朔(하삭) : 황하 이북 지역. 부양은 황하의 북쪽에 있다.
329 淸漳(청장) : 맑은 장하(漳河). 장하는 부양현의 남쪽을 지나간다.
330 袍色(포색) : 관복의 색. 당대의 관리는 "8품은 진한 청색, 9품은 옅은 청색(八品
　　服深靑, 九品服淺靑.)"을 입었다. 『구당서』「여복지」 참조. 현위는 종9품으로 옅
　　은 청색을 입었기에 봄풀의 색깔과 같다.
331 綬(수) : 인끈. 고대에는 인끈으로 관인(官印)을 묶어 허리에 찼다. 한대에 현위
　　는 황수(黃綬)를 사용하였다.
332 宮牆(궁장) : 궁전의 담. 부양은 업성(鄴城)과 가까운데, 여기서는 조조가 축조한
　　성을 가리킨다.
333 銅臺(동대) : 동작대(銅雀臺). 210년 조조가 업(鄴)에 축조한 궁전.
334 魏寢(위침) : 위 무제 조조의 능묘.

　잠삼의 이 시는 고적과 비교했을 때 온후하지만, 나머지 다른 시는 고적에 미치지 못한다. 잠삼이 칠언시에 능수이지만 오언시는 거의 말이 되지 않는다. 예컨대 "옥루산에서 맑은 하늘 바라보면, 여러 봉우리들이 모두 낮게 여겨진다玉壘天晴望, 諸峰盡覺低"와 "밝은 군주가 비록 내쳤어도, 붉은 마음은 쉼이 없어라明主雖然棄, 丹心亦未休"는 속인의 땀방울을 얼굴에 뿌리는 것과 다름없다. 진정 방간과 두순학같은 무리의 선성으로 나쁜 시라 말하지 않을 수 없다

　岑此詩較高爲蘊藉, 其餘則且不及達夫. 要嘉州自七言手筆, 五言便幾不成語. 如"玉壘天晴望, 諸峰盡覺低", "明主雖然棄, 丹心亦未休", 俗子面上, 汗汁濺人, 當復不異. 眞方干杜荀鶴一流人先鞭, 不謂之惡詩不得.

　부양현의 현위로 부임하는 친구를 보내며 지은 송별시이다. 짧은 한 편 속에 정 소부와 부양현에 대한 기본적인 상황이 드러나게 되었다. 특히 동작대를 상기시키며 애석한 마음을 함께 나누었다.

武威暮春, 聞宇文判官西使還, 已到晉昌[335]

무위에서 늦봄에 우문 판관이 이미 서쪽 진창으로 갔다는 소식을 듣고

片雨過城頭,[336]	한바탕 비가 성벽 위를 지나더니
黃鸝上戍樓.[337]	꾀꼬리가 수루 위로 날아오른다.
塞花飄客淚,	변방의 꽃에는 나그네의 눈물이 흩날리고
邊柳挂鄕愁.	변경의 버들은 고향 생각으로 길게 늘어져
白髮悲明鏡,	거울에 비친 백발을 슬퍼하나니
靑春換弊裘.	청춘을 낡은 가죽옷과 바꾸었어라.
君從萬里使,[338]	그대는 만리 멀리 사신으로 나가
聞已到瓜州.	이미 과주瓜州에 닿았다고 들었네.

【왕평】

온아溫雅하다. 잠삼의 오언율시 가운데 첫째이다.

줄곧 나아가 미련제7, 8구에 이르러서야 비로소 구성의 뛰어남을 알 수 있다.

---

335 武威(무위) : 양주(涼州)를 가리킨다. 지금의 감숙성 무위(武威)시.
　　宇文判官(우문판관) : 안서도호 고선지(高仙芝) 아래에 있었던 사람으로 잠삼의 시에 종종 등장한다.
　　晉昌(진창) : 진대(晉代)에 돈황과 주천(酒泉)을 진창군(晉昌郡)이라 하였다. 당대에는 과주(瓜州)라 하였다. 치소는 지금의 감숙성 안서현(安西縣) 교자향(橋子鄕).
336 片雨(편우) : 한바탕 내리는 비.
337 戍樓(수루) : 병사들이 수자리를 지키는 누대. 여기서는 성루(城樓).
338 從(종) : 말다. 일하다.

溫雅. 是嘉州第一首五言律.

直到尾聯, 方知具結構之妙.

【해설】

잠삼은 749년부터 안서도호安西都護 고선지高仙芝의 막부에 있었다. 이 시는 751년 늦봄에 장안으로 돌아가는 도중 무위에서 지었다. 황막한 공간 속에 고향을 찾는 자신의 모습을 그리며 동시에 머나먼 거리를 두고 친구를 생각하였다.

최호崔顥 1수

送單于裴都護赴西河[339]

서하로 부임하는 선우도호부 배 도호를 보내며

征馬去翩翩,[340]	떠나는 말은 날듯이 달리는데
城秋月正圓.	가을이 된 성城에는 달이 마침 둥글어라.
單于莫近塞,[341]	선우單于가 변새에 다가오지 못하는 건

---

339 單于(선우) : 선우도호부(單于都護府). 당대 6도호부 가운데 하나로 664년 설치되었다. 관할 지역은 지금의 내몽골 음산(陰山)과 황하 이북이다. 치소는 운중(雲中, 내몽골 和林格爾 서북).
  裴都護(배도호) : 미상. 도호는 도호부의 지휘관인 대도호(大都護) 또는 도호를 가리킨다.
340 翩翩(편편) : 가볍게 날거나 빠르게 달리는 모습.

都護欲臨邊.　　　　　도호都護가 변방으로 나가기 때문

漢驛通煙火,[342]　　　한족의 역마 길은 봉화로 통하고

胡沙乏井泉.[343]　　　오랑캐 사막에는 샘물이 적다네.

功成須獻捷,　　　　　공을 이루면 마땅히 승전보를 올리기를

未必去經年.[344]　　　굳이 해를 넘길 필요 없으리.

【왕평】

제3, 4구는 고대 가요와 비슷한데, 율시 형식에 녹아 들어가 기이하고 절묘하다.

三四似古歌謠, 入律奇絶.

【해설】

전방에 부임하는 배 도호를 격려한 변새시이다. 비교적 간결한 구성과 언어로 선명한 이미지를 만들었다. 고시古詩의 담백함을 율시로 만드는 성당 시기의 특징이 잘 드러나 있다.

341　單于(선우) : 흉노의 왕. 여기서는 비한족의 통치자.
　　　塞(새) : 변병의 요새나 성.
342　漢驛(한역) : 한족의 역마길.
　　　煙火(연화) : 봉화.
343　胡沙(호사) : 서북방의 비한족이 거주하는 사막지역.
344　經年(경년) : 한 해가 지나감.

조영祖詠 1수

過鄭曲[345]

　路向滎川谷,[346]

　晴來望盡通.

　細煙生水上,

　圓月在舟中.

　岸勢迷行客,

　秋聲亂草蟲.

　旅懷勞自慰,

　淅淅有涼風.[347]

정곡을 지나며

길은 영천의 계곡으로 향하는데

날이 개어 바라보는 사방이 모두 훤하다.

가는 안개가 물 위에 피어오르고

둥근 달이 배 가운데에 있다.

강가의 모습은 지나가는 나그네를 미혹하고

풀벌레 울음에 가을의 소리가 어지럽다.

객지의 시름이 힘들어 스스로 위로하는데

차가운 바람 소리 서걱이는구나.

【왕평】

조영의 시는 종종 수식의 흔적을 남기는데, 예컨대 "바다의 풍광이 개어 빗줄기가 보이고海色晴看雨"가 세상에 유명하지만 취하기 족하지 않다. 이 작품이 안정되어 있어 다른 작품과 크게 다르다.

祖詩往往露刻事痕, 如"海色晴看雨"竟以名世, 要不足取. 此作安靜, 迥異他篇.

345　鄭曲(정곡) : 정주(鄭州) 경내의 마을.
346　滎川(영천) : 형천(滎川)이라 해야 맞다. 고대에 형택(滎澤)의 물을 끌어들여 지금의 산동 하택(荷澤)으로 흘려 보냈는데 곧 형독(滎瀆)이다.
347　淅淅(석석) : 비가 내리거나 바람이 부는 소리를 형용한 의성어.

【해설】

배를 타고 정곡을 지나가며 풍광을 노래하고 객수를 표현했다. 비록 여행이 힘들지만 제3, 4구에서 묘사하는 경치는 평온하고 아름답다.

왕부지는 표현의 자연스러움과 혼융의 미학을 강조하므로, 조탁의 흔적을 비판하였다. 조영의 이 시는 그의 다른 시와 달리 조탁의 흔적이 없다고 하였다.

최서崔曙 1수

塗中曉發	길 가는 도중 새벽에 출발하며
曉霽長風裏,	밝아오는 새벽 긴 바람 속
勞歌赴遠期.[348]	먼 길을 가며 이별 노래 부른다.
雲輕歸海疾,	구름이 가벼우니 바다로 빠르게 달려가고
月滿下山遲.	달이 둥그니 산을 천천히 내려간다.
旅望因高盡,[349]	높은 곳에 올라 끝 간 데 없이 바라보니
鄕心遇物悲.	만나는 경물마다 고향 생각 간절해라.
故林遙不見,	고향의 숲은 멀어서 보이지 않는데

---

348 勞歌(노가) : 이별 노래. 원래 노로정(勞勞亭, 남경의 유명한 송별지)에서 나그네를 보내며 부르는 노래.
　　遠期(원기) : 오랜 기간.
349 旅望(여망) : 여행하는 사람이 높은 곳에 올라가 먼 곳을 바라봄.

| 況在落花時. | 하물며 꽃이 떨어지는 때임에랴. |

【왕평】

제5, 6구는 제3, 4구로부터 얻었으니 처음과 끝이 일치한다.

"달이 둥그니 산을 내려간다月滿下山"는 정중한 가운데 투탈透脫한 말이다.

五六卽從三四生得, 始終一致.

"月滿下山"鄭重中透脫語.

【해설】

객지를 여행하는 도중에 객지의 풍광을 묘사하고 향수를 노래하였다. 새벽의 힘겨운 여로가 뚜렷하면서도 감성이 청신하게 살아있다.

투탈透脫은 정해진 규칙에서 완전히 벗어난다는 뜻으로, 작시법에 얽매이지 않고 자유롭고 영활靈活하게 시를 쓰는 것을 말한다. 이 용어는 왕부지가 곧잘 쓰는 현량現量, 협흡浹洽, 혼성渾成, 순정純淨, 원윤圓潤, 균협勻浹 등의 말과도 통한다.

기무잠^{綦毋潛} 2수

題靈隱寺山頂禪院³⁵⁰	산꼭대기에 있는 영은사 선원의 벽에 적다
招提出山頂,³⁵¹	절이 산꼭대기에 솟아있어
下界不相聞.	하계의 소리는 들리지 않아라.
塔影挂淸漢,³⁵²	탑 그림자는 맑은 은하에 걸려있고
鐘聲扣白雲.	종소리는 흰 구름을 두드린다.
觀空靜室掩,³⁵³	공空의 이치를 관조하느라 선방이 닫혀있고
行道衆香焚.³⁵⁴	도를 닦으면서 여러 향을 태운다.
且駐西來駕,	더구나 서쪽에서 온 수레가 여기에 멈추었으니
人天日未曛.³⁵⁵	세상을 비추는 해가 아직 어두워지지 않았어라.

---

350 靈隱寺(영은사) : 지금의 절강성 항주시 서호 서북에 소재한 사찰. 당대에는 영은산 위에 선원이 있었다.

351 招提(초제) : 절. 관청에서 편액을 내린 곳을 '寺'(사)라 하고, 개인이 지은 곳을 '招提'(초제) 또는 '蘭若'(난야)라고 한다. 원래 인도어를 음역하여 척투제사(拓鬪提奢)라 썼으나, 약칭되는 과정에서 拓(척)이 招(초)로 바뀌어 초제(招提)가 되었다.

352 淸漢(청한) : 맑은 은하수. 여기서는 하늘.

353 觀空(관공) : 세상의 사물과 현상이 모두 공이라는 이치를 관찰함.
靜室(정실) : 사찰의 거처.

354 行道(행도) : 수도. 일정한 원칙이나 사상을 실천하는 일.

355 人天(인천) : 불교에서 말하는 천상, 인간, 아수라, 축생, 아귀, 지옥 등 6개의 윤회계 가운데 천상(天道)과 인간(人道). 여기서는 세간과 중생을 가리킨다.
曛(훈) : 저물다.

평선平善하다.

"종소리는 흰 구름을 두드린다鐘聲扣白雲"는 어두운 곳으로 들어갔다가 밝은 곳으로 나온다. '두드린다'는 종과 구름이 모두 두드려진다. 논리가 없는 사람은 '경어'를 만들 수 없다.

결말은 약간 짜맞춘 듯하다.

平善.

"鐘聲扣白雲"句入幽出朗, "扣"者鐘與雲而俱扣也, 無名理者, 不能作景語. 結近湊泊.

【해설】

영은사의 위치와 환경을 그리고 승려들의 생활을 묘사하였다. 말미에서 서방에서 온 불법이 인간 세상에 빛을 준다는 뜻을 나타내었다.

평선平善은 왕부지가 자주 사용하는 비평 용어 가운데 하나로 구성의 통합성이 자연스럽게 잘 이루어진 작품을 가리킨다.

宿龍興寺356	용흥사에서 묵으며
香刹夜忘歸,	사찰을 찾으니 밤이 되어도 돌아가길 잊어
松靑古殿扉.	소나무는 오래된 전각의 대문에 푸른빛을

---

356 龍興寺(용흥사) : 용흥사는 여러 곳에 있다. 장안에는 반정방(頒政坊)에 있었고, 낙양에는 영인방(寧人坊)에 있었다.

	던지네.
燈明方丈室,[357]	등불은 방장실을 밝히고
珠繫比丘衣.[358]	염주는 비구의 옷에 달려있다.
白日傳心靜,	밝은 해는 고요한 선심禪心을 전해주고
靑蓮喩法微.[359]	푸른 연꽃은 미묘한 불법을 알려준다.
天花落不盡,[360]	하늘에서 꽃이 끝없이 떨어지니
處處鳥銜飛.	여기저기 새가 물고 날아간다.

【왕평】

제3, 4구는 인사人事를 묘사한 것으로 입신의 경지에 들고, 결말은 특히 신운이 합일된 경지이다. 선리시禪理詩 가운데 오직 이 작품만이 '채소와 죽순 냄새'에 빠지지 않았다.

三四用事入化, 結尤神合. 禪理詩只此不墮蔬笋氣.[361]

---

357 方丈(방장) : 주지.
358 珠(주) : 염주.
   比丘(비구) : 출가 후 구족계를 받은 스님.
359 靑蓮(청련) : 청색 연꽃. 불교에서는 연꽃이 더러움에 물들지 않고 깨끗한 데서 절, 불경, 정토 등을 비유한다.
360 天花(천화) : 불경 중에는 석가모니가 불법을 설할 때 하늘에서 만다라화를 뿌린 다는 언급이 곧잘 보인다. 여기서는 절의 경내에 핀 꽃을 가리킨다.
361 蔬笋氣(소순기) : 주로 화론(畵論)에서 사용하는 용어로, 처음에는 스님들이 채 소와 죽순 등으로 채식하는 데서 청담한 본성을 가리켰으나, 나중에는 유생(儒 生)의 한산기(寒酸氣)와 마찬가지로 비난의 어조가 들어갔다.

용흥사에서 밤을 보내며 느낀 감회를 썼다. 절에서 본 광경과 시인
이 깨달은 불법을 결합하여 선취禪趣를 표현하였다.

정선지丁仙芝 2수

渡揚子江362	양자강을 건너며
桂楫中流望,363	배를 타고 강 가운데 이르러 바라보니
空波兩畔明.	드넓은 수면을 두고 양안의 풍광이 밝구나.
林開揚子驛,364	숲이 갈라지며 양자진의 역참이 드러나고
山出潤州城.365	산이 비켜나며 윤주성이 보이누나.
海盡邊音靜,366	바다가 끝나는 곳에 변방의 소리가 고요하고
江寒朔吹生.367	강이 추워 북풍이 불어온다.
更聞風葉下,	다시 들리는 건 바람에 낙엽이 떨어져

---

362 揚子江(양자강) : 원래 강소성 강도현(江都縣) 장강의 북안에 소재한 양자진(揚
  子津) 나루의 이름에서 유래했다. 한구(漢口)에서 양주(揚州)에 이르는 장강의
  하류 구간을 가리킨다.
363 桂楫(계즙) : 계수나무로 만든 노. 여기서는 배를 가리킨다.
  中流(중류) : 강 가운데.
364 揚子(양자) : 양자현(揚子縣). 지금의 강소성 의정(儀征) 동남.
365 潤州(윤주) : 지금의 강소성 진강시(鎭江市).
366 邊陰(변음) : 변방의 구름.
367 朔吹(삭취) : 삭풍(朔風).

【왕평】

　제1구의 '망望'자가 아래 세 구를 총괄한다. 제7구의 '갱문更聞' 두 자가 위의 '변방의 소리邊音'와 '북풍이 불다朔吹'를 끌어오니, 이는 이 시의 내재된 맥락이다. 작자가 의도적으로 배치한 것이 아니라 기맥이 서로 맞닿아 자연히 그렇게 된 것이다. 비록 이런 이유로 여덟 구 가운데 한 마디도 '정情'에 들어가지 않지만, '정情'이 아닌 것이 없으니, 다시 '경어景語'로만 이해해서는 안 된다.

　시 짓기의 방도는 반드시 '주인'을 세워 '손님'을 통솔하게 하여 '직각적으로 보이는 경[現景]'을 순조롭게 묘사한다. 예컨대 하나의 '정'과 하나의 '경'은 피차 경계가 있는데, 주인과 손님이 서로 몰려들면, 작자가 누구를 위하는지 모르게 된다. '뜻[意]' 밖에 '경景'을 세우고, '경' 밖에 '뜻[意]'을 일으키게 되면 마치 혹 위에 눈과 코가 생기는 것으로 괴이하고 오래가지 못한다. 오언고시의 여파로 비로소 근체시가 생겨났으나, 다시 이에 따라 격률이 지나치게 엄격해 시의 생생한 기운을 죽이고 말았다. 그리하여 소무, 이릉, 도연명, 사령운이 모두 해를 입었고, 대력 연간에 쇠퇴가 극에 달하였다. 개원 천보 말엽에 이기, 상건, 왕창령 등은 혹은 억지로 꾸며 편벽된 소리를 내거나, 혹은 찢기고 흩어진 무당과 귀신의 말을 지어, 이미 일찍이 시의 도를 무너뜨려, 거의 자구 짜 맞추기와 유사하게 되었다. 그 시대에 시의 정통을 지킬 수 있었던 자는 오직 왕유, 이백, 두보뿐이어서, 무너진 더미 속에서도 '원래의 참된 소리元音'를 보존하였다. 저광희, 맹호연, 고적, 잠삼은 바다 위 신기루처럼 사라지고 말았으니, 하물며 그 밖의 사람들은 말할 것도 없다! 그러므로 오언시의 쇠퇴는 실로 성당에 있었고, 되돌릴 수 없는 기세였는데, 후인들이 도리어 그것을 전형으로 삼아 본받으니 그 폐해가 어찌 심하지 않겠는가? 대력 이래 지금까지 육백여 년 동안 성당 오언율시에 구속되지 않았던 이는 오직 탕현조湯顯祖 한 사람뿐이었다. 기夔와 사광師曠의 지혜는 본디 얻기 어려운 법이다! 아아! 이런 말을 어찌 가도賈島에 깊이 빠지고 진사도陳師道에 취한 자들과 논할 수 있겠는가!

首句一'望'字, 統下三句, 結'更聞'二字引上'邊音', '朔吹'是此詩針線. 作者非有意必然, 而氣脈相比自有如此者. 雖然, 故八句無一語入情, 乃莫非情者, 更不可作景語會.

詩之爲道, 必當立主御賓, 順寫現景, 若一情一景, 彼疆此界, 則賓主雜遝, 皆不知作者爲誰. 意外設景, 景外起意, 抑如贅疣上生眼鼻, 怪而不恆矣. 五言之餘氣始有近體, 更從而立之繩墨, 割生爲死, 則蘇李陶, 謝劇遭剗割. 其壞極于大曆, 而開天之末, 李頎常建王昌齡諸人, 或矯厲爲敖辟之音, 或殘裂爲巫鬼之詞, 已早破壞濱盡, 乃與拾句撮字相似. 其時之不昧宗風者, 唯右丞供奉拾遺存元音于圮墜之餘, 儲孟高岑已隨蜃蛤而化, 況其餘乎? 故五言之衰, 實于盛唐而成不可挽之勢, 後人顧以之爲典型, 取法于涼, 其流何極哉? 大曆以降, 迄今六百餘年, 其能不爲盛唐五言律者, 唯湯臨川一人. 夔曠之知, 固已難矣! 嗚呼! 此詎可與沉酣賈島, 淫酗陳無已者道邪?

【해설】

배를 타고 양자강을 건너는 감회를 말하였다. 바다가 가까운 장강 하류의 풍경을 시각은 물론 촉각과 청각을 동원하여 잘 포착하였다. 여러 판본의 『맹호연집』에는 이 시가 수록되어 있지 않지만, 당대 편찬한 『국수집國秀集』에서는 맹호연의 작품으로 되어 있는 것으로 보아, 맹호연의 작품으로 보는 것이 타당하다.

왕부지는 주인과 손님의 관계로 시인의 '뜻[意]'과 '경'을 비유하였다. 그는 다른 문장에서 "시와 장행 문자長行文字를 막론하고 모두 '뜻[意]'을 위주로 한다. '뜻'은 장수와 같다. 장수가 없는 병사를 오합지졸이라 한다無論詩歌與長行文字, 俱以意爲主. 意猶帥也. 無帥之兵, 謂之烏合"고 하여 역시 장수와 병사의 관계로 시인의 '뜻[意]'과 '경'을 비유하기도 하였다. 제1구의 '망望'자와 제7구의 '문聞'자는 주인의 '뜻'을 보여주며, 이로부터 나머지 '경'을 모두 통솔하고 있다. 평어에서 말한 '직각적으로 보이는 경[現景]'은 현량現量과 같은 개념으로 사용된 것으로 보인다. 때문에 표면적으로 보면 모두 경어景語이지만, '뜻'과 '정'이 이끄는 말이기에 정어情語라 할 수 있으며, 그러기에 결국 이들을 모두 경어로만 볼 수 없는 것이다. 왕부지는 경어와 정어가 잘 결합된 이러한 구를 이백의 「고풍」 제1수에 대한 평어에서 '쌍행雙行'이라 하여 '고금의 문필에서 절묘한 기예古今文筆之絶技也'라고 절찬하였다. 왕부지가 정경情景 관계에 대해

"'경'에서 '정'이 생기고, '정'에서 '경'이 생긴다景生情, 情生景"고 하였는데, 상호의존적이고 변증법적인 관계에 대한 인식을 여기서도 볼 수 있다.

왕부지는 또 오언시의 발전 양상을 서술하였다. 가장 중요한 요점은 시는 『시경』에서 원음元音의 전통이 세워졌고, 이를 계승한 양한 오언시가 그 다음이고, 당대 들어와서는 왕유, 이백, 두보가 그나마 낫다고 했다. 역대 비평가들은 일반적으로 오언율시의 전성기는 성당 때라고 보았지만, 왕부지는 오히려 성당 때가 오언율시의 쇠락기라고 보았다. 그 이유는 고시의 전통에서 떠났기 때문이라 하였다. "오언시의 쇠퇴는 실로 성당에 있었고, 되돌릴 수 없는 기세였다五言之衰, 實于盛唐而成不可挽之勢" 그는 또 "개원 천보 말엽에 이기, 상건, 왕창령 등은 혹은 억지로 꾸며 편벽된 소리를 내거나, 혹은 찢기고 흩어진 무당과 귀신의 말을 지었다開, 天之末, 李頎 '常建' 王昌齡諸人, 或矯厲爲敖辟之音, 或殘裂爲巫鬼之詞"고 하였다. '편벽된 소리'는 화평한 소리와 상대되는 것이고, '무당과 귀신의 말'은 시격詩格이나 시법詩法을 강구하여 지은 판에 박은 시를 가리킨다. 저광희, 맹호연, 고적, 잠삼 등은 이러한 병폐에 감염된 것으로 보았다.

京中守歲	도성에서 세밑을 보내며
守歲多然燭,[368]	세밑을 지새며 초를 많이 태우니
通宵莫掩扉.	밤새 사립문을 닫지 말아라.

---

368 然(연) : 燃(연)과 같다. 불타다.

客愁當暗滿,　　나그네 시름은 어둠을 만나 가득하지만

春色向明歸.　　봄빛은 내일이 되면 돌아오리라.

玉斗巡初匝,[369]　북두칠성이 순행하며 한번 돌았고

銀河落漸微.　　은하수가 떨어지며 점점 희미해진다.

開正獻歲酒,[370]　정월 초하루에 새해의 술

千里間庭闈.[371]　천리를 사이에 두고 부모님께 올린다.

【왕평】

서사는 간결하나 말뜻은 모두 드러났다. 묘사한 부분은 자연스레 끌어나왔다. 비록 풍력風力이 약간 약하지만 오히려 맹호연보다 열 배 이상 낫다.

事止詞盡, 點染處只從帶出, 雖風力稍弱, 猶賢于孟浩然十輩以上.

【해설】

세밑에 한 해를 보내는 감상을 서술하였다. 한해의 끝에 계절의 운

369　玉斗(옥두) : 북두칠성.
　　匝(잡) : 한번 돌다.
370　開正(개정) : 새해 정월 초하루.
　　獻歲(헌세) : 한 해의 시작.
371　間(간) : 떨어지다.
　　庭闈(정위) : 부모가 사는 곳. 여기서는 부모. 서진(西晉) 속석(束晳)의 「보망시(補亡詩)」에 "부모님 계신 뜰과 문이 그리워, 마음이 편안할 겨를이 없어라(眷戀庭闈, 心不遑安)"는 구절이 있다.

행과 천체의 순환을 생각하고 나그네의 시름이 새해부터 밝아지리라
기대하며 봄을 기다리는 마음을 나타냈다.

이백李白 7수

秋思[372]	가을의 그리움
燕支黃葉落,[373]	연지산燕支山에 누런 나뭇잎 떨어지면
妾望白登臺.[374]	아낙은 백등대白登臺에 올라 바라본다.
海上碧雲斷,[375]	사막 위의 구름은 끊어지고
單于秋色來.[376]	선우單于 땅에서 가을 기운 내려온다.
胡兵沙塞合,[377]	오랑캐 병사들 변방의 사막에 모이고
漢使玉關回.[378]	한나라 사신은 옥문관에서 돌아왔다.

372　秋思(추사) : 악부제의 하나. 『악부시집』에서는 '금곡가사(琴曲歌辭)'로 분류하
　　　였다. 아낙이 집을 떠난 남편을 그리워하는 내용이다.
373　燕支(연지) : 焉支(언지) 또는 胭脂(연지)라고도 한다. 감숙성 영창현(永昌縣)
　　　서쪽에 소재한 산. 물이 맛있고 목축하기 좋은 한편, 산세가 험난하여 역대로 요
　　　새이기도 하였다. 곽거병이 이 산을 넘어 흉노를 대파하였다는 기록이 있다.
374　白登臺(백등대) : 산서성 대동시(大同市) 동쪽의 백등산 위에 있는 대. 한 고조
　　　유방이 백등산에서 흉노에 7일간 포위된 적이 있다.
375　海(해) : 한해(瀚海), 곧 사막.
376　單于(선우) : 선우대도호부(單于大都護府)를 가리킨다. 내몽골자치구 허린걸
　　　(和林格爾) 서북에 소재. 여기서는 변방을 가리킨다. 북방은 춥기 때문에 가을이
　　　그곳으로부터 내려오는 것처럼 느껴진다.
377　沙塞(사새) : 사막이 있는 변새.
　　　合(합) : 모이다.

征客無歸日,　　　　출정한 사람에게서 돌아온다는 기약이 없어

空悲蕙草摧.　　　　시드는 혜초만 부질없이 슬퍼한다.

【왕평】

신묘한 언어들이 비동하니 이른바 용이 천문에서 뛰어오르고 호랑이가 봉각에 누워있는 경지이다.

이 작품과 이백의 "변방의 오랑캐가 가을을 틈타 내려오니^{塞虜乘秋下}"를 비교하면 곧 오언 근체시의 정통과 비정통의 구분을 알 수 있다.

神藻飛動, 乃所謂龍躍天門, 虎臥鳳閣也.

以此及"塞虜乘秋下"相比擬, 則知五言近體正閏之分.

【해설】

출정나간 남편을 기다리는 여인을 그렸다. 변새시와 규원시를 결합시켜 전란과 규원의 주제를 다 같이 강조했다. 말구에서는 향기로운 혜초의 시듦으로 청춘이 헛되이 사라짐을 안타까워하였다.

왕부지는 오언율시의 정통과 비정통을 구별하면서, 위의 시를 정통으로 보고 이백의 「새하곡^{塞下曲}」을 비정통으로 보았다. 「새하곡」은 "변방의 오랑캐가 가을을 틈타 내려오니, 한나라에서 용맹한 군사가 출정하네^{塞虜乘秋下, 天兵出漢家}"로 시작한다. 말미가 "옥문관에 아직 들어

378　漢使(한사) : 한나라의 사신. 여기서는 당나라의 사신.
　　玉關(옥관) : 옥문관. 이 구는 한나라 사신이 북방족과 나눈 회담이 결렬되어 돌아왔다는 뜻.

서지도 않았으니, 규중의 아낙이여, 탄식하지 말지라玉關殊未入, 少婦莫長嗟"로 되어 있으므로 마치 남편이 아낙에게 전하는 말투이다. 같은 변새시이지만 남편의 입장에서 직설적이고 힘찬 말로 쓴데 반해, 「가을의 그리움」은 아낙의 정을 온후한 언어로 나타냈다.

| 塞下曲³⁷⁹ 六首選一 | 새하곡 – 6수에서 1수 뽑음 |

塞下曲³⁷⁹ 六首選一   새하곡 – 6수에서 1수 뽑음

駿馬如風飈,   내닫는 준마는 회오리바람 같아

鳴鞭出渭橋.³⁸⁰   채찍을 울리며 위수 다리를 나간다.

彎弓辭漢月,   휘어진 활은 밤중에 중원 땅을 떠나고

挿羽破天驕.³⁸¹   오뉘에 당긴 화살은 천교天驕를 향한다.

陣解星芒盡,³⁸²   적진이 부서지고 별빛도 다 사라지더니

---

379 塞下曲(새하곡) : 악부(樂府)의 제목 가운데 하나. 『서경잡기』에 "척부인(戚夫人)이 「출새(出塞)」, 「입새(入塞)」, 「망귀(望歸)」 등의 곡을 잘 불렀다"고 하며, 『진서』「악지(樂志)」에서는 "「출새」와 「입새」곡은 이연년(李延年)이 지었다"고 하였다. 당대에는 「새상곡(塞上曲)」과 함께 「새하곡」이 새로이 유행하였으며, 대부분 변방의 전투와 병사들의 노고를 내용으로 하였다. 『악부시집』에서는 '신악부사(新樂府辭)'로 분류하였다.

380 渭橋(위교) : 장안 북쪽을 흐르는 위수에 놓인 다리 가운데, 함양과 가까운 곳에 있는 다리를 말한다. 위수의 다른 다리와 구별하여 '중위교(中渭橋)'라 불렀다. 당대에 서역으로 가는 사람은 도성을 나온 다음 먼저 이곳을 지나야 했다.

381 挿羽(삽우) : 화살 깃을 오뉘에 꽂다.
    天驕(천교) : 흉노가 스스로를 부른 말. 『한서』「흉노전(匈奴傳)」에 선우(單于)가 한나라에 보낸 글에 "남쪽에는 위대한 한(漢)이 있고, 북쪽에는 강한 호(胡)가 있다. 호(胡)란 하늘의 뛰어난 아들이다(南有大漢, 北有强胡. 胡者, 天之驕子也)"란 말에서 유래했다. 일반적으로 서북의 비한족 또는 그 왕을 가리킨다.

382 星芒(성망) : 별빛. 여기서의 별은 모두성(髦頭星)으로 이 별빛이 요동치면 북방 민족이 전쟁을 일으킨다고 한다.

營空海霧消.　　　　　　병영은 비고 안개는 걷히었다.

功成畫麟閣,[383]　　　　　공명을 이루고 기린각에 모셔지는 건

獨有霍嫖姚![384]　　　　　오직 표요교위 곽거병 뿐.

【왕평】

전편이 말미의 두 구를 위한 포석이다. 앞의 여섯 구는 직접적으로 혁혁한 기세를 그려내며, 바로 격앙된 감정으로 시인의 뜻을 드러냈다. 속필이라면 처음부터 원망을 드러냈을 것이다. '嫖姚표요'는 당대 시인들이 '飄搖표요'라 썼다. 음은 『사기』의 주석과 다르다.

'린麟'자는 요체이다.

總爲末二語作, 前六句直爾赫奕, 正以激昂見意, 俗筆開口便怨. '嫖姚'唐人作'飄搖', 音與史記注異.

'麟'字拗.

【해설】

출정하여 적을 쳐부순 병사들의 활약을 그렸다. 말 2구에서는 공훈을 받는 사람은 기린각에 그려진 대장뿐이라고 탄식하였다. 이는 당대

---

383 麟閣(인각) : 기린각(麒麟閣). 한 고조(漢高祖) 때 소하(蕭何)가 도서를 보관하기 위해 지은 건물로, 선제(宣帝) 때 곽광(霍光) 등 11인의 공신을 그려 이곳에 걸었다.

384 霍嫖姚(곽표요) : 표요교위 곽거병(霍去病). 한무제 때 흉노를 격파한 공으로 표요교위가 되어 세인들은 그를 '곽 표요'라 했다.

말기의 조송曹松이 "장수 한 사람의 공훈은 병사 만 사람의 뼈로 이루어
진다—將功成萬骨枯"는 말과 다르지 않다. 실제에 있어서 한대에 기린각에
그려진 11인의 공신 가운데 곽거병은 포함되지 않았다. 오히려 그는
한나라 황실의 친척으로 한 무제의 총애를 받았다. 그러므로 여기서
곽거병이 상훈을 받았다는 것은 친인척을 중용했음을 풍자한 것으로
볼 수 있다. 두보의 「후출새」 제2수에서도 "묻노니, 대장은 누구인가?
아마도 표요교위 곽거병이리라借問大將誰?, 恐是霍嫖姚!"는 구가 보인다.

訪戴天山道士不遇[385]	대천산 도사를 만나지 못하고
犬吠水聲中,	개 짖는 소리 물소리에 섞여 들리고
桃花帶露濃.	복사꽃은 이슬에 젖어 더욱 짙구나.
樹深時見鹿,	숲이 깊어 때로 사슴이 보이는데
溪午不聞鐘.[386]	시내는 점심이 되어도 종소리 들리지 않구나.
野竹分靑靄,[387]	야생 대나무는 푸른 안개를 갈라놓고
飛泉挂碧峰.	나르는 폭포는 비췻빛 봉우리에 걸렸어라.
無人知所去,	도사께서 어디 가셨는지 아는 사람 없어
愁倚兩三松.	두세 그루 소나무에 기대어 아쉬워한다.

---

385 戴天山(대천산) : 대광산(大匡山) 또는 대강산(大康山)이라고도 한다. 지금의 사
    천성 강유시(江油市) 소재한다. 산에 있는 대명사(大明寺)는 이백이 젊어서 독서
    하던 곳이다.
386 不聞鐘(불문종) : 종소리가 들리지 않는다. 도사가 출타하고 없음을 가리킨다.
387 靑靄(청애) : 푸른색의 구름 기운. 이 구는 들녘 가운데에 대숲이 있어 푸른 안개
    를 좌우로 나누고 있는 모습을 그렸다.

【왕평】

전편이 '정'과 '일[事]'은 보태 넣지 않고, 다만 제목의 '불우不遇' 두 글자만 붙들고 전개하니, 이를 붙들수록 더욱 생동적이다.

全不添入情事, 只拈死'不遇'二字作, 愈死愈活.

【해설】

계곡의 물소리가 세찬 가운데 암자가 있는지 어디선가 개 짖는 소리가 들려오는데, 계곡 가에는 복사꽃이 이슬을 머금고 선연히 피어있다. 울창한 숲에는 때로 나무 사이로 사슴이 보이는데, 정오가 되었어도 때를 알리는 종소리가 들려오지 않는 걸 보면 아마도 암자에는 사람이 없는가 보다. 들을 내려다보니 온통 푸른 안개가 깔린 가운데 대숲이 가운데에서 안개를 좌우로 나누고 있고, 산을 향해 올려다보니 떨어지는 폭포의 흰 물줄기가 비췻빛 봉우리에 걸려 있다. 도사께서 어디로 가셨는지 알고 있는 사람도 없어, 나는 아쉬운 마음에 그저 두세 그루 서있는 소나무에 다가가 둥치에 기대어 있을 뿐이다.

尋雍尊師隱居[388]	옹 존사의 은거지를 찾아
群峭碧摩天,	벽옥색 깎아지른 봉우리들 하늘에 닿는 곳
逍遙不記年.	천지간을 소요하며 날짜도 잊었어라.
撥雲尋古道,	구름을 헤쳐 오솔길을 찾고

---

388 雍尊師(옹존사) : 미상. 존사(尊師)는 도사에 대한 존칭.

倚樹聽流泉.　　　　나무에 기대어 계곡의 물소리 들었지.

花暖靑牛臥,[389]　　따뜻한 꽃밭에 청우靑牛가 누워있고

松高白鶴眠.　　　　높다란 소나무에 백학白鶴이 졸고 있구나.

語來江色暮,　　　　이야기 나누는 사이 강 빛이 저물어

獨自下寒煙.　　　　홀로 안개 가득한 산을 내려가누나.

【왕평】

이처럼 심원하니 두보가 "종종 음갱과 비슷하다往往似陰鏗"고 했다. 피상적인 궁정 시인들이 알 수 있는 게 아니다.

乃爾沉遠, 杜陵所謂"往往似陰鏗"者也, 非皮相供奉人得知.

【해설】

깊은 산중의 옹 존사를 찾아간 일을 시간순으로 묘사하였다. 세속과 격절된 심산을 그려 물외物外에서 초연히 소요함을 강조하였으며, 누운 청우와 자는 백학으로 사물들의 자득自得한 모습을 그렸다. 제7구조차 지극히 자연스러워 여덟 구가 모두 신운神韻을 얻었다.

---

389 靑牛(청우) : 검은색 소. 『열선전(列仙傳)』에 노자(老子)가 청우를 타고 함곡관(函谷關)을 나갔다는 이야기에서, 청우는 신선이나 도사가 타는 동물로 간주된다. 송대 양제현(楊齊賢)은 꽃잎 위에 보이는, 달팽이처럼 두 뿔이 있는 벌레 청충(靑蟲)을 가리킨다고 했으나 취하지 않는다.

太原早秋[390]	태원의 이른 가을
歲落衆芳歇,[391]	한 해도 반이 지나 온갖 꽃이 시들고
時當大火流.[392]	대화성大火星도 서쪽으로 기우는 때.
霜威出塞早,	변새 밖이라 이른 서리가 매서운데
雲色渡河秋.	황하를 건너는 구름은 가을빛이로다.
夢遶邊城月,	꿈길은 변성의 달을 맴돌고
心飛故國樓.[393]	마음은 고향의 집으로 날아간다.
思歸若汾水,[394]	돌아가고픈 생각은 분수汾水와 같아
無日不悠悠.[395]	밤낮으로 쉬지 않고 흘러가누나.

【왕평】

전후 두 단락 형식의 양절체兩折體이지만 각각 평이하게 서술했기에
기운을 해치지 않았다. 이백과 두보의 오언 근체시는 그 구성이 시대

---

390 太原(태원) : 지금의 산서성 태원시. 한대 이래 병주(幷州)라 하였으나, 당 고조
  이연(李淵)이 태원에서 흥기하였기에 태원부(太原府)로 승격하였고, 723년 북
  도(北都)라 칭하였고, 그 장관을 윤(尹)이라 하였다.
391 歲落(세락) : 歲晚(세만)과 비슷하다. 한해에서 반 이상이 지났으므로 '낙'(落)
  이란 말을 썼다.
392 大火(대화) : 별 이름. 동방의 7개 별자리 중의 심수(心宿, 전갈좌)에 속하는 별.
  『시경』「칠월(七月)」에 "칠월엔 대화성(大火星)이 내려오고(七月流火)"란 말이
  있다. 여기서는 음력 칠월을 가리킨다.
393 故國(고국) : 고향. 여기서는 아내 허씨가 있는 안륙(安陸)을 가리킨다.
394 汾水(분수) : 산서성 영무현(寧武縣) 관잠산(管涔山)에서 발원하여 태원시를 거
  쳐 하진현(河津縣)에서 황하로 들어간다. 황하의 두 번째로 큰 지류.
395 悠悠(유유) : 여러 가지 뜻이 있으나 여기서는 강물이 느리고 멀리 흐르는 모양.
  동시에 돌아가고픈 마음을 비유하였다.

의 유행에 따라 낮아진 것이 왕왕 많다. 이백은 이 형식에 그다지 염두에 두지 않은 듯한데, 고적과 잠삼 풍격과 유사한 작품이 있다. 그는 이렇게 하여 이미 고금의 여러 시풍을 모두 갖추었으며, 마치 "이런 시는 내가 쓸 수 없어서 안 쓰는 것이 아니다"고 말하는 것 같다. 이는 재능있는 사람의 결점으로, 마치 조조曹操가 독초로 알려진 야생 칡을 씹어서 남에게 자신은 두려움이 없다고 속이는 것과 같다. 그의 '본래의 면모本色'가 잘 드러난 시는 절로 경운710~712과 신룡705-707 연간의 상등 작품들로, 천보742~756 연간의 여러 시인이 도달할 수 있는 바가 아니다. 시를 고를 줄 아는 자는 응당 알 것이다.

'분汾'자는 요체이다.

兩折詩以平敍故不損, 李杜五言近體, 其格局隨風會而降者, 往往多有. 供奉于此體似不著意. 乃有入高岑一派詩, 旣以備古今衆制, 亦若曰 : 非我不能爲之也. 此自是才人一累, 若曹孟德之啖冶葛, 示無畏以欺人. 其本色詩則自在景雲神龍之上, 非天寶諸公可至, 能揀者當自知之.

'汾'字拗.

【해설】

735년 5월부터 약 일 년 동안 친구 원연元演의 초대로 태원에 가 있을 때 지었다. 당시 원연의 부친이 태원윤으로 있었기에 두 사람은 태항산을 넘어 태원으로 갔다. 기후와 천상의 변화로 가을의 도래를 그리고 고향을 그리워하였다. 간결함 속에 고일高逸한 정취를 담았다.

양절시兩折詩는 앞에 나온 오균吳筠의 「여산 오로봉을 유람하며遊廬山五老峰」에서도 볼 수 있는데, 시가 전후반 두 단락으로 나뉜 형식을 가리킨다. 여기서는 전반의 서경과 후반의 서정으로 명확히 나누어지거니와, 중요한 것은 내적 통합성이다. 황하를 건너는 구름에서 고향으로 달려가는 자신의 마음을 떠올렸기에 서경과 서정이 한데 어우러져 있다.

渡荊門送別[396]	형문산을 지나 이별하며
渡遠荊門外,	멀리 형문산 밖으로 건너와
來從楚國遊.[397]	초 지방에서 함께 유람하는구나.
山隨平野盡,	산은 평야를 따라 점점 낮아지고
江入大荒流.[398]	강은 드넓은 대지 속으로 흘러든다.
月下飛天鏡,[399]	달이 떨어지니 하늘의 거울이 날아가고
雲生結海樓.[400]	구름이 일어나니 바다의 신기루가 일어선다.
仍憐故鄕水,[401]	여전히 사랑하는 건 고향의 강물

396 荊門(형문) : 형문산. 장강 중류의 남안에 있으며, 지금의 호북성 의도시(宜都市) 서북에 소재. 형세가 험해 예부터 초(楚)와 촉(蜀)의 경계로 보았다. 강 건너에 있는 호아산(虎牙山)과 함께 그 모양이 마치 형주(荊州)로 들어가는 문과 같다 하여 형문산이라 하였다. 제1구는 작가가 형문산을 지나 초국에 이르러 쓴 것으로 가정되므로 '荊門外'는 사천성 쪽을 가리킨다고 보아야 할 것이다.
397 楚國(초국) : 지금의 호북성 일대를 가리킨다. 호북성과 호남성은 전국 시대 초나라의 중심 강역이었다.
398 大荒(대황) : 드넓고 황막한 대지.
399 天鏡(천경) : 하늘의 거울. 달을 가리킨다. 고대의 청동 거울은 일반적으로 원형이었다.
400 海樓(해루) : 바다 위의 신기루.

萬里送行舟.　　　　만리 멀리 가는 배를 전송하고 있구나.

【왕평】

떠오르는 해처럼 명려明麗하다. 결말의 두 구는 '환중圜中'에서 '형상 밖의 형상[象外]'을 얻었다. 두보가 말한 "활달하고 표일한 시상은 범인을 초월한다飄然思不群"는 말은 이를 두고 말한 것이다. 지나치게 수식하거나 지나치게 조탁한 작품은 자신의 능력을 넘어서 생각이 고갈되었기 때문일 뿐이다.

明麗果如初日. 結二語得象外于圜中. "飄然思不群"[402]唯此當之, 泛濫鑽硏者, 正由思窮于本分耳.

【해설】

이백이 형문산을 지나와 친구를 보내며 쓴 시이다. 학자들은 그 시기를 일반적으로 이백이 처음 삼협을 빠져나온 때인 25세725년로 잡는 경우가 많다. 중간의 "산은 평야를 따라 점점 낮아지고, 강은 드넓은 대지로 흘러드는구나"는 장대한 산천의 아름다움과 자신의 드넓은 심회를 함께 묘사한 것으로, 두보의 「여행하는 밤에 감회를 쓰다旅夜書懷」에 나오는 "광활한 들에는 별이 쏟아지고, 출렁이는 강물에서 달이 솟

---

401 仍憐(잉련) : 여전히 사랑하다.
　　故鄕水(고향수) : 고향의 강물. 여기서는 장강을 가리킨다. 이백의 고향은 사천성이므로 그곳을 지나온 강물이란 뜻.
402 두보, 「봄날 이백을 그리며(春日憶李白)」의 제2구이다.

구친다星垂平野闊, 月湧大江流"는 구절과 곧잘 비교된다.

<table>
<tr><td>謝公亭⁴⁰³</td><td>사공정</td></tr>
</table>

謝公亭[403]	사공정
謝公離別處,[404]	사조謝朓가 범운范雲과 헤어진 곳
風景每生愁.	풍경을 볼 때마다 수심이 생겨났지.
客散靑天月,	나그네 떠난 후 푸른 하늘에 달 떠오르고
山空碧水流.	사람 없는 빈 산에는 벽계수만 흘렀어라.
池花春映日,	봄에는 연못가 꽃에 햇빛이 비치고
窓竹夜鳴秋.	가을이면 창가의 대숲이 밤중에 수런댄다.
今古一相接,	지금의 나와 예전의 시인은 서로 이어져 있으니
長歌懷舊遊.	길게 노래하며 그들이 노닐던 곳 둘러보노라.

【왕평】

제5, 6구는 회고 같지 않지만 회고이다. 두보의 "들꽃을 바라보니 보조개가 연상되고, 덩굴풀을 보니 비단 치마가 생각난다野花留寶靨, 蔓草見羅裙."와 같은 시구는 겉모습만 취하여 쓴 것임을 더욱 깨닫게 된다.

---

403 謝公亭(사공정) : 지금의 안휘성 선성시 북쪽 2리에 있는 정자 이름. 선성 태수로 부임한 사조(謝朓)가 기념하기 위하여 지었으며, 영릉 내사로 떠나는 범운(范雲)을 전송했던 곳이다.
404 謝公(사공) 구 : 사조가 범운(范雲)과 헤어졌던 곳으로, 사조의 「신정의 물가에서 범운과 헤어지며(新亭渚別范雲)」라는 시가 남아있다.

'금고일상접今古一相接' 다섯 자는 고금의 사람이 말하지 못한 걸 말했다. '내재적 맥락神理', 뜻의 정취[意致], 필법[手腕] 등 세 가지 방면에서 절묘하다.

五六不似懷古, 乃以懷古. 覺杜陵'寶靨''羅裙'之句[405]尤爲貌取.

"今古一相接"五字盡古今人道不得. 神理意致手腕三絶也.

【해설】

사공정에서 사조에 대한 무한한 앙모를 표현하였다. '금고일상접今古一相接'이라며 고인에 대해 진정한 지음知音을 자처하는 이러한 태도는 곧 자신을 알아주는 사람이 없음을 아쉬워하는 표현이기도 하다. 고금을 두고 떨어져 있어도 이백은 이를 동시화同時化시켰다.

두보杜甫 19수

春宿左省[406]	봄에 문하성에서 숙직하며
花隱掖垣暮,[407]	꽃들이 그늘지며 대궐의 담장이 저물고

405　두보, 「금대(琴臺)」의 "들꽃을 바라보니 보조개가 연상되고, 덩굴풀을 보니 비단 치마가 생각난다"(野花留寶靨, 蔓草見羅裙.)를 가리킨다.

406　左省(좌성) : 문하성(門下省). 대명궁(大明宮)의 선정전(宣政殿)에서 남쪽을 향해 바라보았을 때 왼쪽인 동쪽에 있었으므로 좌조(左曹) 또는 좌성(左省)이나 동성(東省)이라고도 했다. 이에 비해 중서성을 우성(右省)이라 하였다.

407　掖垣(액원) : 궁중의 벽담. 당대에는 선정전 좌우에 각각 문하성과 중서성이 있

啾啾棲鳥過.[408]	새들이 지저귀며 둥지로 돌아가네.
星臨萬戶動,	별빛은 수많은 궁문 위에 빛나고
月傍九霄多.[409]	달빛은 구중 하늘 옆에서 무량해라.
不寢聽金鑰,[410]	궁문이 열리는 소리 들릴까 잠들지 못하고
因風想玉珂.[411]	바람 소리에 딸랑이는 말굴레 소리를 연상하네.
明朝有封事,[412]	내일 아침 상소할 일이 있어
數問夜如何?[413]	밤이 얼마나 되었냐고 자주 묻는다.

【왕평】

결말은 바로 앞의 두 구에서 드러난 중심 뜻을 보완하였기에 완정해졌다. 정련되었을 뿐만 아니라 전반 네 구가 모두 '불침不寢'의 '경景'이니 한 글자도 헛되지 않았다. 두보의 초기 시로 특히 전범이 될 만하다.

었으므로 이 둘을 말했다. 이로부터 문하성을 좌액(左掖)이라 하고 중서성을 우액(右掖)이라 하는 말이 생겼다. 여기서는 두보가 근무하는 문하성을 가리킴과 동시에 벽담을 가리킨다.

408 啾啾(추추) : 짹짹. 새들이 우는 소리를 형용한 의성어.

409 九霄(구소) : 가장 높은 하늘.

410 金鑰(금약) : 자물쇠.

411 玉珂(옥가) : 말굴레에 매다는 패각으로 만든 장식물.

412 封事(봉사) : 밀봉한 상소문. 좌습유의 직책은 풍간(諷諫)을 주로 하므로 상소를 올리는 것이 주요한 일 가운데 하나였다.

413 數問(삭문) : 자주 묻다.
夜如何(야여하) : 밤이 얼마나 지났는가? 『시경』「정료(庭燎)」에 "밤이 얼마나 깊었는가? 밤이 아직 끝나지 않았네(夜如何其? 夜未央)"란 말에서 나왔다.

結語亦補上二句出正意, 是以完好. 非但明煉, 前四句皆"不寢"之景, 一字
不妄. 杜陵早歲詩, 固有典型.

【해설】

758년 봄 좌습유의 직책으로 문하성에서 숙직할 때 쓴 시이다. 저녁
부터 새벽까지의 시간 순서에 따라 달라지는 궁중의 광경과 정무에 충
실한 마음을 형상화하였다. 말미에서 날 새기를 기다리며 자주 시간을
묻는 모습은 자신의 직무에 전심을 다하는 모습이다.

왕부지는 두보의 시에 대해 긍정하면서도 어느 비평가보다 강력하
게 비판하였고, 이를 통해 송대와 명대의 '두보 배우기'가 형식적으로
변해 시단의 폐해가 크기에 이를 교정하려는 의도를 보였다. 시기적으
로 보면 두보가 촉 땅에 들어가기 전의 시에 대해선 "두보의 초기 시는
본래 전범이 될 만하다杜陵早歲詩, 固有典型"고 말하였듯이 대체로 긍정하
였다. 그리고 촉 땅에 체류하는 기간의 시는 대체로 비판했지만, 출협
이후의 시는 전반적으로 긍정하였다.

晚出左掖[414]　　　　　　저녁에 문하성을 나오며

　畫刻傳呼淺,[415]　　　　낮의 시각을 알리는 소리 나지막한데

414　左掖(좌액) : 문하성. 위의 「봄에 문하성에서 숙직하며(春宿左省)」 참조.
415　畫刻(주각) : 낮의 시각.
　　傳呼(전호) : 소리쳐 전하다. 궁위(宮衛)가 소리 질러 시간을 알리는 일.
　　淺(천) : 소리가 낮다.

春旗簇仗齊.[416]	봄의 깃발이 의장대 속에 가지런해라.
退朝花底散,	조회에서 물러나온 사람들 꽃 아래 흩어지고
歸院柳邊迷.[417]	성중省中에 돌아가며 버드나무에 가려지네.
樓雪融城濕,	누각의 눈이 녹아 성벽이 젖고
宮雲去殿低.[418]	구름이 높아지니 전각이 낮게 보이네.
避人焚諫草,	사람을 피해 주장奏章의 초고를 태우고
騎馬欲鷄棲.	말 타고 귀가할 때는 닭도 잠들 때라네.

【왕평】

첫 두 구는 모두 제목의 '출出'자를 썼는데 드러내지 않는데 묘미가 있다. 결국 '퇴조退朝'로 이어졌다.

'누각의 눈[樓雪]'으로 시작하는 경련(제5, 6구)은 돌아본 경관으로, 저녁의 퇴조를 핍진감 있게 나타냈다. 이러한 정미한 구를 얻은 것은 이 노옹만의 깨달음이다.

한 편이 '일'의 선후로 시종을 이루었으니 어찌 이른바 '기-승-전-결'이 있겠는가. 속인들이 땅에 획을 그어 감옥을 만들지만, 그곳에 맹세코 들어가지 않기만 하면 된다.

416　簇仗(족장) : 모여 있는 의장대 깃발.
417　歸院(귀원) : 자신의 근무처인 문하성으로 돌아가다.
　　　迷(미) : 가리다. 청대 구조오(仇兆鰲)는 '가리다'는 뜻으로 '차미(遮迷)'라 풀이하였는데 이에 따른다. 당대에는 궁중에 버들을 많이 심었다.
418　宮雲(궁운) 구 : 구름이 가까이 오면 전각이 높은 곳에 있는 듯한데, 구름이 높이 떠가면 전각이 낮게 내려앉은 듯 보인다는 뜻.

起二句皆寫一‘出’字, 妙在不顯, 而竟以退朝接之.

‘樓雪’一聯是回望景, 爲晚出傳神, 得句精微, 是此翁獨契.

一篇止以事之先後爲初終, 何嘗有所謂起承開闔者, 俗子畫地成牢,[419] 誓不入焉, 可也.

【해설】

758년 봄 좌습유로 근무할 때 지은 시로, 하루의 일과를 아침부터 저녁까지 시간순으로 기술하였다. 말미에서 주장의 초고를 태우는 것은 남들이 군주의 과실을 보지 못하게 하려는 뜻으로 보인다.

왕부지는 구성과 표현에 있어 이 시의 뛰어난 점을 지적하였다. '기-승-전-결'은 가장 흔히 쓰는 구성의 틀인데, 이를 형식적으로 지킨다면 오히려 자연스러움을 잃게 되니, 이러한 틀에 빠지지 않도록 경계하였다.

---

419 俗子(속자) 구 : 원래 사마천의 「임안에게 보내는 답서(報任安書)」에 나오는 "그러므로 선비는 땅에 획을 그어 감옥이라 하더라도 그 형세상 들어갈 수 없고, 나무를 깎아 옥리(獄吏)라 하더라도 그와 말을 할 수 없습니다(故士有畫地爲牢, 勢不可入, 削木爲吏, 議不可對.)"를 이용하였다. 여기서는 속인들이 시에 관한 여러 규칙을 만들었지만 그런 것에 사로잡히지 않으면 된다는 뜻으로 바꾸었다.

喜達行在所[420]　　　　행재소에 이르러 기뻐하며

死去憑誰報?　　　　오는 도중 죽었다면 누가 사실을 알렸을까?

歸來始自憐.　　　　지금에서야 비로소 내 자신을 가여이 여기
　　　　　　　　　　노라.

猶瞻太白雪,[421]　　아직도 태백산의 눈을 바라볼 수 있고

喜遇武功天.[422]　　기쁘게 무공산의 하늘을 만날 수 있으니

影靜千官裏,[423]　　그림자는 수많은 관리들 사이에서 고요하고

心蘇七校前.[424]　　나의 마음은 황제의 근위대 앞에서 살아난다.

今朝漢社稷,　　　　오늘 아침 당나라의 사직은

新數中興年.[425]　　새로운 중흥의 해가 시작되어라.

【왕평】

기쁨과 슬픔이 또한 사물로 드러나니 시에서는 이를 귀하게 여긴다.

420　行在所(행재소) : 군주가 수도를 떠나 있을 때 임시로 거주하는 곳. 통행본에서
　　　는 제목이 「수도에서 봉상으로 달아나, 행재소에 이르러 기뻐하며(自京竄至鳳翔
　　　喜達行在所)」라 되어 있다.
421　太白(태백) : 태백산. 종남산의 일부로 지금의 섬서성 미현(眉縣) 남쪽에 소재.
　　　봉상은 미현의 서북쪽에 있다.
422　武功(무공) : 무공산. 지금의 섬서성 무공현 남쪽에 소재. 장안에서 서쪽으로 가
　　　다보면 무공현이 나오고 이어서 미현이 나온다.
423　影(영) : 몸.
　　　靜(정) : 편안히 하다.
424　七校(칠교) : 한 무제 때 장안 경비군으로 칠교위(七校尉)를 설치하였다. 여기서
　　　는 숙종의 근위대.
425　數(수) : 헤아리다. 동사로 쓰였다.

“그림자는 수많은 관리들 사이에서 고요하고影靜千官裏”는 피난의 황급한 상황에서, 다시 조복을 입고 신하들의 행렬에 합류했을 때의 어색하고 생경한 정경을 매우 절묘하게 표현하였다. 이러한 경험이 없다면, ‘관리들의 고요’만으로는 시적 의미가 깊지 못했을 것이다.

悲喜亦于物顯, 始貴乎詩.

“影靜千官裏”寫出避難倉皇之餘, 收拾仍入衣冠隊裏一段生澁情景, 妙甚. 非此則千官之靜, 亦不足道也.

【해설】

봉상에서 좌습유 벼슬을 받은 후 당나라의 중흥을 기원하였다. 757년 4월 두보는 위험을 무릅쓰고 장안을 탈출하여 숙종이 있는 봉상鳳翔으로 갔다. 이 시는 이때의 상황을 3수의 연작으로 써낸 가운데 한 수이다.

왕부지는 “기쁨과 슬픔이 또한 사물로 드러난다”고 하였는데, 이는 특히 제3, 4수가 그러하다. ‘태백산의 눈太白雪’과 ‘무공산의 하늘武功天’은 모두 봉상에서 바라볼 수 있는 진령산맥의 풍광이다. 이들은 ‘경어景語’이지만 두보는 이를 바라보고 기쁘게 만난다고 했으니 곧 ‘정어情語’임을 명확히 했다. 또 왕부지는 『강재시화』에서도 이 시의 “그림자는 수많은 관리들 사이에서 고요하고影靜千官裏”는 ‘정 가운데 경[情中景]’이라 하여 ‘정’과 ‘경’이 융합된 예로 이러한 경지를 높이 쳤다.

登岳陽樓[426]　　　　　악양루에 올라

昔聞洞庭水,　　　　일찍이 동정호에 대해 들었거니

今上岳陽樓.　　　　지금에야 비로소 악양루에 오른다.

吳楚東南坼,[427]　　호수는 오 땅과 초 땅을 동남으로 가르고

乾坤日夜浮.[428]　　하늘과 땅이 밤낮으로 떠 있다.

親朋無一字,　　　　친척과 친구에게서 한 자 소식도 없으니

老病有孤舟.[429]　　늙고 병든 몸에 쪽배만 있을 뿐

戎馬關山北,[430]　　관산關山의 북쪽에는 아직도 군마가 있다 하니

憑軒涕泗流.[431]　　난간에 기대어 눈물을 뿌린다.

426　岳陽樓(악양루) : 악주성의 서문 위에 있는 누각. 성문은 바로 동정호와 면해 있다. 당대 장열(張說)이 악주에 폄적되었을 때 건축하였다.

427　吳楚(오초) : 춘추전국시대 오나라와 초나라.
　　坼(탁) : 가르다. 이 구는 오나라의 강역은 호수 동쪽에, 초나라의 영토는 호수 남쪽에 있었기에, 호수가 이를 나누고 있다고 하였다.

428　乾坤(건곤) : 하늘과 땅.『수경주』「상수(湘水)」에서 동정호는 "호수는 넓어 둘레가 오백여 리나 되어, 해와 달이 마치 그 속에서 뜨고 지는 것 같다(湖水廣圓五百餘里, 日月若出沒於其中)"고 했다.

429　老病(노병) : 늙고 병들다. 소척비(蕭滌非)에 의하면 두보는 기주에 오기 전에 폐병, 악성 학질, 중풍에 걸려 있었고, 기주 시대 이후로는 오른쪽 팔이 경직되고 왼쪽 귀가 들리지 않고, 이도 반이나 빠졌다.

430　戎馬(융마) : 군마(軍馬). 전쟁을 비유한다. 당시 768년 가을 티베트가 영무(靈武)와 빈주(邠州)에 침입하여 장안이 계엄에 들어갔으며, 조정에서는 곽자의에게 명하여 봉천(奉天)에 나가 방비하게 하였다.

431　憑軒(빙헌) : 누대의 난간에 기대다.
　　涕泗(체사) : 눈물과 콧물.

　삼협을 나온 이후의 시는 단정하고 여유 있는 가운데 광대함을 담았으니 더 이상 "꽃과 버들 또한 사심 없이 아름다움 드러내네花柳更無私"나 "강물이 흘러가도 내 마음은 다투지 않고水流心不競"와 같은 말을 쓰지 않았다!

　첫 두 구는 일찍이 없었던 미증유의 시구로, 비록 '자잘한 정[近情]'이나 속되지 않다. '친척과 친구親朋'로 시작하는 경련제5,6구은 '정 가운데 경[情中景]'이 있고, '융마관산북戎馬關山北' 다섯 자는 정련이 탁월하니 이 시의 아름다움도 여기에 있다. 후세 사람들이 두보를 대가大家라 높이고, '원기元氣'가 있다느니 '웅혼장건'하다느니 말하는데, 모두 시를 '귀로 먹'지 '혀로 먹'지 않고 있다는 비판을 모른다.

　出峽詩攝汗漫于整暇, 不復作"花鳥無私"432"水流不競"433等語矣!

　起二句得未曾有, 雖近情而不俗. "親朋"一聯情中有景, "戎馬關山北"五字卓煉, 此詩之佳亦止此. 必推高之以爲大家, 爲元氣, 爲雄渾壯健, 皆不知詩者以耳食不以舌食之論.

　악양루를 중심으로 한 광대한 배경 속에 개인의 처지와 동란의 시국

432　두보, 「다시 놀러가서(後遊)」의 제4구이다. 761년에 성도에서 신진현에 놀러 가서 지었다.
433　두보, 「강가의 정자(江亭)」의 제3구이다. 761년 봄 성도에서 지었다.

을 함께 생각하였다. 768년 겨울 두보는 가족을 이끌고 작은 배를 타고 악양에 도착하였다. 이 시는 이때 악양루에 올라 주위를 돌아보고 지었다.

왕부지는 두보의 출협 이후의 시[出峽詩]를 높이 평가한다고 공표하였다. 또 역대 평자들이 칭송을 아끼지 않는 제3, 4구에 대해서는 언급을 하지 않고 오히려 다른 구들을 높이 평가하고, 특히 제7구가 뛰어나다고 지적하였다. 또 제5, 6구가 '정 가운데 경[情中景]'이 있다고 하여 칭찬하였다. 평어의 끝에 나오는 '귀로 먹기[耳食]'는 풍문으로 듣고 이해하는 행위를 가리키고, '혀로 먹기[舌食]'는 독자가 직접 맛보는 행위를 가리킨다. 때문에 이 시도 남들이 '대가大家'라고 추켜세우니까 따라서 좋다고 할 뿐, 실제 자신의 체득에서 오는 판단을 하고 있지 않다고 하였다.

秦州雜詩 二首[434]　　　　진주 잡시 2수

제1수

鳳林戈未息,[435]　　　　봉림鳳林에서는 전쟁이 끝나지 않았거니와

魚海路長難.[436]　　　　어해魚海로 가는 길도 여전히 험난하다.

---

434 秦州(진주) : 지금의 감숙성 천수(天水).
435 鳳林(봉림) : 하주(河州)의 속현으로 지금의 감숙성 임하현(臨夏縣) 동북. 당시 티베트가 막 점령하였다.
436 魚海(어해) : 백정해(白亭海)라고도 한다. 지금의 감숙성 무위시(武威市) 소재. 당 조정에서는 그곳에 백정군(白亭軍)을 설치하였다.

候火雲烽峻,[437] 봉화가 구름 위까지 치솟고

懸軍幕井乾.[438] 외떨어진 군대의 병영에는 우물이 말랐다네.

風連西極動,[439] 바람은 서쪽 끝에서 불어와 흔들리고

月過北庭寒.[440] 달빛은 북정北庭을 지나와 차가워.

故老思飛將,[441] 노인들은 서한의 비장군 이광을 그리니

何時議築壇?[442] 조정에서는 어느 때 단을 만들어 그런 장수

임명할까?

【왕평】

조탁이 입신의 경지에 들어, 하나의 기운이 순조롭고 절묘하다. 비량하고 생동적인 것이 그 오른편에 설 작품이 없다. 얼른 보면 앞 여섯

---

437 候火(후화) : 봉화.

438 懸軍(현군) : 적진 깊이 들어간 군대. 진주 지방으로 온 당의 관군을 가리킨다.
    幕井(막정) : 군대의 우물.

439 西極(서극) : 서쪽 끝. 진주를 가리킨다.

440 北庭(북정) : 당대의 서북방 지역을 가리킨다. 북정은 한대에 북흉노가 거주하던 지금의 몽골 서쪽을 가리켰으며 당대에는 천산 이북을 관할하는 북정도호부가 설치되었다. 이사업(李嗣業)이 티베트를 이기는데 공을 세워 북정절도사로 임명되었으나 업성(鄴城) 전투에서 전사하였다. 이곳은 안사의 난 이후에는 위구르(回紇)와 티베트(吐蕃)가 차례로 점령하였다.

441 故老(고로) : 늙은이. 진주 지방의 노인들이라는 설과 두보 자신을 가리킨다는 설이 있다. 모두 통한다.
    飛將(비장) : 한 무제 때 활약한 이광(李廣)을 가리킨다. 기원전 128년 우북평(右北平) 태수로 부임하자 흉노족이 그를 '한의 비장군(漢之飛將軍)'이라 불렀다.

442 築壇(축단) : 단을 쌓다. 한 고조 유방(劉邦)이 한왕(漢王)일 때 특별히 단을 쌓아 한신(韓信)을 대장군에 임명하였다.

구가 말미의 두 구를 이끌어내 시문에서 '정'이 나온 듯한데, 다시 보면 말미의 두 구가 앞의 여섯 구를 이끌어내 '정'으로부터 시문이 나온 듯하다.

雕琢入化, 而一氣順妙. 悲涼生動, 無出其右. 一似因前六句生後二句, 則文生情; 一似因結二句生前六句, 則情生文.

【해설】

진주 일대의 봉화와 군대를 바라보며 서북 지역을 안정시킬 장수의 출현을 기다리는 마음을 표현하였다. 군더더기 없는 표현으로 강력하고 응집된 사념을 드러내었다. '진주 잡시' 연작시는 초기의 웅건한 시풍에서 수경瘦勁한 풍격으로 변모하는 표지가 되는 작품들이다. 두보는 758년 좌습유에서 화주華州 사공참군으로 좌천되었다가, 그곳이 전란으로 기근에 빠지자 벼슬을 버리고 식구들을 데리고 떠돌기 시작하였다. 먼저 당도한 곳이 진주秦州, 지금의 감숙성 천수시로 이곳에서 759년 7월부터 10월까지 있었다. 당시 지은 잡시는 모두 20수로 오언율시 연작시로 획기적인 사례이다. 왕부지는 20수 가운데 2수를 뽑았다.

제2수

| 秦州城北寺, | 진주성 북쪽에 있는 절 |
| 傳是隗囂宮.[443] | 사람들은 외효의 궁전이라 말한다. |

---

443 隗囂宮(외효궁) : 외효의 궁. 진주의 동북쪽 산 위에 소재. 외효는 동한 초기 천수

苔蘚山門古,　　　이끼가 낀 산문은 낡았고

丹靑野殿空.　　　벽화가 있는 전각은 비었다.

月明垂葉露,　　　달빛은 나뭇잎에서 떨어지는 이슬을 비추고

雲逐渡溪風.　　　구름은 계곡을 건너가는 바람을 따른다.

淸渭無情極,[444]　　맑은 위수는 얼마나 무정한가

愁時獨向東.　　　내가 시름 깊을 때 홀로 동으로 향하니.

【왕평】

"달빛은 나뭇잎에서 떨어지는 이슬을 비추고月明垂葉露"는 기이한 표현이나 평이하게 풀어냈다. 마치 마지막 구 "내가 시름 깊을 때 홀로 동으로 향한다愁時獨向東"가 두 가지 뜻을 지녔으면서도, 전체와 자연스럽게 어우러져 깨닫지 못한 것과 같다. 이러한 예를 '뜻과 구를 모두 얻었다[意句雙收]'고 말할 수 있다.

"月明垂葉露"險句出之平夷, 卽如末一語有兩轉意, 而混成不覺, 方可謂意句雙收.

사람으로 농우(隴右)의 대족(大族) 출신이다. 신대(新代) 말기 천수, 무도(武都), 금성(金城) 등 군(郡)에 할거하며 스스로 서주상장군(西州上將軍)이라 칭하였다. 나중에 한나라 군대와 싸우다 져서 울분에 죽었다.

444 淸渭(청위) : 맑은 위수. 감숙성 위원현 조서산에서 발원하여 장안성 북쪽을 지난다.

진주의 성 북쪽에 있는 외효궁에 올라 옛 전각을 둘러보고 고향을 그리워하였다. 중원이 전란에 빠진 가운데 적막한 산문과 전각이 인상적이다.

왕부지는 작자의 뜻이 뛰어나면서도 그것이 전체 구성 속에 자연스럽게 녹아 있는 경우를 높이 평가했다. 예를 들어, 제5구 "달빛은 나뭇잎에서 떨어지는 이슬을 비추고月明垂葉露"는 달빛에 비친 낙엽의 이슬을 그린 풍경이면서, 동시에 낙엽과 같은 시인의 처지와 눈물을 비유한다. 또 제8구 "시름 깊을 때 홀로 동으로 향한다愁時獨向東"는 동으로 흘러가는 위수 강물을 묘사함과 동시에, 자신이 서쪽 변방에 갇혀 형제가 있는 동으로 돌아가지 못한 처지를 비유한다. 즉, 시인이 말하고자 하는 '뜻[意]'이 전체 구성인 '구[句]' 속에 자연스럽게 스며들어 있는 것이다.

野望	들을 바라보며
清秋望不極,[445]	맑은 가을이라 끝없이 보이나니
迢遞起層陰.[446]	아득히 짙은 구름이 일어나네.

---

445 望不極(망불극) : 끝없는 곳까지 바라보다. 구조오(仇兆鰲)는 제2구와 연결하여 "끝없이 먼 곳을 볼 수 없다(不能極遠也)"라 했는데, 시 전체에 원경이 많으므로 "끝없는 곳까지 바라보다"라 해야 적절할 것이다.

446 迢遞(초체) : 먼 모양. 아득하다. 멀다.
　　層陰(층음) : 짙은 구름.

遠水兼天淨,　　　　먼 강물은 하늘에 잇닿아 맑고

孤城隱霧深.　　　　외로운 성은 안개에 가리어 깊다.

葉稀風更落,　　　　성긴 나뭇잎에 바람은 또 잎을 떨구고

山迥日初沉.　　　　멀리 떨어진 산으로 해가 막 가라앉는다.

獨鶴歸何晚?　　　　학 한 마리 늦게 돌아오는데

昏鴉已滿林.　　　　저녁 까마귀가 숲에 이미 가득하구나.

【왕평】

"아득히 층층으로 음기가 일어나네迢遞起層陰"는 뛰어난 '경어景語'이나, 이를 알아보는 사람은 적다.

'형迥'자가 있는 데도 '초初'를 쓴 점이 절묘하다.

시에는 반드시 풍자나 은유로 지은 작품이 있다. 예를 들어 이백의 「원별리」가 그러한데, 만약 이런 은유가 없다면 그저 잠꼬대에 지나지 않을 것이다. 그 기원은 굴원의 「천문」과 장형의 「네 가지 근심의 시」에서 비롯되었다. 그러나 반드시 은유가 있어야만 시가 되는 것은 아니다. 예를 들어 왕유의 「종남산」은 무언가를 빗대어 쓴 것은 아니지만, 그렇다고 종남산을 노래하지 않은 것도 아니다. 송대 시인들은 '비比'와 '부賦'의 구분을 알지 못해, 시의 모든 구를 억지로 끌어다 맞추었다. 그 결과 장돈章惇 일파처럼 붓을 희롱하고 기교에만 빠져 버린 것이다. 사령운의 "연못에 봄 풀이 자란다池塘生春草"는 얼마나 자연스럽고 아름다운가. 그런데도 사람들은 이를 억지로 풍자나 은유로 해석하여,

고금 사람들의 눈을 가려 버렸다. 참된 안목을 가진 이라면 그런 허망한 해석에 흔들리지 않을 것이다.

이 작품 「들을 바라보며」는 매우 뛰어난 사경시로, 눈앞의 풍경을 있는 그대로, 즉 현량現量으로 명확히 그려낸 작품이다. 이로써 마음을 상쾌하게 하거나, 혹은 원망을 위로할 수 있으며, 어떤 정서든 담아낼 수 있다. 이것이야말로 흥·관·군·원興觀群怨을 한데 녹여 풍아風雅의 조화로운 울림을 만들어낸 것이다. 속인의 눈으로는 이런 뜻을 알지 못해, '낙엽葉落', '일침日沉', '독학獨鶴', '혼아昏鴉' 같은 표현에서 억지로 나라가 기울고, 임금이 위태롭고, 현인이 숨고, 간신이 득세한다는 식으로 해석한다. 만약 정말 그렇다면, 세상에 다시는 두보 같은 시인이 나올 수 없을 것이다. '육의六義' 가운데 오직 '비比'는 함부로 써서는 안 된다. 장편 고체시와 칠언절구가 아닌 이상, 비를 억지로 구사하면 반드시 구차하고 막혀버린다. 가끔 비유를 쓰더라도 반드시 제목을 빌려야지 시구를 빌려서는 안 된다. 「첩여원」이나 「명비곡」 같은 작품이 그 예이다. 이미 제목에서 뜻을 드러내었다면, 비판할 일이 있으면 곧바로 비판하거나 풍자하면 된다. 어찌 고개를 숙이고 그림자를 두려워하며, 소인처럼 남을 은근히 비방할 필요가 있겠는가? 만약 정말 부득이하게 그렇게 할 수밖에 없는 처지라면, 이를테면 이민족의 지배를 받거나 외로운 신하나 불우한 자식으로서 화를 입은 경우라면 어느 정도 이해할 만하다. 그러나 직언이 허락된 조정에 서서, 시인으로서 교화를 맡은 자가 오히려 드려워하고 숨으며 햇빛을 피하고 어둠 속에 몸을 감춘다면, 이는 문예계에서 참으로 부끄러운 일이다. 그렇게 닫힌 마음으로 시를 쓴다면, 그 시가 어찌 속박되지 않고 자유로울 수 있겠는가?

"迢遞起層陰"絶奇景語, 知音者少.

有'迥'字則'初'字妙.

詩有必有影射而作者, 如供奉「遠別離」, 使無所爲, 則成囈語, 其源自左徒「天問」, 平子「四愁」來; 亦有無爲而作者, 如右丞「終南山」作, 非有所爲, 豈可不以此詠終南也? 宋人不知比賦, 句句爲之牽合, 乃章惇一派舞文, 陷入機智. 謝客"池塘生春草", 是何等語, 亦坐以譏刺, 瞎盡古今人眼孔. 除眞有眼人, 迎眸不亂耳. 如此作自是「野望」絶佳寫景詩, 只詠得現量分明, 則以之怡神, 以之寄怨, 無所不可. 方是攝興觀群怨于一爐錘, 爲風雅之合調. 俗目不知, 見其有'葉落''日沉''獨鶴''昏鴉之語', 輒妄臆其有國削君危賢人隱奸邪盛之意, 審爾, 則何處更有杜陵邪?「六義」中唯比體不可妄, 自非古體長篇及七言絶句而濫用之, 則必湊泊迂窒. 卽間一爲此, 亦必借題而不借句, 如「婕妤怨」「明妃曲」之類是也. 旣已顯自命題, 則但有譏非, 正當直指, 何至埋頭畏影效小人之彈射乎? 必不獲已, 如投身異類之濱, 寄思孤孽之禍, 猶之可也. 立不諱之廷, 操風人之柄, 屑屑然憎影而畏日, 以匿于陰, 亦藝苑之羞已, 以茅塞而爲詩, 其不固者幾何哉?

【해설】

늦가을에 원경을 조망하였다. 원근과 명암이 중첩되면서 소슬한 가을의 모습이 드러났다. 말 2구에서는 둥지로 돌아오는 새들을 보고 객지에서의 감회를 기탁하였다. 759년 가을 진주에서 지었다.

왕부지는 이 시를 뛰어난 '사경시'로 평하면서, 일부 평자들이 이 시를 가지고 현실의 문제를 비판하는 비유로 읽는 것을 경계하였다. 즉 "'낙엽葉落, '일침日沉'', '독학獨鶴', '혼아昏鴉' 등의 말로부터 나라가 쇠락하고, 군주가 위험하고, 현인이 숨고, 간사한 자들이 득세하는 뜻으로 추측하였다"고 비판하였다. 사실 당대의 여러 가지 시작법을 다룬 책에서는 이러한 논의가 많았다. 이렇게 되면 활기가 있어야 할 감흥은 사라지고 단조로운 조작이 되어버린다. 또 왕부지는 눈앞에 보이는 '경'을 사고의 조작 없이 직접 표현하는 것이 가장 영묘하다고 하였다. 그는 불교의 선종에서 쓰는 '현량'이란 말을 끌어와 시작법에 적용하였다. 예컨대 가도賈島가 쓴 유명한 시구 "스님이 달빛 아래 문을 민다僧推月下門"에서 가도가 유서초에게 '퇴고推敲'의 선택을 두고 의논한 일을 비판하면서 다음과 같이 말하였다. "만약 눈앞의 '경景'을 보고 감흥이 일어났다면, '밀다推'고 하든 '두드리다敲'고 하든 반드시 그중 하나를 선택할 터이고, '경'에 따르고 '정情'에 따랐으니 자연히 영묘한 것인데, 어찌 수고로이 이리저리 따지고 생각한단 말인가若卽景會心, 則或'推'或'敲', 必居其一, 因景因情, 自然靈妙, 何勞擬議哉?" 다시 말해 시인이 아름다운 의상을 몸과 마음으로 직접 접하면, 인위적인 조작을 거치지 않고 순수하게 표현해야 하고, 이는 선종에서 말한 '현량現量'의 방법이라고 했다. 이렇게 현량으로 지어진 시는 하나의 정감만 있는 것이 아니라 여러

가지 정감을 모두 다 실어낼 수 있어, 한 편의 시에서 "정신을 즐겁게
할 수도 있고 원망을 기탁할 수 있는 등 못 하는 것이 없다." 즉 한 편
의 시에서 흥관군원興觀群怨을 다 할 수 있다. 다시 말해 슬픈 곡조라 해
도 그것이 지극히 잘 되었다면 즐거움도 나타낼 수 있다는 것이다. '현
량'은 왕부지 시학의 핵심이다.

禹廟[447]	우 임금 사당
禹廟空山裏,	우 임금 사당은 빈 산에 있어
秋風落日斜.	가을바람에 석양이 기운다.
荒庭垂橘柚,[448]	황량한 정원에는 귤과 유자가 매달려있고
古屋畫龍蛇.[449]	오래된 벽에는 용과 뱀이 그려져 있다.
雲氣生虛壁,[450]	빈 골짜기 절벽에서 구름이 일어나고
江聲走白沙.	강가의 흰 모래톱에서 물결 소리 드높아라.
早知乘四載,[451]	일찍부터 들었나니, 네 가지 탈것을 타고 다

---

447 禹廟(우묘) : 하(夏)의 우 임금을 모신 사당. 충주(忠州, 중경시 충현) 임강현(臨
 江縣)의 남쪽에 있는 민강(岷江) 남안에 소재.
448 垂橘柚(수귤유) : 귤과 유자가 가지에 매달려 있다. 전설에 의하면 우 임금이 치
 수할 때 사천 일대에 귤과 유자를 심었다고 한다.
449 畫龍蛇(화용사) : 용과 뱀을 그리다. 전설에 의하면 우 임금이 사악한 용과 뱀,
 맹수들을 몰아냈다고 한다.
450 虛壁(허벽) : 빈 골짜기의 절벽.
451 乘四載(승사재) : 우 임금이 치수할 때 타던 네 가지 교통도구. 『사기』「하본기(夏
 本紀)」에 "육지에서는 수레를 타고, 강에서는 배를 타고, 뻘에서는 썰매를 타고,
 산에서는 등산용 나막신을 신었다(陸行乘車, 水行乘船, 泥行乘橇, 山行乘樏)"고
 했다. 『상서』「익직(益稷)」에도 비슷한 표현이 있다.

疏鑿控三巴.[452]

니며

강물을 트고 산을 뚫으며 삼파三巴의 강을 열었음을.

【왕평】

전편에 우 임금에 대한 찬문을 쓰지 않았으며, 다만 '빈 산[空山]' 두 글자로부터 말을 시작하여 구성이 순정純淨하여 성글지 않다.

혹자는 '귤과 유자橘柚'와 '용과 뱀'龍蛇이 우 임금의 일을 비유했다고 하나 이처럼 절묘하게 맞아떨어지긴 어려울 것이다. 만약 뜰에 정말 귤과 유자가 없었다면 어찌 억지로 꾸며내었겠는가?

全不用贊禹語, 但從'空山'二字說下, 純淨不冷落.

或云"橘柚""龍蛇"用禹事,[453] 亦難得此湊巧, 如庭無橘柚, 詎可誣邪?

【해설】

765년 가을 충주忠州, 중경시 충현의 우 임금 사당에 들러 지은 시이다. 사당의 방문, 사당 안의 모습, 사당 밖의 풍경, 우 임금의 공적 등을 차례로 묘사하며 정연한 구성 속에 웅장한 기상을 그려내었다.

---

452 疏鑿(소착) : 강물의 흐름을 트고 산의 굴을 뚫다.
　　控(공) : 당기다. 여기서는 물길을 이끌어 내다.
　　三巴(삼파) : 파군(巴郡, 중경시), 파동(巴東, 봉절현), 파서(巴西, 합주). 지금의 중경시 일대를 총칭한다.
453 송대 손신로(孫莘老)가 '귤유(橘柚)'와 '용사'(龍蛇)가 우 임금의 일을 묘사했다고 했다.

왕부지는 우 임금에 대해 시를 짓는다면 으레 그 공적을 쓰는 게 일반적인데, 두보는 그런 방법을 채택하지 않은 점을 높이 샀다. 왕부지는 시의 표현 방법이 상투적인 접근이 아닌 점을 높이 쳤다.

船下夔州郭宿, 雨濕不得上岸, 別王十二判官

배 타고 기주로 가려다가 성곽 밖에서 묵고, 비에 젖어 상륙하지 못한 채 왕십이 판관과 헤어지다

依沙宿舸船,[454]	모랫가에 배를 대고 잠을 청하니
石瀨月娟娟.[455]	바위를 치고 가는 여울에 달빛이 곱다.
風起春燈亂,	바람이 일어나 봄의 등불이 흔들리고
江鳴夜雨懸.	강이 울며 밤비가 쏟아진다.
晨鐘雲外濕,	새벽 종소리가 구름 밖에서 젖고
勝地石堂煙.[456]	경승지 석당에 안개가 끼었다.
柔櫓輕鷗外,	노를 저으며 갈매기 사이를 지나왔는데
含凄覺汝賢.	서글픔 속 그대의 온후한 정을 느낀다.

【왕평】

깊이 있고 윤기 있으며 수려하고 치밀하다. 두보의 출협 이후에 지

454　舸船(가선) : 큰 배.
455　娟娟(연연) : 자태가 아름다운 모양.
456　石堂(석당) : 지명. 운안현(雲安縣)의 명승지.

은 시는 비로소 지극한 경지에 이르렀다.

'석石'자와 '외外'자 중복 사용.

深潤秀密, 杜出峽詩方是至境.

'石'字'外'字重用.

【해설】

배를 타고 기주로 가려는 중 운안雲安, 지금의 중경시雲陽縣의 성곽 밖에서
하룻밤 자게 된 상황을 적고 자신을 도와준 왕십이 판관과 헤어지며
고마움을 전했다. 강가가 미끄러워 배를 댈 수 없자 이 시를 지어 왕십
이에게 전해준 것으로 보인다. 말미의 여汝는 왕십이를 가리키는 것으
로 보인다.

旅夜書懷[457]	떠도는 밤에 감회를 쓰다
細草微風岸,	가는 풀이 미풍에 흔들리는 강 언덕
危檣獨夜舟.[458]	돛대 높은 밤배를 홀로 대노라.
星垂平野闊,	광활한 들에는 별들이 쏟아지고
月湧大江流.	출렁이는 강물에선 달이 솟아오른다.
名豈文章著?[459]	이름은 어찌하여 문장으로 드러났는가?

---

457 旅夜(여야) : 여로 중의 밤.
　　書懷(서회) : 감회를 쓰다.
458 危檣(위장) : 높은 돛대.
　　獨夜(독야) : 혼자 있는 밤.

官應老病休.[460]　　　　늙고 병들어 벼슬도 그만두었네.

飄飄何所似?[461]　　　　표표히 떠도는 이 몸 무엇과 같은가

天地一沙鷗.　　　　　천지 사이에 한 마리 갈매기일세.

【왕평】

함련제3, 4구은 만년의 세월을 비우는 힘이 있어, 비록 후반 네 구가 힘이 빠져 있어도 부득불 함련 때문에 뽑아둔다. 두보 시를 보면 항상 이런 아쉬움이 있다.

"이름은 어찌하여 문장으로 드러났는가?名豈文章著"는 절로 좋은 구이지만, "하늘과 땅 사이에 한 마리 갈매기天地一沙鷗"는 과장된 말로 실감이 없다.

頷聯一空萬古, 雖以後四語之脫氣, 不得不留之. 看杜詩常有此憾.

"名豈文章著"自是好句, "天地一沙鷗"則大言無實也.

【해설】

765년 가을 충주를 떠나 장강을 따라 운안으로 가는 도중에 지은 명시이다. 제3, 4구는 장강의 장대한 밤을 표현한 명구로 청대 홍량길洪亮

459　名豈(명기) 구 : 직역하면 "이름은 어찌하여 문장 때문에 드러났나?"로, 곧 문장은 물론 정치 등에도 능력이 있음을 자부하였다.

460　應(응) : 때문에. 764년 6월 두보는 서천절도사 엄무(嚴武)의 추천으로 검교공부원외랑(檢校工部員外郞)에 임명되었으며, 다음해인 765년 3월 병으로 사직하였다. 곧 이어 4월에는 엄무도 죽었다.

461　飄飄(표표) : 바람에 불리거나 날리는 모양. 떠도는 모습.

흡은 "표현의 역량이 종이를 뚫는다"力透紙背고 하였다.

왕부지는 함련제3, 4구이 만고에 걸쳐 모든 시를 압도할 정도로 뛰어나기 때문에 선집에 넣는다고 하였다. 그러나 비판적인 어조는 멈추지 않았다. 후반 네 구는 힘이 빠져있고[脫氣], 특히 말구는 과장이 심하다고 보았다. 비평가에 따라서는 말구를 높이 평가하기도 하지만, 왕부지는 두보 시의 폐단인 '일부러 과장된 말을 하는' 것으로 보았다.

<table>
<tr><td>倦夜</td><td>고단한 밤</td></tr>
<tr><td>竹涼侵臥內,[462]</td><td>대숲의 서늘함이 내실에 들어오고</td></tr>
<tr><td>野月滿庭隅.</td><td>들의 달빛이 뜰의 구석까지 가득해라.</td></tr>
<tr><td>重露成涓滴,</td><td>이슬은 모여 물방울이 되고</td></tr>
<tr><td>稀星乍有無.</td><td>성긴 별은 보였다 사라진다.</td></tr>
<tr><td>暗飛螢自照,</td><td>어둠 속을 나는 반디는 스스로를 비추고</td></tr>
<tr><td>水宿鳥相呼.</td><td>물가에서 잠드는 새는 서로를 부른다.</td></tr>
<tr><td>萬事干戈裏,</td><td>만사가 전쟁 속에 있으니</td></tr>
<tr><td>空悲清夜徂.</td><td>맑은 밤이 금새 지나감을 공연히 슬퍼하노라.</td></tr>
</table>

【왕평】

이처럼 맑고 한적한 정취는, 손짓발짓하며 억지로 두보를 흉내 내는 이들이 결코 얻을 수 있는 경지가 아니다.

462　臥內(와내) : 내실.

淸適如此, 必非指天畵地以學杜人所得.

【해설】

고요한 밤의 정취를 썼다. 제목에서 '고단하다倦'고 했지만, 앞의 여섯 구는 모두 청정하고 아름다워, 말미의 두 구에서 말하는 전란에 대한 시름이 그 원인인 듯하다. 특히 제5, 6구는 역대로 많은 평자들이 칭송을 받았다.

夜宿西閣, 曉呈元二十一曹長[463]
밤에 서각에서 묵으며, 새벽에 원조장에게 드림

城暗更籌急,[464]	어두운 성에 경주更籌 소리 급하더니
樓高雨雪微.	높은 누각에 눈비가 희끗희끗해라.
稍通絹幕霽,[465]	생사 휘장 사이로 갠 날씨가 약간 보이고
遠帶玉繩稀.[466]	멀리 띠처럼 이어진 옥승 별빛이 희미해라.
門鵲晨光起,	문 앞의 까치가 새벽빛에 일어나고
檣烏宿處飛.	돛대의 까마귀가 자던 곳에서 날아간다.
寒江流甚細,	차가운 강물은 물결이 잔잔해

---

463 西閣(서각) : 두보가 기주에서 머물렀던 곳.
　元二十一曹長(원이십일조장) : 미상. 이십일은 항제이고, 조장은 습유에 대한 칭호이다. 두보가 장안에서 습유로 재직할 때 함께 근무했다.
464 更籌(경주) : 경첨(更籤). 시각을 알릴 때 쓰는 죽패.
465 絹幕(초막) : 생사로 만든 휘장.
466 玉繩(옥승) : 별 이름. 북두칠성 제5성인 옥형(玉衡)의 북쪽에 있다.

有意待人歸.　　　　　　돌아가는 사람을 기다리는 듯해라.

【왕평】

직접 눈으로 보는 경치가 많은데, 개괄이 신들린 듯하다.

即目多景, 隳括有神.

【해설】

기주의 서각에서 묵으면서 본 밤과 새벽의 경관을 그렸다. 말미에서 삼협을 떠나려는 마음을 은연중에 드러냈다.

왕부지는 거의 모든 구가 '경'을 담고 있는 이 시가 전편을 통일적으로 만들기 위해 경치를 선택하고 시구를 다듬은 게 뛰어나다고 하였다. 사실 이 시는 밤부터 새벽까지 시간순으로 그리면서 시점의 이동이 많은데 이를 잘 처리하였다.

漫成　　　　　　　　　　내키는 대로 쓰다

江皐已仲春,　　　　　강가의 언덕은 이미 봄이 한창이어서

花下復淸晨.　　　　　꽃 아래 다시 맑은 새벽을 보겠네.

仰面貪看鳥,　　　　　머리 들어 새를 한참 바라보느라

回頭錯應人.[467]　　　고개 돌려 사람에게 대답을 잘 못하는구나.

讀書難字過,　　　　　책을 읽으면 어려운 글자는 건너뛰고

467　錯應人(착응인) : 사람에게 잘못 응대하다. 주의를 하지 않는 마음을 나타냈다.

對酒滿壺頻.　　　　술을 대하면 잔 가득 따라 자주 마신다.
近識峨嵋老,⁴⁶⁸　　요즘 아미산의 은자를 알게 되었는데
知余懶是眞.　　　　나의 게으름은 천성의 순진에서 나온 거라
　　　　　　　　　 한다.

【왕평】

두보의 시 가운데 정情과 일[事]이 소박하고 진솔한 것은 오직 이 시로 절로 풍미가 있다. 이보다 지나친 것으로는 "거위와 오리는 응당 숫자가 맞아야 하고鵝鴨宜長數", "처세가 서툴러 옷과 밥이 적고計拙無衣食", "늙은이라 일찍 나오기 어려운데老翁難早出" 등과 같은데, 먼저 스스로 진토에 빠진 것이라, 이를 배운 자의 시는 졸렬할 뿐만 아니라 이와 닮으려는 자도 그 시가 죽을 것이다. 두보는 또 일종의 '문 앞 진열대 같은 시구'가 있어 종종 속인의 눈을 끌려 하는데, 예컨대 "물이 흘러가나 내 마음은 다투지 않고, 구름이 머무니 내 뜻도 더불어 한가해라水流心不競, 雲在意俱遲"는 도리 있는 말처럼 보이지만 실은 껍데기일 뿐이다. 예컨대 "군주를 보좌하여 요순보다 더 낫게 만들고, 게다가 풍속을 순박하게 할 생각이었어라致君堯舜上, 再使風俗淳"는 충효를 진열한 형국이다. 모두 이 노인의 인품, 마음, 학문, 기량을 크게 망친 곳이다. 그런데도 혹자가 뜻밖에도 과도한 칭찬을 하고 있으니 '자주색이 붉은색의 지위를 빼앗는[紫之奪朱]' 내력이 오래다. 「칠월」, 「동산」, 「대명」, 「소비」에

468　峨嵋老(아미로) : 아미산의 늙은이. 아미산에 사는 은자(隱者).

어찌 이런 점이 있었던가?

杜詩情事朴率者, 唯此自有風味. 過是則有"鵝鴨宜長數""計拙無衣食""老翁難早出"一流語, 先已自墮塵土, 非但學之者拙, 似之者死也. 杜又有一種門面攤子句, 往往取驚俗目, 如"水流心不競, 雲在意俱遲", 裝名理爲腔殼. 如"致君堯舜上, 再使風俗淳", 擺忠孝爲局面. 皆此老人品心術學問器量大敗闕處, 或加以不虞之譽, 則紫之奪朱, 其來久矣.「七月」「東山」「大明」「小毖」何嘗如此哉?

【해설】

한가히 지내는 일상과 마음을 썼다. 이때는 성도의 초당에서 지낼 때로, 첫 두 구에서 초당의 모습을 그리고, 제3, 4구에서 정신없이 자연을 바라보는 모습을 썼다. 이어서 책을 읽고 술을 마시며 즐거움을 묘사하고, 말미에서 이 모든 생활이 '게으름'의 소산이라 종결하였다. '게으름'이란 달리 보면 속물과 사귀지 않겠다는 뜻이기도 하다.

왕부지는 이 시를 소박하고 진솔한 작품이라 평하면서, 이와 관련하여 두보 시 가운데 과도하게 자신을 드러내거나 위선적인 시구들을 예시하며 논했다. 특히 역대 비평가들이 높이 평가하는 명구를 예시하며 명리와 충효를 가식적으로 드러낸 것으로 "인품, 마음, 학문, 기량"은 사람의 근본인데 왕부지가 이를 비판했다는 것은 두보에 대해 가장 근본적이고 철저히 부정했다는 뜻이다. 또 평자들이 오히려 '뜻밖에도 과도한 칭찬[不虞之譽]'을 준다고 불만을 제기하였다. 역대로 소동파蘇東坡가 "밥 한 끼에도 일찍이 임금을 잊은 적 없다一飯未嘗忘君"고 두보를 칭송한 이래 두보의 진정성을 믿고 그의 뜻을 칭송한 경우가 많다. 특히 20세기 사회주의 중국에서는 프롤레타리아 예술의 시각에서 두보의 충군애민忠君愛民을 크게 발양하고 강조하였다. 두보에 대해 비판 없는 일방적인 칭송이 적지 않은 현실에서 왕부지의 시각은 두보를 다시 보게 만드는 좋은 시금석이라 할 수 있다. 비록 왕부지의 비판이 지나친 점이 있다고 하더라도 역대 평단의 풍조에 대해 왕부지는 냉정한 균형을 잡는다.

落日	떨어지는 해
落日在簾鉤,	떨어지는 해는 주렴 고리에 걸려있고
溪邊春事幽.[469]	시냇가엔 봄빛이 깊고 조용해라.
芳菲緣岸圃,	강 따라 이어진 밭에는 향기로운 꽃이요
樵爨倚灘舟.[470]	여울에 기댄 배에서 밥 짓느라 불을 때네.
啅雀爭枝墜,[471]	참새들이 가지에 서로 앉으려다가 떨어지고
飛蟲滿院遊.	벌레들이 정원 가득 노닐며 날아다니네.
濁醪誰造汝?[472]	탁주여, 누가 너를 만들었나?
一酌散千愁.	한 잔 마시니 천 가지 시름이 흩어지누나.

---

469 春事(춘사) : 봄빛.
470 樵爨(초찬) : 나무하여 불을 때 밥을 짓다.
471 啅(탁) : 쪼다.
  爭枝(쟁지) : 여러 마리의 새들이 서로 가지에 앉으려고 다투다.
472 濁醪(탁료) : 탁주.
  汝(여) : 너. 탁주를 가리킨다.

【왕평】

언어 표현이 정확하고 적절한 가운데 절로 풍골이 있다. 마지막 구는 비록 다소 좁고 급한 듯하지만, 잔잔한 물결 속에서 억지로 파문을 일으키려 하지 않았다.

熨貼中自有風骨, 結語雖褊, 自不興波尺水之中.

【해설】

초당 주위의 봄날 저녁 풍광을 그렸다. 작은 사물에도 즐거워하는 한적한 심정이 탁주에게 공을 돌리고 있다. 제5, 6구는 동물들의 작은 동작을 생동감 있고 구체적으로 그려내었다. 761년 봄 성도 초당에 머물 때 쓴 것으로 보인다.

왕부지는 어휘의 사용이 적절하다고 평하였다. 또 작은 시냇물에 큰 파동을 일으키지 않는 것이 좋듯이, 규모에 맞게 한 폭의 아름다운 운치를 만들어내었다고 높이 평가하였다. 그러나 청대 유희재劉熙載는 이와 다른 의견을 제시했는데, "절구와 같이 짧은 편폭에서 얕은 물에 파문을 일으키는 법이 없는 것은 아니다短至絶句, 亦未嘗無尺水興波之法"고 하였다.

祠南夕望[473]　　　　　사남에서 저녁에 바라보며
百丈牽江色,[474]　　　　백 길의 닻줄이 강색江色을 끌어오고

473　祠南(사남) : 상부인사(湘夫人祠)의 남쪽에 있는 지명.
474　百丈(백장) : 대껍질로 꼬아 만든 줄.

孤舟泛日斜.　　　　석양 아래 쪽배가 떠 간다.

興來猶杖屨,[475]　　흥이 일어 지팡이 짚고 걸어가니

目斷更雲沙.　　　　눈길 닿는 데까지 구름과 모래로구나.

山鬼迷春竹,[476]　　산귀山鬼가 봄의 대숲을 헤매고

湘娥倚暮花.[477]　　상비湘妃가 저녁 꽃에 기대있어라.

湖南淸絶地,[478]　　동정호 남쪽의 지극히 맑은 땅

萬古一長嗟.　　　　만고의 세월에 긴 탄식이 이어진다.

【왕평】

이런 시는 기주에서 지은 시보다 훨씬 나은데 음송하면 절로 알게 된다. '견강색牽江色'의 '색色'자가 환묘幻妙하다. 그러나 '이理'로 보면 환幻이지만 눈으로 보면 진실되니, 만약 이 진실됨이 없다면 '환'도 세워지기 어렵다.

此等詩自賢于夔府作遠甚, 誦之自知. '牽江色', 一'色'字幻妙, 然于理則幻, 寓目則誠, 苟無其誠, 然幻不足立也.

475　杖屨(장구) : 지팡이와 신.

476　山鬼(산귀) : 굴원(屈原)이 『구가』「산귀(山鬼)」에서 묘사한 산중의 여신. "깊은 대숲에 살아 해종일 하늘이 보이지 않고(余處幽篁兮終不見天)"란 말이 있다.

477　湘娥(상아) : 상비(湘妃). 전설에 나오는 순 임금의 두 비인 아황과 여영. 굴원의 「상군(湘君)」에 "아름다운 섬에서 두약을 따서(采芳洲兮杜若)"란 말이 있다. 또 굴원의 「상부인(湘夫人)」에 "원수에는 백지가 있고, 예수에는 난초가 있건만, 그대를 그리워하나 감히 말하지 못하네(沅有茝兮醴有蘭, 思公子兮未敢言)"란 말이 있다.

478　湖南(호남) : 동정호의 남쪽.

사남에서 저녁 풍광을 노래하였다. 769년 봄 두보가 악양에서 배를 타고 담주潭州에 갔을 때 먼저 상부인의 사당湘夫人祠에 들렀고, 다음날 다시 배를 타고 사남에 이르렀다.

왕부지는 음송을 중시했다. 기계적인 분석이 아니라 음악과 같이 자연스러운지 알게 되고, 전체적으로 음송하면 시인의 마음과 눈으로 돌아가 창작의 생명을 볼 수 있기 때문이다. 왕부지는 또 '경전의 교훈적인 이치[經生之理]'나 '논리적인 이치[名言之理]'와 다른 감정의 질서인 '이理'를 중시하면서, 시인은 사물의 모양인 물태物態뿐만 아니라 사물의 내재적 질서인 물리物理도 표현해야 한다고 했다. '강색을 끌어오다牽江色'는 의상意象은 환묘의 '이'가 있고, 이는 진실되고 직접적인 감각에 기초하기에 아름답다고 하였다. 송대 엄우嚴羽는 논리적 이치는 심미적 정취興趣나 심미적 감흥妙悟과 관련이 없다不涉理路고 하면서도 "당대 시인들은 심미적 의상意興을 중시하는데 '이'는 그 속에 있다唐人尙意興而理在其中"고 하여 심미적 감흥과 '이'가 통합되어 있음을 밝혔다. 그렇지만 엄우는 그것이 어떻게 통합되었는지는 말하지 않았다. 그런데 왕부지는 애초에 심미적 감흥은 '이'를 떠나지 않는다고 하였다. 이를 달리 말하면 심미적 의상意象의 진실성을 찾아 표현하는 것이라 할 수 있다.

廢畦	버려진 밭
秋蔬擁霜露,	가을 채소가 서리와 이슬에 덮였으니

豈敢惜凋殘?　　어찌 시들어 상한 일을 안타까워하겠는가?

暮景數枝葉,[479]　　저녁 빛에 남은 가지와 잎을 헤아려보지만

天風吹汝寒.　　바람이 불어 너를 춥게 하는구나.

綠霑泥滓盡,　　녹색은 진흙과 찌꺼기에 모두 더럽혀졌고

香與歲時闌.　　향기는 한 해의 시간과 함께 문드러졌구나.

生意春如昨,　　생명력 왕성한 봄이 어제 같은데

悲君白玉盤.[480]　　군왕의 백옥반에 오르지 못함을 슬퍼하노라.

【왕평】

전편이 맑고 고상하며, 제3, 4구는 거의 악부시와 같다. 영물시 가운데 오직 이 작품이 최고의 경지에 이르렀다. 이교李嶠는 영물시를 오언율시로 수십 수 지었지만 지분기脂粉氣만 있지 생기가 없고, 퇴락하고 덩어리져 볼 만한 게 없다. 두보는 그러한 폐단을 일신하여 인위적인 꾸밈을 벗어던졌으나, 그 결과 다만 막연하고 처연한 기운만 있을 뿐, 생명의 혼이 빠져버렸다. 천지지간에 만물의 오묘함은 바로 정신과 형체가 하나가 되어, 형체를 통해 정신을 얻으며, 형체가 곧 정신이 되는 데 있다. 이는 사람과 사물을 묘사하면서도 귀신과는 다르게 하는 것이다. 만약 황홀함만 남는다면 귀와 눈에서 총명을 잃는 것과 같다. 비

479　數(수) : 세다. 헤아리다.

480　白玉盤(백옥반) : 백옥으로 만든 소반. 당대에는 입춘에 백옥반에 다섯 가지 채소를 담아 신하들에게 하사하는 풍습이 있었는데, 지금 가을이라 잎이 시들었으니 백옥반에 오를 수 없음을 탄식하였다.

유하면 그림에서 붓과 먹으로 '내재적 맥락神理'을 곡진하게 묘사한다고 해도, 만약 붓과 먹만 있고 사물의 형체가 없다면 그 근본을 잃게 될 것이다. 황공망黃公望과 예찬倪瓚을 보배처럼 여기면서 왕유王維를 낮추어 보는 것은 견식이 짧은 사람의 공통된 병폐이다. 두보의 「고죽苦竹」 등 여러 편은 이교의 작품보다 뛰어나긴 하지만 그 차이는 크지 않다. 하나를 높이고 하나를 낮추는 것만으로는 만물의 생기를 종이에다 담아내기엔 턱없이 부족한 일이다.

'상霜'자는 요체이다.

通首淸貴, 三四逼眞樂府. 詠物詩唯此爲至. 李巨山詠物五言律不下數十首, 有脂粉而無顔色, 頹唐凝滯, 旣不足觀. 杜一反其弊, 全用脫卸, 則但有焄蒿, 淒愴之氣, 而已離營魄. 兩間生物之妙, 正以神形合一, 得神于形, 而形無非神者. 爲人物而異鬼神, 若獨有怳惚, 則聰明去其耳目矣. 譬如畵者, 固以筆鋒墨氣曲盡神理, 乃有筆墨而無物體, 則更無物矣. 寶大癡雲林而賤右丞, 亦少見多怪者之通病也. 杜陵「苦竹」諸篇其賢于巨山者, 不能以寸, 擧一廢一, 何足以盡生物于尺素哉?

'霜'字拗.

【해설】

가을날 황폐해진 밭의 채소를 보고 인생의 성쇠를 아쉬워한 영물시이다. 봄날의 생기를 잃어 더 이상 왕성한 모습을 보이지도 못하거니와 군왕의 백옥반에도 오를 수 없는 것이 마치 자신의 쇠약해진 모습을 비유하는 듯하다.

왕부지는 영물시가 지닌 문제점을 두 가지 경향으로 나누어 논하였다. 하나는 이교의 작품과 같이 지분기만 있고 생기가 없는 경향이며, 다른 하나는 두보의 작품과 같이 인위적인 꾸밈을 버리고 지나치게 소박하게 나간 경향이다. 비록 두보의 작품이 이교의 작품보다 나은 점이 있긴 하지만, 두 가지 경향은 한 면만을 강조한 것이어서 차이가 거의 없다고 하였다. "천지지간에 만물의 오묘함은 바로 정신과 형체가 하나가 되는 것"인데, 이교는 형체가 있으나 정신이 없고, 두보는 정신이 있으나 형체가 없다고 할 수 있다. 이는 그림에서 황공망과 예찬의 문인화가 정신을 강조한 반면, 왕유의 공필화가 형체를 강조한 것과 마찬가지로 각기 편면성을 가지고 있다. 그렇기 때문에 영물시가 생명을 담으려면 형체와 정신이 하나로 어우러지도록 해야 한다는 것이다.

夜宴左氏莊	좌씨 저택의 밤잔치
楓林纖月落,	단풍 숲에 가느다란 달이 떨어지면
衣露淨琴張.[481]	옷에 이슬 내리는 밤 거문고를 연주한다.
暗水流花徑,	보이지 않는 물은 꽃길 사이를 흘러가고
春星帶草堂.	봄밤의 별은 초당 주위에 낮게 드리웠네.
檢書燒燭短,[482]	서책을 뒤적이다 보니 초가 타서 짧아지고

---

481 張(장) : 현악기의 줄을 누르다. 곧 연주하다. 『예기』「단궁(檀弓)」에 "거문고의 줄을 매었으나 그 소리가 고르지 못하다(琴瑟張而不平)"란 말이 있다.

看劍引杯長.[483]   검을 꺼내 들여다보다 가득 채운 술잔을 든다.

詩罷聞吳詠,[484]   시를 짓고선 오 땅 말로 읊조리는데

扁舟意不忘.[485]   쪽배 타고 은거하려는 뜻이 절로 일어나네.

【왕평】

자연스럽고 빼어난 율시로 그의 조부에 부끄럽지 않다.

自然好律詩, 不愧其祖.

【해설】

좌씨의 저택에서 보내는 아름다운 밤의 광경을 묘사하였다. 더불어 범려范蠡와 같이 공업을 세우고 은거하려는 뜻을 밝혔다.

왕부지는 이 시를 높이 평가하면서 두보가 조부 두심언杜審言에 부끄럽지 않다고 하였다.

初月   막 떠오른 달

光細弦欲上,[486]   빛이 희미한 상현달이 오르려는 때

---

482 檢書(검서) : 책을 뒤적여 내용을 조사하다.
483 看劍(간검) : 칼을 바라보고 호방한 흥취를 일으키다.
484 吳詠(오영) : 손님 중에 어떤 사람이 오 지방 말로 시를 읊다.
485 扁舟意(편주의) : 쪽배를 타고 은거하려는 마음. 범려(范蠡)는 춘추시대 사람으로 월왕 구천(句踐)을 도와 오나라를 멸망시킨 후 "이에 조각배를 타고 강호를 떠돌았다.(乃乘扁舟浮於江湖)". 『사기』「화식열전(貨殖列傳)」 참조. 오 지방 말로 읊는 시를 듣고 연상하였거나 또는 시 속의 내용을 말하는 것으로 볼 수 있다.
486 弦(현) : 반달을 가리킨다. 음력 매월 7일이나 8일에 상현달이 뜬다.

影斜輪未安.　　　그림자는 기울고 둥글기는 온전치 않구나.

微升古塞外,　　　오래된 요새 밖으로 약간 솟아났지만

已隱暮雲端.　　　이미 저녁 구름 끝에 가려졌구나.

河漢不改色,[487]　은하수 빛은 밝기가 변함이 없고

關山空自寒.　　　관문과 산은 부질없이 절로 차다네.

庭前有白露,　　　마당 앞에는 이슬이 내려

暗滿菊花團.　　　어느 사이 둥근 국화를 적시는구나.

【왕평】

경치를 마주하고 곧장 그려냈으니, 원근과 좌우가 모두 어우러져 '정情'이 미치지 않은 곳이 없다. 맑은 음율과 고결한 품격을 갖추지 않은 적이 없으니, 도연명과 사령운의 풍취가 멀지 않다. 오언시의 정통이 이런 작품에 의지해 겨우 남았으니, 이백과 더불어 나란히 빛남이 부끄럽지 않다!

필세는 펼치려다 다시 거두어들이고, 시상은 화려함을 추구하지 않았는데도 절로 풍부하다. 이래야 비로소 시의 품격이라 할 수 있다.

구마다 막 떠오른 달의 특징이 있다.

'욕欲'자와 '개改'자는 요체이다.

就當境一直寫出, 其遠近正旁, 情無不屆. 未嘗不爲淸音高節, 乃陶, 謝風

---

487 河漢(하한) : 은하수.
　　不改色(불개색) : 밝기가 변하지 않다. 반달은 밝지 않으므로 이로 인해 은하수가 약하게 보이지 않는다는 뜻이다.

旨, 居然未遠, 五言之正宗賴以僅存, 如此不愧與靑蓮同其光燄!

筆欲放而仍留, 思不奢而自富, 方名詩品.

句句是初月.

'欲'字'改'字拗.

【해설】

달이 막 떠오를 때의 빛과 형태, 그리고 천상의 모습과 지상의 풍광
을 묘사했다. 비교적 집중적인 의식으로 환경을 포착하였다.

왕부지는 절제 속에 자연스럽게 우러나는 충만한 감정을 높이 평가
하였다. "필세는 펼치려다 다시 거두어들이고, 시상은 화려함을 추구
하지 않았는데도 절로 풍부하다"는 왕부지가 생각하는 이상적 시의 경
지를 잘 말해주고 있다. 그것은 절제된 표현 속에 자연스럽게 우러나
는 풍부한 감정이라 요약할 수 있다.

琴臺[488]　　　　　　　　　금대

茂陵多病後,[489]　　　　　무릉의 사마상여는 만년에 자주 병을 앓아도

尙愛卓文君.[490]　　　　　여전히 탁문군을 사랑하였지.

---

488 琴臺(금대) : 서한의 사마상여가 거문고를 연주했던 곳. 성도 완화계 북쪽에 소재.
489 茂陵(무릉) : 사마상여(司馬相如)를 가리킨다. 사마상여가 만년에 무릉에 퇴거
　　하였다.
490 卓文君(탁문군) : 탁왕손의 딸로 사마상여의 부인이 되었다. 재주와 미모를 겸비
　　하였으며 거문고를 잘 연주하였다.

酒肆人間世,[491]   그들이 운영하던 주점은 아직도 인간 세상
                    에 남아있어

琴臺日暮雲.   금대琴臺가 저녁 구름을 마주하고 있구나.

野花留寶靨,   들꽃을 바라보니 보조개가 연상되고

蔓草見羅裙.   덩굴풀을 보니 비단 치마가 생각난다.

歸鳳求凰意,[492]   「봉구황」 곡조의 뜻을 그리워하나

寥寥不復聞.   오래전 적막하여 다시 들을 수 없구나.

【왕평】

고금 사람의 마음을 모두 찢어놓아도 이 사십 자를 얻을 수 없을 것
이니, 진정 귀신을 울게 하는구나! '인간세人間世'와 '일모운日暮雲'은 고
사를 사용한 것으로 입신의 경지이다. 무릇 전고典故, 성어成語, '경어景
語'를 써서 이러한 경지에 이르지 못하는 사람이라면 굳이 억지로 두보
를 모방할 필요가 없을 것이다.

裂盡古今人心脾, 不能得此四十字, 眞可泣鬼神矣! '人間世''日暮雲'用古
入化, 凡用事, 用成語, 用景語不能爾者, 無勞驅役.

---

491 酒肆(주사) : 술집. 주점. 탁왕손이 탁문군이 사마상여와 결혼하겠다는 뜻에 반
    대하자, 탁문군은 사마상여와 함께 성도로 사랑의 도피 행각을 벌였다가 다시
    고향에 돌아가 술집을 열고 직접 술청에 앉아 술을 팔았다.
492 鳳求凰(봉구황) : 사마상여가 탁문군에게 구애할 때 거문고로 연주했던 곡 이름.

【해설】

성도에 있는 금대에 올라 사마상여와 탁문군의 일을 떠올리며 두 사람을 추모하였다. 첫머리에 두 사람의 만년의 생활을 연상하고 이어서 젊었을 때로 거슬러가는 구성을 취하였다. 두 사람의 사랑과 인생이 짧은 편폭 속에 생생이 살아있다.

왕부지는 이 시를 높이 평가하여 "진정 귀신을 울게 하는眞可泣鬼神" 작품이라고 하였다. 두보는 「이백에게 부침 이십 운寄李十二白二十韻」에서 "붓이 떨어지면 비바람이 치고, 시가 완성되면 귀신이 흐느낀다筆落驚風雨, 詩成泣鬼神"고 했는데 사실 자기 자신의 작시 기준이기도 했다. 다만 이 시는 당대에 유행하기 시작한 새로운 시류에 맞춘 감각적인 시가 아니라, 왕부지의 기준에 적합한 비교적 온후한 시라는 점에 특징이 있다.

장균張均 1수

岳陽晚景	악양의 저녁 풍경
晚景寒鴉集,	저녁 풍경 속 차가운 까마귀 모이고
秋風旅雁歸.	가을바람 속 멀리 가는 기러기 돌아간다.
水光浮日出,	수면에는 해가 번져 나오고
霞彩映江飛.	노을빛은 강물에 비쳐 날아간다.
洲白蘆花吐,	모래섬이 하얀 건 갈대가 꽃을 피웠기 때문

	이고
園紅柿葉稀.	정원이 붉은 건 감잎이 떨어져 감이 나타났기 때문.
長沙卑濕地,[493]	장사長沙는 예부터 지대가 낮고 습한 곳
九月未成衣.[494]	음력 구월이 되어도 겨울옷을 만들지 않네.

【왕평】

'자잘한 정[近情]'으로 말을 만들어도 속되지 않거니와, 말미에서 전고 사용이 뛰어나 생동적이다.

不妨近情作語, 終遠凡陋. 一結用事活.

【해설】

악양의 가을 저녁을 노래한 시이다. 시의 구성이 짜임새가 있다. 가을 하늘의 까마귀와 기러기부터 시작하여 수면의 낙조로 시선을 돌린 후, 다시 가까이에 있는 모래섬과 정원으로 시선을 옮겨오고 있다. 중간에 흰색과 붉은색의 대비가 선명하다. 말미에서 가의의 말을 빌려온 것을 보면 시인의 아버지 장열張說이 악양으로 좌천되었을 때 따라왔던

---

493 長沙(장사) 구 : 장사는 악양과 가까이 있는 도시로 마찬가지로 동정호를 끼고 있다. 서한 초기 가의(賈誼)가 "가의가 이미 길을 나섰는데, 듣자하니 장사는 지대가 낮고 습하다더라(賈生旣行, 聞長沙卑濕)"는 말을 연상시킨다.
494 九月(구월) 구 : 『시경』「칠월」에 나오는 "구월에는 옷을 짓고(九月授衣)"를 환기한다. 음력 구월이 되어도 북방과 달리 악양과 장사는 비교적 온난하여 겨울옷을 준비하지 않는다는 뜻을 나타내었다.

것으로 보이며, 때문에 은연 중에 북방의 가을을 생각하였다. 첫 구에서 '차가운 까마귀'로 온도감을 나타내었다가 말미에서 겨울옷으로 온도감을 연상하는 것으로 마무리 짓고 있어, 좌천된 마음이 담담히 나타났다.

장순張巡 1수

聞笛	피리 소리를 들으며
岧嶤試一臨,[495]	드높은 성루에서 한 번 내려다보니
虜騎附城陰.[496]	적의 기병이 북쪽 성벽에 바짝 붙어있구나.
不辨風塵色,	전쟁의 승패도 분별할 수 없는데
安知天地心.[497]	천지의 마음을 어찌 알 수 있으랴?
門開邊月近,	문을 여니 변방의 달이 가깝고
戰苦陣雲深.[498]	전투가 고되니 구름이 짙다.

495 岧嶤(초요) : 높고 험준한 모습. 여기서는 성루가 높음을 형용한다.
496 虜騎(노기) : 오랑캐 기마. 여기서는 반란군 장수 윤자기(尹子奇)가 이끄는 군사. 城陰(성음) : 성의 북면 밖.
497 天地心(천지심) : 천지의 마음. 천지가 지향하는 뜻. 현대 학자 이화(李華)는 이 구를 『주역』 「복(復)」 괘에 나오는 "복괘(復卦), 아마도 천지의 마음을 볼 수 있을 것이다(復, 其見天地之心乎.)"와 연결하여 풀이하였다. 즉 복괘는 5개의 음효와 1개의 양효로 이루어져 있는데, 여러 음 속에 양이 하나 있으므로 사지에서 살아 나오는 것으로 풀이하였다.
498 戰苦(전고) 구 : 작자의 「금오장군 수여에 감사하여 올리는 표(謝金吾表)」에 "신

旦夕更樓上,[499]　　　　　깊은 밤 경루更樓에 올라

遙聞横笛音.[500]　　　　　멀리서 부는 횡적 소리 듣노라.

【왕평】

　'하나의 일[一事]'을 중심으로 시의 흐름을 열고 닫았으니, 그 경계가 크고 깊으며 넓고도 아득하다. 도연명의 시보다 치밀하고, 사령운의 시보다 순수하다. 제3, 4구는 간략하면서도 절묘하여, 복잡한 뜻을 직설적인 표현에 담았기에 평범한 사람은 쉽게 이해하기 어렵다. 문장은 '정'에서 비롯되는데, '정'이 깊으면 문장도 절로 깊어지는 법이다. 이처럼 위급한 상황에서도 시인은 '한 번 내려다보니', '깊은 밤' '멀리서 듣는다'와 같은 한가로운 말을 썼으니, 충효가 깊은 사람만이 보여줄 수 있는 여유로운 모습이다. 그는 조금도 당황하지 않고, 장차 경천동지할 큰일을 할 기세를 품고 있다. 마치 사안謝安이 환온桓溫을 만났을 때도 바로 이와 같았다. 문천상文天祥이 연경의 옥중에서 지은 「정기가正氣歌」는 의지를 북돋우기 위해 기세를 빌린 흔적이 있다. "죽음이 태산보다 무겁다"는 말은 단지 육체의 죽음을 뜻하는 것이 아니다. 생명을 기러기 털처럼 가볍게 여길 수 있다면, 어찌 죽음 앞에서도 유유자적하지 않을 수 있겠는가?

　은 47일 동안 포위되어, 무려 1천 8백여 회의 전투를 치렀습니다(臣被圍四十七日, 凡一千八百餘戰)"라는 말이 있다.
499　更樓(경루) : 밤의 시각을 알리는 누대.
500　横笛(횡적) : 북방 민족에서 전래된 단소(短簫).

一事開合, 弘深廣遠, 固當密于柴桑, 純于康樂也. 三四下句簡妙, 寓曲于直. 不許庸人易解, 文生于情, 情深者文自不淺. 此何等時而云"試一臨", 云"旦夕""遙聞", 忠孝深遠人遊刃有餘, 不甚張皇, 將作驚天動地事. 謝太傅見桓溫時, 正似比, 文山燕獄詩,[501] 未免借氣以輔志. 死有重于泰山, 非驅命之謂. 驅命鴻毛, 何所其不悠悠邪?

【해설】

이 시는 757년 10월 반란군에게 포위된 휴양睢陽성을 지키며 달밤에 피리 소리를 듣고 쓴 시이다. 피리 소리 자체보다는 반란군과 대치한 상태에서의 밤중의 정황과 소회를 그렸다. 47일간의 격렬한 전투 속 생사를 오가는 긴장이 충만한 가운데 한밤에 흐르는 피리 소리의 대비가 선명하다. 피리 소리는 곧 죽음으로 성을 지키겠다는 충정을 상징한다.

왕부지의 시에 대한 비평의 표준은 작품에 대한 포폄뿐만 아니라 시인의 처세 태도와 사람됨까지 포함시켰다. 장순의 위 시에 대한 평가를 보면 충효의 마음이 깊은 장순과 같은 사람은 생사를 넘어 나라를 위해 몸을 내놓으며 '유연자득'하기에 이런 시를 써낼 수 있다고 하였다. 여기서 더 나아가 문천상이 옥중에서 쓴 강개하고 비장한 「정기가」도 정신의 본래 면모本色에서 나왔다기보다는 강개한 기세에서 나왔다고 하며 비교하였다.

---

501 文山燕獄詩(문산연옥시) : 남송 말기 문천상(文天祥)이 옥중에서 지은 「정기가 (正氣歌)」를 가리킨다. 문산(文山)은 문천상의 호(號)이다.

한산자寒山子 1수

無題	무제
城中蛾眉女,	성안에 사는 눈썹 긴 아가씨
珠珮何珊珊.[502]	허리에 찬 패옥이 어찌 그리 짤랑거리는가.
鸚鵡花前弄,	꽃 앞에서 앵무와 놀고
琵琶月下彈.	달빛 아래 비파를 뜯는다.
長歌三日響,[503]	노래를 부르면 그 메아리가 사흘을 가고
短舞萬人看.[504]	춤을 추면 만인이 다투어 달려와 본다.
未必長如此,	이 같은 장면은 오래가지 않으니
芙蓉不耐寒.	연꽃이 아름다워도 겨울을 넘기지 못한다네.

【왕평】

한편으로 완적과 비슷하고, 한편으로 이백과 비슷하니, 천연의 기예로 절로 시편이 이루어졌다. 원진과 백거이가 바라볼 경지가 아니다.

一似阮公, 一似太白, 天然成章, 非元白所能望津.

---

502 珊珊(산산) : 짤랑짤랑. 패옥이 서로 부딪치며 나는 소리를 형용한 의성어.

503 長歌(장가) 구 : 지극히 아름다운 노래를 비유한다. 『열자』「탕문(湯問)」에 나오는 전국시대 가인 한아(韓娥)가 제나라에 가서 노자가 떨어지자 옹문(雍門)에서 부른 노래가 그 여운이 사흘이 지나도 끊이지 않은 일을 환기한다. 또 『논어』「술이(述而)」에서 공자가 제나라에 갔을 때 종묘에서 소악(韶樂)을 듣고 석 달간 고기맛을 몰랐다는 고사도 환기한다.

504 短舞(단무) : 리듬이 빠른 춤.

【해설】

　쉽고 통속적인 언어로 세상의 진리를 단순하고 명쾌하게 설파하였다. 용모가 예쁘고, 패옥을 찬 부잣집 아가씨가 낮에는 앵무새와 놀고 밤에는 비파를 연주하며 절묘한 노래와 춤으로 사람들을 매혹시키지만, 여름철에 화사하게 핀 연꽃도 가을이면 시들 듯 오래가지 못한다고 하였다. 번성이 있으면 쇠락이 있는 것은 피할 수 없는 자연의 규율이다. 여기에는 세속에서 중히 여기는 미모와 가치에 풍자와 냉소를 보내면서 동시에 색즉시공이라는 불교의 이치도 은연중에 말하고 있다.

　왕부지는 비록 오율에 맞지만 고조古調를 띠고 있으며, 내용의 핵심을 잠언식으로 제시한다는 점에서 완적阮籍과 이백李白의 시와 비슷하다고 하였다. 완적은 오언 연작시 「영회시詠懷詩」에서 사물의 성쇠를 반복하여 노래하였고, 이백도 악부풍의 오언고시를 많이 지었다. 이에 비하면 원진과 백거이의 고시는 비록 풍유諷喩가 있다고 해도 노래의 속성이 줄고 서사의 요소가 강하기에 이미 고시의 전통에서 크게 떠난 것으로 보았다.

유장경劉長卿 3수

餘干旅舍[505]

搖落暮天迥,
靑楓霜葉稀.
孤城向水閉,
獨鳥背人飛.
渡口月初上,
鄰家漁未歸.
鄕心正欲絶,
何處搗寒衣?

여간 객사

낙엽이 떨어진 저녁 하늘 아득히 먼데
이슬에 물든 단풍잎이 성기구나.
외딴 성은 강물 앞에 닫혀있고
새 한 마리 사람을 등지고 날아간다.
나루터에 달이 막 떠오르는데
이웃집 어부는 아직 돌아오지 않았네.
고향을 그리는 마음에 애가 끊어지는데
어디에서 겨울옷을 다듬이질 하는가?

【왕평】

적막하나 심하지 않아 풍골을 다치지 않았다.

寂而不苦, 未傷風骨.

【해설】

객사 주위의 풍광을 묘사하고 말미에서 향수를 노래하였다. 유장경은 758년 사건에 연좌되어 남파南巴, 광동茂名의 현위로 좌천되었고 760년 홍주洪州에서 양이量移되었다. 그러므로 759년에서 762년까지 소주

---

505 餘干(여간) : 요주(饒州)의 속현. 지금의 강서성 여간.

蘇州에서 홍주洪州 사이를 여러 차례 오갔다. 이 시는 이 기간에 지어졌다. 유장경의 조적祖籍은 선성宣城이지만 집은 낙양에 있었으므로 그가 그리워한 고향은 낙양으로 보인다.

經漂母墓[506]	표모 무덤을 지나며
昔賢懷一飯,[507]	한신이 한 끼 밥을 얻은 일
茲事已千秋.	이 일이 이미 천년이 지났지.
古墓樵人識,	오래된 무덤은 나무꾼도 아는데
前朝楚水流.[508]	예전의 왕조는 회수 따라 흘러갔다.
渚蘋行客薦,[509]	지나가는 나그네도 네가래를 따서 바치고
山木杜鵑愁.	두견새도 산의 숲에서 시름겹게 운다.

506 漂母(표모) : 빨래하는 아낙. 일반적으로 진한 교체기에 한신(韓信)에게 밥을 먹인 여인을 가리킨다. 『사기』「회음후열전(淮陰侯列傳)」에 의하면, 한신은 가난하여 성 아래에서 낚시하며 살았다. 한 표모가 한신이 굶주리는 것을 보고 가엾게 여겨 밥을 주었다. 한신이 초왕(楚王)이 된 후 하비(下邳)에 도읍을 정하고 표모를 불러 천금을 하사하였다. 표모의 무덤은 회음성(淮陰城) 동쪽에 있었다.

507 昔賢(석현) : 예전의 현인. 한신을 가리킨다.
懷(회) : 은혜를 품다. 『사기』「범휴전(范睢傳)」에 "한 끼 밥의 은덕도 반드시 갚는다(一飯之恩必償)"는 말이 있다.

508 前朝(전조) : 한(漢) 왕조.
楚水(초수) : 회수(淮水)를 가리킨다. 회음(淮陰)은 전국시대에 초나라의 강역이었다.

509 渚蘋(저빈) : 물가의 네가래.
行客(행객) : 지나가는 나그네.
薦(천) : 제사에 제물을 올리다. 『좌전』 '은공 3년'조에 "네가래, 쑥, 마름이라도 귀신에게 제물로 바칠 수 있다는 말이 있다.

春草茫茫綠,[510]

王孫舊此遊.[511]

봄풀은 끝없이 푸른데

이곳에서 놀았던 왕손은 돌아오지 않네.

【왕평】

제4구는 시상을 전개하는 수법이 속되지 않으며, 마지막 구도 전고
의 사용이 자연스러워 흔적이 없으면서 감정 표현이 절제되었다.

第四句以開得不俗, 結亦巧合不傷.

【해설】

회안淮安은 한신의 고향으로, 이곳에 있는 표모의 무덤을 지나가며
어린 한신에게 은혜를 베풀었던 표모를 기렸다.

왕부지는 제4구의 의미가 제8구까지 이어졌다고 지적하였다. 제4구
는 한나라가 사라지고 강물만 남았다는 뜻으로, 이미 천년이 지났지만
사람들은 아직도 표모의 은덕을 기리고 있다. 제8구는 회남소산淮南小山
의 노래에서 유래한 말로, 봄이 되면 끝없이 펼쳐진 푸른 풀에서 왕손
이었던 한신을 생각한다는 말이다. 이는 지금의 사람들이 유방이 아니
라 오히려 표모의 은덕을 기리고 있으며, 또 시인 역시 한신을 알아준

---

510 春草(춘초) 구 : 서한 회남소산(淮南小山)의 「은사를 부르다(招隱士)」에서 "왕
    손(王孫)은 떠돌며 돌아오지 않더니, 봄풀은 자라서 무성하게 우거졌네(王孫遊
    兮不歸, 春草生兮萋萋)"란 구절을 환기한다.
511 王孫(왕손) : 귀족. 여기서는 한신.『사기』「회음후열전」에서도 표모가 한신을 왕
    손이라 불렀다.

표모와 같이 자신을 알아줄 사람이 없음을 아쉬워하였다. 왕부지는 이러한 은미한 맥락을 중시하였다.

遊休禪師雙峰寺[512]   휴 선사의 쌍봉사에서 노닐며

雙扉碧峰際,   한 쌍의 문짝이 푸른 봉우리 끝에서

遙向夕陽開.   멀리 석양을 향해 열린다.

飛錫方獨往,[513]   그대는 석장을 타고 천지간을 오가는데

孤雲何事來.   나는 외로운 구름처럼 무슨 일로 왔는가.

寒潭映白月,   차가운 못에는 하얀 달이 비치고

秋雨上靑苔.   가을비는 푸른 이끼 위에 내린다.

相送東郊外,   동쪽 교외 밖에서 나를 보내니

羞看驄馬回.[514]   총이말을 부끄럽게 바라보며 돌아오노라.

【왕평】

첫 두 구는 중당 이후 절정의 말이고, 결말은 특히 온후하다.

起句自中唐絶頂語, 結獨蘊藉.

512　雙峰寺(쌍봉사) : 기주(蘄州, 호북성) 황매현(黃梅縣)에 소재한 선종 명찰로 제4조 도신(道信)과 제5조 홍인(弘忍)이 주석한 곳이다.

513　飛錫(비석) : 석장을 날려 타고 다닌다는 말로, 승려의 떠돎을 가리킨다. 고승 은봉(隱峰)이나 응진(應眞)이 석장을 타고 날아다녔다는 고사에서 나왔다.
　　獨往(독왕) : 천지간을 자유롭게 오가다.

514　驄馬(총마) : 청색과 흰색의 털이 뒤섞인 말. 여기서는 어사(御史)가 타는 말을 중의적으로 나타낸다.

【해설】

기주蘄州의 쌍봉사에 들러 휴 선사를 만난 일을 그렸다. 유장경은 768년부터 774년까지 악주鄂州의 전운사轉運使 판관判官으로 재임했는데, 그의 시집에 실린 순서를 보면 이 시는 770년 윤주潤州에서 양자강을 거슬러 화주和州를 거쳐 악주로 가는 도중 기주의 쌍봉사에 들렀을 때 지은 것으로 보인다. 첫 두 구는 성당시와 같이 기상이 크고, 말미에서 어사라는 직분을 스스로 돌아본다는 뜻을 써 온후한 풍격을 더했다.

전기錢起 2수

裴迪書齋玩月之作[515]	배적의 서재에서 달구경 하며
夜來詩酒興,	밤이 되어 시 짓고 술에 흥겨우니
月滿謝公樓.[516]	사조謝朓의 누각엔 달빛이 가득해라.
影閉重門靜,[517]	달그림자는 닫힌 문들에 고요하고

---

515 裴迪(배적) : 성당 시기에 활동한 시인. 일찍이 왕유와 최흥종(崔興宗)과 함께 종남산에 은거하며 창화한 일이 유명하다. 나중에 촉주자사(蜀州刺史)가 되었다.
516 謝公樓(사공루) : 남조 제(齊)의 시인 사조(謝朓)가 선성태수(宣城太守)로 있을 때 지은 누대. 이백의 시에도 자주 등장한다. 여기서는 배적의 집에 있는 누대를 빗대었다. 현대 학자 마무원(馬茂元)은 사장(謝莊)이 「월부(月賦)」에서 노래한 '달 밝은 누대'라고 하였으나 취하지 않는다.
517 重門(중문) : 전통 가옥 구조에서 정원을 나누는 여러 개의 문. 제3, 4구는 "달그림자가 갇힌 중문의 고요, 추위가 돋아나는 나무의 가을"로 새길 수 있다. 정(靜)과 추(秋)를 명사형으로 마감했다.

寒生獨樹秋.	가을 추위는 소슬히 나무에 돋아나네.
鵲驚隨葉散,	잎 떨어지는 소리에 까치가 놀라 날아가고
螢遠入煙流.[518]	반딧불이 멀어지며 안개 속에 사라지네.
今夕遙天末,	오늘 밤 머나먼 하늘가에선
淸光幾處愁?[519]	누군들 맑은 달빛에 시름겹지 않으리.

【왕평】

주위의 자연 이미지를 곁가지로 취하여 시경을 풍부하게 하였으니, 그 여운이 오래도록 사라지지 않는다.

旁取得潤, 音響不衰.

【해설】

달 밝은 가을밤의 정취를 노래하였다. 까치와 나뭇잎이 달빛 속에 함께 하얗게 흩어지고, 반디와 밤 어둠이 함께 아득히 멀어지는 몽환적인 광경을 묘사했다. 전기는 왕유와 배적의 영향을 깊이 받은 시인으로, 이 시는 성당의 운미韻味가 남아 있는 수작이다. 이 시의 제목은 다른 판본에서는 「배적의 남문에서—가을밤 달을 마주하고裴迪南門秋夜對月」라 되어 있다.

---

518 煙(연) : 안개. 여기서는 달빛을 형용하였다.
519 淸光(청광) 구 : 달을 바라보며 헤어진 이를 그리워하는 사람이 얼마나 많을까?

早下江寧520

　　이른 아침 강녕으로 내려가며

暮天微雨散,

　　저녁 하늘에 가는 비 흩어지고

涼吹片帆輕.

　　서늘한 바람 불어 조각 돛배 가볍다.

雲物高秋節,521

　　풍광은 하늘 높은 가을의 절기

山川孤客情.

　　산천은 외로운 나그네의 정.

霜蘋留楚水,

　　서리 맞은 네가래는 초 땅의 강물에 머물고

寒雁別吳城.

　　차가운 기러기는 오 땅의 성을 떠난다.

宿浦有歸夢,

　　포구에서 잠들면 고향에 돌아가는 꿈을 꾸니

愁猿莫夜鳴.

　　시름에 찬 원숭이는 밤에 울지 말아라.

【왕평】

높고 빛나며 절로 뛰어났다. 전기와 유장경의 앞의 작품들은 전체적
으로 혼연일체의 미감이 있다. 다만 이 작품의 마무리는 정취가 완곡
하고 절실하여, 이를 첫머리로 옮긴다 하더라도 어색하지 않을 것이

520　江寧(강녕) : 지금의 강소성 남경시의 서남 지역. 지금의 남경시의 명칭은 역대로
　　개명이 심했다. 전국시대에는 금릉(金陵), 진나라 때는 말릉(秣陵), 삼국시대 오
　　나라 때는 건업(建業), 서진 때는 강녕(江寧), 남조 유송 때는 건강(建康)이라 불
　　렀다. 당대에도 개명이 자주 일어나, 620년에 강녕현에 양주(揚州)를 설치하고
　　강녕은 귀화(歸化)라 개명했으며, 625년 금릉으로 다시 바꾸었고, 626년 양주를
　　강도(江都, 지금의 양주)로 옮기면서 금릉을 윤주(潤州)에 예속된 백하(白下)로
　　개명했고, 635년 다시 강녕으로 바꾸었고, 761년 상원(上元)으로 개명했다. 또
　　757년 강녕현 속에 강녕군을 설치했는데 이는 758년 승주(昇州)로 바뀌었다.
521　雲物(운물) : 경치. 풍경.
　　高秋(고추) : 하늘이 높은 가을.

다. 중당 시인들의 병폐는 개별 구를 잘 다듬되 전편은 잘 구성하지 못하며, 글자를 잘 조탁하되 구는 잘 조탁하지 못하여, 그 결과 정신과 정취가 분리된 경우가 종종 있다. 예컨대 황보염皇甫冉과 황보증皇甫曾 형제, 낭사원郎士元, 노륜盧綸, 엄유嚴維, 경위耿湋 등의 시는 처음 읽을 때는 읊을 만하나, 돌아서면 곧 시들어버린다. 오언시는 본래 근원과 흐름이 있는데, 만약 별도의 새로운 길을 열어 극치에 이를 수 있었다면, 이미 옛사람들이 찾았을 것이지 어찌 후인을 위해 남겨두었겠는가? 다만 대구의 조화와 음율의 운용으로 근체시에 가깝게 만들 뿐, 시의 구성과 구의 조탁에 있어서는 소무, 이릉, 도연명, 사령운이 아니고서는 어찌 경지에 이를 수 있겠는가? 대력 연간의 시인들은 오언시의 근원을 끊고 흐름을 막아버렸다. 그들은 스스로 독창성을 자부하며, 한 구의 안정됨을 가지고 자신을 자랑하고, 한 글자의 차이로 새로움을 취하였다. 그들은 스스로 빼어나다고 여기며 반성할 줄 모르고, 남의 구절을 주워 모아 장을 이루면서도 그 이치의 어긋남을 개의치 않았다. 이 때문에 오언시는 대력 연간에 망했으니, 오로지 율격만 알 뿐 고시가 있다는 사실을 잊은 채, 고시의 정신을 버리고 율격만 좇았다. 결국 율격으로 고시를 고치려 들었으니, 이로 인해 본래의 참된 소리[元聲]를 잃어버리고 말았다. 그 결과 후세의 시인들에게는 그저 쉬운 길이 되어버렸으니, 예술에 뜻이 있는 사람이라면 이에 대해 세 번이나 탄식하지 않을 수 없다!

奕奕自勝, 錢, 劉詩如已上諸篇, 猶得渾成, 然此作一結, 雖情致宛切, 乃移

作起句, 亦未見其不可. 中唐之病在謀句而不謀篇, 琢字而不琢句, 以故神情
離脫者, 往往有之. 如兩皇甫郞盧嚴耿諸人乍可諷詠, 旋同菑苫. 五言一體, 自
有源流, 如可別營造極, 古人久已問津, 奚更各留用俟來者? 惟以比偶諧音, 差
爲近體, 至其成章遣句, 則非蘇李陶謝, 又何以哉? 大曆諸子拔本塞源, 自矜獨
得, 誇俊於一句之安, 取新於一字之別, 得己自雄, 不思其反, 或掇拾以成章,
抑乖離之不恤. 故五言之體, 喪于大曆. 惟知有律而不知有古, 旣叛古以成律,
還持律以竄古, 逸失元聲, 爲嗣者之捷徑, 有志藝林者, 自不容已於三歎也!

【해설】

오현지금의소주에서 강녕지금의남경으로 배를 타고 가는 길에서 여정을
노래했다. '서리 맞은 네가래'와 '차가운 기러기'는 눈에 보이는 실경
이면서 시인의 처지를 비유한다.

왕부지는 대력 연간 시기의 시인들에 대해 평하였다. 명대 호응린胡
應麟은 "시가 중당에 이르면 기골이 갑자기 쇠해진다詩到中唐, 氣骨頓衰"고
하였는데, 왕부지는 오언율시가 고시의 전통을 계승하지 않은 점에 입
각하여 같은 현상을 지적하였다. 왕부지는 오언율시가 고시와 다른 점
은 '대우와 음운'에 있을 뿐이지 '구성과 구법'은 고시와 구별되지 않
기에, 오언율시는 고시를 계승해야 한다고 생각하였다. 이러한 전통을
계승하지 못하였기에 당대의 지엽적인 유행을 좇아 "구를 잘 지어도
전편을 잘 짓지 못하며謀句而不謀篇""글자를 잘 조탁해도 구를 잘 조탁하
지 못하게琢字而不琢句"되는데, 그 결과 맥락이 이탈되고 "한 구가 잘 된

것에 안주하게誇俊於一句之安” 된다. 그 근본 원인은 “오로지 율격만 알 뿐 고시가 있음을 모르기惟知有律而不知有古” 때문이라 진단하여, 고시의 정신을 완전히 버린 점을 비판하였다. 왕부지가 전제하는 오언율시는 격률의 요소와 고시의 미학이 결합되어 있어야 한다는 것이다. 그런데 대력 시인들은 격률의 요소만 강구하고 고시의 정신은 내팽겨쳐 오언율시의 '근원을 막았다拔本塞源].' 여기에서 그치지 않고 격률로 고시를 지으니 또 고시까지 망쳐놓았다.

위응물韋應物 1수

奉送從兄宰晉陵[522]	진릉현 현령으로 부임하는 종형을 삼가 보내며
東郊春草歇,[523]	동쪽 교외에 봄풀이 시들고
千里夏雲生.	천리 멀리 여름 구름이 일어나
立馬愁將夕,	그대는 말을 세우고 저녁이 다가옴을 근심하는데
看山獨送行.	나는 산을 바라보며 떠나는 사람을 홀로 보

522　從兄(종형) : 사촌 형.
　　　宰(재) : 다스리다.
　　　晉陵(진릉) : 진릉현(晉陵縣). 당대에는 강남도(江南道) 비릉군(毘陵郡)에 속하였다. 지금의 강소성 상주시(常州市).
523　東郊(동교) : 동쪽 교외.

낸다.

依微吳苑樹,[524]　　흐릿한 오원吳苑의 나무

迢遞晉陵城.[525]　　머나먼 진릉의 성

慰此斷行別,[526]　　여기서 기러기 행렬에서 떨어져 나가지만

邑人多頌聲.　　그곳에 가면 성읍의 사람들이 모두 칭송하
리라.

【왕평】

고린顧璘은 이 시를 평하여 '작가가 노련하다'고 했는데 정말 그렇다.
'행行'자가 중복 사용되었다.

顧華玉評此詩云'作家老手', 洵然. '行'字重用.

【해설】

초여름 날 저녁 진릉으로 떠나는 사촌 형을 보내며 지은 시이다. 제
3, 4구는 종형과 자신의 모습을 각각 묘사했고, 제5, 6구는 종형이 가
는 진릉의 모습을 그렸다. 말미에서 위로의 뜻을 남겼다.

524　依微(의미) : 흐릿하다.
　　吳苑(오원) : 오 지방의 정원. 또는 춘추시대 오나라의 정주원(長洲苑)을 가리킨
　　다고 볼 수도 있다. 장주원은 소주의 속현인 장주현(長洲縣) 서남 칠십 리 소재.
525　迢遞(초체) : 먼 모양.
526　斷行(단항) : 대열에서 떨어져 나옴. 고대부터 기러기 행렬은 형제를 비유하였다.

이가우李嘉祐 5수

<table>
<tr><td>送崔侍御入朝[527]</td><td>조정에 들어가는 최 시어를 보내며</td></tr>
<tr><td>十年猶執憲,[528]</td><td>십년 동안 법을 집행하더니</td></tr>
<tr><td>萬里獨歸春.</td><td>만리 멀리에서 봄날 홀로 돌아가네</td></tr>
<tr><td>舊國逢芳草,</td><td>고향은 마침 푸른 풀이 자라는데</td></tr>
<tr><td>靑雲見故人.[529]</td><td>청운에 오르는 길에서 친구를 찾아왔네.</td></tr>
<tr><td>潘郎今髮白,[530]</td><td>반악 같은 그대는 지금 반백이 되었는데</td></tr>
<tr><td>陶令本家貧.[531]</td><td>도연명 같은 나는 본디 집안이 가난하다오.</td></tr>
<tr><td>相送臨京口,[532]</td><td>그대 보내느라 경구京口에 이르니</td></tr>
<tr><td>停橈淚滿巾.[533]</td><td>노를 멈추고 수건 가득 눈물을 흘리네.</td></tr>
</table>

【왕평】

서로 간의 정이 녹아들어 오가는 것이 흔적 없이 자연스럽다. 이가우는 중당의 첫째 가는 고수로 근체시에 홀로 뛰어난 작품이 많은데 줄곧 고의古意가 많다.

---

527 崔侍御(최시어) : 최씨 성을 가진 시어. 이름은 미상.
528 執憲(집헌) : 법령을 집행하다. 어사의 직책을 가리킨다.
529 靑雲(청운) : 푸른 하늘의 구름. 벼슬길이 잘 풀림을 비유한다.
530 潘郎(반랑) : 반악. 그가 쓴 「추흥부(秋興賦)」에서 "나는 나이가 서른둘인데 흰 머리가 보이기 시작했다(余春秋三十有二, 始見二毛)"는 구절이 있다.
531 陶令(도령) : 도연명. 일직이 팽택령을 했었다. 여기서는 자신을 가리킨다.
532 京口(경구) : 지금의 강소성 진강시.
533 停橈(정요) : 노를 멈추다. 배를 멈춘다는 뜻.

彼己之際, 出入無痕, 袁州是中唐第一佳手, 近體獨有片段, 一往尤多古意.

【해설】

경구에서 장안으로 떠나는 최 시어를 보내며 지은 송별시이다. 건원연간758~760 강음령江陰令으로 재직할 때 지은 것으로 보인다.

왕부지는 시의 각 구가 누구를 묘사하는지 선명하지 않은 점을 높이 평가했다. 예를 들어 제3구는 푸른 봄풀을 보고 떠난 사람을 생각한다는 전고를 이용하였지만, 그것이 최 시어의 처지에서 본 것인지 보내는 시인의 입장에서 본 것인지 명확하지 않다. 제4구의 시적 주체도 누구인지 분명하지 않고, 말미에서 눈물을 흘리는 사람도 시인인지 최 시어인지 불분명하다. 굳이 누구가 되었든 관계없이 가능하며, 오직 두 사람의 석별의 정만 남았다.

冬夜饒州使堂餞相公五叔赴歙州[534]

겨울밤 요주자사 공관에서 흡주로 부임하는 상공 아재를 보내며

丞相過邦牧,[535]　　　　　승상께서 나라의 주목州牧이 되어 오셨으니

534　饒州(요주) : 지금의 강서성 파양현(鄱陽縣). 이가우는 파양령으로 폄적되어 3년을 지냈다.
　　相公五叔(상공오숙) : 이규(李揆)를 가리킨다. 개원 연간 말기 진사에 급제하여 좌습유, 고공랑중, 중서사인, 예부시랑 등을 역임하고 759년 재상이 되었으며, 761년 원주장사(袁州刺史), 나중에 흡주자사가 되었다. 상서좌복야로 관직을 마쳤다. 원주에서 흡주로 가려면 요주를 거쳐야했다.
　　歙州(흡주) : 지금의 안휘성 흡현(歙縣).

淸絃送羽觴.	맑은 거문고 음악 속에 술잔을 보낸다.
高情同客醉,	고아한 정회로 손님들과 함께 취하니
子夜爲人長.	밤은 사람을 위해 긴 시간을 내어주는구나.
斜漢初過斗,[536]	기울어진 은하수는 이제 북두성을 지나고
寒雲正護霜.	차가운 구름은 마침 서리를 막아준다.
新安江自綠,[537]	신안강이 절로 푸르러졌으니
明主待惟良.[538]	밝은 군주는 뛰어난 지방관을 기다리신다네.

【왕평】

전편이 고시에 핍진하다. 제5, 6구의 풍경은 제4구에서 왔으니 절묘하다! '과過'자가 중복 사용되었다.

通首逼古, 五六得景自第四句來, 妙! '過'字重用.

【해설】

집안의 다섯째 숙부로 재상을 지낸 적이 있는 이규가 흡주자사로 부임하는 길에 요주에 들렀기에 요주자사가 잔치를 열었다. 마침 이 지

---

535 丞相(승상) : 이규를 가리킨다.
邦牧(방목) : 요주자사(饒州刺史).
536 斜漢(서한) : 기울어진 은하.
斗(두) : 북두성.
537 新安江(신안강) : 절강의 상류. 수원은 흡현의 황산에서 시작되며 동으로 흘러 절강성 경내로 흘러든다.
538 惟良(유량) : 뛰어난 주군(州郡)의 수령.

역에서 파양령으로 있던 시인이 자리에 참석하여 이 시를 지었다. 숙부가 지방의 자사로 오게 된 사실을 시작으로, 술자리의 분위기와 밤 늦은 시간의 천상을 묘사하고, 말미에서 숙부의 선정을 기대하였다. 보응 연간762~763에 지은 것으로 본다.

왕부지는 저광희와 위응물에 더하여 이가우의 근체시가 고시에 가까운 점을 높이 평가하여 중당 시기 뛰어난 시인으로 쳤는데, 이가우의 이 시도 앞의 시와 마찬가지로 고의古意가 많다고 보았다. 율시는 전후반으로 크게 나누어지기 쉽고, '기-승-전-결'의 방법을 채용하면 더 쉽게 나누어지기 때문에 제4구에서 제5, 6구로 어떻게 전개되었는지가 기계적인 구성인지 아닌지 가릴 수 있는 지점이 될 수 있다.

蔣山開善寺[539]	장산 개선사
山殿秋雲裏,	산속의 전각은 가을 구름 속에 있어
香煙出翠微.[540]	고운 안개가 취미翠微에서 피어난다.
客尋朝磬至,	나그네가 아침 경쇠 소리를 듣고 찾아오고
僧背夕陽歸.	스님이 석양을 등지고 돌아간다.

---

539 蔣山(장산) : 남경의 종산. 자금산이라고도 부른다.
　　開善寺(개선사) : 장산 서남의 독룡부(獨龍阜)에 소재한 절. 남조 양나라 때인 514년에 창건되었으,며 나중에 태평흥국사(太平興國寺)로 개명되었고, 다시 영곡사(靈谷寺)로 개명되었다. 명대 초기 효릉(孝陵)이 들어서면서 장산 동쪽 지금의 영곡공원(靈谷公園)으로 옮겼다.
540 翠微(취미) : 산에 낀 파르스름한 기운. 『이아(爾雅)』에 "산의 정상 아래를 취미라 한다(山未及上, 翠微)"고 했다.

下界千門在,　　　하계에는 궁궐의 천문이 있지만

前朝萬事非.　　　이전 왕조의 온갖 일은 잘못되었지.

看心兼送目,[541]　마음을 들여다보고 눈길을 주시하니

葭菼自依依.[542]　갈대와 억새가 절로 무성하다.

【왕평】

헤아림이 깊고 섬세해, 깨끗하지 않은 것이 없다.

酌量深微, 無不潔者.

【해설】

장산 개선사를 노래했다. 절이 위치한 장산을 원경으로 잡은 후 이 곳을 오가는 나그네와 승려를 그려냈다. 이어서 시각을 바꾸어, 남경이 육조의 도성이었기에 궁궐을 내려다보며 역사의 흥망성쇠를 거쳐 온 점으로 불법의 영원성을 암시하고, 이는 선정에 든 마음이 진리임을 나타내었다.

541　看心(간심) : 마음을 관찰하다. 觀心(관심).
　　　送目(송목) : 눈길을 보내다. 주시하다.
542　葭菼(가담) : 갈대와 억새.
　　　依依(의의) : 무성한 모양.

和都官苗員外秋夜寓直對雨, 簡諸知己[543]

도관원외랑 묘발의 '가을밤 당직하며 비를 마주하고'에 화답하며,

지기들에게 서간 삼아 보내다

多雨南宮夜,[544]	비가 줄곧 내리는 남궁의 밤
仙郎寓直時.[545]	선랑仙郎이 당직을 서는 때
漏長丹鳳闕,[546]	물시계가 길게 이어지는 단봉루
秋冷白雲司.[547]	가을이 차가운 형부의 관서
螢影侵階亂,	반디의 그림자 섬돌 위에 어지럽고
鴻聲出苑遲.	기러기 울음소리 궁원 밖을 더디 지난다.
蕭條人吏散,	드문드문 관리들이 흩어진 후
小謝有新詩.[548]	사조謝朓같은 그대 새로운 시를 지었으리.

---

543 都官(도관) : 형부(刑部)에 속한 관직. 유배와 노예 관리 등을 관장한다. 종6품.
　　苗員外(묘원외) : 묘발(苗發). 중당 시기의 시인. 대력십재자 가운데 한 사람.
　　寓直(우직) : 당직을 서다.
　　簡(간) : 편지.
544 南宮(남궁) : 상서성 육부(六部)를 통칭한 말. 상서성은 별자리의 남궁에 해당한다.
545 仙郎(선랑) : 상서랑(尙書郎). 여기서는 묘발을 가리킨다.
546 丹鳳闕(단봉궐) : 대명궁(大明宮) 남면에 있는 다섯 문에서 가운데 있는 문. 문
　　위에 궐루가 있으므로 단봉궐이라 하였다. 일반적으로 왕궁을 가리킨다.
547 白雲司(백운사) : 전설에 의하면 황제(黃帝) 때 구름으로 관직명을 만들었는데,
　　추관(秋官)은 백운(白雲)에 해당한다. 추관은 곧 형부(刑部)이므로 형부를 백운
　　사라 하였다. 여기서는 형부 관서.
548 小謝(소사) : 남조 제(齊)의 시인 사조(謝朓). 이 구는 사조가 지은 「중서성에서
　　당직을 서며(直中書省)」와 「아침 비를 바라보며(觀朝雨)」를 환기한다. 여기서는
　　묘발을 비유하였다.

【왕평】

전편이 '화답'에 해당해 사십 자가 한 구와 같다. 중간에 비 내리는 가을밤 묘발의 당직을 끼워 넣었을 뿐 결코 제목의 의미를 모두 나타내진 않았다. 오직 고시보다 깊어야 율시를 지을 수 있음을 여기에서 더욱 잘 알 수 있다.

'인人'자는 요체이다.

通首只作一'和'字, 四十字如一句. 中間點染秋夜雨中都官寓直, 絶不似題所備有, 唯深於古者, 乃能作律, 於此益徵.

'人'字拗.

【해설】

묘발이 당직하며 지은 시에 대해 화답한 시이다. 전반부는 비에 대해 초점을 맞추었고, 후반부는 궁중에서 시를 짓는 묘발을 그렸다. 이러한 제목의 뜻이 전후반에 나누어져 있긴 하지만, 서경으로 이루어진 전편에 자연스럽게 흩어지도록 하여 통합성을 해치지 않았다. 지은 시기는 767년 가을로 추정된다.

春日淇上作[549]　　　　　봄날 기수 강가에서 지음

　淇水春風漲,　　　　　기수가 봄바람에 강물이 불어나면

---

549 淇上(기상) : 기수 강가. 기수는 하남성 임현(林縣) 기산(淇山)에서 발원하여 남으로 기현(淇縣)을 거쳐 위하(衛河)로 흘러든다.

鴛鴦逐浪飛.	원앙이 물결 따라 날아다닌다.
淸明桑葉小,	청명에 작은 뽕잎 나기 시작하고
度雨杏花稀.	비가 내려 살구꽃이 드물다.
衛女紅妝薄,[550]	붉은 화장에 얇은 옷 입은 위 땅 여인
王孫白馬肥.	백마를 타고 있는 귀공자
相將踏靑去,[551]	함께 답청을 나가
不解惜羅衣.	비단옷을 아낄 줄 모르네.

【왕평】

오직 고시의 소리를 계승할 뿐 유행하는 가락을 넣지 않았다. 고적, 잠삼, 저광희, 맹호연도 그 벽을 넘지 못했는데 하물며 전기와 유장경 이후의 시인들이야 더 말할 나위 있겠는가!

獨紹古音, 不入時調. 高, 岑, 儲, 孟無得扣其壁壘者, 況錢, 劉以降邪?

【해설】

봄날 기수 강가의 풍경과 들놀이 나온 남녀의 모습을 그렸다. 말미에서 "비단옷을 아낄 줄 모른다"는 것은 젊은 남녀가 서로 즐거이 노느라 옷이 더럽혀지는 줄도 모름을 비유하였다. 제목이 『태평어람』에는 「한

---

550 衛女(위녀) : 위 땅의 여인. 춘추시대에 기수 유역은 위국(衛國)에 속했다. 『시경』「위풍(衛風)」은 이 지역의 노래이다.
551 相將(상장) : 더불어. 相與(상여)와 같다.
　　踏靑(답청) : 봄날 청명절 전후 교외에서 유람하다.

구의 봄漢口春」이라 되어 있어 기수 강가가 곧 한구漢口임을 알 수 있다.

왕부지는 이 시를 통해 이가우가 성당의 고적, 잠삼, 저광희, 맹호연 등보다 더 뛰어나다고 칭찬하였다.

두숙향寶叔向 1수

春日早朝應制	봄날의 아침 조회 응제시
紫殿俯千官,[552]	자줏빛 전각 아래 문무백관이 조아리는데
春松應合歡.	춘송궁과 합환궁이 마주하고 있네.
御爐香焰暖,	향로에는 향이 타며 따뜻하고
馳道玉聲寒.[553]	어도에는 황제의 패옥 소리 차갑다.
乳燕翻珠綴,	어린 제비는 구슬 엮인 새장 안에서 몸을 뒤집고
祥烏集露盤.[554]	상서로운 까마귀는 승로반에 모여든다.
宮花一萬樹,	일만 그루 나무에 핀 궁궐의 꽃
不敢擧頭看.	감히 머리 들어 바라보기 어려워라.

---

552 紫殿(자전) : 제왕의 궁전. 북극성 속에 있는 자미성(紫微星)이 하늘에 중심에 있으므로 이를 빌어 지상의 중심인 황제의 궁전을 비유하였다.
553 馳道(치도) : 제왕의 거마가 다니는 길.
554 露盤(노반) : 승로반(承露盤). 한무제 때 천상에서 내리는 이슬을 받기 위해 만든 높은 기둥 위에 설치한 대야. 이 이슬을 마시면 신선이 된다고 믿었다.

【왕평】

이 시가 잠삼과 두보의 칠언시보다 뛰어나지 못한 이유는 '경 밖에 경 취하기[景外取景]'를 못했기 때문이다. 그러나 윤기 있고 빼어난 말을 억지로 집어넣지 않기 때문에 왕유의 "붉은 두건의 계인이 새벽 시각을 알리면絳幘鷄人報曉籌"보다 더 뛰어나다! 결말에서 구는 마감되었지만 '뜻'은 열려 있어 절로 고수이니, 다섯 아들이 이 시인의 뒤를 따라가기 부족하다.

其不如岑杜七言者, 未能于景外取景.[555] 而潤秀無强入語, 則賢于右丞"絳幘鷄人"矣![556] 一結意開句合, 自是名手, 五子[557]碌碌, 不足步乃公後塵.

【해설】

조회에 참석한 상황을 황제의 명을 받들어 지은 응제시이다. 구성이

---

555 景外取景(경외취경) : 눈앞에 보이는 실경 이외의 장면을 시 속에 가져오는 일을 가리킨다.

556 絳幘鷄人(강책계인) : 왕유의 「가지 사인의 '대명궁 아침 조회'에 화답하며(和賈至舍人早朝大明宮之作)」를 가리킨다. 그 시는 다음과 같다. "붉은 두건의 계인(鷄人)이 새벽 시각을 알리면, 상의가 비로소 취운구 가죽옷을 임금께 드린다. 구중궁궐의 궁문을 열어제치자, 만국의 사신들이 면류관 쓴 황제를 배알한다. 햇빛이 비치니 비로소 청동 신선이 살아나는 듯하고, 향로 연기 피어나니 곤룡포에서 용이 꿈틀거린다. 조회가 끝나면 오색지(五色紙)에 조서를 써야 하니, 패옥 소리 울리며 봉황지 옆 중서성에 돌아가누나.(絳幘鷄人報曉籌, 尙衣方進翠雲裘. 九天閶闔開宮殿, 萬國衣冠拜冕旒. 日色才臨仙掌動, 香煙欲傍袞龍浮. 朝罷須裁五色詔, 珮聲歸到鳳池頭.)"

557 五子(오자) : 두숙향의 다섯 아들. 두군(竇群), 두상(竇常), 두모(竇牟), 두상(竇庠), 두공(竇鞏)으로 모두 시를 지었고, 함께 『연주집(聯珠集)』을 펴냈다.

정연하여 오언율시가 지닌 규범성을 최대한 유지하였다.

왕무경王無競 1수

<table>
<tr><td>巫山</td><td>무산</td></tr>
<tr><td>神女向高唐,[558]</td><td>신녀가 고당으로 나아갈 때</td></tr>
<tr><td>巫山下夕陽.</td><td>무산에는 석양이 기울었지.</td></tr>
<tr><td>裵回作行雨,</td><td>배회하다 비가 되고 구름이 되더니</td></tr>
<tr><td>婉孌逐荊王.[559]</td><td>깊은 정으로 초왕을 모셨지.</td></tr>
<tr><td>電影江前落,</td><td>앞 강으로 번개가 떨어지고</td></tr>
<tr><td>雷聲峽外長.</td><td>삼협 밖으로 천둥소리 퍼져나갔지.</td></tr>
<tr><td>朝雲無處所,[560]</td><td>'아침 구름'은 흔적 없이 사라지고</td></tr>
<tr><td>臺館曉蒼蒼.</td><td>밝아오는 새벽빛에 양대陽臺만 푸르더라.</td></tr>
</table>

---

558 高唐(고당) : 고당관(高唐觀). 전국시대 초나라에 있었다. 지금의 중경시 무산현 고도산(高都山) 위에 소재한다. 송옥이 쓴 「고당부 서문」에는 초 양왕이 고당에서 유람하고 꿈속에서 무산의 신녀와 만났다고 하였다.

559 婉孌(완련) : 젊고 아름다운 모습. 깊고 진지한 정.
  荊王(형왕) : 초왕(楚王). 일반적으로 초 양왕을 가리킨다.

560 朝雲(조운) : 아침 구름. 동시에 신녀가 초 양왕에게 "(저는) 아침에는 구름이 되고 저녁에는 비가 됩니다. 아침마다 저녁마다 양대의 아래에 있습니다(旦爲朝雲, 暮爲行雨. 朝朝暮暮, 陽臺之下)"고 말한 뜻을 환기한다.
  無處所(무처소) : 머문 곳이 없다. 사라지다. 송옥이 조운을 묘사하는 말에 "솔솔 불기는 바람 같고, 서늘하기는 비와 같습니다. 바람이 그치고 비가 개면 구름은 사라집니다(楸兮如風, 淒兮如雨. 風止雨霽, 雲無處所)"라는 구절에서 나왔다.

【왕평】

뜻은 직설적이나 생각은 오래가니, 백거이가 제멋대로 고른 것이 아
니다.

석양, 운우, 뇌전이 섞이어 나오니 분명 속인들은 중복되었다고 논
할 것이나, 오직 양신楊愼과 더불어 무협을 이야기할 수 있을 것이다.

意直思永, 樂天收之不妄.[561]

夕陽雲雨雷電雜出, 俗論必以有重沓, 唯楊用修可與語此.[562]

---

561 樂天(낙천) : 당대 문인 백거이. 백거이가 무산을 지나갈 때 자귀현령 번지(繁知)
가 신녀사(神女祠)의 벽에 "소주자사는 지금의 재자(才子)로, 무산에 오면 분명
시를 남기리라(蘇州刺史今才子, 行到巫山必有詩)"라고 써두었다. 백거이가 이를
보고는 말하였다. "유우석이 백제를 3년간 다스리면서도 시를 쓰려고 해도 겁이
나 쓰지 못했고, 임기를 마치고 이곳을 지나가다 역대 시인들이 지은 천여 수의
시 가운데 오직 심전기, 왕무경, 이단, 황보염 4명의 시만 남겼다네." 그리고는
이 네 편은 "고금 사람의 절창이다(古今人之絶唱也)"고 평하였다. 『운계우의(雲
溪友議)』 참조.
562 楊用修(양용수) : 명대 문인 양신(楊愼). 양신이 1541년 성도로 가면서 무산현령
왕도(王道)가 보내준 조맹부가 쓴 「무산사(巫山詞)」 탁편을 받고 여기에 발문을
썼다. 이 발문에서 말하기를, 천제의 딸 요희(瑤姬)가 혼인도 못 하고 죽어 그
영혼이 영지(靈芝)로 변했고, 송옥이 이를 기초로 하여 「고당부」를 지어 풍자했
는데 후세의 문인들은 수식을 더했지만 이 뜻을 넘지 못했다고 했다. 그러면서
동진의 원산송(袁山松)의 「의도기(宜都記)」를 인용하였다. "빼어난 봉우리와 첩
첩의 벼랑은, 기이한 모양으로 얽어있고, 숲과 나무는 삐쭉삐쭉 솟아, 울창하게
우거져, 구름과 노을 위에 있다. 올려 바라보고 굽어 둘러보느라 집에 돌아갈 생
각마저 잊을 정도이다. 여태까지 보아온 곳에 이런 곳이 없었다. 산과 강에 정령
이 있다면, 응당 자신을 알아보는 내가 있음을 알고 놀라리라(秀峰疊嶂, 奇構異
形, 林木蕭森, 離離蔚蔚, 乃在霞氣之表. 仰矚俯睇, 不覺忘返. 自所履歷, "始有也. 山
水有靈, 亦當驚知己於古矣)." 여기에 덧붙여 "원산송의 글뜻을 헤아려보면 사람
으로 하여금 팔극의 끝으로 정신의 여행을 하도록 하여, 꽃같이 빛나고 옥같이
매끄러운 아름다움 너머에서 상쾌하게 무아지경에 빠지게 한다(尋此語意, 使人

　　무산의 신녀에 대해 노래했다. 전반 4구는 직접 서술하는 방식으로 비교적 간결하게 신녀가 초왕을 만난 일을 노래했다. 제5, 6구는 전적으로 사경을 끼워넣어 삼협의 자연을 그리면서도 동시에 두 사람 사이의 운우지정을 비유하였고, 결말에서 무화된 욕망을 함축적으로 나타냈다.

　　왕부지가 "직설적이지만 생각은 오래간다"고 하여 전반 네 4구의 직설적인 묘사와 후반 네 구의 함축성을 함께 지적하였다. 또 백거이가 무산의 신녀를 노래한 시 가운데 가장 뛰어난 4편을 뽑은 중에 왕무경의 이 시가 있음을 공감하였고, 속인들이 초왕과 신녀와의 운우지정에 집중한 점에 비해 명대 양신楊愼은 무산의 자연에 초점을 맞춘 점을 이 시와 연관하여 높이 평가하였다.

왕건王建 1수

望行人	행인을 바라보며
自從江樹秋,	강가의 나무에 가을이 오고부터

神遊八極, 而爽然自失於曄花溫瑩之外)"고 하였다. 요컨대 양신은 후세 문인들이 무산의 신녀에 대해 외설적인 수식을 남발한 점을 비판하면서, 원산송이 삼협의 자연을 예찬한 점을 높이 평가한 셈이다. 『태사승암전집(太史升庵全集)』 권10 「조맹부가 쓴 무산사 발문(跋趙文公書巫山詞)」 참조.

日日望江樓.　　　　날마다 강가 누대에 올라 멀리 바라봐요.

夢見離珠浦,[563]　　　주포에서 헤어진 걸 꿈에서 보았는데

書來在桂州.[564]　　　보내온 편지에선 멀리 계주에 있다 하네요.

不同魚比目,[565]　　　비목어와는 달라

終恨水分流.　　　　언제나 강물이 나뉘어 한스럽네요.

久不開明鏡,　　　　오랫동안 거울을 열어보지 않았는데

多應是白頭.　　　　아마도 내 머리도 많이 세어졌으리.

【왕평】

틀에서 벗어난 가운데 절로 구성이 있다.

擺落中自有局法.

【해설】

아낙이 객지로 떠난 남편을 그리는 작품이다. 전반부는 가을부터 강가의 누대에 올라 멀리 바라보며 남편이 어디에 있는지 생각하였다. 제3, 4구는 주포에 있는지 계주에 있는지 모르는 불안한 심사를 나타

---

563 珠浦(주포) : 합포(合浦). 당대의 염주(廉州) 합포군(合浦郡). 지금의 해남도 북부 지역 일대. 한대에 합포군은 진주가 특산인데 군수가 남획하여 진주들이 다른 곳으로 옮겨가버렸다. 맹상(孟嘗)이 군수가 되어 부임한 후 공정하게 정치를 행하자 진주들이 다시 돌아왔다. 『후한서』「순리전(循吏傳)」 참조.
564 桂州(계주) : 당대의 계주. 지금의 계림.
565 比目(비목) : 비목어. 두 마리가 나란히 붙어야 헤엄칠 수 있는 물고기를 가리킨다. 『이아』「석어(釋魚)」 참조.

내었다. 제5, 6구는 비목어라 할지라도 강물이 나뉘어 헤어지게 되니 한스러움을 가지듯 자신들도 그러함을 비유하였다. 말미에서는 흐르는 세월에 늙어감을 아쉬워하였다.

이단李端 1수

巫山高	무산은 높아
巫山十二峰,	무산의 열두 봉우리
皆在碧虛中.	모두 비췻빛 허공 중에 있구나.
回合雲藏日,	모여드는 구름이 해를 가리고
霏微雨帶風.566	자욱한 안개비가 바람과 섞이네.
猿聲寒過水,	차가운 원숭이 울음은 강을 건너오고
樹色暮連空.	저녁 숲나무 푸른 빛은 하늘과 이어졌네.
愁向高唐望,	시름에 차 고당관을 바라보니
淸秋見楚宮.	맑은 가을에 초나라 궁관이 보이누나.

【왕평】

　모두 제목의 '높아高'에서 착안하였기에 하나로 응집되었다. 악부 제목은 하승천何承天에서 왔으니, 그 풍격이 이와 같다.

566　霏微(비미) : 가랑비로 안개가 자욱하다.

俱從‘高’字著筆, 凝合一片. 樂府題自何承天來者, 宗風如此.

【해설】

무산의 가을을 그렸다. 이 제재는 일반적으로 무산의 신녀와 관련된 전설을 묘사하는데 비해, 이 작품은 자욱한 연무와 차가운 원숭이 울음으로 청유淸幽한 풍광을 그렸고, 무산의 신녀에 대해선 말미에서 간접적으로 환기했을 뿐이다. 친구 황보염皇甫冉「무산은 높아」에 화답하여 지은 시이다. 당대 백거이는 앞의 왕무경의「무산」과 이 시를 뽑아 ‘고금의 절창’이라 평하였다.

융욱戎昱 1수

漢上題韋氏莊	한수 강가의 위씨 저택에 적다
結茅同楚客,[567]	유배 온 사람과 이웃하려 띠풀을 엮어
卜築漢江邊.	한수 강가에 집을 지었네.
日落數歸鳥,	해가 지면 돌아가는 새를 헤아리고
夜深聞扣舷.	밤이 깊으면 뱃전을 두드리는 소리를 듣지.
水痕侵岸柳,	강물의 흔적이 언덕의 버드나무에 남아있고

---

567 楚客(초객) : 좌천된 사람. 실의한 사람. 전국시대 초나라의 굴원이 참훼를 당해 강남으로 방축되어 「이소(離騷)」를 쓴 데서 유래했다.

山翠借廚煙.　　　　　산의 비췻빛 연무가 부엌 연기에 더욱 푸르다.

調笑提筐婦,　　　　　광주리를 든 아낙에게 농으로 묻나니

春來蠶幾眠?　　　　　봄이 되었으니 누에는 몇 잠째인가요?

【왕평】

약하다고 할 수 없으니, 약한 것은 반드시 세속적이기 때문이다. 중만당 시 가운데 위와 같은 작품은 「국풍」에서 멀지 않다.

不可謂弱, 弱者必俗也. 中晚詩如此類者去「國風」不遠.

【해설】

은거하는 사람의 한적하고 즐거운 마음을 그렸다. 이웃하는 사람도 유배온 자라 자신의 처지와 크게 다를 바 없다. 한가한 마음은 말미에서 농촌의 아낙에게 누에 잠을 묻는 것에서 절정에 이른다.

장적張籍 2수

思江南舊遊　　　　　강남의 옛 유람지를 생각하며

江皐三月時,　　　　　강가의 언덕에 삼월이 오면

花發石楠枝.[568]　　　석남 가지에 꽃이 피어나리.

---

568 石楠(석남) : 석남과에 속하는 관목.

歸客應無數,　　　그곳에 가는 나그네 응당 무수히 많은데

春山自不知.　　　봄 산은 이를 알지 못하리.

獨行愁道遠,　　　혼자 가려 해도 길이 멀어 근심스럽고

迴信畏家移.　　　편지를 쓰려 해도 집이 이사했을까 두려워.

楊柳東西渡,　　　버드나무 근처의 나루터

茫茫欲問誰?　　　아득히 멀어 누구에게 물어볼거나?

【왕평】

편폭을 일부러 크게 만들지 않았어도, 말에 뜻이 넘친다. 고체의 기상으로 혼연일체가 되었으니 한유韓愈의 시풍에 흔들리지 않았다.

尺幅不侈於大, 則意餘於言. 居然古體, 不爲韓退之所移.

【해설】

강남의 유람지를 그리워하였다. 그곳이 어디인지 말하지 않았으나 집과 나루터를 구체적으로 지시하는 것으로 보아 고향인 화주和州인 것으로 보인다. 장적이 798년약33세 변주개봉로 가서 한유를 만난 이후 과거에 급제하고 장기간 조정에 있었기 때문에 그 이전의 구속 없이 자유로웠던 시기를 회상한 것으로 보인다.

한유는 「장적을 놀리며調張籍」에서 장적이 고체시에 뜻이 있으므로 응당 이를 정통으로 삼고 지엽적인 길은 갈 필요가 없다고 하였다. 왕부지는 한유가 권하지 않아도 장적은 고체의 정신을 가지고 있다고 말하였다.

水	물
蕩漾空沙際,[569]	비어있는 모래 끝을 출렁이며
虛明入遠天.	멀리 밝은 허공으로 들어가네.
秋光照不極,	가을 햇살이 끝 간 데 없이 비추니
鳥色去無邊.	새의 빛깔은 가없는 곳으로 사라진다.
勢引長雲闊,	구름은 물의 흐름을 공활한 곳으로 이끌어 가고
波輕片雪連.	눈발은 가벼운 파도와 하나로 이어진다.
汀洲杳難測,[570]	모래섬은 어둑하여 분간하기 어려운데
萬古覆蒼煙.	만고에 걸쳐 푸른 안개가 덮여 있다.

【왕평】

영물 가작이다.

詠物佳制.

【해설】

물에 대해 읊은 영물시이다. 물 자체의 속성보다는 물이 흐르는 주위의 상황을 사경 위주로 노래하였다. 하늘, 햇빛, 구름, 새 등 자연물을 끌어들여 장대하고 고요한 정취를 나타냈다. 비록 물이 중심 이미

---

569 蕩漾(탕양) : 물결이 출렁이다.
570 汀洲(정주) : 강물 가운데 있는 작은 모래톱 섬.

지이나 무한한 시간과 공간을 나타냈다.

가도賈島 2수

懷博陵故人[571]	박릉의 친구를 그리며
孤城易水頭,[572]	역수 강가의 외떨어진 성
不忘舊交遊.	옛 친구와 놀던 곳이라 잊히지 않네.
雪壓圍棋石,	바둑두는 돌 위로 눈이 내리고
風吹飲酒樓.	술 마시는 주루에 바람 불었지.
路遙千萬里,[573]	지금 길은 멀어 천만리
人別十三秋.	사람은 헤어진 지 십삼 년.
吟苦相思處,	그곳을 그리워하며 시를 공들여 지으니
天寒水急流.	차가운 하늘 아래 강물이 급히 흐르네.

571　博陵(박릉) : 박릉군. 원래 정주(定州)였으나 742년 박릉군으로 개명하였다가 758년 다시 정주로 복원했다. 지금의 하북 정주시(定州市).

572　孤城(고성) : 외떨어진 성. 여기서 성은 당대 역주(易州)에 속한 역현의 현성. 지금의 하북 역현.
　　易水(역수) : 역현 경내를 흐르는 강.

573　千萬里(천만리) : 먼 거리를 비유한다. 『원화군현지』에 따르면 장안에서 역주까지 2,345리라 되어 있다.

제3, 4구는 '경물 선택[取景]'이 정교한 것이지 조탁한 글자가 아니다.
三四取景亦巧而非琢字.

【해설】

역현에서 만났던 친구를 그리워하였다. 13년 전 고향 탁주涿州에서
장안으로 갈 때였는데, 멀리 떨어져 있는 것으로 보아 지금은 장안에
있는 것으로 보인다. 공간적으로 멀고 시간적으로 길어 친구와 멀리
오래 떨어진 격절감을 강조하였다. 말미에서는 강물의 흐름으로 자신
의 그리운 마음이 절실함을 비유하여 여운을 남겼다.

送友人遊塞[574]	변경으로 유람가는 친구를 보내며
飄蓬多塞下,[575]	변경에는 날리는 쑥대머리가 많으니
君見益潸然.[576]	그대 이를 보면 더욱 눈물 흘리리.
逈磧沙銜日,[577]	아득한 사막은 모래가 해를 물고

---

574 遊塞(유새) : 변경으로 유람가다. 실제로는 변경으로 벼슬을 구하러 떠난다는
뜻. 당대에는 문인들이 벼슬을 찾아 변방의 군대에 들어가는 경우가 더러 있다.
575 飄蓬(표봉) : 날리는 쑥대머리. 쑥대머리는 민망초머리로, 열매 모양의 솜이 모
여 한 덩어리를 이룬 것 같이 되고, 가을이 되어 바람이 불면 쉽게 날아가고 굴러
가기에, 문인들은 이로써 떠도는 신세를 비유하였다. 북방에 특히 이 풀이 많기
때문에 여기서 친구의 처지를 비유하였다.
塞下(새하) : 변경 근처.
576 潸然(산연) : 눈물 흘리는 모양.
577 磧(적) : 사막.

長河水接天.　　　　　긴 황하는 강물이 하늘과 이어지리.

夜泉行客火,　　　　　밤이면 샘물가에서 지나는 나그네들이 불을

　　　　　　　　　　피우고

曉戍向京煙.　　　　　새벽이면 수자리에서 도성을 향해 연기 피

　　　　　　　　　　워 올리리.

少結相思恨,　　　　　그리워하는 한을 적게 가지게나

佳期芳草前.　　　　　아름다운 기약은 꽃 피는 풀밭 앞에 있으니.

【왕평】

가도가 지은 위의 오언시 2수는 '차갑다[寒]'고 할 수 없다. 경릉파가 묘사하는 방법과도 다르다. "낙엽이 장안에 가득하다落葉滿長安"는 자기를 속인 말인데 사람들이 속임을 당했으니 슬픈 일이다!

長江五言如此二首, 卽不得謂之'寒'[578], 卽非竟陵所可刻畫.[579] "落葉滿長

578　寒(한) : 소동파가 가도의 시 풍격을 '한(寒)'이라 평한 걸 가리킨다. 소동파는 「유자옥 제문(祭柳子玉文)」에서 "맹교의 시는 차갑고, 가도의 시는 야위었다"는 뜻으로 '교한도수(郊寒島瘦)'라 했다. 실제 그들의 시 속에는 애처롭고 고적한 내용이 많으면서 그 풍격도 청기(淸奇)하고 고초(孤峭)한 면이 많다.

579　竟陵(경릉) : 경릉파. 명대 후기에 종성(鍾惺)과 담원춘(譚元春)을 중심으로 한 문인 조직. 두 사람 모두 경릉(호북 천문) 사람이었다. 이들은 성령(性靈)의 표현과 개성의 유로를 강조하는 공안파에 공감하면서도 그들의 작품이 세속적이고 가벼우므로 이를 보완하기 위해 유심고초(幽深孤峭)한 풍격을 택했다. 달리 말해, 새롭고 기이하며 기존의 작품과 다른 표현을 찾았는데, 그 결과 제재가 협소하고 글자를 조탁하고 언어를 난삽하게 쓰는 결과를 가져왔다. 경릉파는 가도에 대해 직접적인 계승을 언급한 적은 없지만 그들의 창작 경향은 가도의 풍격과 비슷한 면이 많다.

安”自欺人語, 而人受其欺, 亦可哀已!

【해설】

변경으로 가는 친구를 보내며 지은 송별시이다. 사막과 황하를 배경으로 친구에 대한 정이 깊다. 성당 때의 송별시와 크게 차이가 없다.

왕부지는 먼저 소동파가 가도를 평한 유명한 말 “맹교는 차갑고 가도는 말랐다郊寒島瘦” 중의 “가도는 말랐다”를 두 편의 시를 예시하며 정면으로 부정하였다. 이는 위응물의 「노숭의 ‘가을밤’을 받고 화답하며酬盧嵩秋夜見寄」의 평어에서 말한 “‘맹교는 차갑고 가도는 말랐다’지만, 그 차갑고 마른 것이 모두 쓰레기다郊寒島瘦, 其寒瘦者皆糞土也”는 말에서도 재차 확인할 수 있다.

또 가도가 지은 시 중의 명구로 알려진 “낙엽이 장안에 가득하다落葉滿長安”도 혹평하였다. 사실 이 구는 역대로 호평을 받았다. 예컨대 사진謝榛은 『사명시화四溟詩話』에서 “기상이 웅혼하여 성당시와 크게 닮았다氣象雄渾, 大類盛唐”고 하였고, 왕세정王世貞도 『예원치언藝苑卮言』에서 “이 두 구를 성당시 속에 두어도 판별하기 힘들다置之盛唐, 不復可別”고 하였고, 허학이許學夷도 『시원변체詩源辯體』에서 “고금의 뛰어난 말이다古今勝語”고 하였다. 그런데 왕부지는 이 구가 자기도 속이고 남도 속였다고 혹평했다. 앞에서 이백의 「강동으로 가는 장 사인을 보내며送張舍人之江東」에서도 왕부지는 “가도의 ‘낙엽이 장안에 가득하다落葉滿長安’는 억지로 꾸민 말에 불과하니, 재주가 없으면서 재주가 있는 척했으니 하늘을 속인 게 아니겠는가賈島"落葉滿長安"妝排語耳, 無才而爲有才, 欺天乎?"라고 하였다. 특히 『강재시화』「석당영일서론夕堂永日緖論」을 보면 그 이유를 짐작할 수 있다. 즉 시문에는 주인과 손님이 있고, 주인이 없는 손님은 어중이 떠중이라고 전제하고, "'가을바람이 위수에 불고, 낙엽이 장안에 가득하다'가 시인 가도와 무슨 상관이 있는가若夫"秋風吹渭水, 落葉滿長安", 于賈島何與?"라고 하였다. 여기에서 왕부지는 '주인[主]'과 '손님[客]'의 개념으로 시의 통합성을 논하였는데, 이는 정선지丁仙芝의 「양자강을 건너며渡揚子江」의 평어에서도 다음 구절에서 보인다. "시 짓기의 방도는 반드시 '주인'을 세워 '손님'을 통솔하게 하여 '직각적으로 보이는 경[現景]'을 순조롭게 묘사한다詩之爲道, 必當立主御賓, 順寫現景." 예컨대 하나의 '정'과 하나의 '경'은 피차 경계가 있는데, 주인과 손님이 서로 몰려들면, 작자가 누구를 위하는지 모르게 된다. '뜻[意]' 밖에 '경景'을 세우고, '경' 밖에 '뜻[意]'을 일으키게 되면 마치 혹 위에 눈과 코가 생기는 것 같이 괴이하고 오래가지 못한다.詩之爲道, 必當立主御賓, 順寫現景. 若一情一景, 彼疆此界, 則賓主雜遝, 皆不知作者爲誰. 意外設景, 景外起意, 抑如贅疣上生眼鼻, 怪而不恆矣."

이때 '주인'은 문맥으로 보았을 때 시인의 '뜻[意]'으로 보이며, '손님'은 경어를 가리키는 것으로 보인다. 왕부지가 보기에 가도는 자신의 '정'에서 자발적으로 출발하여 경어를 지은 것이 아니라, 작품을 구성하기 위해, 즉 경어를 짓기 위해 경어를 지은 것이란 뜻으로 읽을 수 있다. 시를 구성하는데 필요한 경어를 채우기 위해 경어를 지은 것이지 '정'이 깃든 경어가 아니란 뜻이다. 이것이 곧 "'뜻[意]' 밖에 '경景'을 세운 것[意外設景]"이라 할 수 있다. 사실『당척언唐摭言』에서 가도가 나귀를 타고 가다가 경조윤 유서초劉棲楚와 충돌했을 때 얻었던 묘구인 "스님이 달빛 아래 문을 민다僧推月下門"에 대해서도 왕부지는 가도가 '직접 보고 들은 일[即目即事]'이 아니란 점에서 비판했지만, '주인'과 '손님'이란 관점에서 보았을 때도, 이 묘구라는 '손님'을 먼저 얻은 후, 이로부터 인위적으로 시구들을 긁어와 '주인'인 시인의 뜻을 나중에 만들어 냈다는 점에서 같은 비판을 할 수 있다. 이것이 곧 "'경' 밖에 '뜻[意]'을 일으킨 것[景外起意]"이라 할 수 있다. 그저 경어景語를 만들기 위해 만든 경어나 묘구妙句를 얻었다고 해서 나머지 구색을 맞추어 한 편의 시로 완성하는 작업은 모두 시인의 '뜻'이 온전하게 통합되지 않았다는 점에서 생기가 없다고 보았다. 요컨대 가도의 "낙엽이 장안에 가득하다落葉滿長安"는 자신의 '정'에서 자연스럽게 나온 말이 아니라, 시를 구성하기 위해 인위적으로 꾸몄기에 "자기를 속였다"고 하였고, 시의 통합성과 생기가 결여되었음에도 독자들은 이를 자연스러운 시적 정취로 받아들였기 때문에 "사람들이 속임을 당했다"고 평하였다.

이약李約 1수

<table>
<tr><td>從軍行</td><td>종군행</td></tr>
<tr><td>候火起雕城,[580]</td><td>봉홧불이 변경의 성에서 솟구치자</td></tr>
</table>

塵砂擁戰聲.	함성과 도검소리에 흙먼지가 자욱하다.
遊軍藏漢幟,	유격대는 한나라 깃발을 숨기고
降騎說蕃情.	항복한 기마병은 티베트 사정을 알려준다.
霜降滹沱淺,[581]	서리가 내리는 때라 호타하滹沱河는 얕고
秋深太白明.	가을이 깊어 태백성이 밝다.
嫖姚方虎視,[582]	표요장군이 마침 호랑이 눈으로 보고 있으니
不覺說添兵.	저도 모르게 구원병을 청한다.

【왕평】

전편이 왕유의 「종군행」보다 나으니 어찌 시대 구분으로 사람을 낮게 평가하겠는가? '설說'자가 중복 사용되었다.

全首右丞以上, 詎可用時代限人? '說'字重用.

【해설】

변경에서 적과 싸우는 긴박한 상황을 그린 변새시이다. 제3, 4구에서 한나라의 우세를 비유적으로 그려냈고, 제5, 6구에서 갑자기 절기로 시선을 돌린 점이 뛰어났다.

---

580 雕城(조성) : 변경. 변새. 雕(조)는 碉(조)와 통한다.
581 滹沱(호타) : 호타하. 산서성 번치(繁峙)에서 발원하여 하북성 북부로 흘러가는 강.
582 嫖姚(표요) : 표요장군. 한대 곽거병을 가리킨다. 여기서는 곽거병과 같이 용맹한 장수.

장호張祜 1수

禪智寺⁵⁸³

선지사

寶殿依山險,

보전寶殿은 험한 산을 따라 올라

臨虛勢若呑.

허공에 떠서 마치 삼킬 듯한 기세구나.

畫簷齊木末,

그림 그려진 처마는 마구리가 나란하고

香砌厭雲根.⁵⁸⁴

향기로운 계단은 바위를 누른다.

遠景窓中岫,

먼 풍경이 눈에 들어오니 창틀 가운데 봉우리요

孤煙海上村.

외줄기 연기가 보이니 바닷가의 어촌이라.

憑高聊一望,

높은 곳에서 잠시 바라보고 있자니

鄕思隔吳門.⁵⁸⁵

고향 생각은 오문吳門 너머로 달리는구나.

【왕평】

치밀하나 어지럽지 않다.

密而不亂.

---

583 禪智寺(선지사) : 혜취사(慧聚寺)라 해야 맞다. 송대 왕안석이 지은 「혜취사 ─ 장호의 시에 차운하다(慧聚寺次張祜韻)」는 바로 장호의 이 시를 차운한 것이다. 혜취사는 지금의 강소성 곤산시(昆山市)의 마안산(馬鞍山) 남쪽에 소재했으며, 남조 양나라 때인 511년에 개창했다.
584 雲根(운근) : 바위.
585 吳門(오문) : 소주(蘇州)를 가리킨다.

【해설】

　산중에 높이 솟은 선지사를 그렸다. 첫머리에서 산 아래에서 위를 바라보는 시각을 채용하였다가, 이어서 절의 모습을 근경으로 그리고, 다시 절에서 내려다본 원경을 그렸다가, 말미에서 고향 방향으로 바라보며 마무리지었다.

　왕부지는 비록 여러 가지 풍광과 감회를 제시하고 있지만, 자연스런 이동에 따른 시각에서 나왔기에 어지럽지 않다고 보았다.

이선원李宣遠 1수

幷州路	병주 가는 길
秋日幷州路,	가을날 병주 가는 길
黃楡落故關.	누런 느릅나무가 오래된 관문에 떨어지고
孤城吹角罷,	외딴 성에 뿔피리 소리 그치면
數騎射鵰還.	수리 쏘던 사람들 말을 타고 돌아간다.
帳幕遙臨水,	군막軍幕이 멀리 강가에 있고
牛羊自下山.	소와 양이 산에서 내려온다.
征人正垂淚,	출정 나온 병사들 마침 눈물을 흘릴 때
烽火起雲間.	봉홧불이 구름 사이에서 치솟는다.

【왕평】

눈썹과 얼굴빛이 맑고 평안하여, 살아있는 사람의 모습이 있다. 이러한 시는 원화 연간 이후에야 다시 나타났다. 대력 연간 말기부터 십재자에 의해 산산이 부수어진 시단은 마주쳐도 모두 꿈속에 잠긴 듯했다. 이 시는 마치 깊은 밤에 촛불을 든 것과 같아 그 공이 실로 작지 않다.

眉宇淸安, 有生人之色. 此種詩迨元和以降始復有之. 自大曆之末爲十才子, 破裂已盡, 相對皆如夢寐. 秉燭夜闌, 其功不小也.

【해설】

변경의 가혹한 환경을 그린 변새시이다. 제1구에서 제6구까지는 병주 가는 길에 보이고 들리는 변경의 가을 저녁 모습을 직서하였지만, 말 2구에서 갑자기 전환하여 병사들이 고향 생각에 눈물을 흘릴 때 바로 전쟁이 시작된다는 참혹한 현실을 대비시켰다.

주하周賀 1수

秋宿洞庭[586]	가을 동정산에서 묵으며
洞庭初下葉,	동정산洞庭山에 나뭇잎이 떨어지기 시작하면
旅客不勝愁.	나그네는 시름을 이기기 어려워라.

---

586 洞庭(동정) : 동정산. 절강성 태호(太湖)에 있는 동정산을 가리킨다.

明月天涯夜,　　　　달 밝은 밤 천애天涯의 이곳

青山江上秋.　　　　청산과 강가는 가을이라.

一官成白首,　　　　미관말직에 흰 머리가 되어

萬里寄滄洲.　　　　만리 멀리 창주滄洲에 머무노라.

久被浮名繫,　　　　오랫동안 허명에 묶여 있으니

寧無愧海鷗!　　　　어찌 갈매기에 부끄럽지 않으랴!

【왕평】

전편이 운율로 뛰어났다. 원화 말기에 글자를 쪼고 구를 다듬는 누습이 여기서 완전히 일소되었다!

全以韻勝, 元和末煮字煎句之陋, 此一洗矣!

【해설】

가을 밤 태호에서 자신의 일생을 돌아보는 감회를 썼다. 비록 은거를 도모했으나 맑은 이름을 내지 못했고, 비록 벼슬을 추구했으나 다만 미관말직에 그치고 만 아쉬움이 뒤섞인다. 주하는 젊어서 승려가 되어 청새淸塞란 법명으로 활동하다가 요합을 만나 환속하였다. 때문에 그 시도 간솔하고 청정한 기운이 감돈다. 그러나 이 시는 유장경의 시집에 「송강에서 홀로 자며松江獨宿」라는 제목으로도 실려 있는데, 『문원영화』 권292에 유장경의 이름으로 실려있는데 반해, 송본宋本 주하 시집에는 이 시가 없으므로 응당 유장경의 시로 보아야 할 것이다.

왕부지는 이 시의 특징을 시의 운율에 있다고 보고, 원화 말기 이래의 시와 구별하였다. 다시 말해 글자를 조탁하고 구를 다듬는 기교 위주의 시가 아니라, 시 전체를 통합하는 음악적 흐름과 조화에 주목하였다.

승영철僧靈徹 1수

九日和于使君思上京親故[587]

중양절에 우 사군의 '상경한 친구를 그리며'에 화답하다

淸晨有高會,	맑은 새벽에 열린 고상한 모임
賓從出東方.	손님들이 동방에서 왔다네.
楚俗風煙古,	초 땅의 바람과 안개는 옛날과 같고
汀洲草木涼.	물가의 모래톱엔 초목이 차가와라.
山情來遠思,	산의 정취는 멀리 있는 친구를 그리게 하고
菊意在重陽.	국화의 뜻은 중양절에 더욱 깊어라.
心憶華池上,[588]	마음으로 그리나니, 조정의 연회에선
從容鴛鷺行.[589]	친구들이 원앙처럼 다닐 것을.

---

587 于使君(우사군) : 우적(于頔). 당시 호주자사(湖州刺史)였다.
588 華池(화지) : 화지연(華池宴). 조정에서 베푼 연회.
589 鴛鷺行(원로행) : 원앙과 해오라기의 행렬. 조정 관료들의 행렬을 비유한다.

【왕평】

승려의 시는 대개 여성의 시와 같은데, 하나는 앵무새이고 하나는 구관조이다. 말을 흉내 낼 때 비슷하여 호사가들이 그 성가를 높였다. 혐오스러운 것은 자신의 능력을 헤아리지 못하고 미약한 힘으로 제멋대로 사람을 묶으려 하는 것이다. 예컨대 늙은 중 교연은 "문을 두드려도 짖는 개조차 없어, 서쪽 이웃집에 물어보러 가네扣門無犬吠, 欲去問西家"를 쓰는 재주로 감히 『시식詩式』을 써서 천하의 당당한 대장부를 구속하려 한다. 이는 불교에서 말하는 아직 깨닫지 못했으면서 깨달았다고 생각하는 증상만增上慢으로 혀가 뽑히는 발설지옥에 떨어지는 일인데, 여기가 아니면 어디로 가겠는가? 영철靈徹과 영일靈一 두 승려는 상당히 법도에 맞아 교연보다 열 배 이상 뛰어나다.

이 시는 제1, 2구에서 고시로 들어가 마무리까지 상쾌하니, 일정한 수준에 오른 작품이라 할 수 있다.

僧詩大抵與女子等, 一爲鸚鵡, 一爲鴝鵒. 學語時似, 好事者便與增其聲價. 所惡者不自料量, 以其藕絲之力, 妄欲縛人, 如皎然老髡以"扣門無犬吠, 欲去問西家"之才, 輒敢立『詩式』以束天下鬚眉丈夫? 如彼敎中以增上慢墮拔舌獄者, 舍此奚歸焉? 徹一二僧頗有合作, 賢於皎然者十倍以上.

此詩起句入古, 終篇暢適, 卽以登之作者可矣.

【해설】

가을 중양절에 호주湖州의 주학州學에서 모임을 갖고 도성에 간 친구를 그렸다. 이때 모임의 중심은 호주자사인 우적于頔으로, 그가 처음 지은 시에 화답하였다. 시의 전반은 중양절의 모임을 그리고 말 2구에서 친구를 그렸다. 현재 교연이 지은 같은 제목의 창화시도 남아있다.

왕부지는 교연에 대해 혹독하게 비판하고 있는데, 이는 왕부지의 「석당영일서론夕堂永日緖論」에서도 보인다. "교연의 『시식』이 나오자 시가 없어졌고, 『팔대가문초』가 나오자 문장이 없어졌다. 이 규칙을 만든 자는 스스로 어린 입문자를 잘 이끌었다고 말하지만 어린 입문자를 가시밭길로 이끌고 간 것이 바로 그들에 있다는 것을 모른다有皎然詩式而後無詩, 有八大家文抄而後無文. 立此法者, 自謂善誘童蒙, 不知引童蒙入荊棘, 正在於此." 그 주된 이유는 감정의 자연스러운 유로를 나타내어야 할 시를 일정한 격식으로 구속하게 되고, 이후 사람의 감정을 표현하려고 하면 먼저 가두어야 할 틀을 찾게 되기 때문이다.

승영일僧靈一 1수

酬皇甫冉西陵見寄[590]	황보염의 '서릉'을 받고 답하다
西陵潮信滿,	서릉에 조수가 차오르면
島嶼沒中流.	섬들이 물에 잠기리.

---

590 西陵(서릉) : 지금의 절강성 소산시(蕭山市) 서흥진(西興鎭). 조수의 간만에 따라 부춘강의 강물 수위가 달라진다.

越客依風水,[591]　　　　바람 따라 물 따라 떠나는 월 땅의 나그네

相思南渡頭.　　　　남쪽 나루터에 있는 나를 그리워하리.

寒光生極浦,　　　　차가운 빛이 먼 포구에서 일어나고

落日映滄洲.　　　　떨어지는 해가 창주滄洲를 비추는데

何事揚帆去,[592]　　　　무슨 일로 돛을 달고 떠나

空驚海上鷗?　　　　공연히 바다 갈매기를 놀라게 하나?

【왕평】

묘사에 정취가 있다.

點染有致.

【해설】

황보염이 항주에서 무석으로 떠나며 쓴 「서릉에서 영일 상인에게 부침西陵寄靈一上人」이란 시에 답으로 쓴 시이다. 이때 영일은 항주의 의풍사宜豐寺에 있었다. 말미에서 벼슬길에 오른 황보염에게 은거를 권하고 있다.

591　風水(풍수) : 멀리 가는 여정(旅程).
592　何事(하사) 구 : 황보염이 무석현(無錫縣)의 현위로 부임하러 떠난 일을 가리킨다.

승처묵僧處黙 1수

<table>
<tr><td>聖果寺⁵⁹³</td><td>성과사</td></tr>
</table>

路自中峰上,	길은 산 중턱부터 봉우리를 오르고
盤回出薜蘿.⁵⁹⁴	빙빙 돌아 새삼 덩굴 사이로 빠져나온다.
到江吳地盡,⁵⁹⁵	오 땅은 전당강에서 끝나고
隔岸越山多.	강 너머 월 땅으론 산들이 이어진다.
古木叢靑靄,	고목에는 푸른 안개가 엉겨있고
遙天浸白波.	먼 하늘에는 흰 물결이 부서진다.
下方城郭近,⁵⁹⁶	하계는 성곽이 가까워
鐘磬雜笙歌.	종과 경쇠 소리에 노랫소리 섞여 들려온다.

【왕평】

다만 절의 풍광을 썼을 뿐 거친 선어禪語는 들이지 않았다. 마무리가 순정純淨하여 생동적이다. 승려의 시로 제일 간다. 이야李冶의 「오빠에게 부침寄校書七兄」과 함께 특별히 쌍벽을 이루기 족하다.

진사도陳師道는 제3, 4구가 이정표의 말이라고 비꼬면서, 강서종파江

---

593 聖果寺(성과사) : 지금의 절강성 항주 서호 옆 봉황산 기슭에 있었던 절.
594 盤回(반회) : 길이나 강이 빙 돌아감.
　　 薜蘿(벽라) : 승검초와 새삼 덩굴. 모두 덩굴식물이다.
595 江(강) : 전당강(錢塘江)을 가리킨다.
596 下方(하방) : 하계. 인간세계.

西宗派답게 글자를 조탁하여 새로운 견해를 내었다. 이백의 "창문 안으로 초 땅이 끝나고, 숲 너머로 구강이 평평하다窓中三楚盡, 林外九江平"는 싯구는 여기에 미치지 못한다. '경어'는 주인과 손님이 분명해야 어지럽지 않은데, 여기서 주고 저기서 받으며 서로 사용하면 곧 수수께끼처럼 된다. 『시경』 중의 홍구興句를 보면 절로 그 경계선을 알 수 있다.

只寫寺景, 不入粗禪語. 一結純淨生色, 僧詩第一首. 足與李季蘭寄兄作爲格外雙淸.

陳無已譏此頷聯爲堠子語,[597] 自江西宗派琢字求新見解. 太白"窓中三楚盡, 林外九江平"[598]乃不及此. 景語須賓主分明, 方得不亂, 此涵彼受之際, 來去互用, 則直似謎語, 觀三百篇中興句, 自知津際也.

【해설】

항주 성과사에 들러 살펴본 경관을 노래하였다. 성과사 자체보다 성과사로 가는 행로와 그곳에서 바라본 주위 풍광에 집중하였다. 제3, 4구는 산에서 내려다본 전당강을 묘사하였고, 제5, 6구는 올려다본 산과 멀리 내려다본 바다를 원경으로 그렸다.

왕부지는 "경어는 주인과 손님이 분명해야 어지럽지 않다景語須賓主分明, 方得不亂"고 하면서 제3, 4구를 높이 평가하였다. 이때 주인이란 시인

---

597 堠子語(후자어) : 이정표에 쓴 말. 진사도는 「후산시화(後山詩話)」에 이 시구를 인용하면서 "나는 경계를 나누는 이정표의 말이라고 생각한다(余謂分界堠子語也)"고 하였다.
598 이는 이백의 싯구가 아니라 왕유의 「변각사에 올라(登辨覺寺)」에 나온다.

의 뜻을 가리키고, 손님이란 묘사된 경물을 가리킨다. 제1, 2구가 성과 사에 오르는 장면이라면, 제3, 4구는 그곳에서 멀리 조망할 때 일목요 연하게 산천이 눈에 들어오는 모습을 그렸다. 이러한 맥락이 서지 않 으면 시인이 어디에서 어떤 광경을 보는지 알 수 없기 때문에 수수께 끼처럼 여러 측면에서 추측해야 하고 시의 의미와 맥락이 혼란스럽게 된다는 뜻이다. 마무리가 순정純淨하다는 것은 앞의 전개와 잘 융합하 여 구성이 완정하다는 뜻이다.

이야李冶 1수

寄校書七兄⁵⁹⁹	교서랑 일곱째 오빠에게 부침
無事烏程縣,⁶⁰⁰	일없이 오정烏程에 있다가
蹉跎歲月餘.⁶⁰¹	한 해가 다 가도록 세월만 보냈어요.
不知芸閣吏,⁶⁰²	운향각의 교서랑이 되셨으니
寂寞竟何如?	이제 적막하진 않으시나요?
遠水浮仙棹,⁶⁰³	먼 강물에 신선의 배가 떠가고

---

599 다른 판본에는 「한 교서를 보내며(送韓校書)」라 되어 있다. '칠형'은 일곱 번째 오빠.

600 烏程縣(오정현) : 지금의 절강성 호주(湖州)시. 태호 남안에 소재한다.

601 蹉跎(차타) : 발을 헛디뎌 넘어지다. 일반적으로 세월을 헛되이 보냄을 비유한다.

602 芸閣吏(운각리) : 비서성 교서랑. 운각은 운향각(芸香閣)의 준말로 비서성을 가 리킨다. 책에 좀이 스는 것을 방지하기 위해 책 사이에 운향을 놓기 때문이다.

寒星伴使車.　　　　　　차가운 별들이 사신의 수레를 따라가요.

因過大雷澤,⁶⁰⁴　　　　도중에 대뢰택을 지나간다면

莫忘幾行書.　　　　　　잊지 말고 편지 몇 줄 써주어요.

【왕평】

기탁한 뜻이 심원하고 정취가 세밀하며, 평이하고 부드러운 가운데
깊은 여운이 깃들어 있다. 반소班昭와 채염蔡琰 이후 오직 이 사람만이
시를 내세울 수 있으니, 포령휘鮑令暉와 심만원沈滿願의 시는 규중을 장
식하는 물건에 지나지 않는다.

　托意遠, 神情密, 平緩而有沉酣之趣. 班蔡以後, 唯此爲足當詩, 鮑令暉沈
滿願猶妝閣物耳.

【해설】

오정현에서 장안의 비서성으로 간 오빠에게 부친 시이다. 전반부는
특별한 구성없이 산만하게 마음속의 말을 토로한 듯하였지만, 제5, 6

603　仙棹(선도) : 신선이 타고 가는 배. 노로 배를 대칭하였다. 궁중의 도서실을 당대
　　에는 비서성이라 하였지만, 한대에는 신선과 전설에 관련된 비적(秘籍)이 많이
　　소장되었다고 해서 봉래산(蓬萊山)이라 하였다. 여기서 봉래산은 신선이 사는
　　곳도 되므로 그곳으로 가는 사람은 곧 신선이라는 뜻이다.

604　大雷澤(대뢰택) : 지금의 안휘성 망강현(望江縣)에 있는 대뢰수(大雷水). 439년
　　남조 시인 포조(鮑照)가 임천왕의 징초를 받고 건업(建業)에서 강주(江州)로 가
　　는 도중 대뢰택에서 「대뢰안에 올라 누이동생에게 부치는 편지(登大雷岸與妹
　　書)」를 썼다. 그러므로 시인의 오빠도 포조가 여동생에게 편지를 부치듯 여동생
　　인 자신에게 편지를 써달라는 뜻으로 인용하였다.

구에서 수로와 육로로 그 행정을 가지런한 대우로 표현하였고, 말미에서 깊은 정을 표현하였다. 오언율시 가운데 일반적인 구성과 다른 독특한 작품으로 꼽힌다.

두목杜牧 1수

句溪夏日送盧霈秀才歸王屋山, 將欲赴擧[605]

구계에서 여름날 왕옥산으로 돌아가는 수재 노패를 보내며, 장차 과거에 응시하러 감

野店正紛泊,[606]	들판 주막에 마침 꽃잎이 분분하고
繭蠶初引絲.	누에는 막 실을 뽑기 시작하는 때
行人碧溪渡,	행인은 비췻빛 시내를 건너와
繫馬綠楊枝.	푸른 버드나무 가지에 말을 묶는다.
苒苒跡始去,	이제 시나브로 발자국이 떠나기 시작하니
悠悠心所期.	느긋하게 마음속으로 그대의 기약 기다리리.
秋山念君別,	가을 산에서 떠난 그대를 생각할 때면

---

605 句溪(구계) : 지금의 안휘성 선성(宣城)에 소재한 강.
　　盧霈(노패) : 미상.
　　王屋山(왕옥산) : 중조산(中條山)의 지맥으로 하남성 제원시(濟源市)와 산서성 진성시(晉城市) 사이에 소재한다.
606 紛泊(분박) : 분분히 날리다.

惆悵桂花時.　　　　　슬프게도 계수나무에 꽃이 피는 때이리라.

【왕평】

생활에서 빛과 소리를 얻어, 절로 풍미를 지녔다. 이러한 시풍은 결코 만당에서 시작된 것이 아니다. 중당 시인들이 고체 전통을 모두 버리고, 경전 풀이 문체나 편지글로 시를 지었기에, 『시경』 '육의六義'의 시정신이 완전히 쇠퇴하였다! 두목이 힘써 고조古調를 되살려 백년의 쇠락을 바로잡았으니, 비록 기운이 아직 왕성하지 않았으나 세속적 풍조를 벗어날 수 있었으니, 스스로 정시正始의 유풍을 계승하였다. 고린顧璘은 두목을 온후하다고 칭송했는데 진정 지음의 말이다.

요체이다.

于生新取光響, 自有風味. 此種亦不自晚唐始, 中唐人盡棄古體, 以箋疏尺牘爲詩, 六義之流風凋喪盡矣! [607]樊川力回古調, 以起百年之衰, 雖氣未盛昌而擺脫時蹊, 自正始之遺澤也. 顧華玉稱其溫厚, 洵爲知言.

拗體.

【해설】

제2구 繭蠶初引絲견잠초인사는 원래 정격 平平仄仄平평평측측평으로 써야 하나, 繭자가 측성이므로 蠶자가 양쪽의 측성에 둘러싸여 고평孤平이

607　六義(육의) : 한대 경학자들이 말한 『시경』의 여섯 가지 중요한 요소. 『시경』의 체재인 풍(風), 아(雅), 송(頌)과 서술기법인 비(比), 부(賦), 흥(興)을 가리킨다.

되므로, 평성인 初자를 써서 이를 구해준 것이다. 결국 繭蠶初引絲는 仄平平仄平**측평평측평** 이 되었다. 압운이 있는 구는 중요하기 마련인데, 이러한 구에서 둘째 글자가 의미와 리듬에서 모두 중요하다. 첫째 글자가 측성으로 시작하고 둘째 글자가 평성으로 시작했다가 이어지는 셋째와 넷째 글자가 측성이면 촉박한 느낌에 리듬이 어그러지므로, 셋째 글자에 평성을 서서 리듬을 완만하게 조절해주는 것이다. 즉, 첫째 글자에서 리듬을 얻지 못해도 셋째 글자에서 리듬을 얻게 되었으니 비록 율격에 맞지 않아도 사용할 수 있다. 이렇게 하나의 구 안에서 요구拗救하는 것을 '본구자구本句自救' 또는 '고평요구孤平拗救'라 하는데, 여기서 初자가 요구拗救를 하는 셈이고, 전체 구는 요구拗句가 된다. 원래 고시에서는 첫째 글자만 측성이 되는 仄平仄仄平**측평측측평**인 경우가 많은데, 당대 이후 일삼오불론一三五不論이란 기준에서 셋째 글자에 변화를 주어도 된다고 생각하였기에 자연스러운 리듬에 따라 셋째 글자를 평성으로 썼다.

이상은李商隱 2수

| 春宵自遣 | 봄밤에 마음을 달래며 |
| 地勝遺塵事,[608] | 땅의 풍광이 빼어나니 세상일 잊겠는데 |

608 勝(승) : 풍경이 아름답다.

身閑念歲華.[609]　　　　몸이 한가하니 비로소 세월을 생각하는구나.

晚晴風過竹,　　　　갠 저녁에 바람은 대숲을 지나고

深夜月當花.　　　　깊은 밤 달은 꽃을 비춘다.

石亂知泉咽,　　　　울퉁불퉁한 돌 틈 사이로 샘물이 울고

苔荒任徑斜.　　　　이끼 낀 오솔길은 제멋대로 누워있다.

陶然恃琴酒,　　　　거문고와 시에 의지하여 실컷 취하니

忘却在山家.　　　　산중에 있는지조차 잊었노라.

【왕평】

기량이 초당 시인에 필적한다.

駸駸摩初唐之壘.

【해설】

산중에서 봄밤의 풍광을 대하고 느낀 한가한 마음을 노래했다. 언어가 질박하고 풍격이 청신하여 깊은 운미를 자아낸다. 자연과 시에 도취된 시인은 스스로 은자의 풍모를 나타내고 있으나 제목의 '마음을 달래며'에서 보듯 잠시 세속의 일을 잊을 뿐 가슴 속은 여전히 세상사에 묶여 있음을 알 수 있다.

遺(유) : 잊다.

塵事(진사) : 세속의 일.

609　歲華(세화) : 세월. 초목. 풍광.

왕부지는 초당의 시를 높이 평가하였기에, "초당 시인에 필적한다"는 것은 이 시에 대한 높은 평가이다.

無題	무제
照梁初有情,[610]	들보를 비추는 아침 해 같아 처음부터 마음이 끌렸고
出水舊知名.	물에서 솟아 나온 연꽃 같아 전부터 이름이 알려졌지.
裙衩芙蓉小,[611]	치마의 트임은 부용꽃처럼 자그만하고
釵茸翡翠輕.[612]	비녀는 물총새처럼 가볍게 꽂혀 있었지.
錦長書鄭重,[613]	비단에 길게 쓴 편지를 거듭 부치고
眉細恨分明.	가늘어진 눈썹에는 정한情恨이 분명하네.
莫近彈棋局,[614]	탄기彈棋 대국에는 가까이 가지 말게나

---

610 照梁(조량) : 햇빛이 들보를 비추다. 송옥의 「신녀부(神女賦)」에 "그가 처음 올 때는, 찬란하기가 마치 막 떠오른 해가 집의 들보를 비추는 것 같다(其始來也, 耀乎如白日初出照屋梁)"는 말이 있다. 나중에 남조의 양나라 하손(何遜)이 "안개 낀 저녁에 연꽃이 물 위로 나오는 것과 같고, 노을 진 아침에 들보를 비추는 햇살과 같구나(霧夕蓮出水, 霞朝日照梁)"라는 구절로 신부의 모습을 형용한 예가 있다.

611 裙衩(군차) : 치마와 치마의 트임 부분.

612 釵茸(차용) : 비녀 위에 자잘하게 올라간 장식.

613 錦長書(금장서) : 전진(前秦) 때 두도(竇滔)가 진주자사(秦州刺史)로 멀리 서역으로 갔을 때 그의 처 소혜(蘇蕙)가 비단에 회문시를 짜서 보냈다. 이후 금서(錦書)는 남편에게 보내는 여인의 편지를 가리킨다.
鄭重(정중) : 빈번하다. 은근하다. 진중하다.

614 彈棋(탄기) : 『후한서』 「양기전(梁冀傳)」의 주석에 나오는 『예경(禮卿)』에선 두 사람이 대국하는 놀이로, 흑말과 백말 각 6개로 서로 돌아가며 튕긴다고 기록하

中心最不平.[615]　　　말판 가운데가 불룩하듯 마음속도 가장 불
편하니까.

【왕평】

하나의 기운이 거스름 없이 순조롭다.

염정시가 정련되지 않으면 사패詞牌에 사詞를 채워 넣는 것과 같이
된다. 서곤체는 화간체와 다른데 그 경계선은 무척 크다.

一氣不忤.

艷詩不煉, 則入塡詞. 西崑之異於花間, 其際甚大.

【해설】

여인의 아름다움을 노래하고 만날 수 없는 한을 서술했다. 이상은의
다른 「무제시無題詩」와 마찬가지로 이 시에 대한 해석도 여러 가지이다.
대표적인 것으로 하나는 청대 풍호馮浩가 제시한 것으로, 838년개성 3
이상은이 박학굉사과에 낙제하여 실망한 신혼의 아내에게 위로 삼아
지어 보낸 기내시寄內詩로 보는 것이다. 이에 따르면 전반 네 구는 아내

였다. 그러나 『세설신어(世說新語)』에서는 탄기가 삼국시대 위나라 궁중에서 시
작하였고 문제(文帝)가 잘했다고 기록했다. 송대 지어진 『몽계필담(夢溪筆
談)』에선 말판은 사방 2척이며 가운데가 엎어진 사발처럼 높고 그 위에 작은 그
릇이 있으며, 그 그릇의 네 모퉁이가 높이 솟아있다고 하였다. 학자들은 탄기의
놀이법은 송대에 사라진 것으로 본다.
615 中心(중심) 구 : 이 구는 말판의 가운데(中心)가 솟아나온 모습을 형용하면서, 동
시에 가슴 속에 불평이 있다는 뜻을 중의적으로 표현하였다.

의 아름다움을 묘사한 것이 된다. 다른 하나의 해석으로 민국시대 장채전張采田은 낙제에 따른 회재불우를 노래한 것으로 보는 것이다. 일찍부터 이름이 알려졌거니와 문필도 아름다운 치마와 비녀처럼 화려하지만, 뭇사람의 질투를 받아 한을 가졌고 가슴에 울분이 맺혔음을 비유했다는 것이다. 이에 따르면 미인과 그 한은 곧 작가 자신을 비유한 것이 된다. 두 사람은 이 시가 838년에 지은 것으로 보지만, 두 번째 설을 채용한다면 근거가 약하므로 지은 때에 대해 이의를 제기하는 학자도 있다.

왕부지는 이상은의 이 시가 정련되어 하나의 온전한 기운으로 이루어져 있다고 하였다. '하나의 기운[一氣]'은 시인의 '뜻'이 하나의 통일된 흐름으로 전편에 흐르는 것을 말한다. 정감의 발로가 막힘없는 맥락으로 이어지기 때문에, 인위적이거나 모방하는 작품에서 볼 수 없는 집중과 통일을 볼 수 있다. 이상은을 모방한 송대 초기의 서곤체가 실패한 것은 바로 이러한 '하나의 기운'과 정련이 부족하다고 보았다.

설능薛能 2수

泛觴池[616]   술잔을 띄운 연못

　通咽繞華樽,[617]   목구멍 같이 좁은 물길을 술잔이 돌아가니

　泛觴名自君.   ‘범상지’라는 이름이 여기에서 나왔구나.

　淨看籌見影,   물이 맑아서 산가지 그림자 비치고

　輕動酒生紋.   가볍게 흔들리자 술에 파문이 일어난다.

　細滴隨杯落,   　술이 방울져 술잔을 따라 떨어지고

　來聲就浦分.[618]   시 읊는 소리가 물가에 다가갈수록 흩어지네.

　便應半酣後,   응당 반쯤 취한 후에는

　清冷漱兼雲.[619]   시원한 물로 입을 씻으면 구름을 머금은 듯

　　　　　　　　　　　　　하리라.

【왕평】

떫은 맛이 고시에 가까운데, 하물며 윤택한 맛은 어떠하겠는가.

‘감酣’자는 요체이다.

澁亦近古, 況其潤者.

616　泛觴池(범상지) : 술잔을 띄운 연못이란 뜻으로, 여기서는 지금의 소흥(紹興)에
　　　있는 난정(蘭亭)을 가리킨다. 동진 때인 353년 삼짇날 왕희지, 사안, 손작 등 41
　　　명이 난정에 모여 불계(祓禊)를 한 일이 유명하다.
617　通咽(통인) : 목구멍처럼 좁은 곳을 지나가다. 여기서는 좁은 물길을 형상화하였다.
618　來聲(내성) : 시를 음송할 때 강조하기 위해 내는 화성.
619　清冷(청랭) : 맑고 시원하다. 사람의 정신이 맑고 **빼어나다**.

'醋'字拗.

【해설】

곡수유상曲水流觴의 즐거움을 노래했다. 삼월 상사일이면 선비들이 굽이도는 물길에 술잔을 올려 술잔이 멈추는 곳에 있는 사람이 시를 짓는 놀이를 하였다. 놀이의 전체 과정을 시간순으로 묘사하며 시원한 풍모를 나타내었다.

왕부지는 고시의 특징을 가지고 있다고 높이 평가하였는데, 그 고시다움을 '떫음澀'이라 한 점이 눈에 띈다. 평온하면서 졸박한 미감을 숭상한 왕부지의 취향을 엿볼 수 있다.

恭禧皇太后挽歌詞[620]	공희 황태후 만가
配聖三朝隔,[621]	임금과 혼인하고 세 황제를 거쳤으니
靈儀萬姓哀.[622]	출빈하는 의장儀仗에 만백성이 애도하네.
多年好黃老,[623]	오랫동안 황로黃老 사상을 좋아하셨고

---

620 恭禧皇太后(공희황태후) : 당 목종(穆宗)의 공희 황후 왕씨(王氏)를 가리킨다. 월주 사람으로 경종(敬宗)을 낳았으며, 장경 연간에 비로 책봉되었다. 경종이 즉위하자 황태후로 존호가 올라갔다. 845년 사망. 『신당서』「후비전」 참조.
621 配聖(배성) : 목종과 혼인한 일을 말한다.
　　三朝(삼조) : 세 황제. 공희 황태후는 목종과 혼인한 이래 경종을 낳고 문종 때 죽었다.
622 靈儀(영의) : 출빈 때의 의장.
623 黃老(황로) : 황제(黃帝)와 노자. 도가 사상. 염담(恬淡)의 처신과 무위의 정치를 주요 내용으로 한다.

舊日薦賢才.　　　　　　예전에는 어진 인재를 추천하셨지.

道著標彤管,[624]　　　　베푼 덕은 여사女史의 기록에 뚜렷한데

宮閑閉綠苔.　　　　　　태후궁은 한가하고 파란 이끼로 닫혀 있네.

平生六衣在,[625]　　　　평생 입으신 여섯 벌의 예복이 남아 있으니

曾著祀高禖.[626]　　　　일찍이 이를 입고 고매신에게 기도하셨다네.

【왕평】

'정'도 있고 수식도 있다.

有情有文.

【해설】

황태후를 애도하면서도 일생의 경력과 성품을 한 편의 시 속에 압축하였다. 이 짧은 시만으로도 그녀의 주요한 경력과 사람됨이 쉽게 그려졌다. 「만가」는 모두 3수로 이 시는 제3수이다.

624　彤管(동관) : 궁중의 여사(女史)가 기록하는 붉은 붓.

625　六衣(육의) : 육복(六服)을 가리킨다. 『주례』에 내사복(內司服)은 왕후의 여섯 가지 옷을 관장한다고 되어 있다.

626　高禖(고매) : 자식을 점지해주는 신. 제왕이 후사를 기원하며 제사를 지낸다. 『예기』「월령」의 '중춘지월(仲春之月)'에 제비가 오는 날에 태뢰를 차려 고매신에게 제사하는데, 천자가 몸소 가고 후비들이 구빈을 이끌고 참가한다고 하였다.

마대馬戴 3수

楚江懷古[627]	초강 회고
露氣寒光集,	이슬에 차가운 빛이 모이고
微陽下楚丘.[628]	흐릿한 해는 초 땅 아래로 넘어간다.
猿啼洞庭樹,	원숭이는 동정호의 나무에서 울고
人在木蘭舟.[629]	사람은 목련나무 배에 있어
廣澤生明月,	넓은 호수에 밝은 달이 떠오르고
蒼山夾岸流.	푸른 산들은 흘러가는 강물을 끼고 있네.
雲中君不降,[630]	운중군雲中君께서 강림하지 않으시니
竟夕自悲秋.[631]	밤이 다하도록 가을을 슬퍼하네.

【왕평】

정신과 빛나는 기운이 왕발王勃과 다를 바 무엇이랴? 진실로 고병高棅

---

627 楚江(초강) : 장강 중하류 일대. 또는 상수(湘水). 춘추전국시대에 초나라 강역이
   었기에 '초강'이라 하였다.
628 楚丘(초구) : 초 지방의 산과 언덕.
629 木蘭舟(목란주) : 목란 나무로 만든 배. 목란은 향목이기에 아름답고 향기로운
   배를 의미한다. 『술이기(述異記)』에 "목란주(木蘭洲)는 심양(潯陽) 강 가운데 있
   는데 목란 나무가 많이 자란다. 칠리주(七里洲)에서 노반(魯班)이 목란을 잘라
   배를 만들었는데, 그 배가 아직도 있다"는 기록이 있다.
630 雲中君(운중군) : 『구가』「운중군(雲中君)」에 나오는 구름의 신. 시의 중간에 "이
   미 강림하신 빛나는 신(神)은, 회오리바람처럼 멀리 구름 속으로 다시 돌아간다
   (靈皇皇兮既降, 焱遠舉兮雲中)"는 구절이 있다.
631 竟夕(경석) : 밤이 다하다.

같은 무리는 이를 알지 못할 뿐이다.

"넓은 호수에 밝은 달이 떠오르고廣澤生明月"를 "천지가 밤낮으로 떠 있고乾坤日夜浮"와 비교하면 어느 것이 '정正'이고 어느 것이 '변變'인지, 어느 것이 '아雅'이고 어느 것이 '속俗'인지, 반드시 아는 사람이 있을 것이다.

'운중군불강雲中君不降' 다섯 자는 곧장 써 내렸으나, 그 안에 완곡한 정취가 다 담겨있다. 참으로 붓 바깥에 묵기墨氣가 흐르는, 기이하고 절묘한 구이다.

神情光氣何殊王子安? 固非高廷禮輩所知.

"廣澤生明月"較之"乾坤日夜浮"孰正孰變? 孰雅孰俗? 必有知者.

"雲中君不降"五字一直下語而曲折已盡, 可謂筆外墨氣, 奇絶.

【해설】

동정호의 늦가을 저녁 풍광을 노래하였다. 보통의 회고시와 달리 회고하는 역사나 인물이 뚜렷하지 않으나, 제7구의 운중군을 들어 지향하는 대상으로 설정하였다. 역대로 제3, 4구를 명구로 쳤다. 「초강 회고」는 모두 3수로 이 시는 제1수이다.

왕부지는 명대 고병高棅의 당시 평가에 대해 비판적이었다. 고병은 『당시품휘唐詩品彙』에서 이백과 두보를 중심으로 한 성당기상盛唐氣象을 '정종正宗'으로 삼고 당대의 시가 발전을 정正과 변變으로 나누어 고찰하였다. 시의 예술적 면모도 성당시가 지닌 웅혼하고 강건하며 주경遒

勁하고 힘찬 풍격을 기준으로하여, 이를 계승한 한유를 '정중지변正中之變'으로, 맹교를 '변중지정變中之正'으로 보고 마대를 '여항餘響'으로 분류하였다. 왕부지는 시인이 웅혼과 주경을 추구하면 노골적이 되고 심성도 급해지므로 용천傭賤하게 된다고 하면서, 고병이 평범한 시를 많이 골랐다고 비판하였다. 또 고병이 성당시를 정종이라 보면서 낮추었던 초당시에 대해서 직접적으로 높게 평가하였고, 만당시에 대해서는 시인에 따라 달리 평가하였다. 사실 왕부지는 위진풍도魏晉風度를 숭상해서 시도 온화하고 부드러우며 함축적이고 담원한 아름다움을 높이 쳤기에, 고병의 미감과 다를 수밖에 없었다. 고병의 정변론正變論과 아속관雅俗觀에 따르면 성당 시인 맹호연의 "천지가 밤낮으로 떠있고乾坤日夜浮"가 당연히 정正이고 아雅이겠지만, 왕부지가 볼 때는 차라리 고시를 계승한 만당 시인 마대의 "넓은 호수에 밝은 달이 떠오르고廣澤生明月"가 정正이고 아雅가 될 터이니, 마대에 비한다면 성당의 맹호연이 오히려 변變이고 속俗이라고 한 셈이다. 여기에서도 왕부지 시학의 특징을 잘 볼 수 있다.

送僧歸金山寺[632]	금산사로 돌아가는 스님을 보내며
金陵江色裏,	금릉의 강 빛 속
蟬急向秋分.	매미울음 따가워 추분이 가까워라.

---

632 金山寺(금산사) : 윤주(潤州, 지금의 강소성 진강시) 서북의 양자강 가운데 있는 금산 위에 있는 절. 동진 때 택심사(澤心寺)라는 이름으로 창건했다. 당대에 이곳에서 금이 나왔기에 금산사라 개칭했다.

迴寺橫洲島,　　　　멀리 섬에 절이 가로 놓여

歸僧渡水雲.　　　　돌아가는 스님은 물과 구름을 건너리.

夕陽依岸盡,　　　　석양이 강기슭에 기대어 저물면

淸磬隔潮聞.[633]　　　맑은 경쇠 소리 해조음 건너 들려오리.

遙想禪林下,[634]　　　멀리서도 생각하노니 절의 숲 아래

鑪香帶月焚.　　　　달을 마주하며 향을 태우리라.

【왕평】

　제5, 6구는 금산에 대한 묘사로 첫째가는 가구佳句로, 장호의 "나무 빛이 물속에 비치고, 종소리가 양안에서 들리네樹色中流見, 鐘聲兩岸聞"는 그 발끝에도 미치지 못한다.

　결구는 가볍지만 나쁘지 않으니, 글자 밖에 절로 깊은 뜻이 있다.

　五六是金山第一佳句, 張祜"樹影鍾聲"一聯, 不堪附其馬足.

　結淺而不惡, 字外固當有意.

【해설】

　금산사로 돌아가는 스님을 보내며 지은 송별시이다. 제3구부터는 앞으로 떠난 후의 스님의 행적을 상상하여 서술하였다. 즉 스님이 가

633　淸磬(청경) · 맑은 경쇠 소리. 경(磬)은 절에서 스님들을 모일 때 쓰는 울림판으로, 때로 바라를 가리키기도 한다.

634　禪林(선림) : 스님이 많이 거주하는 절. 승려들이 함께 사는 것이 나무들이 모여 숲을 이룬 것과 같다는 뜻을 취했다.

을의 풍광 속에 강을 건너 절에 이르고, 절에서는 석양에 경쇠 소리를 들으며 참선에 들며, 밤에는 달빛 아래 향을 피울 것이라 상상하였다.

送人遊蜀	촉 땅으로 유람가는 사람을 보내며
別離楊柳陌,[635]	이별의 길에 늘어선 버드나무
迢遞蜀門行.[636]	아득히 먼 촉 지방으로 이어지네.
若聽淸猿後,[637]	맑고 구슬픈 원숭이 울음 들으면
應多白髮生.	그대는 응당 흰 머리카락 생겨나리.
虹霓侵棧道,[638]	무지개가 잔도 위에서 피어나고
雨雪雜江聲.	눈비 내리는 소리가 강물 소리와 섞이리.
過盡愁人處,	힘겨운 길 다 지나가고 나면
煙花是錦城.[639]	꽃무리 핀 곳이 바로 금관성이리.

---

635 楊柳陌(양류맥) : 길 양옆에 버들이 늘어서있는 길. 고대에는 헤어질 때 버들가 지를 꺾어주는 습속이 있으므로, 일반적으로 사람을 떠나보내는 강가나 역참에 버드나무가 심어져 있었다.

636 蜀門(촉문) : 촉문산. 곧 사천성 검각현에 소재한 검문(劍門)을 말한다. 일반적으 로 촉 지방을 가리킨다.

637 淸猿(청원) : 원숭이. 맑고 구슬프게 운다는 뜻에서 '청'자를 붙였다. 사천성 지 역에는 다람쥐만한 작은 원숭이들이 많고 그 울음이 구슬픈 것으로 유명하다.

638 棧道(잔도) : 험준한 절벽에 구멍을 판 후 각목을 끼워 넣고 그 위에 널을 올려 만든 길. 고대에 사천성 지방에는 잔도를 놓아 통행한 곳이 여럿 있었다.

639 煙花(연화) : 꽃무리 진 풍경. 일반적으로 봄날의 맑고 아름다운 풍경을 가리킨다.
    錦城(금성) : 금관성(錦官城)의 준말. 사천성 성도(成都)를 가리킨다. 성도는 대 성(大城)과 소성(少城)으로 되어 있었는데, 삼국시대 촉한 때 소성에 비단을 관 장하는 관서가 있어 금관성이라 하였다.

【왕평】

쓸데없이 한가한 뜻을 덧붙이지 않았으면서도 시편이 혼연일체로 이루어졌다.

이 시인은 당대 시인 가운데 가장 뛰어난 고수로, 그 시대의 방종한 시풍 속에서도 홀로 우뚝 섰다. 두목보다도 더욱 고아하고 정련되었으니, 마치 제량 시기의 강엄江淹과 같다.

不添閑意, 渾爾成章.

此公於唐人中最爲高手, 亭亭獨立, 於時制淫濫之餘, 較樊川尤加古煉, 猶齊梁之有江文通也.

【해설】

촉 지방으로 떠나는 사람을 보내며 쓴 송별시이다. 촉으로 가는 길이 험난함을 환기하면서, 연도에서 만날 풍광을 예시하며 염려하였다. 한 편의 시 속에 출발지부터 도착지까지 일련의 노정을 담아내었다.

'한가한 뜻閑意'은 본래 한적하고 여유로운 정취를 가리키지만, 왕부지는 이 말을 통해 당대 이래 시 창작에서 보편적으로 퍼진 형식적인 자연 묘사의 풍조를 비판하였다. 그러므로 '쓸데없이 한가한 뜻을 덧붙이지 않는다[不添閑意]'는 말은, 작위적으로 한가로움을 연출하거나, 진실한 감정 없이 자연의 이미지를 조합하거나, 정적인 자연 묘사를 통해 억지로 한적한 분위기를 만들어내지 않는다는 뜻이다. 왕부지가 지향한 진정한 '한의閑意'는 자연스러운 생활의 흐름 속에서 드러나는 한적하고 여유로운 정취이다. 그가 강조한 '현량現量', 즉 시인이 직접 보고 겪은 바를 표현해야 한다는 원칙은 바로 이러한 미학적 태도를 가리킨다.

이빈李頻 1수

越中行[640]   월중의 노래

越國臨滄海,[641]   월 땅은 푸른 바다에 닿아 있어

芳洲復暮晴.   꽃이 핀 물가에 다시 맑은 저녁이 오네.3

湖通諸浦白,   호수는 여러 포구와 이어져 하얗고

日隱亂峰明.   해가 숨으니 봉우리들이 환해진다.

野宿多無定,   들에서 묵으니 미리 정해진 곳 없고

閑遊免有情.   한가히 노니니 매인 마음 없어라.

天台聞不遠,[642]   듣자하니 천태산이 멀지 않다 하니

終到石橋行.[643]   마침내 그 석교 위를 걸어보리라.

640　越中(월중)：절강성 소흥 일대. 춘추전국시대 월나라의 강역에 해당한다.

641　滄海(창해)：바다. 월 땅은 동으로 바다를 면하고 있다.

642　天台(천태)：천태산. 지금의 절강성 천태현 북쪽에 소재한다.

643　石橋(석교)：보통 석량교(石梁橋)라고 부른다. 천태산 중방광사(中方廣寺) 옆에 있다. 천연의 바위가 작은 계곡 위를 약 6미터 길이로 횡으로 가로질러 걸쳐있다. 역대로 명소로 꼽혀 남조 때부터 문인들이 이에 대한 시문을 많이 남겼다.

첫 두 구와 말 두 구가 단정하고 곱다.

"해가 숨으니 봉우리들이 환해진다日隱亂峰明"에 시인의 이름이 부끄럽지 않다.

起結端姸.

"日隱亂峰明"不愧作者.

【해설】

월 땅에서 유람하는 흥취를 나타내었다. 이빈 자신이 절강성 건덕建德 태생으로 이곳에 익숙한데 월 지방의 특징을 간명하게 잡아내었다. 맑고 밝은 어조 속에 아름다움이 가득하다.

사공도司空圖 1수

下方[644]　　　　　　　낮은 곳에 머물며

昏旦松軒下,　　　　　아침저녁으로 소나무 창문 아래에서

怡然對一瓢.[645]　　　　즐거이 한 바가지의 물을 마주한다.

644　下方(하방)·하계(下界). 신선들이 사는 천상(天上)의 상방(上方) 또는 상계(上界)에 대응하여 인간 세상을 가리킨다. 또 다른 해석으로, 낮은 곳에 머문다는 뜻으로 벼슬에 나가지 않는다고 풀이할 수도 있다. 여기서는 시의 뜻과 어울리는 후자를 택했다.

雨微春未足,　　　가는 비에 봄은 아직 다하지 않아

花落夢無聊.　　　꽃잎 떨어져 꿈이 무료하구나.

細事當棋遣,[646]　자질구레한 일은 바둑을 두며 잊고

衰容喜鏡饒.[647]　쇠잔해가는 얼굴은 거울을 보고 즐거워한다.

溪僧有深趣,　　　계곡에 사는 스님은 깊은 정취가 있어

書至又相邀.　　　편지를 보내 다시 나를 부른다.

【왕평】

이 시는 정오鄭遨의 「산에 살며」 3수와 함께 그윽함과 섬세함에 법도가 있어, "슬퍼하나 마음을 다치지 않고, 원망하나 노여워하지 않는哀而不傷, 怨而不怒" 작품의 수준이다. 사공도는 충효의 정신에 정이 깊으며 더구나 총명하고 빼어나다.

此與鄭雲叟「山居」三首幽細有度, 庶幾哀而不傷, 怨而不怒者矣. 表聖忠孝情深, 尤爲韶令.

645　一瓢(일표) : 한 바가지의 물. 공자가 안회의 안빈낙도를 칭송하는 말에서 나왔다. "어질구나, 안회여. 밥 한 그릇과 물 한 바가지로 누추한 골목에 사는 것을 보통 사람들은 그 근심을 견디지 못하지만 안회는 그 즐거움을 바꾸지 않는구나(賢哉, 回也! 一簞食, 一瓢飮, 在陋巷, 人不堪其憂, 回也不改其樂)." 『논어』「옹야(雍也)」 참조.
646　當(당) : 마주하다.
647　饒(요) : 용서하다. 너그럽게 받아들이다.

【해설】

　산중에 사는 정취를 노래하였다. 청빈낙도의 마음으로 살아가며 봄
비와 낙화에도 즐거워한다. 또 거울 속에 늙어가는 얼굴을 비추어보는
모습은 생동적이다. 사공도는 '운외지치韻外之致' 즉 '말 밖의 뜻言外之意'
을 강조한 시인으로 여운을 중시하였는데, 이 시 역시 담백한 말로 소
소한 일상을 묘사하며 한일한 정취와 순정한 미감을 표현하였다.

정오鄭遨 3수

山居 三首	산에 살며 3수

제1수

閑見有人尋,	한가히 지내다 찾아오는 사람 있어
移庵更入深.	더 깊은 곳으로 암자를 옮겼네.
落花流澗水,	떨어진 꽃은 계곡물에 흘러가고
明月照松林.	밝은 달은 송림을 비추는구나.
醉勸頭陀酒,[648]	취하면 행각승에게 술을 권하고
閑敎孺子吟.	한가하면 아이들에게 시를 가르치네.
身同雲外鶴,	몸은 구름 밖의 학과 같아
斷得世塵侵.	세상의 먼지를 끊을 수 있구나.

648　頭陀(두타) : 행각승.

【왕평】

제5, 6구는 쉽지만 속되지 않다.

'한閑'자가 중복 사용되었다.

五六淺而不俗.

'閑'字重用.

제2수

冥心棲太室,[649]	고요한 마음으로 태실산에 깃들어 사니
散髮浸流泉.	머리를 풀어 흐르는 샘물에 적신다.
採柏時逢麝,	잣을 따다가 때로 사슴을 만나고
看雲忽見山.	구름을 보다 보면 홀연히 산이 보인다.
夏狂衝雨戲,	여름이면 미친 듯 빗줄기를 맞으며 놀고
春醉戴花眠.	봄이면 취하여 꽃을 꽂고 잠잔다.
絶頂登雲望,	산꼭대기에 올라 구름 끝을 바라보니
東都一點煙.[650]	낙양은 한 점 먼지와 같구나.

---

649 冥心(명심) : 속념을 버린 편안하고 조용한 심경.
　　太室(태실) : 중악(中嶽) 숭산(嵩山)의 36봉 가운데 동쪽에 있는 태실산. 서쪽의
　　소실산과 약 10킬로 떨어져 있다. 하남성 등봉시 북쪽에 소재.
650 東都(동도) : 낙양. 이 구는 이하(李賀)의 「몽천(夢天)」에 나오는 "멀리 구주(九
　　州)를 바라보니 아홉 점의 먼지 같구나(遙望齊州九點煙)"를 변용하였다.

【왕평】

결구를 읽으면 "누가 서쪽으로 돌아가나? 내 그를 위해 좋은 목소리로 위로하리誰將西歸? 懷之好音"가 떠오르지만 정에 있어서는 이 시만 못하다.

'산山'자는 고운古韻을 사용하였다.

讀此一結, 覺"誰將西歸? 懷之好音"[651]未爲情至.

'山'字用古韻.

제3수

不求朝野知,	조야에서 알아주길 바라지 않고
臥見歲華移.[652]	누워서 가는 세월 바라보노라.
採藥歸侵夜,	약초를 캐느라 밤이 되어 돌아오고
聽松飯過時.	솔바람 소리 듣느라 밥 먹는 시간도 잊는다.
荷竿尋水釣,	낚싯대를 매고 물을 찾아 낚시를 하고
背局上巖棋.[653]	바둑판을 지고 바위에 올라 바둑을 둔다.
祭廟人來說,	종묘에서 제사를 지내고 온 사람이 말하기를
中原正亂離.	중원은 마침 난리가 한창이라 하네.

---

651 『시경』「비풍(匪風)」의 일부이다.
652 歲華(세화) : 세월. 세시.
653 局(국) : 바둑판.
　　 巖棋(암기) : 바위 위에서 바둑을 두다.

【왕평】

세 수의 120자는 글자마다 눈물이지만 오히려 배로 한가하고 즐겁다. 그러므로 "시는 원망할 수 있다"[詩可以怨]고 한 것이다. 두보의 충효의 정은 이에 미치지 못하니 혈기에 호소하기 때문이다. 장부는 예리한 칼날이 목을 겨눌 때 이와 같아야 하거늘, 하물며 "옷 한 벌을 십 년 동안 입고 한 달에 아홉 끼를 때우는" 상황임에랴!

三首一百二十字, 字字是淚, 却一倍說得閑曠和怡. 故曰"詩可以怨". 杜陵忠孝之情不逮, 乃求助于血勇. 丈夫白刃臨頭時, 且須如此, 何況一衣十年, 三旬九食邪?

【해설】

산중에 은거하며 사는 즐거움을 노래하였다. 비록 그 한일한 정취가 깊어도, 각 시의 말미에서 세상에 대한 관심과 말세의 고민을 드러내고 있어, 단순한 은거가 아님을 알 수 있다. 숭산에 은거할 때는 도사가 되기도 했기에 시대에 대한 고민을 알 수 있다.

왕부지는 한가하고 즐거운 정취 속에서도 시대에 대한 고민과 충효의 정을 읽어내며, 이를 바탕으로 혈기에 호소하는 두보를 비판하였다. 그는 "예리한 칼날이 목숨을 위협할 때라면 혈기에 호소해야겠지만, 가난으로 먹고 입는 것조차 제대로 해결하지 못한 상태에서 어떻게 충효를 실천할 수 있느냐"라고 반문하였다. 왕부지는 국가가 위난에 처했을 때 두보가 시로만 슬퍼하고 자신의 고초만 호소했을 뿐, 실

제로 나라와 백성을 위해 무엇을 했는지 물으며, 진정한 지행합일이
결여되었다고 지적하였다.

이동李洞 1수

送僧遊南海[654]	남해로 유람가는 스님을 보내며
春往海南邊,	봄에 남쪽 바다를 향해 떠나면
秋聞半夜蟬.	가을에는 한밤중에 매미울음 들으리.
鯨吞洗鉢水,	고래가 주발 씻은 물을 삼키고
犀觸點燈船.[655]	물소가 등불 매단 배에 부딪치리.
島嶼分諸國,	섬들은 여러 나라로 나뉘어 있지만
星河共一天.	은하수 걸쳐진 같은 하늘을 이고 있으리.
長安却回日,	그대 장안으로 돌아오는 날
松偃舊房前.	예 살던 방 앞에는 소나무가 누웠으리.

---

654 다른 판본에서는 제목이 「안남으로 유람 가는 운경 상인을 보내며(送雲卿上人遊安南)」라 되어 있다. 운경 상인(雲卿上人)은 미상이며, 안남(安南)은 지금의 광동과 월남 일대를 가리킨다.
655 犀(서) : 물소. 광동, 광서, 월남 등지에는 물소가 많다. 털이 검은 편이며 뿔이 길다.

진하지만 물리지 않는다.

濃亦不厭.

남해로 떠나는 스님을 보내며 지은 시이다. 이국의 풍광과 습속을
그리면서 머나먼 거리와 오랜 시간을 표현하는데 주력하였다.

승제기僧齊己 1수

登祝融峰[656]	축융봉에 올라
猿鳥共不到,	원숭이와 새도 모두 오르지 못하는 곳
我來身欲浮.	내가 오니 몸이 떠오르는 듯해라.
四邊空碧落,[657]	사방은 텅 빈 푸른 하늘인데
絶頂正淸秋.	깎아지른 산정은 마침 맑은 가을이라.
宇宙知何極,	우주의 끝은 어디인가
華夷見細流.[658]	국경의 안팎으로 가는 냇물까지 다 보인다.

---

656 祝融峰(축융봉) : 호남성 동부에 소재한 남악 형산(衡山)의 최고봉. 형산이 남방
　　에 있기에 고대 신화의 축융씨(祝融氏)가 불을 관장하는 뜻을 가져왔다.
657 碧落(벽락) : 푸른 하늘.
658 華夷(화이) : 한족과 비한족. 여기서 이(夷)는 남방의 비한족 거주 지역을 가리킨다.

壇西獨立久,[659]　　　　청옥단 옆에 홀로 오래 서 있으니

白日轉神州.　　　　　해가 신주神州 둘레를 돌아가는 게 보인다.

【왕평】

'자잘한 정'의 말이지만 의미가 절로 심원하다. 남악을 노래한 작품 가운데 이 시가 단연 최고이다.近情語自遠. 南嶽諸作, 此空其群.

【해설】

형산의 축융봉에 올라 사방을 조망하고 우주에 대해 사고하였다. 전반 네 구에서 오르는 과정을 묘사한 후, 후반 네 구에서 세상을 내려다보며 우주의 거대함을 사색하였다.

659　壇(단) : 축융봉에 있는 청옥단(靑玉壇).

부록(附) 오언배율(五言排律)

왕부지

송지문宋之問 1수

靈隱寺[1]	영은사
鷲嶺鬱岧嶢,[2]	영취산은 높고 울창한데
龍宮鎖寂寥.[3]	용궁은 적막히 닫혀있구나.
樓觀滄海日,	누대에서 푸른 바다의 해를 볼 수 있으니
門對浙江潮.[4]	산문이 절강의 조수와 마주하고 있다네.
桂子月中落,	달에서 계수 열매가 떨어져
天香雲外飄.[5]	하늘의 향기가 구름 밖에 흘러라.
捫蘿登塔遠,[6]	새삼 넌출을 붙잡고 탑 위에 높이 오르고
刳木取泉遙.[7]	통나무배를 타고 샘을 찾아 멀리 가네.
霜薄花更發,	서리가 설핏 내려 꽃으로 바뀌어 피고

---

1 靈隱寺(영은사) : 지금의 절강성 항주시 서호 서북에 소재한 사찰. 중국 불교 선종의 십대 명찰 가운데 하나. 동진 때 창건되었고, 현재의 건물은 청대 때 중건하였다.

2 鷲嶺(취령) : 비래봉. 영취봉(靈鷲峰)이라고도 한다. 영은사 앞에 있으며, 동진 때 인도의 승려 혜리(慧理)가 항주 서호에서 놀다가 비래봉을 보고는 "인도 영취산의 작은 봉우리와 같은데 언제 날아왔는가? 부처가 계실 때 신선들이 은거하였지."라고 말하였다. 『순우임안지(淳祐臨安志)』 참조.
　岧嶢(초요) : 높고 험준한 모습.

3 龍宮(용궁) : 영은사를 가리킨다. 전설에 의하면 바다의 용왕이 부처에게 용궁에 와서 설법을 해줄 것을 청하였기에 용궁은 절을 가리킨다.

4 浙江潮(절강조) : 절강(전당강)으로 밀려드는 조수. 바다에서 전당강으로 밀려드는 조수는 높기로 유명하다.

5 天香(천향) : 특이한 향기.

6 蘿(라) : 새삼 넌출.

7 刳木(고목) : 나무둥치의 가운데를 파 뗏목을 만들다.

冰輕葉未凋.	얼음이 얇아 나뭇잎이 아직 떨어지지 않아라.
夙齡尙遐異,[8]	어렸을 때부터 먼 곳을 다니기 좋아했는데
披對滌煩囂.[9]	마음을 열고 마주하니 잡념이 씻기어지네.
待入天台路,[10]	천태산에 들어가 신선의 길을 찾으면
看余度石橋.[11]	내가 석교를 건너 선녀를 만날 수 있으리.

【왕평】

‘경물 선택[取景]’이 많으나 맥락은 일관된다. 순정한 언어로 곡절 많은 의경을 구축하였으니, 오언배율 형식에서 응당 시조로 삼아야 할 것이다.

‘용궁쇄적료龍宮鎖寂寥’ 다섯 자가 이미 절창이나 ‘누관’樓觀 2구가 따르지 못하여 그 소리를 잇기 부족하다. 그러므로 호사가들이 송지문과 낙빈왕이 한 연씩 읊은 것이라 와전시켰다.

개원, 천보 연간 이후에는 반드시 "어렸을 때부터 먼 곳을 다니기 좋

8　夙齡(숙령) : 소년.
　　遐異(하이) : 먼 지방의 기이한 경관.
9　披對(피대) : 마음을 열고 마주하다. 진심으로 대하다.
　　煩囂(번효) : 근심을 줄 정도로 시끄럽다.
10　天台(천태) : 천태산. 지금의 절강성 동부 천태시(天台市) 북쪽에 있는 산. 천태로(天台路)는 산에 들어가 신선의 길을 찾는다는 뜻이다. 동한 시기에 섬현(剡縣)의 유신(劉晨)과 완조(阮肇)는 천태산에 약을 캐러 갔다가 두 선녀를 만났는데, 그녀를 따라 가서 반 년을 살다 돌아오니 7세대 이후의 자손들이 살고 있었다고 한다. 『수신기』 참조.
11　石橋(석교) : 천태산의 명승지로 긴 바위가 두 산 사이에 걸쳐져 있어 마치 다리 같이 보이므로 이름 붙여졌다.

아했는데凤齡尙退異” 이하에서 다시 정情과 일[事]에 들어가 제3연과 제4
연을 지었다. 그러나 그는 다만 평원平遠한 말로 마감하였으니, 이는 용
머리 아래 자라 허리를 붙일 수 없는 이치다. '경更'은 평성으로, 서로
바꾸다는 뜻이다.

'하退'자는 요체이다.

取景宏多, 而神情一致, 以純淨成其迂回, 于此體中, 當爲禰祖.

“龍宮鎖寂寥”五字已成絶唱, 非‘樓觀’一聯不足嗣響, 故來好事者之傳訛.

開元天寶以後, 必於“凤齡尙退異”下更入情事, 作三四聯. 看他但以平遠語
收之, 龍頭下著不得鼈腰也. ‘更’平聲亦互意.

‘退’字拗.

【해설】

　영은사를 탐방하여 보고 느낀 소감을 썼다. 첫머리에서는 맑고 그윽
한 사찰의 모습을 원경에서 그리고, 이어서 바다와 강을 가까운 위치
를 그렸다. 제5, 6구에서는 달에서 떨어진 계수나무 열매를 사찰에서
주을 수 있다며 고상하고 청정한 분위기를 그려내었다. 이어서 탑에
오르고 샘물을 찾아가며 주위를 둘러보고, 말미에서 세속을 벗어나는
마음을 표현하였다. 이 시와 관련해서 맹계孟棨의 『본사시本事詩』에서는
송지문이 처음 두 구를 짓고 다음을 잇지 못하자 노승이 나타나 다음
두 구를 이었는데 그가 곧 낙빈왕이라고 하였지만, 학계에서는 소설적
각색으로 보고 있다. 원래 청대 이전의 낙빈왕 시문집에는 이 시가 없

으므로 송지문의 작품으로 보며, 제작 시기는 그가 709년 월주장사越州長史로 나갔을 때로 본다.

왕부지는 오언배율이 율시의 형식에 가운데 부분을 늘인 것으로 보았다. 때문에 율시의 제3연과 제4연에 해당하는 이 시의 말미 4구가 정어情語에 해당한다고 하였다. 첫 4구도 뛰어난데 말미의 4구도 파탄이 없으므로 뛰어난 형식을 가졌다고 본 것이다. '갱更'자는 측성이면 '또', '다시'라는 뜻이지만, 평성으로 읽으면 '경更'이 되고 그 뜻도 '바뀌다'가 되므로 '서리가 꽃으로 바뀌어졌다'는 해석도 통한다고 보았다.

양사도楊師道 1수

奉和夏日晚景應詔

임금이 지으신 '여름날 저녁 풍경'에 화답하다

輦路夾垂楊,	양편의 수양버들 가운데로 가마 길 지나면
離宮通建章.[12]	이궁離宮은 건장궁으로 통한다.
日落橫峰影,	해가 떨어지니 봉우리 그림자가 눕고
雲歸起夕涼.	구름이 돌아가니 저녁 서늘함이 일어난다.
雕軒動流吹,[13]	아로새긴 수레 주위로 호가胡笳 소리 울리고

---

12 建章(건장) : 건장궁. 한나라 장안성의 미앙궁 서쪽에 위치했다. 여기서는 당나라 장안에 있는 궁을 비유한다.

羽蓋息回塘.　　가마는 연못가에서 멈춘다.

薙草生還綠,[14]　　베어낸 풀은 다시 푸르게 자라고

殘花落尙香.　　남은 꽃은 떨어져도 아직 향기가 맴돈다.

靑巖類姑射,[15]　　푸른 바위는 고야산과 비슷하고

碧澗似汾陽.[16]　　흘러오는 비췻빛 물은 분양과 비슷하다.

幸屬無爲日,　　다행히 무위無爲의 시대를 맞으니

歡娛方未央.[17]　　즐거움이 바야흐로 끝이 없다.

【왕평】

조용하고 상서로워 잡다함이 없다.

처음 두 연은 요체이다.

'유流'자는 요체이다.

'일日'과 '낙落' 두 글자는 중복 사용되었다.

靜善無凌雜.

起二聯拗.

'流'字拗.

'日落'二字重用.

13　流吹(유취) : 호가(胡笳)와 비슷한 취관 악기.
14　薙(치) : 베다.
15　姑射(고야) : 고야산. 『장자』「소요유(逍遙遊)」에 나오는 지명으로, 요(堯)가 분
　　수(汾水)의 북쪽인 분양(汾陽)의 막고야산에서 신선을 만났다는 글이 있다.
16　汾陽(분양) : 분수의 북쪽.
17　未央(미앙) : 끝나지 않다. 끝이 없다.

궁중의 「여름날 저녁 풍경」을 노래했다. 궁중의 해질 무렵의 풍광을 상서로운 이미지로 묘사하였다. 말미에서 태종을 요堯임금에 비유하며 무위지치無爲之治의 태평성세를 열었다고 송찬하고 있다.

진자앙陳子昻 1수

萬州曉發放舟乘漲, 還寄蜀中親朋[18]

만주에서 새벽에 출발할 때 물이 찬 배를 띄우고, 촉중의 친구들에게 부치다

空濛巖雨霽,[19]	바위에 자욱이 내린 비가 걷히자
爛熳曉雲歸.	현란한 새벽 구름이 돌아간다.
嘯旅乘明發,[20]	새벽에 벗들을 부르며 길을 나서자
奔橈驚斷磯.[21]	날랜 배는 단애를 스치며 달려간다.
蒼茫林岫轉,	어두운 숲과 봉우리를 돌아
絡繹漲濤飛.	이어지는 파도 사이를 날 듯이 지나간다.

---

18 萬州(만주) : 지금의 중경시의 동북부에 위치한 만주구(萬州區). 양자강 상류의
    강가에 위치해 예부터 문물의 집산지였다. 당대 초기에 포주(浦州)라 하였는데
    634년에 만주(萬州)로 개명했다.
19 空濛(공몽) : 가는 비가 내리거나 안개가 끼어 자욱한 모습.
20 嘯旅(소려) : 친구를 부르다. 旅(려)는 侶(려)와 통한다.
    明發(명발) : 새벽.
21 奔橈(분요) : 나는 듯 빨리 가는 배.

遠岸孤煙出,	먼 언덕에 한 줄기 연기가 오르고
遙峰曙日微.	아득한 봉우리에 새벽 해가 희미하다.
前瞻未能眴,[22]	앞을 바라보다 눈 깜짝할 사이도 없이
坐望已相依.	이미 가까이 와 있는 걸 바라본다.
曲直多今古,	시비곡직은 예나 지금이나 많고
經過失是非.	지난 온 일은 옳고 그름을 잃었다.
還期方浩浩,	돌아올 기약은 언제인지 모르는데
征思日騑騑.[23]	나그네 시름은 날마다 쉴 새 없다.
寄謝千金子,[24]	천금을 가진 그대들에게 부치노니
江海事多違.[25]	은거의 뜻은 번번이 어그러진다네.

【왕평】

진자앙의 고체시는 강개하고 시원스러워, 혈기의 용맹을 드러내는 것이 마치 창끝으로 지적하는 것과 같다. 만약 이와 같은 필력을 고체시로 옮긴다면 고인의 시와 멀지 않은데 어찌 풍아를 파괴했다고 하겠

---

22 眴(현) : 瞬(순)과 같다. 눈을 깜짝이다.
23 征思(정사) : 객사(客思)와 같다. 나그네 시름.
    騑騑(비비) : 말이 쉬지 않고 달리는 모양. 여기서는 생각이 끊임없이 이어짐을 비유했다.
24 寄謝(기사) : 기어(寄語)와 같다. 말을 전하다.
    千金子(천금자) : 천금을 가진 사람. 부호의 자제. 『사기』「원앙전(袁盎傳)」에 "소신이 듣건대 천금을 가진 부자는 기와가 떨어지기 쉬운 처마 밑에는 앉지 않는다고 하옵니다(臣聞千金之子, 坐不垂堂)"는 말이 있다.
25 江海事(강해사) : 강과 바다에서 은거하는 일. 은거를 가리킨다.

는가?

"앞을 바라보다 눈 깜짝할 사이도 없이前瞻未能眴" 네 구는 말을 공들여 가다듬었고 '경물 선택[取景]'이 절로 세밀해, 제량 이후의 시인은 미칠 수 없다. 게다가 이 시는 함축적이고 풍운이 있어, 왕창령과 유신허 일파의 미혹스럽고 거친 말과 다른데, 고시를 깊이 이해하는 사람은 응당 그 가깝고 먼 정도를 알 것이다.

'능能'자는 요체이다. '현眴'자도 같다.

正字古詩亢爽, 一任血氣之勇, 如戟手語. 使移此手筆作彼體, 則去古人不遠, 何至破裂風雅?

"前瞻未能眴"四句, 造語入工, 取景自細, 非齊梁以下人所逮. 然此自蘊蓄, 有風韻, 與王昌齡劉愼虛一派詭放崚嶒語舛異, 深於古者當自喩其離合.

'能'字拗, '眴'字同.

【해설】

만주에서 배를 타고 친구들과 떠나며 바라본 풍광과 감상을 썼다. 진자앙이 679년21세 처음 사천을 떠나 장안에 간 후 고향에 여러 차례 오갔지만, 이 시는 693년 모친상을 마치고 낙양에 갈 때 쓴 것으로 보인다. 출발 때의 상황, 삼협의 풍광, 자신의 감상을 속도감 있게 전개하여 표현하였다.

왕부지는 진자앙이 고시의 형식 속에 이러한 힘차고 빠른 전개를 한 점을 높이 평가하였다. 이에 비해 왕창령과 유신허 등의 시는 미혹스

럽고 거칠다고 하였다. 이는 왕부지의 일관된 관점으로 앞에서도 이들
의 시를 "각박하고 위태로운 말을 쓰니 시는 졸렬하고 둔하며 잡다하
고 중복된다溪刻危苦之語, 文其拙鈍, 則其雜冗"고 하였다. 이는 왕부지가 당대
들어 새로운 감각으로 쓰는 시가 고시의 자연스러움을 위배하였다는
이유로 대체로 부정하였기 때문이다.

두심언杜審言 2수

贈蘇味道[26]	소미도에게
北地寒應苦,[27]	북쪽 땅은 추워 분명 고생할 터인데
南庭戍不歸.[28]	남정南庭의 수자리에서 아직 돌아오지 않는구나.
邊聲亂羌笛,	변방의 소리에 강족의 피리 소리 뒤섞이고
朔氣卷戎衣.	삭방의 기운이 군복을 휘감으리.
雨雪關山暗,	눈이 내리면 관문과 산이 어둡고
風霜草木稀.	바람과 서리에 초목이 시들어가리.
胡兵戰欲盡,	오랑캐 병사들이 전의를 상실하면

---

26 蘇味道(소미도) : 초당 시기 문인. 이교, 최융, 두심언과 함께 '문장사우(文章四
友)'라 칭해졌다.
27 北地(북지) : 북지군(北地郡). 지금의 감숙성 동남부와 영하(寧夏) 남부 일대.
28 南庭(남정) : 남정도호부.

漢卒尙重圍.　　　　　한나라 군사들이 이중으로 포위해야 하리.

雲淨妖星落,[29]　　　　구름이 걷히고 요사스런 별이 떨어지면

秋高塞馬肥.　　　　　하늘 높은 가을에 변방의 말이 살찌리라.

據鞍雄劍動,[30]　　　　안장에 앉아 웅검을 휘두르고

搖筆羽書飛.[31]　　　　붓을 달려 우서를 써서 날리리라.

輿駕還京邑,　　　　　수레를 타고 도성으로 돌아오거나

朋遊滿帝畿.　　　　　친구들이 장안에 가득하다네.

方期來獻凱,　　　　　이제 기다리노니, 개선하고 돌아와

歌舞共春輝.　　　　　노래하고 춤추며 함께 봄빛을 누릴 것을.

【왕평】

첫머리부터 넓고 유연하게 전개하며, 굽이굽이 이어지다가 주제에 들어 갔다. 배열 순서에 모두 다섯 층이 있어, 꺾이고 합쳐져 한 편을 이룬다. 구성에 신묘한 운치가 있는데, 오랫동안 심전기와 송지문을 누르고 이긴 것은 바로 이 때문이다.

迎頭寬衍, 迤邐入題, 序次中凡五層, 折合成一片. 布格有神, 久壓沈, 宋者, 正以是爾.

29　妖星(요성) : 재난을 가져오는 불길한 별. 여기서는 요성이 떨어진 것으로 돌궐족의 수장이 죽거나 패한 것을 암시하였다.

30　雄劍(웅검) : 보검. 춘추시대 오나라의 간장(干將)과 막야(莫邪) 부부가 삼년에 걸쳐 주조한 검 가운데 하나이다. 그들은 웅검(雄劍)과 자검(雌劍)을 만들어, 웅검을 자검 속에 넣어두었더니 때때로 슬픈 울음소리가 났다고 한다.

31　羽書(우서) : 긴급 군사 연락서. 문서 위에 새의 깃털을 꽂아 긴급을 표시하였다.

【해설】

변방에 나간 소미도에게 보낸 시이다. 군중에 있는 친구에 대한 안부를 변방의 풍광과 결부시켜 서술하였으며, 공을 세우고 돌아오기를 기원하였다. 소미도는 함양위咸陽尉로 있다가 679년 이부시랑 배행검裴行儉이 돌궐과 전투하러 나갈 때 종군하였다.

春日江津遊望[32]	봄날 강진에서 둘러보며
旅客搖邊思,	나그네는 변방의 시름에 흔들리는데
春江弄晚晴.	봄 강은 저녁 무렵 맑은 하늘을 만드는구나.
煙銷垂柳弱,	연무가 걷히자 하늘거리는 수양버들
霧卷落花輕.	안개가 흩어지자 떨어지는 꽃잎.
飛棹乘空下,[33]	빠른 배는 허공으로 오르다 내려오는 듯하고
回流向日平.	돌아가는 강물은 해를 향해 수평으로 흘러 간다.
鳥啼移幾處?	우짖는 새는 이곳저곳 옮겨 다니고
蝶舞亂相迎.	춤추는 나비는 어지러이 서로 맞이한다.
忽歎人皆濁,[34]	문득 탄식하나니 사람들은 모두 탁한데

---

32 江津(강진) : 강진수(江津戍). 봉성(奉城)이라고도 한다. 지금의 호북성 강릉 남쪽에 소재했다.

33 飛棹(비도) : 비주(飛舟)와 같다. 날아가듯 빨리 가는 배.

34 人皆濁(인개탁) : 사람들이 모두 혼탁하다. 『초사』「어부(漁父)」에서 굴원과 어부 사이의 대화를 가리킨다. 어부가 초췌한 굴원을 보고 "그대는 삼려대부가 아니오. 어찌하여 이곳에 오셨소?"라고 묻자, 굴원이 "세상이 모두 혼탁한데 나 홀

堤防水至清.[35]　　　　강둑 안의 강물은 지극히 맑구나.

谷王常不讓,[36]　　　　바다는 언제나 강물을 사양하지 않아

深可戒中盈.[37]　　　　마땅히 가득 참을 경계해야 하리.

【왕평】

제1구가 시작하여 제2구에서 전환했는데, 가대假對가 되었어도 얼른 알아차리지 못한다.

평이한 서술 중에 갑자기 파도가 하나 일어났지만, 반복하여 나타나지 않은 탓에 양절체兩折體의 앞뒤 두 단락이 하나로 통합되었다. 배율의 체제는 후인들이 이름 붙인 것일 뿐, 그 시작은 오언고시가 대구를 이루던 형태였다. 진송晉宋 이후 이 체제가 크게 유행했으며, 그 차이는

로 맑고, 사람들이 모두 취했는데 나만 깨어있으니, 그런 연유로 내쳐졌소(擧世皆濁我獨淸, 衆人皆醉我獨醒, 是以見放)"라고 대답하였다.

35　水至淸(수지청) : 강물이 지극히 맑다. 서한 동방삭의 「답객난(答客難)」에 "강물이 지극히 맑으면 물고기가 없고, 사람이 지나치게 살피면 따르는 무리가 없다(水至淸則無魚, 人至察則無徒)"는 말이 있다.

36　谷王(곡왕) : 골짜기의 왕. 강과 바다를 가리킨다. 노자『도덕경』에 "강과 바다가 모든 골짜기의 왕이 될 수 있는 것은 자신을 잘 낮추기 때문이고, 그래서 모든 골짜기의 왕이 되는 것이다(江海所以能爲百谷王者, 以其善下之, 故能爲百谷王)"는 말이 있다.

　　不讓(불양) : 사양하지 않다. 『관자』「형세해(形勢解)」에 "바다는 강물을 사양하지 않기 때문에 그러한 거대함을 이룰 수 있다(海不辭水, 故能成其大)"는 말이 있다.

37　戒中盈(계중영) : 가운데가 가득 참을 경계하다. 『노자』에 "가득 채워서 붙잡고 있는 것은, 적당한 때에 그치는 것만 못하다(持而盈之, 不如其已)"는 말이 있고, 또 "이 도를 지닌 사람은 채우려 하지 않는다. 오직 가득 차지 않았기에, 낡아지더라도 억지로 새로 꾸미려 애쓸 필요가 없다(保此道者不欲盈, 夫唯不盈, 故能蔽不新成)"는 말이 있다.

오직 음절에 있을 뿐, 처음과 끝의 조리는 본래 어그러짐을 허용하지 않았다. 음갱陰鏗과 하손何遜은 그 사고력이 고인에 미치지 못해, 오언 장편에서 곧잘 꺾인 흔적을 보이지만, 과도함을 제한하기 위해 기껏해야 한두 번의 전환에 그쳤다. 시란 주제와 구성을 갖추어 성장成章하는 것으로, 즉 '하나의 사물'이나 '하나의 경景', '하나의 정情'이나 '하나의 일'을 충분히 구하여, 충분히 얻으면 마무리하게 된다. 만약 여기저기 옮겨 다니며, 근거 없이 생겨나고, 아무거나 주워 모아 조합이 안 되며, 흐르고 넘치는 것이 그 곡조를 따르지 않으며, 형체는 더욱 채워지나 정신은 오히려 오래도록 사라진다. 성당 이후 그 본뜻을 잃어, 배율을 율시로 여기고 율시의 규칙을 배율에 적용했다. 그 결과 날은 그때의 날이 아니요, 사람은 그때의 사람이 아니며, 사물도 그때의 사물이 아니고, 뜻도 그때의 뜻이 아니게 되었다. 옛것과 새것을 잡다하게 나열하고, 윤리와 강령을 분별하지 못하며, 그저 첫머리와 끝머리를 묶어, 억지로 합쳐 작품을 이루었다. 이러한 '차가운 방법[涼法]'의 시작은 두보의 기주夔州 때 여러 작품에서 전염된 것으로, 이로부터 인간 세상에 마디마디 끊어진 뱀에 수만 마리 개미가 모여든 것과 같은 시가 생겨났고 이를 배율이라 하였다. 후세 사람들은 그 내력을 알지 못한 채 용俑이 되어 죽은 자를 따라 무덤에 들어가니 그 어리석기가 끝이 없다. 이를 적절히 바로잡기 위해서는 두심언과 같은 선철先哲에 의지할 뿐이다.

一句起, 第二句卽轉, 乃以假對不覺.[38]

38 　假對(가대) : 내용은 대우가 아니지만 글자의 외형 또는 소리가 대우를 이루는

平序中忽起一波, 賴不重繳, 則兩折亦合一矣. 排律之製, 後人爲之名爾, 其始則亦五言古之相爲對仗者也. 晉宋以降, 大有斯體, 其差異者唯以音節, 初終條理, 固不容乖異也. 陰鏗, 何遜思理不逮昔人, 故五言長篇動有折合, 乃要其汎濫, 不過一再而止. 旣已命意成章, 則求盡一物一景, 一情一事之旨, 得盡而畢. 若倏此旋彼, 生起無根. 拾掇不以其倫, 流漾不赴其曲, 則形者愈充, 神者久喪. 盛唐以後, 失其宗旨, 以排爲律, 引律使排, 于是日非當日, 人非當人, 物非當物, 意非當意, 雜俎新陳, 倫紀莫辨, 徒以首尾絡束, 强合令成. 其涼法之始, 自杜陵夔府諸作以相沿染, 而人間乃有此脆蛇寸斷, 萬蟻群攢之詩, 謂之排律. 來者不知, 變俑而殉, 杳無其極. 得所是正, 賴此先哲而已.

【해설】

봄날의 감상을 썼다. 말미의 4구가 곧 제1구에서 말한 '변방에 와 느끼는 시름邊思'이며, 그 위의 6구가 제2구에서 말한 '봄 강의 저녁 맑은 하늘'인 셈이다. 서경과 서정이 어우러져 예스러운 정서를 자아낸다.

왕부지는 이 시의 첫 2구에 가대假對가 있다고 했는데, 가대는 곧 차대借代로, 같은 음으로 다른 뜻을 빌려와 대우를 만드는 것을 말한다. 제1구의 '변사邊思'에 대해 제2구에서 '만청晚晴'으로 '만정晚情'의 뜻을 빌려와 가대를 만들었다. 또 이 시가 전반부에서 서경으로 시작하여 나가다가 "홀연 사람들이 모두 혼탁해 있음을 탄식하는데"부터 서정으로 들어가 크게 전후 두 단락으로 이루어진 양절체兩折體로 서경 부분

경우를 가리킨다.

과 서정 부분 사이에 단층이 보이지만, 이러한 '분리와 결합折合'이 한 번에 그쳤거니와 제1, 2구에서 전체적인 윤곽을 제시하였고 내적 긴밀성으로 통합시켰기에 온전한 시의詩意를 나타냈다고 하였다.

이에 덧붙여 성당 이후의 오언배율을 통렬히 비판하면서 그 유래와 특징을 서술하였다. 왕부지는 "한 편의 시는 '일정한 때'의 '한 가지 일'을 표현하는데 그쳐야 한다詩止于一時一事"고 하였다. 또 "한 편의 시는 '하나의 뜻'을 실어내고, '하나의 뜻'은 곧 '하나의 기운'에서 나오니, 시작과 끝이 자연스럽게 이어져 완성되면, 이를 '성장成章'이라 한다篇載一意, 一意則自一氣, 首尾順成, 謂之成章"고 하였다. 오언배율 역시 시의 통합성과 자연스러움을 지켜야 하는데, 두보 이후 후인들이 두보를 모방해 오언배율을 지으면서 원래의 모습이 크게 어그러졌다고 하였다. 비록 오언배율이 성당시기에 가장 발전하였지만, 시의 내용이 잡다해지고 억지로 맞추는 등 폐단도 함께 나타났다. 특히 두보의 기주 시기의 작품에서 절정에 달해 왕부지는 "마디마디 끊어진 뱀에 수만 마리 개미가 모여든 것과 같은 시"라 비판하였다. 사실 두보 배율에 대해 역대 비평가들의 관심이 높았거니와, 특히 명대 들어 두보의 배율에 대해 시어, 내용, 수법 등에 있어 비판이 많았기에 왕부지도 이러한 영향 속에 더욱 엄격한 비평을 가한 것으로 보인다.

심전기沈佺期 5수

夜遊

今夕重門啓,

遊春得夜芳.

月華連晝色,

燈影雜星光.

南陌青絲騎,[39]

東鄰紅粉妝.[40]

管弦遙辨曲,

羅綺暗聞香.

人擁行歌路,

車攢鬪舞場.

經過猶未已,

鐘鼓出長楊.[41]

밤놀이

오늘 밤 중문이 열리고

봄놀이에 밤의 향기를 만끽한다네.

환한 달은 낮을 이어 밝고

등불은 별빛과 뒤섞인다.

남쪽 길엔 푸른 굴레의 말을 탄 남자

동쪽 이웃엔 홍분으로 화장한 여인.

관현악 소리는 멀리서도 들을 수 있고

비단 자락은 어둠 속에서도 향기가 나는데

사람들은 노래하는 길에서 붐비고

수레는 춤추는 마당으로 몰려든다.

아직 밤놀이가 한창인데

새벽을 알리는 종소리가 장양궁에서 들려

온다.

---

39 青絲騎(청사기) : 푸른 실로 만든 굴레를 씌운 말. 여기서는 그런 말을 탄 남자.

40 紅粉妝(홍분장) : 홍분으로 화장한 여자.

41 鐘鼓(종고) : 시간을 알리는 소리. 일반적으로 저녁에는 북을 치고 새벽에는 종을 치는 모고신종(暮鼓晨鐘)이나 여기서는 새벽을 알리는 종을 가리킨다.

　　長楊(장양) : 장양궁. 한대의 궁전. 여기서는 장안의 궁전을 가리킨다.

【왕평】

흐트러짐이 없다.

不敗.

【해설】

정월 보름날인 상원절上元節에 장안의 번화하고 화사한 광경을 그렸
다. 말미에서는 번화하고 즐거운 놀이가 삽시간에 지나갔음을 나타내
원만하게 마무리 지었다.

왕부지는 이 시에 대해 '불패'不敗라고 간단히 평하였다. '불패'는
『주역』 '대유괘大有卦'에 나오는 말로『상象』에 이르기를, "큰 수레에 곡
물을 알맞게 실으니, 수레가 넘어지지 않는다大車以載, 積中不敗也"고 하였
다. 이를 가지고 시평의 의미를 유추해 보면, 화려한 명절 장면을 달빛,
등불, 음악, 춤, 인파 등 다양한 소재로 동원하였지만 균형 있게 배열
하였고, 남녀유별의 묘사와 말미의 장양궁의 종소리로 유교적 예악의
절제를 나타냈다. 요컨대 다양하지만 산만하지 않고, 화려함 속에서도
절제가 있는 시라고 칭송한 사실을 알 수 있다.

和韋舍人早朝[42] 　　위 사인의 '아침 조회'에 화답하며

　闇闔連雲起,[43] 　　궁전이 구름까지 이어져 솟아있고

　嚴廊拂霧開.[44] 　　높이 솟은 회랑이 안개를 헤치며 열린다.

　玉珂龍影度,[45] 　　옥 굴레 소리 울리며 준마의 그림자 지나가고

　珠履雁行來.[46] 　　구슬 장식 신발이 기러기처럼 열 지어 오네.

　長樂宵鐘盡,[47] 　　장락궁에 밤 종소리 잦아들고

　明光曉奏催.[48] 　　명광궁에 새벽 북소리 재촉하는구나.

　一經傳舊德,[49] 　　경전 한 권으로 선왕의 덕을 전하는 신하들

　五字擢英才.[50] 　　다섯 글자만 고쳐도 명문을 만드는 인재들

42　韋舍人(위사인) : 중서사인 위원단(韋元旦). 진사과에 급제하여 감찰어사까지
　　올랐으나, 장역지(張易之)가 몰락하자 인척 관계로 인하여 감의위(感義尉)로 좌
　　천되었다. 이후 바로 복귀하였고 중서사인이 되었다.

43　闇闔(창합) : 천궁의 문. 여기서는 궁전을 가리킨다.

44　嚴廊(암랑) : 조회하는 대전. 바위처럼 높이 솟았다는 뜻을 채용하였다.

45　玉珂(옥가) : 말굴레에 매다는 옥 또는 패각으로 만든 장식물.
　　龍(용) : 준마. 말 가운데 팔 척 이상인 것을 용이라 한다.

46　珠履(주리) : 구슬로 장식한 신발. 여기서는 관리를 가리킨다.
　　雁行(안행) : 기러기의 행렬. 관리들의 행렬을 비유한다.

47　長樂(장락) : 장락궁. 한대의 궁전.

48　明光(명광) : 명광궁. 한대의 궁전.
　　曉奏(효주) : 새벽을 알리는 북소리.

49　一經(일경) 구 : 한대 위현(韋賢)과 위현성(韋玄成)이 모두 경전에 밝아 재상에
　　이르렀으므로 추(鄒) 지방과 노(魯) 지방에 "자식에게 황금 한 광주리를 물려주
　　는 것이, 경전 한 권을 가르치는 것만 못하다(遺子黃金萬籝, 不如一經)"는 속담이
　　생겼다. 『한서』「위현전」참조.
　　舊德(구덕) : 위씨 조상의 은덕.

50　五字(오자) 구 : 위나라 종회(鍾會)가 다섯 글자만 수정하였는 데도 표문이 뛰어
　　난 일을 가리킨다. 사마경왕(즉 司馬師)이 중서령 우송(虞松)에게 명하여 표문
　　을 짓게 하였는데, 다시 올려도 마음에 들지 않아 수정하도록 하였다. 우송이 생

儼若神仙去,　　　　　위엄있게 신선처럼 떠나

紛從霄漢回.[51]　　　　분분히 은하수로 돌아가는 듯하네.

千春奉休歷,[52]　　　　천년 동안 태평성대를 받들지니

分禁喜趨陪.[53]　　　　관서를 이웃해 있으며 기쁘게 뒤따르리.

【왕평】

구성에 절도가 있다. 왕세정王世貞이 말한 "'일'은 관련 없는 걸 끌어

오지 않고, '정'은 억지로 갖다 붙이지 않는다"는 말은 이 시에 충분히

해당한다.

　結構有度, 王元美所云"事不旁引, 情無牽合", 此足當之.

【해설】

중서사인 위원단韋元旦의 '아침 조회'란 시에 대해 화답한 시이다. 정

연한 구성에 미려한 언어로 대명궁의 아침 조회를 미화하였다. 이 시

를 지은 710년 위원단은 수문관학사를 겸하고 있었다. 심전기뿐만 아

니라 서언백徐彦伯과 정음鄭愔이 창화한 시도 현재 전한다.

각이 고갈되어 고칠 수 없었다. 이때 종회가 다섯 글자를 고쳐 수정하였다. 이를
본 사마경왕이 "왕을 보좌할 인재로다"고 말하였다. 『위진세어(魏晉世語)』 참조.
51　霄漢(소한) : 은하수.
52　休歷(휴력) : 아름다운 세월. 태평성대.
53　趨陪(추배) : 모시며 뒤따르다.

仙萼池亭侍宴應制[54] 선악지정에서 시연하며 응제하다

步輦尋丹嶂,[55] 임금의 보련步輦이 붉은 봉우리를 찾아가니
行宮在翠微.[56] 행궁은 산 중턱 취미翠微에 있구나.
川長看鳥滅, 강이 멀리 펼쳐있어 날아가는 새가 사라지
는 게 보이고
谷轉聽猿稀. 골짜기를 돌아가다 드문드문 원숭이 울음
듣는다.
天磴扶階逈,[57] 높은 비탈길은 계단으로 이어져 멀고
雲泉透戶飛. 구름 사이 보이는 폭포는 창문 밖에서 떨어
진다.
閑花開石竹,[58] 한적한 꽃은 패랭이꽃을 피우고
幽葉吐薔薇. 그윽한 잎은 장미꽃을 토한다.
徑狹難留騎, 오솔길이 좁아 말이 머물기 어려운데
亭寒欲進衣. 정자가 쌀쌀해 어의를 가져다드리네.
白龜來獻壽,[59] 흰 거북이 나와 장수하시길 기원하는데

---

54 仙萼池亭(선악지정) : 소재가 명확하지 않으나, 제2구에서 취미(翠微)에 있다고
한 것으로 보아 화산(華山)에 있었던 정자로 보인다.
55 步輦(보련) : 가마. 황제나 황후가 타는 들것. 초당 시기 염립본(閻立本)이 그린
「보련도(步輦圖)」에서 당시의 모습을 볼 수 있다.
丹嶂(단장) : 붉은 봉우리.
56 翠微(취미) : 산 중턱의 깊은 곳에 낀 파르스름한 기운.
57 天磴(천등) : 하늘을 향해 올라간 돌계단.
58 石竹(석죽) : 패랭이꽃.
59 白龜(백구) : 흰색의 거북. 고대에는 상서의 징조로 여겼다.

| 仙吹返彤闈.[60] | 악대들 연주 속에 붉은 궁전으로 돌아가네. |

【왕평】

아름답고 편안하다. 정교하나 일부러 구성하고 각화하지 않았다.

韶令宜人, 工非組刻.

【해설】

황제의 명령에 따라 선악지정을 유람한 감상을 썼다. 선악지정을 찾아가는 도정부터 시작하여 주위의 풍광과 활동을 묘사하고 말미에서 장수를 기원하며 마감하였다.

白蓮花亭侍宴應制[61]	백련화정에서 시연하며 응제하다
九日陪天仗,[62]	중양절에 의장대 따라 황제를 모시고
三秋幸禁林.[63]	한가을에 금원으로 행차한다.
霜威變綠樹,	서릿발 위세에 초록 나무의 색이 변하고
雲氣落靑岑.[64]	운기雲氣가 푸른 봉우리에 어린다.

---

60 仙吹(선취) : 황제가 출행할 때 시종하는 악대의 노부.
　　彤闈(동위) : 붉은 궁문.
61 白蓮花亭(백련화정) : 소재가 명확하지 않으나 낙양의 궁원에 있었던 정자로 보인다.
62 天仗(천장) : 황제의 의장.
63 禁林(금림) : 금원(禁苑).
64 雲氣(운기) : 운무. 고대의 설법에 따르면 용은 구름을 일으키고, 황제는 용에 비유되므로, 황제 주위에는 운기가 떠돈다는 뜻도 환기한다.

水殿黃花合,　　　　　　물가의 전각에는 노란 꽃이 둘러있고

山亭絳葉深.　　　　　　산속의 정자에는 진홍색 잎이 짙다.

朱旗夾小徑,　　　　　　붉은 깃발이 오솔길 양옆에 서 있고

寶馬駐淸潯.　　　　　　준마가 맑은 물가에 발을 멈춘다.

苑吏收寒果,　　　　　　정원의 관리는 차가운 과일을 거두고

饔人膳野禽.[65]　　　　옹인은 날짐승을 잡아 음식을 만든다.

承歡不覺暝,　　　　　　성상을 모시느라 어두워지는 줄도 몰랐는데

遙響素秋砧.[66]　　　　멀리서 가을 다듬이 소리가 들린다.

【왕평】

고상하고 명랑하다.

　"정원의 관리는 차가운 과일을 거두고苑吏收寒果" 한 연은 천박한 사람들은 반드시 중만당 시풍의 시라 여길 터이고, "여섯 방위와 건곤이 움직이고六位乾坤動"와 같이 화려한 기세를 펼치는 구에 마음을 빼앗길 것이다. 그러나 교묘가사郊廟歌辭와 같은 장엄한 제례 시가 아니라면, 마땅히 『시경』「소아」를 근본으로 해야 할 것이다.

　高朗.

　"苑吏收寒果"一聯淺人必以爲中晚爲"六位乾坤動"[67]等鋪排氣象句奪去心

65　饔人(옹인) : 음식을 관장하는 관리. 『주례』「천관(天官)」에 내옹(內饔)과 외옹(外饔)의 직책이 보인다.

66　素秋(소추) : 가을. 오행 가운데 가을은 흰색과 대응된다.

67　六位乾坤動(육위건곤동) : 두심언(杜審言)이 지은 「이사진 대부의 '하동을 위무

目也. 自非郊廟, 因當以『小雅』爲宗.

【해설】

황제의 명령에 따라 백련화정을 유람한 감상을 썼다. 이 시는 측천무후의 주나라 때 지은 것으로 백련화정은 낙양 근처에 있는 행궁에 소재한 것으로 보인다.

왕부지는 초당의 응제시는 『시경』「소아」의 전통을 지켜 온후하고, 고상하며, 자연스러운 품격이 있다고 하였다. 비록 심전기의 "정원의 관리는 차가운 과일을 거두고苑吏收寒果"와 두심언의 "여섯 방위와 건곤이 움직이고六位乾坤動"와 같이 화려한 기세를 펼치는 대목이 있을지라도 이들은 「소아」의 전통을 벗어나지 않았다고 하였다. 중당 이후의 응제시야말로 장엄한 기세와 화려한 수식으로 과장하고 꾸며 시도에서 벗어났다고 보았다.

하며'에 화답하다(和李大夫嗣眞奉使存撫河東)」를 가리킨다.

和元舍人萬頃臨池玩月戲爲新體[68]

원만경 사인의 '연못가에서 달을 감상하며'에 화답하며

신체시로 장난삼아 짓다

春風搖碧樹,	봄바람이 비췻빛 나무를 흔들더니
秋霧卷丹臺.	가을 안개가 붉은 누대를 감쌌지.
復有相宜夕,	게다가 좋은 저녁 시간이 왔으니
池淸月正開.	맑은 연못에 달빛이 막 떠오른다.
玉流含吹動,[69]	옥 같은 물은 바람을 머금어 흔들리고
金魄度雲來.[70]	금빛 달은 구름을 넘어 건너오네.
熠爚光如沸,[71]	반짝이는 빛은 마치 끓어오르는 듯하고
翩翾景若摧.[72]	흔들리는 그림자는 마치 밀려오는 듯해라.
半環投積草,	노적가리에 닿아선 반쪽 고리가 되고
碎璧聚流杯.[73]	띄워진 술잔 주위로 벽옥이 부서지는 듯해라.

---

68 元萬頃(원망경) : 하남 사람으로 후위(後魏) 경목제(景穆帝)의 후예이다. 이적 (李勣)을 따라 고구려 원정할 때 격문을 잘못 써서 영남으로 유배되기도 했으며, 사면되어 저작랑 등을 거쳤다. 측천무후 시대에는 봉각사인, 봉각시랑을 역임하 였고, 이후 영남에 유배 중 죽었다.
新體(신체) : 신체시. 율체.
69 玉流(옥류) : 물의 흐름.
吹(취) : 바람.
70 金魄(금백) : 금빛의 달. 원래 백(魄)은 달의 어두운 부분으로, 음력 초하루의 달 을 사백(死魄)이라 하고 보름날의 달을 생백(生魄)이라 한다.
71 熠爚(습약) : 밝은 모양.
72 翩翾(편현) : 새가 나는 모양. 여기서는 달빛이 물결에 따라 퍼지는 모양을 비유 하였다.
73 流杯(유배) : 물에 띄워 보낸 술잔. 고대에는 문인들이 물가에서 술잔을 띄우고,

夜久平無渙,[74]　　　　밤이 깊어도 평온하여 흩어지지 않고

天晴皎未隤.[75]　　　　하늘이 맑아 흰빛이 사라지지 않는다.

鏡將池作匣,　　　　둥근 거울은 연못을 경갑鏡匣으로 삼고

珠以岸爲胎.[76]　　　　진주는 물가 언덕을 방태蚌胎로 삼는구나.

有美司言暇,[77]　　　　아름다운 사람이여! 그대 사인舍人은 한가히

高興獨悠哉!　　　　높은 감흥에 홀로 유유하구나!

揮翰初難擬,　　　　붓을 휘두르면 아무도 예측하기 어려우니

飛名豈易陪?[78]　　　　높은 명성을 어찌 쉽게 따르랴?

夜光珠在握,[79]　　　　야광주를 손에 쥐고 있는 듯

了了見沉灰.[80]　　　　세상 끝까지 분명히 드러나는구나.

술잔이 멈추는 곳의 사람이 시를 짓거나 술을 마시는 놀이를 하였다.

74　渙(환) : 흩어지다.

75　隤(퇴) : 무너지다. 잃다.

76　胎(태) : 방태(蚌胎). 진주를 품고 있는 진주조개. 고대에는 달이 차면 진주조개
가 차고 달이 기울면 진주조개가 빈다고 하였다. 『여씨춘추』 참조.

77　有美(유미) : 유미일인(有美一人)의 생략형. 『시경』「야유만초(野有蔓草)」의 구
절에서 가져왔다.
司言(사언) : 司王言(사왕언). 왕의 말을 관장하다. 사인(舍人)은 황제의 말을 초
안하는 일을 한다.

78　飛名(비명) : 높은 명성.

79　夜光珠(야광주) : 영사주(靈蛇珠) 또는 '수후의 구슬(隋侯之珠)'을 가리킨다. 수
후(隋侯)가 출행을 나갔을 때 큰 뱀이 상처를 입고 절단되어 있는 것을 보고 사람
을 시켜 약재를 써서 봉합하도록 하였다. 이에 뱀이 달아날 수 있었다. 나중에
뱀이 지름이 한 치 크기의 명주를 물고 와 보답하였는데 밤에도 빛을 내어 달이
빛나는 듯했다. 이를 '수후의 구슬(隋侯之珠)'이라 하였다. 간보(干寶)의 『수신
기(搜神記)』 권2 참조. 여기서는 문재(文才)를 비유한다.

80　了了(료료) : 분명한 모양.
沉灰(침회) : 겁회(劫灰). 세상이 멸망할 때 남은 먼지.

제목에서 '신체시'라 한 것은 사람을 속이는 말일 뿐 원래 고체시를 계승한 작품이다.

영물시도 비흥比興의 네 구로 시작하니, 사조謝朓의 시를 활용한 것보다 뛰어나다. "밤이 깊어도 평온하여 흩어지지 않고夜久平無渙"와 같은 구는 왕유와 두보조차 이런 정채로운 말을 짓지 못했다. 중만당의 시인들이 이를 배우려 했으나 헛되이 애썼을 뿐, 사물의 형상을 각화하여 조물주와 그 기교를 나누는 작업은 초당에서 그치고, 그 이후에는 더 이상 계승하는 자가 없었다.

배율은 16구 이상 되면 중복하여 사용되는 글자가 자주 나온다.

題曰'新體', 欺人耳, 自是紹古之作.

詠物詩亦作比興, 四句起妙于用謝朓者. "夜久平無煥", 右丞拾遺俱無此精彩語, 中晚人學此者愈勞夢想, 體物語分巧化工至初唐而止, 嗣後不復有繼者.

排律至八韻以上重用字常也.

【해설】

달밤의 풍광을 노래했다. 달빛에 대한 묘사와 비치는 대상에 대한 형용을 중심으로 시가 이루어졌으며, 말미에서 원만경과 그의 시문에 대한 찬사로 마무리지었다.

왕부지는 이 시가 지닌 '체물體物' 능력을 높이 평가하였다. 시의 일차적인 표현 기능은 체물과 비흥으로 나눌 수 있는데, 비흥이 의미를 확장하는 능력이라면 체물은 대상을 재현하는 능력이다. 사물을 언어로 구체화시키는 작업이라 할 수 있다. 이는 역대로 중시되었고, 특히 『문심조룡』에서 중요한 능력의 하나로 정립시켰다. 특히 부賦의 형식에선 절대적이다. 이러한 전통에서 사조謝脁의 시 가운데 달에 관한 묘사는 "달빛 비친 연못은 명주처럼 하얗구나月池皎如練"나 "달빛은 성기면서도 이미 가득 들어차고月光疎已密" 등과 같은 명구가 있는데, 왕부지는 이 시가 이들 구절보다 뛰어나다고 하였다. 게다가 중만당 시인들은 이러한 체물의 요소에 주의하지 않은 점을 아쉬워하였다.

송지문宋之問 3수

奉和幸長安故城未央宮應制[81]

'장안고성 미앙궁 행차'에 삼가 화답하여 응제하다

漢皇未息戰,[82]	한나라 황제가 전쟁을 마치기도 전에
蕭相乃營宮.[83]	재상 소하蕭何가 궁전을 지었다.

81　奉和(봉화) : 귀인의 시에 화답하여 지음.
　　長安故城(장안고성) : 한대 장안성.
　　未央宮(미앙궁) : 한대 장안성 안의 궁전 이름.
82　漢皇(한황) : 한나라 황제. 유방(劉邦)을 가리킨다.
83　蕭相(소상) : 재상 소하(蕭何).
　　營宮(영궁) : 궁전을 축조하다. 소하가 미앙궁을 영조하여 동궐, 북궐, 전전, 무고, 태창 등을 세우게 했다. 『사기』「고조본기」 참조.

壯麗一朝盡, 장려했던 모습은 하루아침에 사라지고

威靈千載空. 드높던 위엄은 천년 동안 부질없었지.

皇明悵前跡, 성명한 황제께서 전대의 사적을 슬퍼하고

置酒宴群公. 술을 차려 신하들에게 잔치를 베푸신다.

寒輕綵仗外, 비단 의장 밖으로 가벼운 추위가 일어나고

春發幔城中.[84] 휘장 안에서 봄기운이 피어난다.

樂思廻斜日,[85] 즐거운 마음은 노양공을 불러 태양을 멈추고 즐길 정도고

歌詞繼大風.[86] 가사는 '대풍가'를 이을 만하네.

今朝天子貴, 지금의 왕조는 천자께서 이미 존귀하시니

不假叔孫通.[87] 숙손통叔孫通이 와서 의례를 제정할 필요도 없다네.

---

84 幔城(만성) : 휘장을 성처럼 두르다.

85 廻斜日(회사일) : 지는 해를 되돌리다. 초나라 노양공(魯陽公)이 창을 휘둘러 지는 해를 잡아 하늘 가운데로 되돌려 놓은 신화를 가리킨다.

86 大風(대풍) : 한 고조 유방이 기원전 195년 겨울, 영포(英布)를 평정하고 돌아가는 길에 자신의 고향인 패현을 지나며 잔치를 베풀 때 지은 「대풍가」. "큰바람 일자 구름이 흩날리네. 해내에 위엄을 떨친 후 고향에 돌아왔네. 어찌하면 용맹한 장병들 구해 사방을 지킬까(大風起兮雲飛揚. 威加海內兮歸故鄉. 安得猛士兮守四方)!"『사기』「고조본기」 참조.

87 不假(불가) : 숙손통(叔孫通)은 진나라의 박사로 한 고조 때 각종 예의를 제정하였다. 한 고조가 칭제한 초기에 군신들이 조정의 예의를 몰라 술을 마시고 공을 다투며 제멋대로 부르짖거나 칼을 뽑아 기둥을 치거나 하여 고조가 걱정하였다. 이에 숙손통이 예의를 제정하니 군신들이 조회 때 감히 떠들거나 실례를 범하는 자가 없었다. 이에 고조가 "내 오늘에야 황제의 존귀함을 알겠노라"고 말하였다. 『사기』「숙손통전」 참조.

【왕평】

한 편의 시로 '하나의 일'을 기록하니, 종횡으로 펼쳐도 편폭을 넘지 않는다.

처음 열 글자는 한 편의 논찬을 요약했으며, 말미의 전고는 마치 숫돌에 새로 간 칼과 같이 녹슬지 않았다.

一詩紀一事, 縱橫旁出, 不泆于幅.

起手十字, 隳括一篇論贊, 末用如新發硎, 土花不蝕.

【해설】

중종의 한대 미앙궁 유적지 행차에 시종하면서 지은 응제시이다. 708년 12월의 일로 현재 이교李嶠, 조언소趙彦昭, 유헌劉憲, 이예李乂의 응제시도 남아있다.

응제시는 오늘날의 입장에서 보면 비록 전아하다고 할지라도 지나치게 아부하는 표현이 많아 진정성이 떨어지며, 예술적인 면도 작위성으로 인해 높이 치지 않는 편이다. 그러나 전통 시기에는 응제시를 잘 쓰는 것이 지극히 중요하였고, 별도로 모의하여 짓는 연습을 하기도 했다. 왕부지는 다른 평론가들이 주의하지 않는 구성과 어휘와 전개 등에 시선을 보내, 오늘의 독자들에게 새롭게 읽게 만든다. 첫머리에서 사용한 한대 초기의 전고를, 말미에서 전혀 새로운 시각으로 현재의 일을 묘사하며 간접적으로 끌어들인 점은 다시 찾기 어려운 탁월한 구성이다.

發藤州[88]   등주를 떠나며

朝夕苦遄征,[89]   아침저녁으로 급한 행정行程에 시달리니
孤鴻長自驚.   외로운 기러기는 늘 스스로 놀란다.
泛舟依雁渚,   배를 띄우면 기러기 앉은 물가를 의지하고
投館聽猿鳴.   역참에 투숙하면 원숭이 울음을 듣는다.
石髮緣溪蔓,[90]   물이끼가 시내 따라 만연하고
林衣掃地輕.[91]   나뭇잎이 땅 위에 쓸려가며 가볍다.
雲峰刻不似,   구름 낀 봉우리는 조각을 하려 해도 비슷하
                          지 않겠고
苔蘚畵難成.   이끼는 그림을 그리려 해도 완성하기 어려
                          우리라.
露裏千花氣,   이슬에 온갖 꽃의 기운이 스미고
泉和萬籟聲.   샘물 소리에 자연의 온갖 소리가 섞인다.
攀幽紅處歇,   그윽한 산속을 오르며 붉은 단풍 속에서 쉬고
躋險綠中行.   험한 산길을 밟아 오르며 녹색 속을 걷는다.
戀切芝蘭砌,[92]   지초와 난초가 자란 섬돌의 고향집이 지극
                          히 그리운데

---

88 藤州(등주) : 지금의 광서 등현(藤縣).
89 遄征(천정) : 급히 길을 가다.
90 石髮(석발) : 물가의 돌에 낀 물이끼.
91 林衣(임의) : 나무의 잎.
92 芝蘭砌(지란체) : 지초와 난초가 핀 섬돌. 가족이 모여 사는 고향을 가리킨다.

悲纏松柏塋.	소나무와 측백나무 늘어선 무덤에 슬픔이 맺힌다.
丹心江北死,	붉은 마음이 강북에서 죽었는데
白髮嶺南生.	흰 머리카락이 영남에서 생겨나네.
魑魅天邊國,	하늘 끝 땅끝에는 이매망량뿐
窮愁海上城.	바닷가 성에 오니 시름이 끝이 없다.
勞歌意無限,[93]	고된 자의 노래에는 뜻이 무한한데
今日爲誰明?	오늘은 누구를 위해 달은 이리도 밝은가?

【왕평】

앞 부분의 일련의 경어景語는 전혀 원망하는 듯하지 않으나, 그러기에 오히려 원망을 표현할 수 있다. "어둠 속 비바람이 배에 들어와 서늘한데暗風吹雨入船凉"처럼, 아무리 강산과 달빛이 아름답다고 할지라도, 내심의 근심을 가릴 수 없다.

'무無'자는 요체이다.

前一大段景語絶不似怨, 乃可以怨. "暗風吹雨入船凉"[94], 其奈江山風月何, 獨爾褊碍.

93　勞歌(노가) : 일꾼의 노래. 고된 사람의 노래.

94　왕창령(王昌齡)의 「위이를 보내며(送魏二)」의 제2구 "강바람이 비를 이끌고 배에 들어오니 서늘하다(江風引雨入舟凉)"와 원진(元積)의 「백거이가 강주사마로 좌천되었다는 소식을 듣고(聞樂天左降江州司馬)」의 제4구 "어둔 밤 비바람이 차가운 창을 치는구나!(暗風吹雨入寒窓)"를 결합하여 만들었다.

"無"字拗.

【해설】

유배 가는 길에 등주를 떠나며 일어난 감흥을 썼다. 남방의 특징적인 풍광과 기후가 나타나진 않지만 여로의 고독과 울분이 글자 밖으로 넘친다. 이 시는 711년 흠주欽州 가는 길에 지었다.

왕부지는 시의 기능에 있어 공자가 말한 '흥관군원興觀群怨'을 지극히 추앙했지만, 그 해석에 있어선 자신의 시각이 강하여 들어가 있다. 예컨대 '원怨'의 경우, 어느 정도 원망해야 하는지 기준을 정하는 게 필요한데, '정어情語'와 '경어景語'가 잘 융합하여 의경 창조가 잘 된 경우, '흥관군원興觀群怨'을 모두 다 할 수 있다고 하였다. "흥을 일으킬 수 있을可以興" 뿐만 아니라 "원망할 수도 있다可以怨" 이는 정오鄭遨의 「산에 살며山居」의 평어에서 "세 수의 120자는 글자마다 눈물이지만 오히려 두 배로 한가하고 즐겁다. 그러므로 '시는 원망할 수 있다詩可以怨'고 한 것이다三首一百二十字, 字字是淚, 却一倍說得閑曠和怡. 故曰"詩可以怨"에서도 확인할 수 있다. '글자마다 눈물'인데 어찌하여 '두 배로 한가하고 즐거울' 수 있는가? 그것은 정경교융이 이루어진 정감의 극치에서는 모든 감정을 다 누릴 수 있다는 것이다. 때문에 여기에서도 "앞 부분의 일련의 경어는 전혀 원망하는 듯하지 않으나, 그러기에 오히려 원망을 표현할 수 있다"고 하였다.

發端州初入西江[95]　　　단주를 떠나 서강에 막 들어서며

問我將何去,　　　나에게 어디 가느냐고 묻는가?

清晨溯越溪.[96]　　　이른 아침 월계의 시내를 거슬러 오른다.

翠微懸宿雨,　　　산 중턱 취미翠微에 어젯밤 비가 지난 후

丹壑飮晴霓.　　　붉은 계곡에 맑은 무지개가 물을 마신다.

樹影稍雲密,[97]　　　빽빽한 나무는 구름에 닿고

藤陰覆水低.　　　등나무 그늘은 낮게 물을 덮었다.

潮回出浦駛,　　　밀물에 포구를 나서 배를 저어가는데

洲轉望鄉迷.　　　모래섬을 돌아가며 바라보니 고향이 아득하다.

人意長懷北,　　　사람의 마음은 오래도록 북방을 그리는데

江行日向西.　　　강줄기는 날로 서쪽으로 향해 간다.

破顔看鵲喜,　　　까치를 보면 얼굴을 펴지만

拭淚聽猿啼.　　　원숭이 울음소리에 눈물을 닦는다.

95　端州(단주) : 지금의 광동성 조경시(肇慶市) 단주구(端州區).
西江(서강) : 주강(珠江)의 하류 지역에 있는 주류. 주강은 역사적으로 지역마다 다른 이름이 있었다. 수원이 있는 귀주성 망모현(望謨縣)에서는 남반강(南盤江)이라 했고, 이후부터 광서 내빈시(來賓市) 석룡진(石龍鎭)까지는 홍수하(紅水河)라 했고, 석룡진에서 계평시(桂平市) 사이는 검강(黔江)이라 했고, 계평시에서 오주시(梧州市) 사이는 심강(潯江)이라 했고, 오주시에서 광동성 불산시(佛山市) 사이는 서강(西江)이라 했다. 주강 전체로 보았을 때 서강은 주강의 하류에 해당한다.
96　越溪(월계) : 월 땅의 강. 영남의 강에 대한 총칭. 영남은 고대에 백월(百越)이라 하였다.
97　稍(초) : 捎(소)와 같다. 스치다. 닿다.

骨肉初分愛,　　　　　골육과 처음 헤어졌고

親朋忽解携.[98]　　　　친척 친구와 갑자기 이별하였다.

路遙魂欲斷,　　　　　길이 멀어 넋을 잃을 듯한데

身辱理能齊.　　　　　몸이 욕되니 화복의 이치를 고르게 하는가

　　　　　　　　　　　보다.

疇日三山意,[99]　　　　예전에 삼신산에 가려던 뜻

于茲萬緖睽.[100]　　　　지금에 이르러 만 가지 생각으로 엇갈린다.

金陵有仙館,[101]　　　　금릉에는 도관이 있다 하니

卽事尋丹梯.[102]　　　　만약 기회가 된다면 신선을 찾아가리.

【왕평】

경어景語와 정어情語가 모두 극치에 이르렀으니, 체재는 음갱과 강총에서 왔다.

심전기와 송지문이 이름을 얻은 것은 주로 오언 장편이 뛰어나기 때문이다. 치밀하고 윤택하여 순정純淨한 시풍은 고전적 전형을 보유하고 있어, 진자앙의 거칠고 오만한 시보다 훨씬 낫다! 심전기는 궁정시에서 송지문보다 뛰어나고, 송지문은 폄적시에서 심전기보다 치밀하다.

98　解携(해휴) : 헤어지다.
99　三山意(삼산의) : 삼신산에 가려는 뜻. 곧 신선술을 배우려는 뜻.
100　萬緖(만서) : 온갖 일.
　　睽(규) : 어그러지다.
101　金陵(금릉) : 지금의 강소성 남경. 진강(鎭江)을 가리키기도 한다.
102　丹梯(단제) : 붉은 계단. 하늘로 솟은 높은 봉우리. 신선을 찾아가는 길을 비유한다.

장열의 시집에도 이 두 가지 유형이 공존하나, 마치 손부인이 칼을 들고 사람을 압박하는 듯하여 더 이상 고요하고 온화한 맛이 없다.

景語情語, 俱有特至, 體制亦自陰鏗, 江總來.

沈宋之得名家者大要以五言長篇居勝. 密潤純淨, 猶有典型, 賢于陳子昂之敖辟遠矣! 沈廊廟詩貴于宋, 宋遷謫詩密于沈, 張說集中亦有此兩種, 便如孫夫人捉刀逼人,[103] 無復有靜好之意.

【해설】

단주에서 배를 타고 떠나는 감상을 썼다. 서경과 서정이 잘 어우러졌으며, 유배에 대한 일말의 울분이 깔려있다. 단주에서 농주瀧州로 가려면 중간에 나정강羅定江으로 들어가 남쪽으로 가야하므로 "강줄기는 날로 서쪽으로 향해 간다"고 하였다.

왕부지는 이 시가 경어와 정어가 모두 뛰어나고 하였다. 또 심전기와 송지문의 차이점을 간결한 말로 개괄하였다. 두 사람은 오언장편에서 공통적으로 뛰어나지만 "심전기는 궁정시에서 송지문보다 뛰어나고, 송지문은 폄적시에서 심전기보다 치밀하다沈廊廟詩貴于宋, 宋遷謫詩密于沈."는 말로 두 사람의 경력과 특징을 정확하게 그려내고 있다. 나아가 장열張說까지 데려와 그 차이를 말하였다. 왕부지는 종종 다른 시인들

---

103 孫夫人(손부인) 구 : 『삼국연의』에 나오는 손권의 여동생으로 적벽대전 이후 손권-유비 연합을 공고히 하기 위한 정략으로 유비의 처가 된다. 그녀는 일반 여성과 달리 무인의 풍모로 용맹하고 강하였으며, 주위에 백여 명의 시녀들에게 모두 칼을 차고 호위하도록 하였다.

을 데려와 우열을 비교하거나 비평하는 경우가 많다.

송경宋璟 1수

奉和聖制送張說巡邊

임금이 지으신 '변방을 순찰하는 장열을 보내며'에 화답하며

帝道薄存兵,[104]	왕도王道는 전쟁을 중시하지 않으나
王師尙有征.[105]	왕의 군대는 아직 정벌의 임무가 있다.
是關司馬法,[106]	이는 『사마법』과 관련되기에
爰命總戎行.[107]	군대를 통솔하라 명을 받았다.
畫閫崇威信,[108]	도성을 나서는 장수는 위엄과 신망이 드높고
分麾盛寵榮.[109]	휘하의 군사들은 총애와 영광이 가득하다.

104　帝道(제도) : 왕도(王道)와 같다. 패도(覇道)와 상대된다.
　　　薄(박) : 비박(鄙薄)하다. 경멸하다. 천시하다.
105　王師(왕사) : 왕의 군대. 『북사(北史)』「위지형전(尉遲逈傳)」에 "왕의 군대가 나아가면 반드시 죄 있는 자를 바로잡는 일은 있어도, 적과 맞서 싸우는 전쟁은 없다(王師臨之, 必有征無戰)"는 말이 있다.
106　司馬法(사마법) : 고대의 병법서. 『한서』「예문지」에는 155편이 있다고 기록되어 있으나, 현존하는 책에는 인의(仁義), 천자지의(天子之義), 정작(定爵), 엄위(嚴位), 용중(用) 등 5편만 있다.
107　爰(원) : 이에. 발어사.
　　　總戎行(총융행) : 군대를 통솔하다.
108　畫閫(화곤) : 分閫(분곤)과 같다. 출정하는 장수.
109　麾(휘) : 군대를 지휘하는 깃발.

聚觀方結轍,[110]　　　　전송 나온 사람으로 수레가 몰려들고

出祖逐傾城.[111]　　　　노신路神에게 제사하느라 온 성의 백성들이 나왔다.

聖酒江河潤,　　　　성상이 내린 술은 강처럼 윤기 있고

天詞象緯明.[112]　　　　임금이 지으신 시는 별처럼 밝다.

德風邊草偃,　　　　군자의 덕은 바람 같으니 변방의 풀이 눕겠고

勝氣朔雲平.　　　　승리의 기운에 삭방의 구름이 평온하리라.

宰國推良器,[113]　　　　나라를 다스림에 어진 인물을 추천하고

爲軍挹壯聲.[114]　　　　군사를 이끌면 씩씩한 소리로 받든다.

至和常得體,[115]　　　　지극한 정성은 언제나 요체를 갖추니

不戰卽亡精.[116]　　　　싸우기도 전에 적이 전의를 잃고 물러난다.

以智泉寧竭?[117]　　　　지략의 샘물이 어찌 마르랴?

其徐海自淸.[118]　　　　서서히 사해가 맑아지리라.

110　結轍(결철) : 수레바퀴를 가까이 하다. 수레가 밀집되다.

111　祖(조) : 출행 때 제사 지내는 노신(路神). 여기서는 '보내다'의 뜻.
　　傾城(경성) : 성안의 모든 사람들.

112　天詞(천사) : 현종이 지은 「변방을 순찰하는 장열을 보내며」를 가리킨다.
　　象緯(상위) : 성상(星象)의 경위(經緯). 하늘은 이십팔수(二十八宿)를 경(經)으로 하고 오성(五星)을 위(緯)로 한다. 일반적으로 해, 달, 별 등을 가리킨다.

113　宰國(재국) : 나라를 다스리다.

114　爲軍(위군) : 군대를 통솔하다.

115　至和(지화) : 지극한 정성. 지성(至誠).

116　亡精(망정) : 적의 전의를 상실하게 하다.

117　以智(이지) : 지모로 승리하다.
　　泉寧竭(천녕갈) : 지혜가 샘물처럼 솟아 마르지 않다.

118　其徐(기서) : 천천히 일하다. 조급히 서둘지 않다.

遲還廟堂坐,[119]　　　종묘와 명당에서 돌아오길 기다리노니
贈別故人情.　　　친구의 정으로 증별하노라.

【왕평】

문아한 말과 설리적인 말을 아우르고 있으나, 밝고 맑아 조금도 답답하거나 낡은 느낌이 없다. 결말의 요약은 뜻이 심원하여, 『시경』 「증민燕民」에서 윤길보가 중산보를 위로하는 시보다도 더욱 너그럽고 잘 통합되어 있다. 『시경』이 어찌 지금 사람에게서 멀리 있겠는가?

오직 '재국추양기宰國推良器' 다섯 자만이 칭송하는 말이니 군자는 망령된 말로 아첨하지 않는다.

亦入文語理語, 而昭昭不腐. 一結括繁深遠, 較慰仲山甫之心句, 尤爲寬裕肉好. 『三百篇』去人豈遠哉?

唯以 "宰國推良器" 五字贊說, 君子不妄悅人.

【해설】

삭방군절도사로 떠나는 장열을 보내며 지은 시이다. 722년 윤5월 현종이 시를 짓고 이에 따라 장열을 비롯하여 많은 신하들이 창화하였다.

왕부지는 이 시를 『시경』의 「증민」과 비교하여 더 뛰어나다고 하였다. 「증민」은 주 선왕周宣王 때 중산보가 제나라 지역에 축성하러 나가

119　遲(지) : 기다리다.
　　廟堂(묘당) : 종묘(宗廟)와 명당(明堂). 조정을 가리킨다.

자 윤길보가 지어 준 시이다. 윤길보 역시 중산보의 덕과 공훈을 높이
칭송하였다.

장구령張九齡 2수

和許給事中直夜簡諸公[120]

허 급사중의 '밤에 당직을 서며 여러 공에게 부치다'에 화답하며

未央鐘漏晚,[121]	미앙궁의 물시계가 늦은 시간 알리면
仙宇藹沉沉.[122]	선경 같은 황궁은 자욱한 어둠에 쌓이리.
武衛千廬合,[123]	천 군데 금위군의 숙소가 둘러싸 있고
嚴扃萬戶深.[124]	만 군데 궁문이 깊이 잠겨 있다네.
左掖知天近,[125]	문하성은 황제에게 가장 가까운 곳으로
南窓見月臨.	남창으로 달이 떠올랐음을 보리라.
樹搖金掌露,[126]	나무의 이슬은 청동 선로반에 떨어지고

---

120 許給事中(허급사중) : 허경선(許景先). 급사중은 문하성 소속으로 황제를 시종
  하고 규간(規諫)하는 업무를 한다.

121 未央(미앙) : 미앙궁. 한대 궁전 이름. 여기서는 당대 대명궁을 가리킨다.
  鐘漏(종루) : 종과 물시계. 두 종류의 시간을 재는 도구.

122 仙宇(선우) : 황궁.

123 武衛(무위) : 금위군을 가리킨다.

124 嚴扃(엄경) : 단단히 잠그다.

125 左掖(좌액) : 문하성(門下省). 선정문의 왼쪽에 있는 작은 문으로 들어가면 문하
  성이 나온다.

庭徙玉樓陰.	누각의 그림자는 뜨락을 옮겨 다닌다.
他日聞更直,[127]	당일 그대가 숙직한다고 들었으니
中宵屬所欽.	한밤중에 내가 존경하는 그대를 생각했다네.
聲華大國寶,[128]	명성은 나라의 보배
夙夜近臣心.[129]	주야 봉직은 신하의 마음.
逸興乘高閣,	그대의 빼어난 시흥詩興은 높은 누각 위로 올라
雄飛在禁林.	궁궐의 숲 위로 힘차게 날아다닌다.
寧思竊抃者,[130]	그대 어찌 생각이나 하랴, 내가 몰래 박수친 것을
情發爲知音.	답시를 쓰는 마음은 지음知音을 위해 나왔다네.

【왕평】

연국공 장열張說과 허국공 소정蘇頲의 거친 문풍에 전혀 물들지 않아, 족히 「풍」「아」를 계승할 수 있다.

---

126 金掌(금장) : 청동으로 만든 신선의 손바닥. 한 무제 때 청동으로 만든 기둥 위에 신선이 승로반(承露盤) 들고 있는 동상을 건장궁에 세웠다. 기둥은 높이 20장에 둘레 7위(圍)로 승로반에 선로가 내리면 옥가루와 섞어 마셨다고 한다. 『삼보고사(三輔故事)』 참조.
127 他日(타일) : 뒷날. 여기서는 허 급사가 당직을 서던 당일.
　　更直(갱직) : 돌아가며 당직을 서다.
128 聲華(성화) : 아름다운 명성.
129 夙夜(숙야) : 이른 아침부터 늦은 밤까지.
130 竊抃者(절변자) : 혼자 박수 치며 기뻐하는 사람. 시인 자신을 가리킨다.

全不沿染燕許粗豪, 足紹「風」「雅」.

【해설】

궁궐에서 밤에 당직 선 허경선의 시를 받고 답시로 지은 작품이다. 전반부는 숙연한 궁궐의 밤을 서술하고 후반부는 당직을 서는 신하의 품격을 묘사했다. 웅건한 가운데 고아한 기상이 보이는 작품으로 720년개원8 전후 지었다.

奉和聖制送尚書燕國公赴朔方

임금이 지으신 '삭방군에 부임하는 상서 연국공 장열을 보내며'에 삼가 화답하며

宗臣事有征,[131]	존경받는 중신이 출정하니
廟算在休兵.[132]	조정의 정책은 전쟁을 멈추는 데 있다네.
天與三臺座,[133]	천자께서 병부상서의 자리를 하사하였으니
人當萬里城.[134]	응당 만리장성이 되어 나라를 보위해야 하리.

---

131 宗臣(종신) : 여러 사람이 숭상하여 우러러보는 대신.

132 廟算(묘산) : 조정에서 세운 책략.
　　休兵(휴병) : 전쟁을 제지하다.

133 三臺(삼대) : 삼대성(三臺星). 상대성, 중대성, 하대성으로 이루어졌으며, 삼공(三公)에 대응된다. 『진서』「천문지」 참조.

134 萬里城(만리성) : 만리장성. 국가를 지키는 훌륭한 장수를 비유한다. 남조 유송의 장수 단도제(檀道濟)가 송 문제(宋文帝)의 견제를 받아 억울하게 죽게되자 분노하여 "그대들의 만리장성을 무너뜨리는구나(乃復壞汝萬里之長城)!"라고 소리쳤다. 『송서』「단도제전(檀道濟傳)」 참조.

朔南方偃革,[135]	북방의 남쪽은 이제 비로소 전쟁이 끝났는데
河右暫揚旌.[136]	하서에서 다시 깃발을 들고 출전하는구나.
寵錫從仙禁,[137]	조정에서 황제의 은총을 받고
光華出漢京.	눈부신 영광으로 낙양을 떠나는구나.
山川勤遠略,	산과 강은 그대의 원대한 책략을 펴게 하고
原隰軫皇情.[138]	들판은 황제의 마음을 베풀게 하네.
爲奏薰琴唱,[139]	그대를 위해 순임금처럼 '남풍가'를 노래하고
仍題珤劍名.[140]	게다가 보검에 이름을 새겨 내리시네.
聞風六郡伏,[141]	들으니 육군六郡이 항복했다고 하니
計日五戎平.	며칠 지나지 않아 다섯 이민족을 평정하리.
山甫歸應疾,[142]	중산보처럼 응당 하루빨리 개선하고

---

135 朔南(삭남) : 삭방의 남쪽.
  偃革(언혁) : 가죽 갑옷과 가죽 방패를 눕히다. 병기를 놓다. 곧 전쟁을 그만두다.
136 河右(하우) : 하서(河西). 당시 삭방군의 관할지였다.
  揚旌(양정) : 깃발을 날리다. 출전하다.
137 寵錫(총석) : 은혜를 내리다.
  仙禁(선금) : 황궁.
138 原隰(원습) : 들판의 저지대. 원야(原野).
  軫(진) : 깊이 생각하다. 아파하다.
139 薰琴(훈금) : 훈풍을 노래한 오현금. 순 임금은 오현금을 만들어 「남풍의 노래(南風歌)」를 불렀다고 한다. "훈훈한 남풍이여, 우리 백성의 원망을 풀어줄 수 있다네. 때맞춰 부는 남풍이여, 우리 백성의 재산을 쌓아줄 수 있다네(南風之薰兮, 可以解吾民之慍兮. 南風之時兮, 可以阜吾民之財兮)." 『공자가어』「변악해(辨樂解)」참조.
140 題珤劍(제보금) : 황제가 보검에 글자를 써서 대신에게 하사하다.
141 六郡(육군) : 여섯 군. 금성(金城), 농서(隴西), 천수(天水), 안정(安定), 북지(北地), 상군(上郡). 지금의 감숙성과 섬서성 서북 일대를 가리킨다. 한대에는 이곳에서 명장들이 많이 태어났다.

留侯功復成.[143]	장량처럼 혁혁한 공을 세우기를.
歌鐘旋可望,[144]	노래와 종소리가 곧 울려 퍼질 것이니
袵席豈難行![145]	임금 곁에 다시 앉기가 어찌 어렵겠는가!
四牡何時入,[146]	사신의 수레는 언제 돌아오려나
吾君聽履聲.[147]	우리 군주께서 그대의 발걸음 소리 기다리시네.

【왕평】

처음부터 끝까지 한결같고, 그 가운데에서 여유 있게 시작하고 마무리 지으니 필묵의 흔적이 전혀 보이지 않는다. 종영이 시를 평할 때 '평平'자 하나를 중시했는데 바로 이를 말하는 것이다. "어지러운 바위는 허공에 치솟고, 내닫는 파도는 언덕을 친다"와 같은 표현은, 당연히 하늘을 부르며 구원을 청할 상황이니, 다시 시를 읊조릴 여유가 있을 수 없다.

---

142 山甫(산보) : 중산보(仲山甫). 주 선왕(周宣王)을 보좌하여 주나라를 중흥시켰다. 『시경』「증민(蒸民)」 참조.

143 留侯(유후) : 장량(張良). 서한의 개국 공신. 유방을 도와 여러 차례 계책을 내어 공을 세우고 유후(留侯)에 봉해졌다. 『사기』「유후세가」 참조.

144 歌鐘(가종) : 종을 치고 노래를 하다. 여기서는 개선가를 부르다.

145 袵席(임석) : 요와 자리. 조정 연회에서의 자리를 가리킨다.

146 四牡(사모) : 네 필의 수말이 모는 수레. 일반적으로 사신이 타는 수레를 가리킨다.

147 履聲(이성) : 신발 소리. 한 애제(漢哀帝) 때 상서복야 정숭(鄭崇)은 간언을 잘하였다. 매번 조회에 들어설 때마다 가죽신 끄는 소리가 나면 애제는 웃으며 "정 상서의 신발 소리는 알겠노라"고 하였다. 『한서』「정숭전」 참조.

"산과 강은 그대의 원대한 책략을 펴게 하고, 들판은 황제의 마음을 베풀게 하네."와 같은 구절은 진정한 시인이 아니라면 어찌 이처럼 완곡하고 깨끗하겠는가?

결말은 어린 제비가 구슬 휘장에 날아드는 것과 같이, 우아함과 아름다움이 절로 드러나니, 이를 통해 장구령의 기품 넘치는 풍모를 엿볼 수 있다.

從始至末只是一致, 就中從容開合, 全不見筆墨痕迹. 鍾嶸論詩寶一平字, 正謂此也. "亂石排空, 奔濤拍岸",[148] 自當呼天索救, 不得復有吟詠.

只如"山川勤遠略, 原隰軫皇情", 自非眞詩人, 那得如許婉淨?

結語如乳燕翔于珠箔, 風華自賞, 卽此可想曲江風度.

【해설】

삭방군절도사로 떠나는 장열을 보내며 지은 시이다. 전고가 적절하고, 언어가 정치하며, 구성이 광활하여 응제시 가운데서도 뛰어난 작품에 속한다.

왕부지는 구성과 어조, 중간의 뛰어난 구절, 말미의 세련됨 등으로 이 시의 뛰어난 점을 지적하였다. 그 아름다움은 소동파의 「적벽 회고」와 같이 외향적이거나 장열과 같은 호방함이 아니라 평온한 가운데 고아한 정감의 세계를 펼치는 것이다. 왕부지는 종영이 말한 '평푸'의 미학을 계승하여 이 관점에서 평가하였음을 알 수 있다. 이는 조하

---

148 소식(蘇軾), 「염노교 -적벽 회고」(念奴嬌 -赤壁懷古)에 나온다.

(趙嘏)의 「중양절 월주자사 원상을 모시고 구산사에서 잔치하며九日陪越州
元相宴龜山寺」의 평어 등에서도 보인다. 또 "필묵의 흔적이 전혀 보이지
않는다"는 말로 구성이 완정하게 통합된 점도 강조하였다.

손적孫逖 1수

江行有懷	강을 따라가며 감회가 있어
秋水明川路,	가을 강이 물길을 환히 밝혀주니
輕舟轉石圻.[149]	가벼운 배는 바위 물가를 돌아간다.
霜多山橘熟,	서리가 많으니 산중의 귤이 익고
寒至浦禽稀.	추위가 오니 포구의 새가 드문 때
飛席乘風勢,[150]	돛폭은 바람의 기세를 타고
回流蕩日暉.	회돌이 치는 물은 햇빛을 흔든다.
晝行疑海若,[151]	낮에 갈 때는 해약海若이 보일 듯하더니
夕夢識江妃.[152]	저녁잠에서는 강비江妃를 꿈꾼다.

149 圻(기) : 기(磯)와 통한다. 굽은 물가.
150 飛席(비석) : 움직이는 돛대.
151 海若(해약) : 원래 북해(北海) 신의 이름이나 해신(海神)을 가리키는 말로 쓰인
      다. 『장자』「추수」 참조.
152 江妃(강비) : 한수 강에 사는 물의 여신. 주나라 때 정교보(鄭交甫)가 한수 가를
      노닐다가 한고대(漢皐臺) 아래에서 강비(江妃) 두 여인을 만나 그녀들로부터 패
      옥(佩玉)을 정표로 받았는데, 몇 걸음 가지 않아서 보니 패옥도 없고 그녀들도
      종적이 묘연하였다 한다. 유향(劉向)의 『열선전』 참조.

野霧看吳盡,[153]　　들판의 연무가 개이니 오 땅이 끝까지 보이고
天長望洛非.　　하늘 멀리 바라보나 낙양이 아니로다.
不知何歲月,　　알 수 없어라, 어느 세월에
一似暮潮歸.　　마치 저녁 조수처럼 돌아갈 수 있을지.

【왕평】

변화하여도 흔적이 없는 것을 '영'靈이라 하고, 멀리 통달하여 뜻을 얻는 것도 '영'靈이라 한다면, 손적의 오언시를 '영'靈이라 할 수 있다.

合化無迹者謂之靈, 通遠得意者謂之靈, 如逖五言乃可以'靈'許之.

【해설】

배를 타고 강을 따라 가며 보이는 풍광과 감회를 서술했다. 손적은 714년19세에 과거에 급제한 후 산음위山陰尉로 출임하는데, 이때 양자강을 건너며 지은 것으로 보인다.

왕부지는 손적의 이 시를 '영'靈이라는 말로 일자평一字評하면서 그 뜻을 덧붙였다. 사람이 죽은 후 신령神靈이나 정령精靈으로 변한다고 보았기에 그러한 과정과 같이 정신의 흔적 없는 자유로움을 나타내고, 또 이로부터 사리에 통달하고 영민靈敏함을 나타낸다고 보았다.

---

153 吳(오) : 오 땅. 지금의 양자강 이남의 화동 지역.

왕유王維 3수

送李太守赴上洛[154]	상락으로 부임하는 이 태수를 보내며
商山包楚鄧,[155]	상산商山은 등현鄧縣을 안은 채
積翠藹沈沈.[156]	비췻빛이 첩첩으로 쌓여 무성해
驛路飛泉灑,	역참 길에는 폭포가 쏟아지고
關門落照深.[157]	관문에는 낙조가 깊으리.
野花開古戍,	들꽃은 오래된 수자리에 피고
行客響空林.	나그네 말소리 빈 숲에 울리리라.
板屋春多雨,[158]	판잣집에는 봄이면 비가 많이 내리고
山城晝欲陰.	산성山城에는 대낮인데도 그늘에 덮이리라.

---

154 上洛(상락) : 상락군(上洛郡). 치소는 지금의 섬서성 상락시(商洛市). 742년 상
   주(商州)를 상락군으로 개명하였다가 758년 상주로 환원하였다.
155 商山(상산) : 지폐산(地肺山) 또는 초산(楚山)이라고도 한다. 상락시의 동남에
   소재한다.
   包(포) : 포용하다.
   楚鄧(초등) : 등주(鄧州). 지금의 하남성 등현(鄧縣). 춘추시대에는 초나라 강역
   에 속했다.
156 積翠(적취) : 비췻빛이 중첩되다. 초목이 무성하다. 일반적으로 푸른 산을 가리
   킨다.
   藹沈沈(애심심) : 무성한 모양.
157 關(관) : 상락시 단봉현 동남에 있는 무관(武關) 또는 남전 동남에 있는 요관(嶢
   關)으로 보인다. 장안에서 상락에 가려면 거쳐야 하는 관문이다.
158 板屋(판옥) : 목판으로 지은 집. 고대에는 감숙성이 삼림 지역이라 목재가 많이
   났다. 『시경』「소융(小戎)」에 "저 판잣집에 계신다 생각하니, 내 마음속이 어지럽
   기만 하구나(在其板屋, 亂我心曲)"란 구절이 있다.

丹泉通虢略,[159]　　단수丹水는 괵략虢略으로 통하고

白羽抵荊岑.[160]　　백우白羽는 형산荊山 아래 있다는데

若見西山爽,[161]　　만약에 왕휘지 같이 소탈한 사람 만나면

應知黃綺心.[162]　　응당 하황공이나 기리계인줄 알리라.

【왕평】

묘사가 풍부하지만 잡다하지 않다.

'역로驛路' 두 글자에서 주제로 들어갔으나 대우 속에 숨어 흔적이 나타나지 않는다.

"관문에는 낙조가 깊으리關門落照深"는 영민한 마음으로 쓴 뛰어난 말이다.

'산山'자가 세 번 사용되었다.

點染亦富, 而終不雜.

159　丹泉(단천) : 단연(丹淵). 진한 시대의 단수현(丹水縣). 지금의 하남성 석천(淅川)의 서쪽.
　　虢略(괵략) : 지금의 하남성 영보현(靈寶縣).
160　白羽(백우) : 지금의 하남성 서협현(西峽縣).
　　荊岑(형잠) : 형산. 지금의 호북성 남장현(南漳縣) 서쪽 소재.
161　西山爽(서산상) : 성격이 소탈하여 아부를 잘 하지 못함. 또는 세속의 일에 얽매이지 않고 유유자적함. 동진의 왕휘지(王徽之)가 환충(桓沖)의 참군으로 있을 때, 환충이 "그대는 부(府)에 있은 지 오래 되었으니 응당 사무를 잘 처리하겠지"라고 말하였다. 왕휘지는 대답하지 않고 고개를 들고 높은 곳을 응시하다가 홀을 턱에 괴더니 "서산에 아침이 오니 상쾌한 기운이 있더라(西山朝來, 致有爽氣)"라고 하였다. 『세설신어』「간오(簡傲)」 참조.
162　黃綺(황기) : 상산사호(商山四皓) 가운데 하황공(夏黃公)과 기리계(綺里季).

‘驛路’二字便是入題, 藏于排偶中不復有痕.

“關門落照深”靈心警筆.

‘山’字三用.

【해설】

상락현에 태수로 부임하는 이씨를 보내며 쓴 송별시이다. 상산의 위치와 여로, 상락의 모습과 역사적 지리 등 주로 여정에 대해 서술하였다. 말미에서 고대의 상산사호를 끌어와 지역의 돈후한 풍정을 지적하였다.

奉和聖制上巳於望春亭觀禊飮應制[163]

임금이 지으신 ‘상사일 망춘정에서 불계를 관람하며 마심’에 삼가 화답하여 응제하다

長樂靑門外,[164]　　　　장락궁 청문 밖
宜春小苑東.[165]　　　　의춘궁 어원의 동쪽

163　上巳(상사) : 상사절(上巳節). 원래 삼월의 첫 번째 사일(巳日)에 지냈으나 삼국시대 이후에는 삼월 삼일에 지냈다. 냇가에 나가 목욕을 하는 불계(祓禊)가 주요 활동이었으나, 나중에는 곡수유상 등이 추가되었다.
　　望春亭(망춘정) : 장안성 동쪽 9리 산수(滻水) 강가에 소재했다.
　　禊飮(계음) : 상사절에 물가에서 삿된 기운을 씻고 술을 마시는 일.
164　長樂(장락) : 장락궁. 한대 장안궁 안에 있는 궁전. 여기서는 망춘궁을 가리킨다.
165　宜春(의춘) : 의춘궁. 진한대의 궁전으로 여기서는 망춘궁을 가리킨다.
　　小苑(소원) : 흥경궁을 가리키는 것으로 보인다.

樓開萬戶上,　　　　　누각은 천문만호 위에 열리고

輦過百花中.　　　　　가마는 온갖 꽃들 사이로 지나가네.

畵鷁移仙仗,[166]　　　화려한 배가 천자의 의장대를 실어가고

金貂列上公.[167]　　　황금 매미에 담비 꼬리 장식한 고관들 늘어
　　　　　　　　　　　섰네.

淸歌邀落日,[168]　　　맑은 노래가 지는 해를 멈추게 하고

妙舞向春風.　　　　　아름다운 춤이 동풍을 마주해라.

渭水明秦甸,[169]　　　위수는 교외에서 환히 빛나고

黃山入漢宮.[170]　　　황산은 한나라 궁전 안에 들어오네.

君王來祓禊,[171]　　　군왕께서 불계하러 오시니

灞滻亦朝宗.[172]　　　파수와 산수가 바다로 향하듯 모든 신하가

166　畵鷁(화익) : 익조의 머리를 채색한 뱃머리. 익조는 해오라기 비슷한 물새로 뱃
　　사람들이 배의 운항이 잘 되기를 기원하는 뜻으로 그 모습을 그려 뱃머리를 장식
　　하였다. 일반적으로 배를 가리킨다.
　　仙仗(선장) : 천자의 의장대.
167　金貂(금초) : 황금 매미 장식에 담비 꼬리. 한대 이래 황제의 좌우에서 시종하는
　　신하의 관식. 당대에는 시중, 중서령, 좌우산기상시는 진현관(進賢冠)을 쓰며,
　　여기에 황금 고리에 매미 문양, 담비 꼬리가 장식된다.
　　上公(상공) : 주대에는 태사, 태부, 태보를 삼공(三公)이라 하고, 덕망이 있는 사
　　람을 한 등급 올려 상공이라 하였다. 여기서는 고관을 가리킨다.
168　邀(요) : 머무르다. 쉬다. 여기서는 『열자』「탕문(湯問)」에 나오는 진청(秦靑)이
　　노래하자 흘러가는 구름이 멈추었다는 이야기를 환기한다.
169　秦甸(진전) : 진 지방의 교외. 여기서는 장안의 교외.
170　黃山(황산) : 황록산(黃麓山). 지금의 섬서성 홍평시(興平市) 북쪽에 소재.
171　祓禊(불계) : 상사절에 물가에서 삿된 기운을 제거하기 위해 거행하는 제사.
172　灞滻(파산) : 파수와 산수. 장안 주위에 있는 두 강줄기. 산수가 파릉에서 파수로
　　들어간다.

따르는구나.

【왕평】

전체가 잘 마무리되어, 함부로 된 곳이 없다.

收合不妄.

【해설】

음력 삼월 삼일에 현종과 신하들이 물가에 나가 불계를 지낸 일을 그렸다. 춘망정의 위치부터 시작하여 성황을 이루는 행렬을 그리고 춤과 노래를 묘사했다. 말미는 군주에 대한 지향을 예찬하였다. 안사의 난 이전에 지은 것으로 보인다.

過沈居士山居哭之	심 거사 산거에 들러 곡을 하며
楊朱來此哭,[173]	나는 양주楊朱처럼 여기 와서 곡을 하는데
桑扈返於眞.[174]	그대는 자상호子桑戶처럼 자연으로 돌아갔구나.

朝宗(조종) : 모든 강물이 바다로 흘러 들어감. 모든 신하들이 군주에게 알현함을 가리킨다.

173 楊朱(양주) : 전국시대 위(魏)나라 철학자. 『열자』「중니(仲尼)」에 "수오가 죽으니 양주가 그 시체를 어루만지며 곡을 하였다(隨梧之死, 楊朱撫其尸而哭)"는 말이 있다. 여기서는 양주로 시인 자신을 비유하였다.

174 桑扈(상호) : 『장자』의 우화 속에 나오는 자상호(子桑戶). 맹자반(孟子反), 자금장(子琴張)과 막역한 친구이다. 자상호가 죽자 두 친구는 곡을 만들어 거문고를 뜯으면서 노래를 불렀다. 『장자』「대종사」 참조.

返於眞(반어진) : 자연으로 돌아가다.

獨自成千古,	그대는 홀로 천고에 불멸이 되었지만
依然舊四鄰.	여전히 주위 이웃들의 마음속에 있다네.
閑簷喧鳥雀,	한가한 처마에는 새들이 지저귀는데
故榻滿埃塵.	예전의 의자에는 먼지가 가득해라.
曙月孤鶯囀,	새벽 달빛 아래 꾀꼬리 한 마리 구성지고
空山五柳春.[175]	빈산 아래 다섯 그루 버들이 봄빛을 띠었네.
野花愁對客,	들꽃은 시름 찬 표정으로 나그네를 마주하고
泉水咽迎人.	샘물은 흐느끼며 사람을 맞이한다.
善卷明時隱,[176]	선권善卷은 밝은 시대에 은거했고
黔婁在日貧.[177]	검루黔婁는 생전에 날마다 가난하였지.
逝川嗟爾命,[178]	아아, 그대의 생명이 강물처럼 흘러갔으니
丘井歎吾身.[179]	탄식하노라, 나의 몸도 마른 샘처럼 늙어가는구나.
前後徒言隔,[180]	앞뒤로 서로 떨어져 있다고 부질없이 말하

---

175 五柳(오류) : 다섯 그루 버드나무. 도연명이 집 앞에 심은 것으로 유명하다. 여기
서는 심 거사의 산거를 가리키며, 심 거사가 도연명과 비슷하다는 뜻도 환기한다.

176 善卷(선권) : 순 임금 때의 은사. 순 임금이 나라를 물려주려 했으나 받지 않고
깊은 산에 들어갔다. 『장자』「양왕(讓王)」 참조.

177 黔婁(검루) : 춘추시대 제나라 은사. 제나라 왕이 직접 찾아와 출사를 권했으나
달아났으며 안빈낙도 하며 살았다. 죽었을 때 이불이 짧아 시체를 전부 덮지 못
하자 어떤 사람이 비스듬히 덮자고 하였다. 그 아내가 "비스듬하면서 남는 것보
다 바르면서 부족한 것이 낫다"고 거절하였다. 『고사전』 참조.

178 逝川(서천) : 흐르는 강물. 공자가 흐르는 세월로 비유하였다.

179 丘井(구정) : 마른 우물. 『유마경(維摩經)』「방편품(方便品)」에 "이 몸은 언덕 위
의 우물과 같아서 늙음에 쫓기고 있다(是身如丘井, 爲老所逼)"는 말이 있다.

| | 지만 |
| 相悲詎幾晨? | 서로 슬퍼할 날이 며칠이나 되겠는가? |

【왕평】

만시挽詩가 이러한 지경에 도달하니 '내재적 맥락神理'이 줄지 않았다. 첫머리와 마무리는 각각 네 구로 '하나의 뜻'을 나타내었으니, 장편이 이와 같지 않으면 늘어지게 된다. 심전기의 「달을 감상하며」와 이백의 「저옹을 보내며」는 이러한 형식을 사용했는데 그 기원은 사령운과 사조로부터 왔다.

挽詩得此, 神理不減. 起結各用一意四句, 長篇不如是則冗. 沈雲卿「玩月」 李太白「送儲邕」通用此局陣, 其源亦自康樂, 玄暉來.

【해설】

심 거사가 거처하는 산속의 집에 들러 곡을 하고 그의 죽음을 애도하였다. 중간의 4구에서 심 거사의 거처와 고상한 인품을 개괄하고, 첫머리와 말미의 각각 4구에서 생사에 대한 근원적인 문제에 대해 의론을 전개하는 형식을 취하였다.

---

180 徒言隔(도언격) : 서로 떨어져 있다고 부질없이 말하다.

구위丘爲 1수

送閻校書之越[181]	월 땅으로 가는 염 교서를 보내며
南入剡中路,[182]	남으로 섬중剡中에 가는 길
草雲應轉微.[183]	풀과 구름은 응당 점점 깊어지리.
湖邊好花照,	호숫가에는 좋은 꽃이 환하고
山口細泉飛.	산 초입에는 작은 폭포가 떨어지리.
此地饒古迹,	그곳엔 옛 유적이 많아서
世人多忘歸.	세상 사람들이 돌아갈 줄 모르지.
經年松雪在,	해가 다하도록 소나무엔 눈이 쌓여 있으나
永日世情稀.	종일토록 사람들은 주의하지 않는다네.
芸閣應相望,[184]	운향각에서 그대 생각하리니
芳時不可違.[185]	꽃피는 시절을 헛되이 보내지 말게나.

【왕평】

앞 8구는 '하나의 기운'이 맑고 편안하다가, 말미에서 일상적인 말

---

181 閻校書(염교서) : 미상. 교서는 비서성 교서랑(校書郎).
182 剡中(섬중) : 섬현(剡縣). 지금의 절강성 승현(嵊縣) 서남에 소재한다.
183 微(미) : 깊다. 정묘하다.
184 芸閣(운각) : 운향각(芸香閣)의 준말로 비서성을 가리킨다. 책에 좀이 스는 것을
　　　방지하기 위해 책 사이에 운향을 놓기 때문이다.
185 芳時(방시) : 꽃피는 시절.
　　　違(위) : 떠나다. 섬중을 떠나다.

로 마무리하였는데 이렇게 했기에 풍운이 있다.

前八句一氣淸安, 結用尋常應酬語, 乃爾風韻.

【해설】

남방으로 떠나는 친구를 보내며 쓴 송별시이다. 친구가 가는 섬중의
풍광을 주로 그리면서 자연과 유적을 충분히 즐기라고 권하였다.

고적高適 1수

陪竇侍御泛靈雲池[186]　　두 시어를 모시고 영운지에 배를 띄우고

　白露時先降,　　이슬이 백로白露 절기보다 먼저 내리니

　淸川思不窮.　　맑은 강을 바라보며 흥취가 끝이 없네.

　江湖仍塞上,　　강과 호수가 변새를 따라 펼쳐지는데

　舟楫在軍中.[187]　　배와 노가 군영 안에 있구나.

　舞換臨津樹,　　나루의 나무 아래 여러 가지 춤을 추고

　歌饒向晚風.　　저녁 바람을 마주하여 노래를 실컷 불러라.

　夕陽連積水,　　석양은 호수와 이어져

186　竇侍御(두시어) : 미상. 시어는 어사대의 속관으로 시어사, 전중시어사, 감찰어
　　사를 통칭한다.
　　靈雲池(영운지) : 무위군(武威郡) 치소인 고장현(姑臧縣)에 소재했다.
187　舟楫(주즙) : 배와 노.

邊色滿秋空.　　　　변방의 가을빛이 하늘에 가득해.

乘興宜投轄,[188]　　흥이 일어나면 수레 비녀장을 던지고

邀歡莫避驄.[189]　　즐거움을 위해 총마어사를 피하지 않으리.

誰憐持弱羽,[190]　　누가 생각해주랴, 연약한 깃털로써

猶欲伴鵷鴻?[191]　　봉황과 기러기 따라 짝하고 싶은 마음을.

【왕평】

섬세하고 고요하다. 고적의 시 가운데 보기 드문 작품이다.

"석양은 호수와 이어져"는 '햇빛 속을 떠돈다'나 '달빛으로 목욕한다' 등의 거친 말에 비해 정리情理가 있다.

密靜. 是達夫僅作.

"夕陽連積水", 較'浮日''浴月'等粗豪語自有情理.

【해설】

무위武威에서 두 시어와 뱃놀이를 하는 흥취를 적었다. 첫 4구는 뱃놀이의 시간과 장소를 제시했고, 중간 4구는 호수의 드넓음과 뱃놀이

---

188 投轄(투할) : 한대 진준(陳遵)이 연회를 열면 손님의 수레 비녀장을 우물 속에 던져 중간에 돌아가지 못하도록 한 이야기를 가리킨다.
189 避驄(피총) : 피총마어사(避驄馬御史). 즉 총마어사를 피하다. 동한 때 시어사는 총마를 타고 다녔다. 환전(桓典)이 시어사가 되자 거리낌 없이 업무를 집행하였기에 환관들도 그를 두려워 피했다. 여기서는 두 시어를 비유하였다.
190 弱羽(약우) : 힘이 약한 새. 재주가 미약함을 비유한다.
191 鵷鴻(원홍) : 봉황과 기러기. 무리지어 질서 있게 다니므로 조정 관리의 행렬을 비유한다. 여기서는 조정의 관리들.

의 즐거움을 묘사했고, 말미 4구는 모임의 즐거움과 함께 발탁의 기대
를 나타냈다. 753년 가을 가서한哥舒翰 막부에서 지었다.

잠삼岑參 2수

送郭僕射節制劍南[192]　　검남도를 지휘하러 가는 곽 복야를 보내
며

　鐵馬擐紅纓,[193]　　　철갑을 입은 전마에 붉은 끈을 두르고

　幡旗出禁城.[194]　　　깃발 든 의장대가 궁성을 나선다.

　明王親授鉞,　　　　밝은 군주가 친히 부월을 내리시니

　丞相欲專征.[195]　　　승상이 전권을 가지고 출정한다.

　玉饌天廚送,[196]　　　진귀한 음식이 어선방에서 나오고

192　郭僕射(곽복야) : 곽영예(郭英乂). 과주(瓜州) 진창(晉昌, 감숙 安西) 사람. 763
　　년 상서우복야가 되고 정양군왕(定襄郡王)에 봉해졌다. 765년 검남절도사 엄무
　　가 죽자 후임으로 부임하였다. 복야(僕射)는 상서성의 장관.
　　節制劍南(절제검남) : 검남도를 지휘하다. 검남절도사가 되다. 치소는 성도.
193　擐(환) : 입다. 걸치다.
194　幡旗(번기) : 절도사의 의장.
　　禁城(금성) : 궁성.
195　丞相(승상) : 곽 복야를 가리킨다. 당대에는 상서령은 직위만 있는 경우가 많았
　　고 좌복야, 우복야, 중서령, 시중이 상서령을 겸직하였다. 겸직할 때는 동중서문
　　하평장사 또는 참지기무 등의 이름을 붙였다.
　　專征(전정) : 제후 또는 장수가 천자의 허락을 받아 전권을 가지고 출정하다.
196　玉饌(옥찬) : 진귀한 음식.
　　天廚(천주) : 황궁의 주방.

金杯御酒傾.　　　　황금 술잔에 어주가 기울어진다.

劍門乘險過,　　　　검문에선 험준한 길 지나고

閣道踏空行.[197]　　잔도에선 허공을 밟으며 지나가

山鳥驚吹笛,　　　　산새들은 취주 소리에 놀라고

江猿看洗兵.[198]　　강가의 원숭이들은 병기 씻는 걸 보리라.

曉雲隨去陣,　　　　새벽 구름은 진지를 따라가고

夜月逐行營.　　　　밤의 달은 병영을 쫓아가리.

南仲今時往,[199]　　남중南仲과 같은 그대가 지금 떠나니

西戎計日平.[200]　　서융이 평정될 날 손꼽을 수 있으리.

將心感知己,　　　　장수의 마음을 알아주는 주상이 있어

萬里寄懸旌.[201]　　만리 멀리 깃발을 날리며 가노라.

【왕평】

개원 천보 연간713~756 이후 배율을 짓는 시인은 매번 중간에 이르러 긴장을 늦추어 헐렁한 말을 쓰는데, 마치 허리가 아픈 사람이 머리와 다리가 점차 무거워지는 것과 같다. 이 시는 전편이 긴장되고 단련되

---

197 閣道(각도) : 잔도.
198 洗兵(세병) : 병기를 씻다.
199 南仲(남중) : 서주(西周) 초기 문왕(文王) 때의 장군 이름. 주 선왕이 남중을 보내
　　 서방(徐方)을 정벌하게 하였다. 여기서는 곽영예를 비유한다.
200 西戎(서융) : 서방의 이민족. 티베트를 가리킨다.
　　 計日(계일) : 날짜를 세다. 짧은 기간을 나타낸다.
201 懸旌(현정) : 깃발을 휘날리다.

어 있는데, 비록 경운 연간710~712 이전의 구성이 탄탄하고 아정雅正한 시들보다 한 단계 격이 낮지만, 정신이 왕성하여 하나의 주제를 완성 하였다. 고적과 잠삼은 기세로 시편을 만들기 때문에 오언 근체시는 본디 그들의 장기가 아니어서, 구가 짧고 기운이 뜨며, 그 때문에 반드 시 서두르거나 불안한 병폐가 있게 된다. 배율은 형식에 있어 길어지 는 것이 장점이니, 여기에 기세만 잘 결합된다면, 저광희와 맹호연보 다 더욱 그 재주를 펼치기 충분하다.

開天以降作排律者, 每中鬆一步作郎當語, 如病腰人, 首足彌見其重. 此能 通首緊鍊, 雖較景雲以前局重安雅者爲降一格, 而神情遒王, 歸于成章者一也. 高岑以氣取篇, 五言近體自非其長, 句短氣浮, 固必有趑趄之患. 排律于體以 紆長爲優, 則氣可相稱, 則較之儲孟尤足以盡其才矣.

【해설】

검남절도사로 출임하는 곽영예郭英乂를 보내며 지은 시이다. 화려한 의장대 행렬로 그 위엄을 표현하고 조정에서 주상의 신임을 받는 것으 로 군기를 나타내었다. 중간에 여정의 풍광을 묘사한 부분이 뛰어나 다. 765년 5월 장안에서 지었다.

왕부지는 성당 시기의 오언배율이 이전의 초당 때보다 못하다고 전 제하면서, 그 이유를 "매번 중간에 이르러 긴장을 늦추어 헐렁한 말을 쓰는데, 마치 허리가 아픈 사람이 머리와 다리가 점차 무거워지는 것 과 같다"고 지적하였다. 오언배율의 문제점을 형상성 높은 비유로 지적하였다. 배율의 가장 큰 특징은 길이가 길어지기 때문에 처음과 끝은 율시의 형식으로 붙일 수 있지만 중간 부분을 긴장을 잃지 않고 어떻게 통일성 있게 유지하느냐가 관건이라고 한 셈이다. 잠삼은 고적과 함께 기세로 시를 쓰기 때문에 이러한 약점은 어느 정도 보완될 수 있다고 하였다.

送盧郎中除杭州赴任[202]	항주에 부임하러 가는 노 낭중을 보내며
罷起郎官草,[203]	문서를 기초하던 낭관의 일을 마치고
初分刺史符.[204]	이제 막 자사의 부신符信을 받았네.
海雲迎過楚,[205]	바다의 구름은 초 지방을 지나가는 그대를 맞이하고
江月引歸吳.	강 위의 달은 오 지방으로 돌아가는 그대를 이끌리라.
城底濤聲震,[206]	성벽 아래 파도 소리가 진동하고
樓頭蜃氣孤.[207]	누대에는 신기루가 높이 솟으리.

---

202 盧郎中(노랑중) : 노유평(盧幼平). 범양(范陽, 북경시) 사람으로, 병부랑중, 항주 자사, 태자빈객 등을 역임하였다.
　　除(제) : 새로운 관직을 임명하다. 옛 것을 없애고 새 것을 깐다(除舊布新)는 뜻을 취하였다.
203 郎官草(낭관초) : 상서성의 낭관은 주로 문서의 초안을 작성한다.
204 刺史符(자사부) : 자사의 부신(符信). 당대에는 동어부(銅魚符)를 사용하였다.
205 過楚(과초) : 초 지방을 지나다. 장안에서 항주 가는 길에 거치는 하남성 동부, 안휘성 북부, 강소성 등은 전국시대 초나라 강역이었다.
206 濤聲(도성) : 파도 소리. 항주 지역에 유명한 조수인 절강조(浙江潮)를 가리킨다.
207 蜃氣(신기) : 신기루. 광선의 굴절로 인해 하늘이나 지상에 만들어지는 기이한

千家窺驛舫,[208]	역참의 배를 타고 백성의 집을 들여다보고
五馬飮春湖.	다섯 필이 끄는 수레를 타고 봄 호수에서 술을 마시리.
柳色供詩用,	버들 빛이 시를 쓰는데 제재가 되고
鶯聲送酒須.[209]	꾀꼬리 소리가 술 마시는데 흥취를 더해주리.
知君望鄕處,	내 아노니 그대가 고향을 바라보기 위하여
枉道上姑蘇.[210]	길을 돌아 고소산에 오르는 것을.

【왕평】

'일'을 사용하여 '경'에 들어갔으니, 조화롭게 융합되어 '평미平美'의 경지를 이루었다.

用事入景, 以浹洽得平.

【해설】

항주자사가 되어 떠나는 노유평盧幼平을 보내며 지은 시이다. 가는 길의 여로와 임지의 풍광을 썼으며, 후반부에서는 강남의 풍광 속에 시와 술을 마시는 모습을 그렸다. 말미에서는 망향의 정을 기탁하였다.

환영. 고대인들은 이무기(蜃)가 뿜어내는 입김 때문에 이루어졌다고 생각하였다. 오늘날에도 영파(寧波)에는 이 현상이 일어난다.

208 驛舫(역방) : 물가 역참의 배. 당대 규정으로는 각 역마다 2~4척을 갖추어야 하며, 배마다 장정 3명이 관리한다.

209 須(수) : 쓰다. 소용되다.

210 姑蘇(고소) : 고소산. 소주(蘇州)에 소재.

사람의 행위나 전고를 쓰는 용사用事와 풍광을 노래하는 사경寫景은 각기 따로 쓰는 경우가 많은데, 이들이 자연스럽게 어우러진다면 시가 더욱 뛰어날 것이다. 특히 제3, 4구는 물론 제9. 10구가 그러한 예이다. '일'을 사용하여 '경'에 들어갔다[用事入景]는 것은 '인사'를 '경물'에 녹여내는 것으로 왕부지가 높이 치는 경지이다.

이백李白 1수

送儲邕之武昌[211]	무창으로 가는 저옹을 보내며
黃鶴西樓月,[212]	황학루 서쪽 누각의 달
長江萬里情.	장강 만리의 마음.
春風三十度,	봄바람이 서른 번이나 불어오니
空憶武昌城.	부질없이 무창성이 생각나누나.
送爾難爲別,	그대를 보내며 차마 헤어지기 어려워
銜杯惜未傾.	술잔을 입에 물고 기울이지 못할레라.
湖連張樂地,[213]	호수는 황제黃帝가 연주한 동정洞庭과 이어지고

---

211 儲邕(저옹) : 미상.
　　武昌(무창) : 악주(鄂州)의 속현. 지금의 호북성 악성현(鄂城縣).
212 黃鶴(황학) : 황학루. 지금의 호북성 무한시 장강 남쪽에 소재.
213 張樂(장악) : 음악을 연주하다. 『장자』「천운(天運)」에 "황제(黃帝)가 '함지'라는 음악을 동정의 들에서 연주하였다(帝張咸池之樂於洞庭之野)"는 말이 있다. 사조 (謝脁)의 「신정의 물가에서 범운과 헤어지며(新亭渚別范零陵)」에서 "동정의 들

山逐泛舟行.　　　　　산은 흔들리는 배를 따라 내려가누나.

諾爲楚人重,[214]　　　자신의 말은 계포季布처럼 반드시 지켰고

詩傳謝朓淸.[215]　　　시는 사조謝朓처럼 청려淸麗하다 전해지지.

滄浪吾有曲,　　　　　나에게도 한 곡조 '창랑가'가 있으니

寄入棹歌聲.　　　　　뱃노래 소리에 부쳐보련다.

【왕평】

이백은 배율 형식이 결코 장기가 아니지만, 이 한 편으로 만고의 시편을 텅 비게 만들었으니, 오로지 흉중에 배율이란 형식의 구애가 없었을 뿐이다.

무심코 입을 열어 안개를 말하기만 했는데도, 절로 안개가 낀다.

供奉於此體本非勝場, 乃此一篇則又一空萬古, 要唯胸中無排律名目也.

衝口雲煙, 無端縈繞.

【해설】

무창으로 가는 저옹을 보내며 지은 송별시이다. 무창에 대한 그리움과 이별에 대한 안타까움을 표현했다. 첫 2구는 서쪽으로 가는 달로

은 음악을 연주하는 곳, 소수와 상수는 요 임금의 딸이 놀던 곳(洞庭張樂地, 瀟湘帝子遊)"이라 하였다.

214 諾爲(낙위) 구 : 초 지방 사람들은 믿음을 중요시한다. 초 지방 속담에 "황금 백근을 얻는다 해도 계포의 한 번 승낙을 얻느니만 못하다(得黃金百斤, 不如得季布一諾)"란 말이 있다. 『사기』「계포열전」 참조.
215 謝朓(사조) : 남조의 제(齊)나라 시인. 시풍이 청려(淸麗)하다는 평을 받았다.

저웅의 행동을 비유하고 장강으로 자신의 우정을 비유하였다. 중간에서 배를 따라 산이 흘러간다는 착시가 신선하다. 고시의 풍격이 있어 운행이 자유롭고 유창하다.

"무심코 입을 열어 안개를 말하기만 했는데도, 절로 안개가 낀다." 왕부지는 이백의 「자야오가」 평어에서도 "천지지간에 절로 생겨난 좋은 시구를 이백이 주웠다天壤間生成好句, 被太白拾得"고 하였다. 그만큼 구속 없고 자연스럽다. 시인의 작위가 없다. 시인이 세상을 묘사하는 것이 아니라, 시인이 말하는 대로 세상이 만들어져 나오는 듯하다.

두보杜甫 4수

千秋節有感[216]	천추절에 감회가 있어
自罷千秋節,[217]	천추절이 중단된 이래
頻傷八月來.	팔월이 오면 자주 마음이 아프다.
先朝常宴會,[218]	선제께선 자주 연회를 여셨는데

---

216 千秋節(천추절) : 현종의 생일. 729년(개원 13) 재상 원건요와 장열 등이 현종의 생일인 8월 5일을 천추절이라 정하였다. 748년(천보 7) 천장절(天長節)로 개명했다.

217 自罷(자파) 구 : 천장절은 756년 현종이 퇴위하면서 축소되었고, 숙종이 즉위한 후 자신의 생일인 9월 3일을 '천평지성절(天平地成節)'이라 하였으나, 부자지간의 생일이 가깝기에 조정에서는 그 중간인 8월 15일을 택해 '천장절'이라 하였다.

218 先朝(선조) 2구 : 현종 때 천추절이 되면 화악루(花萼樓) 아래에 문무백관에게

壯觀已塵埃.	장대한 경관은 이미 먼지로 사라졌구나.
鳳紀編生日,[219]	황제의 본기에 생일은 기록으로만 전하고
龍池塹劫灰.[220]	용이 나왔던 용지도 파헤쳐져 잿더미 되었다.
湘川新涕淚,[221]	상강湘江에서 다시 눈물을 흘리니
秦樹遠樓臺.[222]	장안의 나무 사이 누대가 멀다.
寶鏡群臣得,[223]	신하들은 거울을 하사받았고
金吾萬國回.[224]	금오위도 각 지방으로 흩어졌다.
衢尊不重飲,[225]	길에 놓인 술잔 다시 마시지 못하니
白首獨餘哀.	백발이 되어 홀로 슬퍼하노라.

연회를 베풀고 전국의 주(州)에서도 모두 연회를 열고 3일 동안 휴가를 내렸다.

219 鳳紀(봉기) : 봉력(鳳曆). 봉황이 천시를 안다는 데서 책력을 가리킨다.

220 龍池(용지) : 흥경궁 안에 있는 연못. 현종이 동궁이었을 때 이곳에 거주했다.
   塹(참) : 파다.
   劫灰(겁회) : 세상이 멸망할 때 남은 먼지. 재난 후의 유적을 비유한다.

221 湘川(상천) : 상강(湘江). 호남성 경내의 강으로 동정호로 흘러든다.

222 秦(진) : 장안을 가리킨다. 장안 북쪽 위수 건너편에 있는 함양이 진나라의 수도
   였다.

223 寶鏡(보경) : 거울. 현종은 천추절에 4품 이상의 관리들에게 거울과 구슬주머니
   등을 하사했다.

224 金吾(금오) : 금오위(金吾衛). 당대 금위군의 하나이다. 도성의 경비를 관장한다.

225 衢尊(구존) : 한길에 술을 놓고 사람들이 마음대로 마시게 하다. 설주통구(設酒
   通衢)를 가리킨다. 『회남자』「무칭훈(繆稱訓)」에 "성인의 도는 마치 사방이 통하
   는 한길에 술동이를 두어 지나는 사람마다 마시도록 하는 것과 같다. 사람에 따
   라 양의 많고 적음이 다르지만 각자 필요한 만큼 얻는다(聖人之道, 猶中衢而置尊
   邪. 過者斟酌, 多少不同, 各得所宜.)"

【왕평】

두보의 배율은 지나치게 화려한데, 재주를 부리고 기세가 가는 대로 썼기에 '내재적 맥락[神理]'이 크게 손상되었다. 범용한 안목을 가진 사람은 이런 작품을 보고 놀라며 두보의 지극히 뛰어난 부분으로 여긴다. 시문을 보는 안목이 있는 사람은 이런 작품을 쓰는 것이 어렵지 않다는 사실을 안다. 지금 절주가 번다하지 않은 서너 편을 뽑았으니 용렬한 사람은 진주를 놓쳤다는 탄식을 하리라. 그러나 두보의 본색에는 잃은 게 없다.

杜于排律極爲熳爛, 使才使氣, 大損神理. 庸目所驚, 正以是爲杜至處. 解人正自知其無難. 今爲存其節奏不繁者三數篇, 俾庸有遺珠之歎, 于杜乃爲不失.

【해설】

현종의 생일을 맞아 번성했던 옛일을 회고하였다. 현종이 생일을 성대하게 보낸 때는 곧 나라의 전성기로, 지금이 예전만 못한 데서 오는 금석지감今昔之感을 토로했다. 현종의 생일은 8월 5일로, 762년 현종이 죽은 후 천추절도 폐지되었다. 769년대력4 8월에 담주潭州, 지금의 長沙에서 지었다.

이 시에 대한 불만에서 출발하여 두보의 배율에 대해 비판하였다. '내재적 맥락[神理]'은 시의 자연스러운 규율로, 그것이 대자연의 오묘한 규율과 마찬가지로 신비롭다는 뜻에서 신神자를 붙였다. 이 말은 두보가 재능과 기세로 시를 쓰면서 지나치게 주관적인 뜻을 강조하기 때문에

시의 내재적 규율을 손상시켰다는 뜻이다. 왕부지는 그의 저서에서도
시인의 지나치게 강한 주관적 의식을 '패기[覇氣]'라 하여 비판하였다.

重經昭陵[226]　　　　　다시 소릉을 지나며

　草昧英雄起,[227]　　　혼란한 난세에 영웅이 일어나니

　謳歌歷數歸.[228]　　　백성의 칭송 노래에 천명이 돌아갔네.

　風塵三尺劍,[229]　　　풍진 속에 삼척 검을 들어

　社稷一戎衣.[230]　　　한 번 군복을 입으니 종묘사직이 안정되었네.

　翼亮貞文德,[231]　　　문치를 바르게 하여 조정을 보좌하고

　丕承戢武威.[232]　　　무력을 거두고 대업을 계승하였네.

　聖圖天廣大,[233]　　　제왕의 계획은 하늘처럼 넓고

226　昭陵(소릉) : 당 태종 이세민의 능묘. 지금의 섬서성 예천현 동북에 있는 구준산
　　(九峻山)에 소재한다.
227　草昧(초매) : 천지가 처음 열릴 때의 혼돈 상태. 여기서는 수대 말기의 어지럽고
　　어두운 난세를 가리킨다.
228　謳歌(구가) : 사람들이 입을 모아 칭송하다.
　　歷數(역수) : 고대 제왕이 하늘을 대신하여 백성을 다스리는 순서. 왕조의 바뀜
　　을 말한다.
229　三尺劍(삼척검) : 세 자 길이의 검.『사기』「고조본기」에 "나는 평민의 신분으로,
　　삼척 검 한 자루를 쥐고 천하를 얻었다(吾以布衣, 提三尺劍取天下)"는 말이 있다.
230　一戎衣(일융의) : 한 번 군복을 입다.『상서』「무성(武成)」에 "한 번 군복을 입으
　　니 천하가 평정되었다(一戎衣, 天下大定)"는 말이 있다.
231　翼亮(익량) : 보좌하다.
　　貞(정) : 바르다.
　　文德(문덕) : 문치(文治).
232　丕承(비승) : 위대한 사업을 계승하다.
　　戢(집) : 거두다.

宗祀日光輝.[234]　　　　종묘 제사는 해처럼 빛난다.

陵寢盤空曲,[235]　　　　능묘의 침전이 굽이도는 먼 산 위에 있으니

熊羆守翠微.[236]　　　　곰처럼 용맹한 수졸들이 푸른 산을 지키네.

再窺松柏路,　　　　소나무와 잣나무 사이를 다시 바라보니

還見五雲飛.　　　　지금도 상서로운 오색구름이 날아가는구나.

【왕평】

장려하고 생동적이다. 장려하기만 하고 생동적이지 않다면 관사官舍의 문신門神이 잠시 귀신을 놀라게 하는 것과 같다. '익량翼亮' 2구는 반니와 육운의 말에서 나왔다.

壯麗生色. 壯麗不生色, 則官舍門神, 聊堪駭鬼耳. '翼亮'一聯, 自潘尼陸雲語.

【해설】

소릉 앞을 지나며 당 태종의 업적을 찬양하였다. 창업의 공훈과 수성의 어려움을 환기하였다. 757년 가을 부주에서 가족을 만나고 장안으로 돌아가는 도중에 지었다.

233　聖圖(성도) : 제왕의 계획.
　　天廣大(천광대) : 하늘처럼 넓고 크다.
234　宗祀(종사) : 종묘 제사. 조정을 가리킨다.
235　陵寢(능침) : 능묘 앞의 침묘(寢廟). 일반적으로 제왕이 생전에 사용하던 물건을 두고 사람들이 우러러보고 제사한다.
　　盤空曲(반공곡) : 굽이도는 높은 산봉우리에 있다는 뜻이다.
236　熊羆(웅비) : 곰. 능묘를 지키는 군사.

왕부지의 평어가 인상적이다. 그는 '장려[壯麗]'와 '생동[生色]'이란 두 용어로 이 시를 평하였는데, 이는 외적인 풍격과 내적 표현력을 각각 말한 것으로 보인다. 만약 '생동'이 없다면 진정한 감동력이 일어나지 않을 것이다. 그러므로 외적 풍격은 '두보 배우기'에 열중한 사람들이 배울 수 있지만, 내적 표현력은 배우기가 어렵다는 점을 말한 셈이다. 명대에 두보를 흉내 낸 수많은 전후칠자前後七子 풍의 시들이 그야말로 '관사의 문신'처럼 귀신은 놀라게 할지 몰라도 사람은 놀라게 하지 못한다는 것이다. 후세의 '두보 배우기'에 열중한 사람들의 상투적이고 피상적인 시 짓기가 얼마나 형식적인지 지적하였다.

春歸	봄에 돌아와
苔徑臨江竹,	이끼 낀 길 이어진 강가의 대나무 숲
茅簷覆地花.	띠풀로 엮은 처마 아래는 땅을 덮은 꽃.
別來頻甲子,[237]	떠나온 지 여러 해 지났는데
歸到忽春華.	돌아오니 홀연히 봄꽃이 만발하였네.
倚杖看孤石,	지팡이에 의지해 바위를 바라보고
傾壺就淺沙.	술병 기울여 마시며 모랫가로 가네.
遠鷗浮水靜,	멀리 갈매기는 고요히 물 위에 떠 있고
輕燕受風斜.	가벼운 제비는 비스듬히 바람을 받는구나.
世路雖多梗,[238]	세상의 길에 나뭇가지처럼 떠다니니

---

237 甲子(갑자) : 세월.

吾生亦有涯.[239]　　　　나의 생도 끝날 날이 있으리라.

此身醒復醉,　　　　이 몸이 술에 깨었다가 다시 취하니

乘興卽爲家.　　　　흥에 겨워 이른 곳이 내 집이로구나.

【왕평】

완정하고 윤기 있다.

고구古句를 사용하여 맛을 내는 것은 지극히 어렵다. 예컨대 "나의 생도 끝날 날이 있으리라吾生亦有涯"는 정취가 무궁한데 사람들은 고구를 썼는지 모른다.

完潤.

用古句極不易得味, 如"吾生亦有涯"則意致不窮, 人莫知其用古.

【해설】

다시 찾아온 성도의 초당을 둘러본 견문과 감회를 썼다. 764년 봄에 낭주에서 성도에 돌아갔을 때 지었다.

238　梗(경) : 나뭇가지. 전국시대 소진(蘇秦)은 물에 뜬 나뭇가지로 지위가 낮아 떠도는 처지를 비유하였다. 여기서는 장애물.

239　吾生(오생) 구 : 사람의 삶이 유한하다. 『장자』「양생주(養生主)」에 "나의 생은 끝이 있다(吾生也有涯)"란 말이 있다.

行次古城店泛江作, 不揆鄙拙, 奉呈江陵幕府諸公[240]

가다가 고성점에서 묵은 후 강에 배를 띄우고 짓다 ＿자신의 졸렬함을 헤아리지 않고 강릉 막부의 여러 공에게 삼가 드림

老年常道路,	노년에도 항상 길 위에 있어
遲日復山川.[241]	봄날에 다시 산과 강을 바라보는구나.
白屋花開裏,	민가民家는 피어있는 꽃 속에 있고
孤城麥秀邊.[242]	외떨어진 성城 주위로 보리가 자란다.
濟江元自闊,	강을 건너자니 드넓은 수면 위
下水不勞牽.[243]	물을 따라 내려가기에 견부牽夫를 쓸 필요가 없네.
風蝶動依槳,	바람 속의 나비는 걸핏하면 상앗대에 붙어 있고
春鷗懶避船.	봄의 갈매기는 느긋하게 배를 피한다.
王門高德業,[244]	강릉의 군왕郡王은 덕이 높고 업적이 커
幕府盛才賢.	막부에는 인재와 현사들이 가득하구나.

---

240 行次(행차) : 여행을 가다가 묵다.
   古城(고성) : 이릉현(夷陵縣) 남쪽의 강 건너 육항(陸抗)의 진지가 있던 성. 의도(宜都)와 송자강(松滋江) 상류에 소재한다. 사방 10리에 산을 담으로 삼은 천연의 요새이다.
241 遲日(지일) : 봄날.
242 麥秀(맥수) : 보리 이삭.
243 下水(하수) : 상류에서 하류로 흐르다.
244 王門(왕문) : 형남절도사 위백옥(衛伯玉)을 가리킨다. 당시 위백옥이 양성군왕(陽城郡王)에 책봉되었다.

行色兼多病,[245]　　　　나의 행색은 총망하고 병도 많은데

蒼茫泛愛前.[246]　　　　창망한 가운데 여러 공들의 관심을 받았다네.

【왕평】

전환과 합일이 마치 삼협 사이를 배로 저어가는 듯해, 괴이하고 거친 기운이 점차 녹아 없어졌다.

轉折合一, 遣句如沐峽中, 怪悍之氣, 銷之欲盡.

【해설】

노년의 고적한 심사에 강릉의 여러 공들에게 의지하고 싶은 마음을 나타냈다. 768년 봄 두보가 강릉에 도착했을 때 지었다.

245　行色(행색) : 행려(行旅).
246　蒼茫(창망) : 아득하다. 전도를 알 수 없다.
　　　泛愛(범애) : 막부 여러 공들의 우애를 가리킨다.

유장경劉長卿 2수

自道林寺西入石路至麓山寺, 過法崇師故居[247]

도림사 서쪽에서 돌길로 녹산사에 이르고 법숭 선사의 고가에 들르다

山僧候谷口,	산의 스님은 계곡 입구에서 나를 기다려
石路拂莓苔.[248]	함께 이끼를 스치며 돌길을 오르네.
深入泉源去,	샘의 근원으로 깊이 들어가
遙從樹杪回.	나뭇가지 끝에서 멀리 돌아가니
香隨靑靄散,[249]	향기는 푸른 산 기운 따라 흩어지고
鐘過白雲來.	종소리는 흰 구름에서 들려오는구나.
野雪空齋掩,	들의 눈이 빈 승방을 덮고
山風古殿開.	산바람이 오래된 문을 열어주는구나.
桂寒知自發,	차가운 계수나무는 저 홀로 자랐을 터인데
松老問誰栽.	늙은 소나무는 누가 심었는지 물어보네.
惆悵湘江水,	슬퍼라, 상강湘江의 강물이여
何人更渡杯?[250]	그 누가 다시 나무 술잔을 타고 강을 건너랴?

---

247 道林寺(도림사) : 호남성 장사 서남 악록산 아래에 소재했다.

　　麓山寺(녹산사) : 악록산 위에 있다. 돌계단 백여 개 위에 있다.

　　法崇(법숭) : 미상.

248 莓苔(매태) : 이끼.

249 靑靄(청애) : 자주색의 구름 기운.

250 渡杯(도배) : 술잔을 타고 강을 건너다. 남조 유송 시대의 한 승려는 신력이 뛰어
　　나 항상 나무 술잔을 타고 강을 건넜다고 한다. 『전등록』 참조.

깨끗한 기운이 전혀 약하지 않다.

말미의 2구는 법숭 선사를 자연스레 이끌어내며 마무리되어, 별도의 결말 없이도 마무리되었다.

풍경 묘사가 미묘하다.

淨得不弱.

未二語帶出法崇師卽收, 不另作結.

寫景微妙.

【해설】

악록산의 법숭 선사의 고가를 찾아가 지었다. 산 아래에서 도림사의 스님을 만나 그를 따라 산 위에 오르며 녹산사의 고가를 찾는 과정으로 전개하였다. 제5, 6구는 지극히 유현하고, 제7, 8구도 한아한 정취를 잘 그려내었다. 법숭 선사는 이미 작고한 뒤라 그 생전의 자취만이라도 둘러보고자 한 사실을 말미에서 알 수 있다.

長沙早春雪後臨湘水, 呈同遊子

장사의 초봄에 눈이 내린 후 상수 가에서

─ 함께 유람한 여러 사람에게 드림

汀洲暖漸淥,[251]　　　　　　모래섬이 온화해지고 물이 점점 맑아지니

---

251 淥(록) : 물이 맑아지다.

煙景淡相和.[252]	아름다운 경치는 담담히 서로 어울리는구나.
擧目方如此,	눈을 들어 바라보니 마침 이와 같거늘
歸心豈奈何?	돌아갈 마음을 어이할까?
日華浮野雪,[253]	햇살은 들의 눈 위에 떠돌고
春色染湘波.	봄빛은 상수 물결을 물들인다.
北渚生芳草,[254]	북쪽 물가에 방초가 피어나고
東風變舊柯.	동풍이 묵은 나뭇가지를 변모시킨다.
江山古思遠,	강과 산에 옛 생각이 멀리 이어지고
猿鳥暮情多.	원숭이와 새에 노년의 정회가 많다.
君問漁人意,	그대 나에게 어부의 뜻을 묻는다면
滄浪自有歌.[255]	나는 「창랑가」로 답하리라.

【왕평】

유장경은 배율에 있어 홀로 온화하면서 일부러 드러내지 않아 대력
이후의 시 같지 않다.

결말이 자연스럽고 맑은 운치가 있다.

文房于排律獨春容不刻露, 未似大曆以降.

---

252 煙景(연경) : 봄날의 아름다운 풍경.
253 日華(일화) : 햇빛.
254 北渚(북저) : 북쪽의 물가. 굴원의 「구가(九歌)」 중의 「상부인(湘夫人)」에 "요 임
　　금의 딸 상부인이 북쪽 물가에 강림했으나, 희미한 모습에 나 상군을 근심스럽게
　　하네(帝子降兮北渚, 目眇眇兮愁予)"란 구절이 있다.
255 滄浪(창랑) 구 : 「창랑가(滄浪歌)」를 가리킨다.

一結自然淸韻.

【해설】

봄이 온 상수 가에 나가 풍광을 둘러본 감회를 썼다. 말미에서 은거
의 뜻을 나타내었다.

전기錢起 1수

奉和宣城張太守南亭秋夕懷友

선성 장 태수의 '남정의 가을 저녁에 친구를 그리며'에 삼가 화답하며

池館蟪蛄聲,[256]	연못과 객사에는 쓰르라미 우는 소리
梧桐秋露晴.	오동나무 잎에는 가을 이슬 맑아라.
月臨朱戟靜,[257]	달은 붉은 문극門戟 위에 고요하고
河近畫樓明.[258]	은하수는 화려한 누대에 다가와 밝은데
捲幔浮涼入,[259]	휘장을 걷으니 서늘함 스며들고

---

256 蟪蛄(혜고) : 쓰르라미. 서한 회남소산(淮南小山)이 지은 「은사를 부르다(招隱
   士)」에 "한 해가 저물도록 내 마음 근심하는데, 쓰르라미는 찌르찌르 소리 내어
   우네(歲暮兮不自聊, 蟪蛄鳴兮啾啾)"란 구절이 있다.
257 朱戟(주극) : 붉은 창. 문극(門戟)을 가리킨다. 관청의 대문 양측에 의장으로 세
   우는 창으로, 당대에 상주(上州)에서는 12개를 세우고, 중주(中州)와 하주(下
   州)는 10개를 세웠다.
258 河(하) : 은하수.
259 浮涼(부량) : 가벼운 한기.

聞鐘永夜淸.	맑은 밤에 종소리를 듣는다.
片雲懸曙斗,[260]	조각구름이 새벽 북두성에 걸려있고
數雁過秋城.	몇 마리 기러기가 가을 성을 지나가네.
羽扇揚風暇,[261]	부채로 인정仁政의 바람 일으키며
瑤琴悵別情.	옥 거문고로 이별을 아쉬워하는구나.
江山飛麗藻,[262]	강산에 아름다운 글이 뿌려지니
謝朓讓詩名.[263]	사조謝朓가 높은 시명을 양보해야 하리라.

【왕평】

빼어나다.

"오동나무 잎에는 가을 이슬 맑아리梧桐秋露晴"에서 '오동' 두 글자가 절묘한 것은 '의식과 무의식 사이'에서 나왔기 때문이다.

秀.

"梧桐秋露晴", '梧桐'二字妙在有意無意之間.

---

260 曙斗(서두) : 새벽의 북두성.
261 羽扇(우선) 구 : 동진 때 원굉(袁宏)이 이부랑에서 동양태수로 나갈 때 명사들이 야정(冶亭)에서 송별하였다. 사안(謝安)이 좌우에서 부채 하나를 취하여 선물로 주었디. 이에 원굉이 즉석에서 말히기를 "잠시 어진 비람을 일으켜 백성들을 위로하겠습니다(輒當擧揚仁風, 慰彼黎庶)"고 하였다. 『진서』「원굉전」참조.
262 麗藻(여조) : 아름다운 시문. 여기서는 장 태수의 시를 가리킨다.
263 謝朓(사조) : 남조 제나라 시인. 일찍이 선성태수를 역임하였다.

【해설】

　선성태수의 시에 화답하였다. 때문에 제목으로 되어 있는 '가을 저녁에 친구를 그리며'도 자신의 친구가 아니라 장 태수의 친구에 대한 것이므로, 여기서도 장 태수에 대한 묘사가 중심을 이룬다. 중간 부분에서 서늘한 가을밤의 정취를 잘 표현하였다.

　왕부지는 시상의 발생에 대해서 현량과 정경교융 등 여러 가지 의견을 제시하였다. 그 중심의 요지란 시는 의도적이고 인위적인 작법이 아니라 '의식과 무의식의 사이[有意無意之間]'에서 자연스럽게 이루어져야 한다는 것이다. 시를 쓸 때 비록 목적의식을 가지고 있지 않다고 하더라도, 시를 쓰는 시인에게는 내재적인 주재자가 있기 마련인데 왕부지는 이를 '신神'이라 하였다. 오늘날의 영감이란 말과 비슷하지만, 신이란 말은 왕부지가 천지를 운행하는 동인의 의미로도 사용하기에 영감이란 말과 약간 다르다. 그 신은 예정되어 있지 않고[不期] 측정할 수 없으며[不測] 상황에 따라 우연히 나타난다. 시인의 내재적인 주재자를 신이라 한다면, 이 신이 움직이는 지향을 '뜻意'이라 하면서, 한 편의 작품을 이끌어나가는 중심으로 보았다. 그러나 왕부지의 '뜻意' 개념은 전통적으로 사용해온 주제나 의미와 달라서 주의가 필요하다. 시인이 의식적으로 주제를 내세우고 관련 어휘와 전고를 붙이는 것이 아니라, 감흥이 일어나 자연스럽게 터져 나오는 자발성을 가진다는 점에서 가장 큰 차이가 있다. 그의 '뜻意' 개념을 좀 더 풀이한 것이 곧 '의식과 무의식의 사이[有意無意之間]'란 말이라 할 수 있다. 여기서도 '오동' 두 글자가 들어가야 할 자리에 꼭 맞게 들어간 사실을 지적하였다.

정심鄭審 1수

奉使巡檢兩京路種果樹事畢入秦因詠[264]

장안과 낙양의 길에 과수 심는 일을 순검하라는 사명을 마치고 장
안에 들어섰기에 읊다

聖德周天壤,	성덕聖德이 하늘과 땅 사이에 두루 미치니
韶華滿帝畿.[265]	봄빛이 도성에 가득하다.
九重承渙汗,[266]	궁궐에서 제왕의 명령을 받들고
千里樹芳菲.	천리에 걸쳐 아름다운 나무를 심었네.
陝塞餘陰薄,[267]	섬현陝縣의 나루에는 한기가 얇고
關河舊色微.	함곡관과 황하에는 옛 정취가 희미하다.
發生和氣動,	싹이 나고 온화한 기운이 움직이니
封植衆心歸.[268]	가꾸고 심는 일에 민심이 돌아온다.

---

264 兩京路種果樹事(양경로종과수사) : 장안과 낙양의 길에 과수를 심는 일. 『당회요
(唐會要)』권86에 다음 기록이 있다. "개원 28년 정월 13일, 장안과 낙양의 길에
과수를 심으라 명하고선 전중시어사 정심을 사신으로 임명하였다.(開元二十八
年正月十三日, 令兩京道路幷種果樹, 令殿中侍御史鄭審充使.)"
265 韶華(소화) : 아름다운 시절. 일반적으로 봄빛을 가리킨다.
266 渙汗(환한) : 제왕의 명령.
267 陝塞(합새) : 섬진(陝津). 지금의 모진도(茅津渡)로 하남성 섬현(陝縣) 서북에
소재한다.

春露條應弱,	봄 이슬이 내릴 때는 가지가 여리지만
秋霜果定肥.	가을 서리 내릴 때는 열매가 분명 실하리라.
影移行子蓋,[269]	그늘은 행인의 수레를 덮어주고
香撲使臣衣.	향기는 사신의 옷에 스며든다.
入徑迷馳道,	오솔길로 들어가면 치도馳道가 멀어지지만
分行接禁闈.	묘목을 따라가면 궁문까지 이어진다.
何當扈仙蹕,[270]	어느 때 천자가 순행하다 머무신다면
攀折奉恩輝!	가지를 꺾어 은혜에 보답해 드릴 수 있을까!

【왕평】

화려하나 속되지 않고, 질박하나 진부하지 않다.

艶不入俗, 質不近腐.

【해설】

장안과 낙양 일대의 길에 과수를 심은 일을 순시하라는 명을 받아, 둘러본 후의 감회를 서술했다. 조정의 명령을 받아 수행하는 일이기에 응제시와 같은 전아한 언어와 선명한 구성이 동원되었다. 740년개원28 지었다.

---

268 封植(봉식) : 흙을 북돋아 재배하다.
269 行子蓋(행자개) : 행인의 수레.
270 扈仙蹕(호선필) : 황제의 수레를 호종(扈從)하다.

마대馬戴 1수

送韓校書江西從事[271]	강서 종사로 가는 한 교서를 보내며
出關寒色盡,[272]	함곡관을 나서면 한기가 끝나고
雲夢草生新.[273]	운몽택에 이르면 풀이 돋아 새로우리.
雁背岳陽雨,[274]	기러기 등으로 악양의 비가 내리고
客行江上春.	나그네 걷는 길 강가는 봄이리라.
遙程隨水闊,	먼 노정은 물 따라 넓기만 하고
枉路倒帆頻.[275]	굽이진 물길로 자주 돛의 방향을 바꾸리라.
夕照臨孤館,	저녁 낙조 속에 외떨어진 역관에 머물고
朝霞發廣津.	아침노을 속에 넓은 나루를 떠나리.
湖山潮半隔,	호수와 산은 조수에 나뉘어 있고
郡壁岸斜鄰.[276]	성벽은 비스듬한 강기슭 옆에 있으리.

---

271 韓校書(한교서) : 미상. 교서는 교서랑. 당대에 비서성과 홍문관에 교서랑이 있
    었다. 정9품.
    江西(강서) : 강남서도(江南西道). 치소는 홍주(洪州)로 지금의 남창시.
    從事(종사) : 한대 이래 자사(刺史)를 보좌하는 관리로 주(州)에서 초빙하는 관
    리. 송대에 폐지되었다.
272 關(관) : 함곡관.
273 雲夢(운몽) : 고대의 소택지. 『한서』「지리지」에 따르면 화용현(華容縣) 남쪽에
    소재한다. 여기서는 형주와 동정호 일대를 가리킨다.
274 岳陽(악양) : 악주(岳州).
275 枉路(왕로) : 굽이진 길.
    倒帆(도범) : 뱃길을 바꾸다.
276 郡壁(군벽) : 성벽.

自此鍾陵道,[277]   이로부터 종릉 가는 길에는

裁書有故人.[278]   종이를 잘라 글을 쓰는 친구가 있으리라.

【왕평】

대아大雅의 풍격에 기교와 역량이 넘치니, 진정한 오언시 고수이다.

大雅中固饒巧力, 眞五言高手.

【해설】

강서로 가는 친구를 보내면 쓴 송별시이다. 장안에서 종릉지금의남창시까지 친구가 거쳐 갈 여정을 상상하며 풍광을 노래하였다. 자신의 마음이 언제나 친구와 함께하고 있음을 나타냈다. 말미 2구에서 편지 해주기를 청하였다.

장교張喬 1수

試月中桂   달 속의 계수나무

與月轉鴻蒙,[279]   달을 따라 홍몽의 기운 속을 돌아가니

---

277 鍾陵(종릉) : 예장현(豫章縣). 대종(代宗) 이예(李豫)의 이름을 피휘하기 위해 종릉으로 바꾸었다. 지금의 남창시.
278 裁書(재서) : 찌지(箋)를 잘라 글을 쓰다.
279 與(여) : 따르다.

扶疎萬古同.²⁸⁰　　무성한 가지가 만고에 한결같구나.

根非生下土,　　뿌리는 하계의 땅에 박히지 않아서

葉不墮秋風.　　가을바람 불어도 잎이 떨어지지 않는다.

每以圓時足,　　매번 보름이 되면 가득 피어나고

還隨缺處空.　　다시 이지러진 어둠 따라 사라진다.

影高群木外,　　그림자는 뭇 나무 위로 높이 솟고

香滿一輪中.　　향기는 달덩이 안에 가득해라.

未種靑霄日,²⁸¹　　계수나무를 하늘에 심기 전에는

應虛白兔宮.²⁸²　　응당 월궁은 비어 있었으리라.

何當因羽化,²⁸³　　어느 때 신선이 되어 날아 올라가

細得問神功.²⁸⁴　　조물주의 공력을 세세히 물어볼거나.

【왕평】

소박한 부분은 고의古意에서 유래하였으며, 그 정취가 아직 살아있다.

拙處自古意未墜.

鴻蒙(홍몽) : 鴻濛 또는 洪濛으로도 쓴다. 천지가 열리기 전의 혼돈의 기운. 여기서는 하늘 또는 우주.
280 扶疎(부소) : 가지와 잎이 무성이 늘어진 모양. 달 속의 계수나무를 가리킨다.
281 丹霄(단소) : 붉은 노을이 진 하늘.
282 白兔宮(백토궁) : 월궁. 달 속에 토끼가 살고 있다는 전설을 말하였다.
283 何當(하당) : 어느 때.
　　 羽化(우화) : 신선이 되다.
284 元功(원공) : 큰 공. 여기서는 조물주의 현묘한 공덕.

【해설】

달 속에 있다는 계수나무를 노래한 영물시이다. 전설의 내용은 지극히 간단하지만, 시인은 이를 가지고 여러 가지 섬세하고 무구한 상상을 펼쳤다. 마치 굴원이 「천문天問」에서 천상의 여러 현상에 대해 소박한 질문을 던지는 것과 비슷하다. 그러나 여기서는 한 가지 사물만 가지고 다각도로 음미하고 전개하여 일정한 의경을 창출하는데 주력하였다. 이 시는 870년함통11년 경조부京兆府의 시험에 내놓은 응시시應試詩로, 당시 이빈李頻이 주관하여 첫 번째로 뽑힌 작품이다. 그러나 허당許棠이 나이가 가장 많으므로 장교의 이름은 허당 아래에 들어갔다. 이때 응시한 장교와 허당 등은 '함통 십철咸通十哲'이라 하여 당시 장안에서 이름이 높았다.

승무가僧無可 1수

送韓校書赴江西[285]　　　강서로 부임하는 한 교서를 보내며

車馬東門別,　　　말과 수레를 타고 동문을 떠나면

揚帆過楚津.　　　돛을 올려 초 땅의 나루에 닿으리.

花繁期到幕,　　　꽃이 많은 때 막부에 이를 터인데

285　韓校書(한교서) : 한상(韓湘). 한유의 질손이자 한노성(韓老成)의 아들. 823년 (장경 3) 진사과에 급제했으며 벼슬은 대리시승(大理寺丞)까지 올랐다.

雪在已離秦.	장안을 떠날 때는 눈이 내리네.
吟落江沙月,	시를 읊을 땐 강가의 모래 위로 달이 떨어지고
行飛驛騎塵.	이동할 땐 역참의 말이 먼지를 날리리.
猿聲孤島雨,	원숭이 울음소리에 외딴 섬에 비가 내리고
草色五湖春.[286]	풀빛으로 강남 호수에 봄이 물들리라.
折葦鳴風岸,	꺾인 갈대는 바람 부는 언덕에서 울고
遙煙起暮蘋.[287]	먼 연기는 저녁 네가래에서 일어나리.
鄱江連郡府,[288]	파강에는 큰 고을이 잇닿아 있어
高興寄何人?[289]	높은 흥취를 누구에게 부칠까?

【왕평】

전편이 군더더기 없이 매끄럽다.

乃不瑣尾.

【해설】

강서로 떠나는 한 교서를 보내며 쓴 송별시이다. 겨울에 떠나 봄에
도착할 것을 상상하여 한 교서가 가는 여정의 풍광을 그렸다. 말미에

---

286 五湖(오호) : 강남의 수향을 가리킨다.
287 蘋(빈) : 네가래. 전자초(田字草).
288 鄱江(파강). 파수(鄱水). 낙안강(樂安江)과 창강(昌江)이 파양현에서 합류되어
　　 파양호로 들어가는 강.
289 高興(고흥) : 높은 흥취. 고아한 흥취. 이 시를 가리킨다.

서 시를 부쳐 보내달라는 뜻도 실었다.

송별시의 형식은 첫머리에서 떠나는 장소와 때를 묘사하고, 말미에서 석별의 정을 나타내기에, 율시의 형식이 비교적 적합하다. 배율에서는 첫 2구와 말미 2구를 빼면 모두 한 교서가 가는 도중에 보고 들을 풍광을 묘사한 것으로, 이들이 병렬로 연결되어 있기 때문에 통합성이 떨어지면 지리멸렬하게 되기 쉽다. 그러나 무가는 이들을 잘 연결하였다.

당시평선 전체 차례